Marie Kowalski

Leben heißt nicht sterben

Originalausgabe – Erstdruck

Marie Kowalski

Leben heißt nicht sterben

Roman

Schardt Verlag Oldenburg

Bibliografische Information *Der Deutschen Bibliothek*

Die Deutsche Bibliothek verzeichnet diese Publikation in *Der Deutschen Nationalbibliografie*; detaillierte bibliografische Daten sind im Internet über *http://dnb.ddb.de* abrufbar.

1. Auflage 2004

Copyright © by
Schardt Verlag
Uhlhornsweg 99 A
26129 Oldenburg
Tel.: 0441-21779287
Fax: 0441-21779286
Email: Schardtverlag@t-online.de
Herstellung: Janus Druck, Borchen

ISBN 3-89841-139-7

ERSTES KAPITEL

Die Whiskyflasche war schon wieder halbleer. Oder halbvoll, alles eine Frage der Perspektive, dachte sie. Der alte Scherz mit der Sichtweise des Pessimisten und seines Gegenparts. Allerdings hätte auch der hartgesottenste Optimist die danebenliegende Zigarettenschachtel nicht mehr als „ein Zwanzigstel voll" bezeichnet. Genauso gut könnte man Hakan als „ziemlich unzuverlässig" durchgehen lassen. Tatsache war, es war nur noch eine Kippe da, und ihr Lover, dieser Bastard, hatte ihr wie immer hoch und heilig zugesichert, spätestens um acht Uhr bei ihr aufzutauchen.

„Verheirateter Bastard, um genau zu sein!" murmelte sie. Oder handelte es sich schon mehr um ein leichtes Lallen? Um das herauszufinden, müßte man die Möglichkeit haben, mit jemandem zu sprechen, etwas geistig-seelischer Austausch, bitte schön. Meinetwegen auch ein paar kleine Obszönitäten, Hauptsache, eine menschliche Stimme! Sie kratzte sich am Arm. Ob Einsamkeit Juckreiz verursachen konnte? Wohl eher nässenden Ausschlag, mutmaßte sie. Würde allerliebst mit ihrer beginnenden Zellulitis kontrastieren. Unser Selbstwertgefühl scheint heute mal wieder ganz weit vorn zu sein, junge Frau! Jung? Kann man sich mit 42 noch so fühlen?

„Hakan, du Schwein!" jaulte sie auf, kippte gleichzeitig von ihrer rot–goldenen (Russischer Empire, ging ihr unterwegs durch den Kopf) Couch, der gute Scotch in ihrer linken Hand folgte der Schwerkraft und versickerte im schreiend bunten türkischen Teppich, als wie aufs Stichwort das Telefon tüdelte. Auf allen Vieren kroch sie hin, was sie der Dramatik der Situation als durchaus angemessen empfand. Der würde was zu hören kriegen, dieser türkische ... Tüdüü, tüdüü, tüdüdeldüdeldüü, machte das Telefon (welcher Sadist wohl diese Melodie kreiert hatte?), während sie überlegte: Türkischer was eigentlich? Sie nahm ab.

„Türkischer Teppichknüpfer! Kameltreiber, du ..." Die ruhige, im Gegensatz zu ihr selbst völlig nüchtern klingende Frauenstimme am anderen Ende der Leitung bremste ihren Elan: „Treiber heißt das".

„Hä?"

„Kameltreiber, nicht Trieber! Obwohl dein Moslem mit Sicherheit etwas sehr Triebhaftes an sich hat. Wieder mal Streß, Giselchen?" Giselchen, die in Wirklichkeit Gisela hieß, stutzte. Sie war nicht sicher, ob sie sich über diesen Anruf ihrer Kollegin und selbsternannten „besten Freundin" (wahrscheinlich verdiente sie diese Bezeichnung sogar, weil die anderen um keinen Deut besser waren) freuen sollte. Carla konnte sehr anstrengend sein, außerdem hielt sie grundsätzlich alle Moslems für grauenhafte Machos. Ja nun, immer noch ergiebiger als dieser regelmäßige anonyme Anrufer, der ihr nachts immer mit verstellter Kastratenstimme detailliert seine sexuellen Vorlieben schildern wollte – notfalls auf den Anrufbeantworter. Also antwortete sie: „Wie spät isses?"

„Viertel nach zehn, warum?"

„Warum, warum, rate doch mal!"

„Wann wollte er denn bei dir sein?"

„Wann er ... ich werde dir sagen, wann: um ACHT! Ich trinke ... ich meine, ich warte jetzt schon über zwei Stunden auf diesen Schweinepriester!" Gisela fiel auf, daß sie eine gewisse ordinäre Einsilbigkeit an den Tag legte, während ihr Blick auf den riesigen Wohnzimmerspiegel im goldenen Barockrahmen fiel.

„Vielleicht kapierst du mal, daß es nur eine Sorte Begatter gibt, die verheiratete Männer im Allgemeinen noch an Ignoranz übertrifft", schien sich Carlas Lieblingsmonolog wieder anzubahnen. Gisela starrte gebannt in den Spiegel. Irgendwie kam sie sich vor wie die Hauptdarstellerin in einer ziemlich schrägen Bordellszene.

„Und das sind verheiratete Moslems!" kam Carla in Fahrt. „Ganz besonders, wenn sie wie dein Hakan noch nicht mal mit einer dämlich devoten Türkin, sondern mit einer offensichtlich asozialen Deutschen verheiratet sind."

„Moment mal! Wie war das? Eine Deutsche? Wawa ... warte mal eben!" Diese Information mußte begossen werden. Hakan als Schwein zu betiteln, war eine Beleidigung für alle Schweine dieser Welt. Eine saumäßige! Sie steuerte auf das verschnörkelte Beistelltischchen mit der Whiskyflasche zu, kam dabei jedoch nicht von ihrem Spiegelbild los. Zweifellos trugen die vielen orientalischen Accessoires (dieses anatolische Nicht-Schwein beschenkte sie ständig mit irgendwelchem Tinnef – wohl zur Beschwichtigung!) in ihrem großen Wohnschlafzimmer erheblich zu der Puffatmosphäre, die sie auf einmal so aufdringlich empfand, bei. Sie beherrschte sich und goß ihr Glas nur halbvoll. Der rote Samt über dem Bett und die obligatorischen Patchuli Räucherstäbchen (alles SEIN Geschmack!) waren schon entschieden zu viel des Schwülstigen. Sie nahm einen tüchtigen Schluck. Aber die Krönung des Ganzen war eindeutig sie selbst – in dieser Aufmachung!

„Gisela!" quäkte es aus dem Telefonhörer. Sie nahm ihn wieder auf.

„Ja, ja, echauffier dich nicht, reicht schon, wenn ich koche!" Barock eingerahmt, präsentierte sich ihr, gefährlich auf einem dicken türkischen (schon wieder!) Sitzkissen balancierend, eine blonde, selbst reichlich barock geformte Sachbearbeiterin, die offensichtlich für ihren großen Karnevalsauftritt als Edelnutte trainierte! „Kochen? Ich glaube, du bist eher am Saufen!" Carla begann wieder mal anstrengend zu werden. „Hast du etwa nicht gewußt, daß seine bessere Hälfte eine Landsmännin ist? Das muß wohl die ganz große Liebe gewesen sein, hatte sicher nicht das Geringste mit Aufenthaltsgenehmigung und so zu tun! Haha, LandsMÄNNIN paßt übrigens, die Alte sieht aus wie ein Straßenschläger ..." Gisela überlegte, wie wohl ein „Straßenschläger" aussehen mochte, obwohl sie momentan sehr mit ihrem eigenen, für eine versetzte Geliebte (wie ironisch dieses Wort klingen konnte) doch sehr entwürdigenden Erscheinungsbild beschäftigt war.

„Bist du sicher, ich meine, mit dieser besseren deutschen Straßenmännin da ... wo hast du das her?" Ihr schulterlanges, strohblondes Haar sah aus wie eine billige Perücke, fand sie, obwohl es ja reine Natur war.

Dazu noch ihre babyblauen, derzeit etwas getrübten und viel zu stark geschminkten Augen, die ständig (nicht etwa von zuviel frischer Luft) geröteten Apfelbäckchen, normale Nase über feuerrot angemaltem Kußmund. Klassische Opferlammvisage, dachte sie.

„Ich hab die beiden zusammen gesehen", erklang es, während sich Giselas letzter Reststolz heimlich davonmachte, „... in diesem Fitnessstudio an der Venloer Straße. Sie arbeitet da am Empfang. Raspelkurze schwarze Haare. Muskulös. Tätowiert, gepiercet und braungebrannt. Narbe auf der Stirn. Guckt wie eine Irre, was bei dem Ehemann ja kein Wunder ist."

„Klingt ja reizend", brachte sie hervor. Ihr Outfit gab ihr gerade den Rest. Sie trug einen schwarzen Spitzen-Body, tief ausgeschnitten mit integrierter Push-up-Funktion, was ihre beachtliche Oberweite (der Rahm'sche Meter, wie ihre sogenannten Freundinnen gern sagten, denn das war ihr Geburtsname, Rahm, und würde es wohl auch bleiben) extrem zur Geltung brachte. Im Hüftbereich zeichneten sich Speckröllchen ab, circa drei auf jeder Seite. Schwarze Strapse, die in ihre zur Zellulitis neigenden, ansonsten eher zu dünnen Schenkel schnitten. O.k., gegen ihren Po, der nur noch halb auf dem Hocker hing und von der lose auf vier trompetenden Elefanten aufliegenden Glasplatte des Couchtisches gebremst wurde, konnte man eigentlich nichts sagen. Rund. Normal. Das I-Tüpfelchen ihrer Kostümierung stellten allerdings die hohen Lackstiefel mit den Zehn-Zentimeter-Stilettos dar, die ihr den aufrechten Gang noch zusätzlich erschwerten. Sie schlossen exakt mit den Klipsen der Strumpfhalter ab, so daß diese sich ständig in ihr strahlend weißes Beinfleisch bohrten. Darauf noch einen Schluck!

„Und woher, bitteschön, weißt du so genau, daß sie seine Frau ist?" drängte es sie zu fragen.

„Er hat sie da abgeholt mit seiner Türkenschleuder, diesem aufgemotzten Mercedes. Als erstes ist mir ihr komischer Name aufgefallen, Frau Atatürk oder so stand auf ihrem Namensschildchen, die haben die da alle auf der Brust, übrigens flach wie ein Brett, die Alte!" Giselas Deodorant hatte schon vor einer Stunde versagt, ein Rinnsal bahnte sich den Weg zum Bauchnabel, und ihre Achseln hätten jedem Bauarbeiter zur Ehre gereicht.

Sie fühlte sich klebrig, besudelt, verraten und verkauft. Nein, eher verschenkt! Wie war sie überhaupt auf „Edelnutte" gekommen? Eine Gratishure, jawohl, das war sie!

„Gratishure", würgte sie. Konsterniertes Schweigen in der Leitung, dann: „Wenn du①s so nennen willst. Seine Schwester war sie jedenfalls nicht, obwohl ... ich weiß ja nicht, was die Moslems so mit ihren Schwestern treiben ..."

„Erspar mir deine ewigen Scheißvorurteile, selbst wenn sie stimmen, und sag mir lieber, was du damit meinst, verdammt ..."

„Jetzt wirst du aber ausfallend! Also, erstens war diese Frau hundertprozentig keine Türkin."

„Woher ..."

„Laß mich ausreden! Grüne Augen, fließendes Kölsch ..."

„Wir sind hier in Köln! Selbst die Neger reden hier Kölsch!"

„Mag ja sein, aber sie heißen nicht Mechthild!"

„Mechthild? Bist du sicher?" Das klang allerdings sehr deutsch. Und eine von Carlas unbequemsten Eigenschaften war, daß sie so gut wie nie log. Schon gar nicht, um irgendwen zu schonen.

„Sicher bin ich sicher. Ich hab genau gehört, wie der Obervorturner von diesem Laden sie so genannt hat, weißt du, ich hab mich da länger aufgehalten, da muß mal was passieren mit meiner Zellulitis ..."

„Verschon mich damit! Was war das mit nicht oder doch treiben, mit der Schwester? Was hat er getrieben? Was?"

„Jetzt reg dich nicht so auf! Es war so: Mir war das Abo zu teuer, ich bedankte mich für die Beratung und ging raus, dann fuhr dein Moslem vor ..."

„Nenn ihn nicht immer den MOSLEM!"

„Ja, ja, also, er steigt aus und sagt zu seinem Kumpel im Auto, übrigens der Prototyp des Mafiosos, was von Ischholmalebenmeinefrau ..."

„Frau? Mir hat er erzählt, seine Frau wäre Türkin, äh, türkisch eben, Kopftuch und so, mit 16 verheiratet, zwei Kinder, Sex seit Jahren kein Thema mehr ...“

„Ha!“

„Was heißt hier *ha*?“

„Also, tut mir ja dann auch leid, aber kaum waren die beiden aus dem Studio raus, hatte er seine Hand an ihrem Arsch und seine Zunge in ihrem Hals!“

„...“ Gisela wurde übel, speiübel, eine Zigarette, letzte hin oder her, tat dringend Not!

„Hallo? Giselchen? Übrigens, diesen Schmus von Zwangsheirat, Kindern, Scheidung wegen Tradition unmöglich und so, erzählen die doch jeder Deutschen, die sie nur flachlegen wollen! Wahrscheinlich hat er doch auch direkt von Liebe gefaselt? Das scheint der erste deutsche Satz zu sein, den diese Typen lernen: Ischliebedisch! Wirkt garantiert! Bumste dir die Seele aus'm Leib mit, hahaha ...“

„ICH HASSE DICH!“ Mit diesem Aufschrei verlor sie endgültig ihr Gleichgewicht, das innere und das andere. Letzteres äußerte sich so, daß ihr passabler Po vom Türkenkissen auf die Glasplatte rutschte, die daraufhin ihren angestammten Elefantenplatz verließ und eine noch jungfräuliche (eigentlich für den heutigen, gemütlichen Abend vorgesehene) Aldi-Champagnerflasche über Giselchens Kopf hinweg (sie spürte noch den Luftzug über ihrer Fontanelle) in den Barockspiegel katapultierte. In dem Krawall von berstendem Glas und explodierendem Schampus ging die berechtigte Frage: „Warum mich?“ aus dem Telefon, dessen Kabel bei dieser Gelegenheit aus der Wand riß, völlig unter. Sie registrierte gerade noch, daß sich die ersehnte Zigarettenschachtel außerhalb ihrer Reichweite befand und unter ihrem Rücken etwas brach, schließlich zuckten ihre Pfennigabsätze zwei- bis dreimal sinnlos auf dem glatten Parkett, und plötzlich sah sie nur noch schwarz. Diesmal im wahrsten Sinne des Wortes.

Hakans Laune besserte sich, als er auf sein Auto zuging. Er war mächtig stolz auf diesen Schlitten. Mercedes 500 SEC, tiefergelegt und die breitesten Reifen, die in die Radkästen paßten, ein Fahrzeug mit Stil. In den Kühlergrill war ein riesiger, vergoldeter Mercedes-Stern, der jetzt im Schein der Straßenlampe matt schimmerte, eingearbeitet worden. Der Wagen schien unentwegt zu flüstern: „Weiter so, Hakan, du bist auf dem richtigen Weg.“ Er schloß die Fahrertür auf. Momentan machte er sich auf den Weg zu seiner Gigi, wie er seine Freundin zärtlich nannte. Seine Ehefrau löste in letzter Zeit dagegen kaum liebevolle Empfindungen bei ihm aus, eher schon furchtsame. Ihren Vornamen, bei dessen Aussprache er regelmäßig das Gefühl hatte, sich die Zunge zu verrenken, kürzte er mit „Mecht" ab. Er war ein großer Abkürzer. Hakan startete den Motor, verschob den Schalthebel der Automatik von „P" auf „D" und gab sanft Gas. Mit sattem Brummen glitt der schwere, dunkelblaue Wagen in die Nacht. Es war in den letzten Wochen immer schwieriger geworden, Mecht davon zu überzeugen, daß der „Alte" ihn ständig zu nachtschlafender Zeit zu sehen wünschte. Auch heute Abend hatte es wieder einen heftigen Disput gegeben.

„Was will dieser Scheißalte schon wieder?" hatte sie geschrien, und: „Was bist du? Ein arschgefickter Nachtwächter?"

„Sagstu nisch so dreckige Worte, wo is dein Respekt?" war seine Antwort gewesen, woraufhin der erste Teller geflogen kam. Andauernd mußten sie Geschirr nachkaufen. Undankbare Weiber, dachte er. Da behandelte man sie gut, bestieg und beschenkte sie regelmäßig, und was war der Dank? Undank! Jedenfalls hatte es wieder mal stundenlang gedauert, bis seine Angetraute sich beruhigt und ihm abgenommen hatte, daß er nun aber schleunigst los müsse. Nein, sie könne sich leider nicht persönlich bei dem Alten beschweren, da kein Normalsterblicher ihn jemals zu sehen bekommen würde. Das stimmte sogar, und es galt natürlich auch für so einen kleinen „Heiße-Ware-Kurier" wie Hakan selbst. Gnade ihm Gott, wenn Mechthild das je herausfinden würde. Das sanfte Licht der Armaturenbeleuchtung beruhigte ihn etwas, der Tachometer zeigte konstant sechzig Stundenkilometer. Nur keinen Ärger mit den Bullen. Der Mercedes überquerte jetzt den Rhein auf der Mülheimer Brücke. Richtung Köln-Zentrum. Die riesigen Glocken des Kölner Doms läuteten zur Mitternacht. Vier Stunden zu spät dran, dachte er. Verdammt!

Das „Bogey's" war eine typische Kölner Szenekneipe, und es war für einen Wochentag normal besucht. An der Decke drehten sich lustlos diverse Ventilatoren à la Casablanca, und überall im Lokal hingen riesige Poster von Humphrey persönlich, Ingrid Bergmann, Lauren Bacall und Konsorten. Des weiteren hingen an der Bar die üblichen Intellektuellen in Sakko und Jeans herum, führten mehr oder weniger geistreiche Gespräche und tranken Kölsch, das obligate Kölner obergärige Bier. Viele sprachen auch Kölsch, einen kaum verständlichen, weich und sympathisch klingenden Dialekt. Die Künstler, meist angeregt diskutierend, und das sonstige Publikum verteilten sich auf den Rest des etwa halbvollen Lokals, die Luft war wie immer zum Schneiden nikotingeschwängert, und Rick (er hieß eigentlich Richard, aber er hatte „Casablanca" mindestens hundertmal gesehen), der Wirt, schenkte mit stoischem Gleichmut leere Kölsch-Stangen nach und verteilte Striche auf Bierdeckeln. Diese zeigten den jeweiligen Pegelstand des Gastes an. Ein ganz gewöhnlicher Dienstagabend. Die Bahnhofsuhr über dem Tresen, die sicher auch wieder irgendwas mit einem Bogart-Film zu tun hatte, zeigte eine Minute nach Zwölf, als sich, pünktlich zur Geisterstunde, der dicke rote Vorhang vor der Eingangstür teilte. Die strohblonde Frau, die nun auf ebenso hohen wie schmalen Absätzen hereingeschlingert kam, wirkte auch, als hätte sie einen Geist gesehen. Sie trug einen schlichten, konsequent vom Hals bis zu den Knien zugeknöpften Popeline-Trenchcoat, beige. Ihre Frisur und ihr Make-up waren zerzaust und verschmiert, in dieser Reihenfolge, und die gewagten Lack-High-Heels, die unter ihrem biederen Mantel hervorlugten, trugen auch nicht gerade zu einer seriösen Gesamterscheinung bei. In einer Dorfkneipe wäre sie die Sensation des Abends, dachte Rick, aber das hier ist zum Glück keine. Er nickte ihr freundlich zu. Sie war hier schon öfters in ähnlich ramponiertem Zustand aufgetaucht. „Hi, Rick!" Sie ließ sich ihm gegenüber auf einen Barhocker plumpsen.

„Hi, Gisela, alles klar bei dir?" antwortete er. Seine Glatze glänzte mit seinem freundlichen Mondgesicht um die Wette.

„Ach, hör' auf, ich glaub, heute ist nicht mein Tag! Kannst du mir einen Zehner für Zigaretten klein machen?"

„Immer noch Marlboro?"

„Ja, und ein Kölsch, bitte." Gisela sah sich verstohlen im Lokal um, während Rick seines Amtes waltete. Keine Bekannten! Sie atmete auf. Was für ein Abend! Nachdem sie inmitten von Glasscherben und Bronze-Elefanten wieder zu sich gekommen war, hatte sie in der Küche eine halbvolle (Optimismus!) Kaffeekanne kalt auf ex getrunken, ihre letzte Zigarette geraucht und sich gesammelt – im Rahmen des Möglichen. Die Aussicht, sich nun ohne Nikotinzufuhr alleine in den Schlaf zu heulen (oder zu trinken), war ihr nicht allzu verlockend erschienen, also ab in die Eckkneipe gegenüber.

„Hier bitte", ließ sich der Wirt vernehmen, und vor Gisela lag, neben einem frisch gezapften Kölsch, eine bereits geöffnete Schachtel Marlboro. „Danke, Rick, bist ein Schatz!" sagte sie und meinte es auch so. Außer dem Typen neben ihr – sein Bierdeckel wies bereits eine stattliche Strichesammlung auf – schien sie niemand großartig zu beachten. Gut so.

„Wieso ist heute nicht dein Tag?" fragte Rick.

„Na ja, Streß in der Arbeit, mein Abteilungsleiter ist ein Riesenarschloch, und überhaupt." Den Teufel würde sie tun, einen ebenso schwulen wie mitteilsamen Barkeeper mit näheren Details zu versorgen.

„Trotzdem ist es ein bißchen voreilig, den heutigen Tag jetzt schon zu verfluchen."

„Hä?" wunderte sie sich und guckte auf die Bahnhofsuhr. Dabei fiel ihr auf, daß die Schweinsäuglein ihres Nebenmannes, Marke übergewichtiger Klugscheißer, permanent auf die Beine ihres Hockers zu starren schienen.

„Ach so, du meinst, weil er gerade erst angefangen hat ... Witzbold!"

„Der Mensch, das Kuriosum dieser Welt", sagte der Dicke. Gisela beschloß, das zu überhören.

„Aus welchem Film ist die überhaupt, die Uhr da?"

„Casablanca, Bahnhofsszene. Weißt du, wo der Bogart vergeblich auf die Bergmann wartet ... tschuldige!" Rick hatte diverse Gläser aufzufüllen, und zwei Gäste wollten zahlen.

„In seinem Streben nach Macht und Geld vergißt er oft, woran nun er, als ob es wirklich schändlich wär, die Wahrheit zu erfahrn ..." Hatte man denn nirgends seine Ruhe vor irgendwelchen Quatschköpfen? Die Blondine im Trench verdrehte die Augen.

„Haben Sie was gesagt?" versuchte sie abweisend zu wirken.

„Zitiert, das heißt, versucht zu zitieren, das hab ich. Aber ich bin hängengeblieben ..."

Als Räuber Hotzenplotz wäre der Typ die Idealbesetzung gewesen, sein Kopf inklusive Gesicht schien fast nur aus Gestrüpp zu bestehen.

„Alles hängt bei mir, vor allem um' Ge... Genitalbereich, ich bin ein ausgesprochener Sch... schlapper Schwans. Schlappschwanz. Weißte?" Stimmt, dachte Gisela. Außerdem viel zu fett. Sie fragte: „Sie sind nicht zufällig arbeitsloser Lehrer oder sowas?" etwas irritiert. Daß ihr die Kerle im Gespräch ständig auf den Busen starrten, war sie ja gewohnt. Aber dieser ungepflegte Fettsack schien sich mit ihren *Stiefeln* zu unterhalten.

„Lehrer, ja. Deutsch und Geschichte. Nix arbeitslos, aus Bayern hierher versetzt. Hartes Los. Keine Berge, keine Täler. Na ja, fast keine ..." Sein Blick wanderte einen Sekundenbruchteil etwas höher. „Meier, mein Name. Gustav Meier. Kannst Gustl zu mir sagen." Sie schauderte. Wenn sie irgendwen noch mehr verabscheute als struppige Hinterwäldler, dann waren das Lehrer aller Art. Und kein rettender Rick in Sicht.

„Und Sie können mich mal entschuldigen. Mein Strumpfhalter bringt mich noch um. Helena Rubinstein. Mezzosopranistin. Sehr angenehm." Mit diesen Worten rutschte sie von ihrem Sitz, knickte kurz mit dem rechten Absatz ein und floh Richtung Damentoilette.

In der Kölner Innenstadt einen legalen Parkplatz zu finden, vor allem dann, wenn die meisten Kneipen noch gut besucht sind, ist ganz leicht. Ungefähr so leicht wie bei dem bloßen Versuch keinen Tobsuchtsanfall zu kriegen. Hakan war sich dieser Tatsache wohl bewußt, und mit seinem Geduldsfaden war heute auch nicht mehr viel los. Also parkte er seinen dicken Mercedes direkt vor der Einfahrt zu Giselas Hauseingang, der Länge nach. Er stieg aus, zündete sich mit seinem Macho-Sturmfeuerzeug erstmal einen seiner filterlosen Zigarillos an und drückte dann beherzt auf den Klingelknopf mit der Aufschrift „Rahm".

„Entschuldige, Meister, haste nich zufällig mal'n bißchen was Kleingeld übrig?" der kleine Punkie, offenbar nicht mehr ganz Herr seiner Sinne, war fast lautlos an ihn herangetreten. Die zwölf Dosen Billigbier, die der Kleine im Laufe des Tages konsumiert hatte, waren seinem Urteilsvermögen nicht unbedingt zuträglich gewesen. Hakan klingelte noch mal, packte den Punk an der Gurgel, dann ließ er entnervt seinen Zeigefinger auf der Klingel, bis die Kuppe weiß anlief. Nein, dieser große, kräftige Türke im dunklen Armani-Anzug wirkte nicht wie ein Philanthrop. Eher wie ein Profikiller aus dem Kino. „Hastu Arsch offen? Erschricks misch fast zu Tode! Kleiner Wichser!" Die vielen Ketten, die der Junge um seine zerfetzten Klamotten drapiert hatte, klimperten leise, als der Mann ihn noch etwas nachdrücklicher an die Hauswand drückte.

„Schon gut, Mann, war doch nur 'ne Frage." Der Druck auf den Kehlkopf des Punks ließ seine Stimme fast mädchenhaft klingen, er schien wirklich noch sehr jung zu sein.

„Wie alt bistu, Wichser?" Die Kneipe gegenüber sah einladend aus. Hakan entschied, diesmal Gnade vor Recht ergehen zu lassen. Er ließ los.

„Alt genug", kam röchelnd die Antwort.

„Isch zweifle. Wenn du werde willst alt genug, geh heim zu deine Mama!" mit diesen Worten wandte sich der Gangster von dem Punk ab und überquerte die Straße. Hätte er dessen Gesichtsausdruck in diesem Moment wahrgenommen, er wäre ihm seltsam erschienen. Im Blick des Jungen lag ein konsequentes Selbstbewußtsein, das so gar nicht zu seinem restlichen Aussehen passen wollte.

Damentoiletten wirkten auf Gisela immer sehr beruhigend. Ein Ort der Besinnung und der Make-up-Kontrolle, männerfreie Zone. Sie öffnete ihren Mantel, den sie zu Hause einfach über ihre Reizwäsche geworfen hatte, und atmete tief durch. Endlich konnte sie diese Straps-Klips-Tortur beenden. Sie öffnete die Mistdinger, die ihr bereits offene Wunden ins Fleisch gescheuert hatten (die Tür hinter ihrem Rücken ging auf) und befestigte sie an ihren Stiefeln (jemand schien keuchend auf den Fliesenboden zu fallen), worauf ihre sexy Strümpfe sich prompt auf den Weg Richtung Kniekehlen machten.

„Oh, Herrin!" Wie bitte? Erschrocken drehte sie sich um. „Ich bete dich an!" Vor ihr kniete der dicke Deutschlehrer. „Laß mich dein Fußabstreifer sein!" Der Anblick der üppigen Blondine in Lack und Spitze brachte ihn offensichtlich zur Raserei. „Dein Mülleimer!" Er klatschte vornüber, mit dem Gesicht auf den Fußboden, den er sofort inbrünstig küßte. „Dein Besitz! Ich verehre den Boden, auf dem du wandeltest!" Ein Wahnsinniger, dachte sie. Außerdem fiel ihr aus irgendeinem Grund der Papst ein. KEINE PANIK! „Ich bin häßlich und dumm und kann nichts", er robbte jetzt auf sie zu. NUR DIE RUHE BEWAHREN!

„Nun wollen wir mal nicht päpstlicher sein als der Papst!" ein etwas zusammenhangsloser Beschwichtigungsversuch. „Außerdem ist das hier eine Damentoilette. Männer dürfen hier nicht rein."

„Laß mich dein Sklave sein", er umklammerte jetzt ihre Beine. „Ich tu alles, was du willst!"

„Dann lassen Sie mich los!"

„PFOTEN WEG!" das wäre Giselas nächster Satz gewesen, aber die füllige Frau, die soeben unbemerkt eingetreten war, kam ihr zuvor. „Hier steckst du also, du Miststück!" Sie hatte einen leichten Damenbart, war ansonsten eher unscheinbar. Ihre dunklen Augen funkelten böse, als sie den Dicken an seiner Wuschelmähne an sich zerrte. Mit der anderen Hand nestelte sie an seiner Gürtelschnalle herum.

„Laß mich doch erklären, Sabine! Es ist ganz anders, als du denkst!" quiekte der Lehrer.

„Willst du wissen, was ich denke?" mit geübtem Griff zerrte sie seinen breiten Ledergürtel aus den Schlaufen. „Ich denke, daß du dir meine Abwesenheit mit Nutten versüßt!" Sie begann, auf den Rücken und Hintern des Mannes einzudreschen. Mit Vehemenz. „Nicht wahr, Lorelei? Du bist doch vom Fach?" Gisela, die bislang gebannt das Geschehen verfolgt hatte, erwachte aus ihrer Starre, als sie derart angebrüllt wurde. Es schien ratsam, zu verschwinden, bevor dieses Schnurrbartmonster völlig ausrastete. „Nicht direkt", sagte sie, während sie Richtung Ausgang hastete. „Herrin! Hilf! Ich will noch nicht sterben!" mit diesen Worten hechtete der fette Masochist hinter ihr her, wobei er ihren Mantel zu fassen bekam. Wer will das schon, dachte Gisela, als sie die Tür zum Lokal aufriß. „Ich bring euch beide um", kreischte die beleibte Frau, die Sabine hieß.

Hakan betrat das „Bogey's". Für einen offiziellen Moslem trank er sehr gerne Kölsch (Tatsache war, daß er seit 15 Jahren keine Moschee mehr von innen gesehen hatte). Er sah sich kurz um, wobei er mißbilligend die Stirn runzelte. Künstler und Intellektuelle rangierten auf seiner Popularitätsliste ganz weit unten. Lesben und Schwule erst recht. Egal, er konnte jetzt ein Bier vertragen, in sexueller Hinsicht schien der Abend ja gelaufen zu sein. Da war ein Platz an der Bar frei. Rick, der homosexuelle Wirt, registrierte den gutaussehenden Südländer sofort. Circa 1,80 groß, drahtig, dichter schwarzer Haarschopf. Elektrotechniker-Bärtchen wie es Rapper und Gangster gerne tragen. Wobei dieser Typ mit seinem edlen Anzug und der dicken, brillantbesetzten Armbanduhr eher nach Letzterem aussah. Ah, was für ein Mann! Leider wirkte er mit seinen raubtierhaften Macho-Bewegungen und den kalten, fast schwarzen Augen verdammt hetero. „Was darfs sein, Fremder?" fragte er den Prachtburschen, dessen ohnehin reichlich humorlose Miene sich augenblicklich verdüsterte. Der Grund hierfür war allerdings nicht Ricks kecke Ansprache, sondern das Faktum, daß just in diesem Moment die vergilbte Holztür neben der Bar aufflog. Folgende Szene präsentierte sich dem mehr als verdutzten Türken: Seine Gigi stürzte auf ihn zu, Schrecken und, als sie ihn erkannte, Erstaunen in ihren verschmierten Augen. Ihr in der Öffentlichkeit etwas deplaziert wirkender Spitzenbody war so unglücklich verrutscht, daß ihre linke Brustwarze hervorblitzte. An ihrer rechten Schulter hing noch halb ihr Popeline-Mantel und an dessen Saum ein fetter, sabbernder Waldmensch im Leder-Stringtanga, seine Breitcordhosen schlackerten mangels Gürtel um die Knöchel. Den beiden folgte wutentbrannt eine korpulente Frau, die, heftig fluchend, mit einem Riemen auf den fast nackten, von roten Pickeln und Striemen übersäten Hintern des Untiers einschlug. Es war ein Riesenkrawall, der nun allerdings die Aufmerksamkeit der ansonsten nur schwer zu beeindruckenden restlichen Gäste auf sich zog. Was immer hier vor sich gehen mochte, Hakans Tatendrang erwachte jedenfalls schlagartig. Gisela warf sich in seine starken, schutzversprechenden Arme.

„Schaff mir diese Idioten vom Hals!" schrie sie. Dieser Aufforderung kam der Türke sofort nach, indem er zunächst den winselnden Wurzelsepp mit einer Kopfnuß von Gigis Trenchcoat loseiste, um ihn anschließend an seiner dunkelbraunen Krawatte zu sich hochzuziehen. Die Frau, die Sabine hieß, stoppte ihre Aktivitäten und schrie nun auf Hakan ein: „Und was bist du für ein Mafiatyp? Der Zuhälter von der Schlampe, oder was?" Schaulustige rückten näher, Rick stand wie vom Donner gerührt. Gustl, der Waldmensch, litt unter Sauerstoffmangel, da sein Krawattenknoten ihm zum Verhängnis zu werden drohte. Er röchelte vernehmlich. Der gutgekleidete Südländer schien nun die Faxen dicke zu haben. Seine rechte Hand verschwand kurz in seinem Sakko, um eine Sekunde später mit einem riesigen Revolver wieder aufzutauchen.

„Isch bin kein Zuhälter und meine Freundin is kein Schlampe, klar?" Alles verstummte. Mit einem solchen Kaliber diskutierte man besser nicht. Hakan ließ die Mündung seiner Waffe einmal im Lokal kreisen, dann zielte er auf den Damenbart. „OB DAS KLAR IS?" Die Korpulente schluckte und nickte. „Und jetzt ALLE AUF DIE BODEN!" kommandierte der Türke. Die Leute gehorchten äußerst flott. „Ihr nisch!" gemeint waren Sabine und Gustl. „Du machs jetzt stäitsch-deiving!" Der Lehrer lockerte mit hochrotem Kopf seinen Binder. „Was mach ich?" knirschte er. Hakan deutete auf den Tresen.

„Da raufsteigen! Vorher Hose aus!" Gustl legte keinen Wert darauf, von einem Mann mißhandelt zu werden, soweit ging sein Masochismus dann doch nicht. Angesichts der gigantischen 45er Magnum, mit der dieser Hottentotte herumfuchtelte, hielt er es allerdings für gesünder, dessen Anweisungen Folge zu leisten. Also stand er schließlich in Wollsocken, Tanga und Cordsakko auf der Bar. Der Mann mit dem Ballermann schmunzelte zufrieden.

„Sehr schön, Intelleller! Sehr gute Stil! Also, du bis jetzt große Hiphop-Star, da unte ...", er zeigte auf die Rückseite des Tresens, wo der nichts Gutes ahnende Rick bereits in sichere Entfernung kroch, „... sind alles Fans von dir. Die fangen disch. Du springst. Das is stäitsch-deiving." Der Dicke guckte verwirrt.

„Da ist niemand."

„Ach? Keine Fans heute?" Der Türke grinste satanisch. „Dein Problem. Los, spring! SPRING!"

Gustl erschrak und sprang. Für einen Sekundenbruchteil schien seine dicke Wampe waagerecht in der Luft zu hängen, dann hörte man nur noch Rummsen und Stöhnen (alles andere als lustvoll), schließlich Stille. Die Frau namens Sabine war auf einmal sehr kleinlaut. Mit angsterfülltem Blick starrte sie Hakan an.

„Du siehst aus wie durstig", sagte der nun zu ihr, wobei er mit einer generösen Handbewegung auf sämtliche angetrunkenen Kölsch-Stangen wies. „Die säufstu aus. Alle. Auf ex! Klar?" Sie nickte angewidert und führte die erste zum Mund. Kölsch wird schnell schal. So ähnlich muß sich Sokrates mit seinem Schierlingsbecher gefühlt haben, dachte sie, dann trank sie in kleinen Schlucken.

„Gut, weitermache mit Rücken zu uns. Und alle andere RÜBE RUNTER!" Der Türke nahm seine Gigi, die mittlerweile ihren Trench wieder geschlossen hatte und nur noch aus diesem Irrenhaus raus wollte, leidlich galant am Arm. Keiner guckte, die Füllige trank tapfer, also verließen die beiden mit raschen, leisen Schritten die Kneipe. Draußen hatte ein heftiger Platzregen eingesetzt, so daß selbst die Stadtluft frisch schmeckte, Gisela nahm das dankbar zur Kenntnis und stolperte bei dieser Gelegenheit endgültig über ihre Stilettos, auf den Stufen zur Eingangstür.

„Wah ...", machte sie, aber ihr Galan fing sie, warf sie sich leise ächzend über die Schulter und rannte los, über die Straße. Binnen Sekunden waren beide klatschnaß, Gisela, mit dem Kopf nach unten, wurde schlecht. Vor ihrer Haustür setzte Hakan sie ab und hielt sie auf Armeslänge von sich.

„Alles okeh, Gigi?" fragte er, denn sie war auf einmal sehr blaß, und ihre Augenlider hingen auf Halbmast. „Du ...", sie packte ihn an seinem aufgeweichten Kragen, dann zuckte ihr Oberkörper nach vorne und sie mußte sich übergeben. Dabei ließ sie ihn nicht etwa los. Schade um den guten Anzug. „Du kotzt mich an!" würgte sie schließlich hervor, in völliger Umkehrung der Tatsachen. „Du ... du Bastard!" Sie verpaßte ihm eine schallende Ohrfeige. „Lügner! Betrüger!" Sie holte wieder aus, aber Hakan war nicht der Typ, der auch die andere Wange hinhielt. Statt dessen packte er Gigis Handgelenke und sagte: „Isch weiß nisch, was du meins, aber wir müsse hier schleunig weg!" Er zeigte mit dem Daumen auf das „Bogey's". „Die rufe garantiert die Bullen!" Der Türke und seine Geliebte standen sich im strömenden Regen gegenüber. Er hielt immer noch ihre Hände fest, was sie komischerweise etwas beruhigte. Schließlich meinte sie: „O.k., aber du kommst mir nicht mehr in die Wohnung. In dein Auto, los!" Hakan nickte, denn er fühlte sich etwas unter Zeitdruck. Wenn ihn wegen so einem Scheiß die Bullen kassieren würden, hätte die Organisation, für die er „arbeitete", kaum Verständnis. Also schloß er die Beifahrertür auf, die Zentralverriegelung klackerte, und sie stiegen ein. Sie sanken regelrecht dampfend, da es in dem Wagen deutlich wärmer war als draußen, in die weichen Velours-Sitze. Die getönten Scheiben des Mercedes beschlugen sofort.

„Aber ich fahre mit dir nirgendwo mehr hin", blaffte Gisela ihn an, dann entriß sie ihm mit einer Schnelligkeit, die sie selbst überraschte, den Zündschlüssel und ließ ihn in ihrem triefenden Ausschnitt verschwinden.

„Aber die werde da drübe jede Moment ...", Hakan machte Anstalten, sich auf sie zu stürzen, wild gestikulierend.

„Ich weiß über dich und deine Frau Bescheid." Das saß, er wurde schlagartig ruhig.

„Was weistu?"

„Alles, was ich wissen muß, um dich in die Wüste zu schicken, wo du hingehörst." Sie wunderte sich über ihre eigene Ruhe. Jetzt wurde reinen Tisch gemacht. Ihr zukünftiger Ex-Lover sah nervös aus dem Fenster. Vor der Kneipe auf der anderen Straßenseite wuselten jetzt einige Leute herum, die man aber nur noch schemenhaft erkennen konnte.

„Die Bullen ...", begann er wieder, aber Gisela war nicht geneigt, vom Thema abzuschweifen.

„Nun verschon mich mal mit deiner scheiß Bullenparanoia! Falls die wirklich hier auftauchen, können sie uns durch diese Scheiben genauso wenig sehen, wie wir hier noch rausgucken können. Du hörst mir jetzt zu, und anschließend trennen sich unsere Wege. Für immer. Andernfalls hetz ich dir persönlich deine blöden Bullen auf den Hals!" Dieses Argument beeindruckte Hakan mehr, als sie ahnen konnte. Er sank in seinen Sitz.

„Isch höre."

„Dann hör auch zu, und, vor allem, unterbrich mich nicht!" Pause. Wo sollte sie anfangen? Ah, ja: „Ich finde, Ehrlichkeit ist das Wichtigste in einer Beziehung. Anfangs hatte ich genug Probleme damit, daß du überhaupt verheiratet warst. Aber ich fand es gut, daß du mir davon sofort erzählt hast. *So ehrlich ist er wenigstens*, dachte ich, *zumindest mir gegenüber*. Ich war viel zu verliebt, um auch noch deine angebliche Frau, dieses türkische Hausmütterchen, zu bemitleiden. Und ich hab dir deinen Scheiß, von wegen, daß du nur mich lieben würdest und aus dieser Ehenummer wegen Familie und so nicht mehr rauskommen würdest, geglaubt. Dein Gefasel von *Blutrache*, falls du Frau und Kinder verlassen würdest! Kinder! Du wirst mir doch nicht erzählen wollen, daß du mit dieser Fitneß-Tussi wirklich

Kinder hast! Haßt! Ha, ja, das kann gut sein, daß ihr beide Kinder haßt! Ich hasse dich jedenfalls dafür, daß du mich zwei Jahre lang permanent angelogen hast! Und zwei- bis dreimal die Woche gevögelt, ach wie toll! Es ist aus, Hakan, aus und vorbei! Oder stimmt irgendwas von dem nicht, was ich eben gesagt habe?" Der Türke schüttelte betreten den Kopf. Er fühlte sich ertappt.

„Aber isch liebe disch doch wiklisch", brachte er hervor, was sich als ganz falscher Text erweisen sollte. Gisela lief rot an und schrie: „ISCHLIEBEDISCH, das kenn ich zur Genüge. Das heißt bei dir wohl so viel wie ISCHFICKDISCHGERN! Aber nicht mehr mit mir, mein Bester, NIE WIEDER!" Sie beruhigte sich etwas, denn es war nun wohl das Wichtigste gesagt. Hakan fand das auch, er hatte momentan die Schnauze gestrichen voll von dieser undankbaren Zicke. Er öffnete das Handschuhfach und holte ein kleines Schmucketui heraus.

„Okeh, Gigi, isch hab verstande dein Problem. Weißtu was: Isch hab disch gern gefickt. Stimmt. Wenn du nisch mehr wills, gut, hier hastu Abschiedsgeschenk, damit du siehst, daß isch weiß, wie man ein Frau behandelt. Wenn du dir anders überlegs nochmal, hastu mein Händinummer, isch ...", mit diesen Worten hatte er das Etui in ihre Manteltasche geschoben, kam aber genauso wenig dazu, seinen Satz zu vervollständigen, wie Gisela Gelegenheit fand, ihm das Ding mit den Worten: „Steck dir das in deinen Macho-Arsch!" ins Gesicht zu werfen. Nicht, daß sie das nicht ernsthaft vorgehabt hätte. Aber leider wurde der schwere Wagen, in dem die beiden saßen, genau in diesem Augenblick ruckartig an der Vorderachse hochgerissen, so daß die Insassen erschrocken in ihre Sitze gedrückt wurden. Sie hatten beide durch den prasselnden Wolkenbruch und ihre Auseinandersetzung nicht bemerkt, daß sie in der Zwischenzeit ein großer, gelber Abschleppwagen an den Haken genommen hatte. Jetzt aber, als er sich anschickte, den Mercedes auf seine Ladefläche zu zerren, gab es daran keinen Zweifel mehr. Hakan riß seine Tür auf und sprang völlig entnervt aus dem Auto. „Bistu lebensmüde, Mann?" brüllte er den LKW-Fahrer an. Gisela fand, daß diese Situation schon wieder nach Eskalation roch, und sie war noch von der Kneipenaktion vorhin bedient. Sie hörte, wie der Mann vom Abschleppdienst lautstark etwas von Hofeinfahrt und Halteverbot erwiderte, als sie den Autoschlüssel aus ihrem wogenden Busen fingerte und auf den Fahrersitz warf. Dann kletterte auch sie aus dem Wagen, stolperte auf die eiserne Hauseingangstür zu, schloß auf und rief: „Von jetzt an kannst du dich selber gerne ficken! Und zwar für immer!" Der Türke, sein Kontrahent und zwei unbeteiligte Passanten sahen sie reichlich verdutzt an, schließlich fiel die Tür hinter ihr zu. Sie stöckelte durch die Einfahrt zum Treppenhaus, unterwegs zündete sie sich eine „Marlboro" an und inhalierte gierig. Trotz allem inneren Aufruhr fühlte sie sich in gewisser Weise erleichtert. Sicher, der Sex mit diesem verlogenen Charakterschwein war großartig gewesen, sie würde das vermissen. Aber das Leben war einfach zu kurz, um sich auf Dauer als Zweitfrau verarschen zu lassen. Es war überhaupt für einiges, was einem schleichend die Seele massakrieren konnte, zu kurz. Sie würde mal in Ruhe darüber nachdenken müssen. Gisela erreichte nun den Innenhof, an den das Treppenhaus grenzte. Der Regen hatte aufgehört, es war jetzt wieder eine milde Nacht im Mai. Schön! Sie nahm noch einen tiefen Zug, dann warf sie die Zigarettenkippe auf das nasse Pflaster, wo die Glut augenblicklich verzischte. Feierabend, dachte sie.

ZWEITES KAPITEL

Das weiche Licht der Morgensonne weckte den jungen Mann. Es fiel in dünnen Strahlen durch die Ritzen des Rolladens. Wie eine Lasershow für Arme, dachte er, und rieb sich mit einer kindlichen Handbewegung den Schlaf aus den Augen. Dann wälzte er sich von dem Sofa, auf dem er geschlafen hatte, und schlurfte in seinen violetten Unterhosen Richtung Küche. Dort füllte er die Kaffeemaschine und spritzte sich etwas kaltes Wasser ins Gesicht, anschließend bändigte er seinen strubbeligen blonden Schopf, indem er sich mit nassen Fingern durch die Haare fuhr. Acht Uhr. Eine gute Zeit zum Brötchenholen, er klaubte seine Klamotten vom Boden zusammen und zog sich an. Auf seinem löcherigen, knallroten T-Shirt stand in Großbuchstaben: „FUCK YOU VERY MUCH!" Leise zog er die Wohnungstür hinter sich zu, dann setzte er sich seitlich auf das Treppengeländer und begab sich auf die Rutschpartie vom zweiten Stock zum Erdgeschoß, wie er das schon als kleiner Junge immer getan hatte. Nun, liebgewordene Gewohnheiten muß man ja nicht unbedingt aufgeben, nur weil man mittlerweile 19 Jahre alt ist, außerdem wäre er locker für 16 durchgegangen. Unten traf er den Hausmeister, Herrn Arendt.

„Hallo, Frank, sieht man dich auch mal wieder!" Der für seinen Berufsstand ungewöhnlich umgängliche Mittfünfziger mit dem verwegen hochgezwirbelten Schnäuzer hatte gerade den Hof gekehrt, stützte sich nun auf seinen Besen und wunderte sich. Dieser Bengel schien kaum zu altern. „Morgen, Herr Arendt", erwiderte Frank, „ich dachte, es würde mal wieder Zeit, ja. Ist auch bald Muttertag."

„Wohnste immer noch in der Südstadt?"

„Ja, mit ein paar Freunden zusammen. Anders kann man da kaum die Miete bezahlen, Sie kennen das ja."

Der gemütliche Mann nickte. Er kannte die Lebenshaltungskosten in Köln sehr wohl. Er blickte väterlich auf den Burschen namens Frank herunter. Der sah aus, als ob er sich unter anderem kaum etwas zu essen leisten konnte, sehr schlank. Fast schon ausgemergelt. Und immer noch so klein, vielleicht einen Meter sechzig. Man hatte das Bedürfnis, ihm ein Wurstbrot zuzustecken. Statt dessen sagte er: „Und sonst, alles klar bei dir?"

„Mhm, danke, und hier? Alles beim Alten?"

„Jo, jo. Letzte Nacht hamse hier vor der Einfahrt wieder einen abgeschleppt. Hat ganz schön rumkrakeelt, der Heini. Scheinbar irgend so ein Kanake. Hast du da was Näheres mitgekriegt?"

„Ich? Nö! Da muß ich schon geschlafen haben. Aber ich war der, der den Abschleppdienst gerufen hat."

„Was? Du? Wieso das denn?"

„Na ja, ich hatte mit diesem Kanaken eine Rechnung zu begleichen." Frank zeigte auf die grünen und blauen Würgemale an seinem Hals. „Und da dachte ich mir, das kommt stilistisch besser als Reifenzerstechen oder sowas. Außerdem kann 'ne freie Einfahrt nie schaden, oder?"

„Du bist und bleibst ein Lausebengel", schmunzelte Herr Arendt, „... aber Hauptsache, du rutscht nich mehr übers Treppengeländer! Tust du doch nicht mehr, ne?" Frank war bereits unterwegs zur Straße.

„Ich? In meinem gesegneten Alter? Nie im Leben!" Er winkte dem Hausmeister noch mal zu, dann trat er in die warme Morgensonne. Die Straßenbahn rauschte klingelnd zwei Meter vor seiner Nase vorbei, Autos hupten, Schulkinder kreischten vor Vergnügen. Seine Stadt hatte ihn wieder.

Das erste, was Gisela wahrnahm, als sie die Augen öffnete, war das orientalische Muster auf dem Paravan, der ihr Bett vom Rest ihres Einzimmerappartements optisch abschirmte. Dieser ganze Morgenland-Mist fliegt demnächst auf den Sperrmüll, das war ihr erster konkreter Gedanke an diesem freundlichen, sonnigen Morgen. Sie mußte letzte Nacht wohl hundemüde gewesen sein, wie war sie eigentlich in ihr Bett gekommen? Und waren die Rolläden gestern nicht unten gewesen? Das war ja brutal hell hier, meine Güte, davon konnte man ja Kopfschmerzen kriegen. Sie stellte fest, daß sie die bereits hatte, dafür kehrte ihr Erinnerungsvermögen allmählich zurück. Ja, sie war gestern abend, bzw. heute morgen, sehr müde im dunkeln durch die Wohnung getapst, nachdem sie sich bereits im Treppenhaus ihrer Folterwerkzeuge von Stiefeln entledigt hatte. Scheinbar hatte sie es auch noch geschafft, ihren Mantel auszuziehen, bevor sie in ihr Bett und dort regelrecht in Ohnmacht gefallen war. Roch das hier nicht nach Kaffee? Obwohl in der Küche noch Aspirin waren? Fragen über Fragen. Gisela raffte sich auf und sah auf die Uhr. Wie auch immer, sie müßte in 45 Minuten im Büro sein, ein Ding der Unmöglichkeit. Sie ging zur Küche und wunderte sich. Irgendwie hatte es gestern anders in ihrer Wohnung ausgesehen. Sämtliche Glasscherben, bis auf die wenigen, die noch im Barockrahmen herumhingen und vorwurfsvoll das Morgenlicht reflektierten, waren verschwunden. Der alte Parkettboden war vom Asche-, Schampus- und Whiskyschmodder befreit und irgend jemand, auf keinen Fall sie selbst, hatte das Telefon wieder eingestöpselt. Der Anrufbeantworter blinkte. Neben dem Sofa lag eine schwarze, sehr abgewetzte Lederjacke mit weißen, geheimnisvollen Aufschriften, darauf ein Haufen rostiger Eisenketten. Sehr sonderbar. Wenigstens befand sich ihre Sonnenbrille auf ihrem angestammten Platz, der Nase der Goethe-Gipsbüste. Sie setzte sie auf und ihre Entdeckungsreise fort. Richtig, da war frischer Kaffee, neben der Maschine stand ein Glas Wasser, darauf eine Packung Aspirin. Die Frau im Spitzenbody nahm eine davon, schenkte sich eine große Tasse Kaffee ein und überlegte. Hier mußte sich eine Art Heinzelmännchen herumgetrieben haben. Oder litt sie neuerdings an Alzheimer? Sie näherte sich vorsichtig, wie ein Kaninchen der Schlange, den rostigen Ketten. Sahen harmlos aus. In einem Anflug völliger Irrationalität legte sie sich die Dinger um den Hals und zog die speckige Jacke an, die sie zwar kniff, aber auch nicht aus diesem komischen Traum erweckte. Verlor sie jetzt endgültig den Verstand? Auf der Suche nach Klarheit aktivierte sie den Anrufbeantworter. Keuchen und Stöhnen erklang, dann: „Hast du gewußt, was das Kamasutra sagt?" Auch das noch! Der anonyme Kastrat! „Es sagt, daß der Mann seinen Erguß so lange wie möglich hinauszögern sollte!" Sie schaltete ab. An irgendwen erinnerte sie diese Stimme, aber das half ihr im Moment auch nicht weiter. Gisela nahm die kleine Kassette aus dem Gerät und steckte sie in ihre Handtasche, dann erstarrte sie vor Schreck! In ihrer Wohnungstür drehte sich ein Schlüssel! Sie fuhr herum, da öffnete sich die Tür und herein spazierte, mit Brötchen und einem Strauß Moosröschen bewaffnet –

„FRANK!" sie juchzte es fast, vor Freude und Erleichterung.

„Hallo, Ma!" grinste der junge Mann. „Wie siehst du denn aus?" Mutter und Sohn fielen sich in die Arme. „Dasselbe könnte ich dich fragen!" Kaffee wurde verkleckert und Brötchen gequetscht, aber das war jetzt Nebensache. „Bist du unter die Punker gegangen?" Gisela konnte nicht aufhören, ihn zu drücken und abzuküssen.

„Sozusagen, ja. Aber nur vorübergehend." Frank wurde die Knuddelei allmählich peinlich, er entwand sich geschickt und überreichte seiner Mutter die Blümchen. „Hier, für dich. Aber sag mal, du siehst ja auch zünftig aus. Sattelst du jetzt auf Rocksängerin um?" Statt einer Antwort drückte seine Mutter erst die Rosen und dann ihn selbst noch mal an ihren gewaltigen Busen.

„Mein Junge! Ich freu mich so!" Tränen standen in ihren Augen. „Wie lange bleibst du?"

„Ich, äh, müßte dann heute nachmittag wieder los, wir wollten noch probieren ..."

„Gut. O.k.: zwei Sekunden! Deckst du schon mal den Tisch? Ich ruf nur mal eben im Büro an", sie war schon am Telefon und wählte.

„Sendeleitung Hörfunk, Barfuß (das war keine Zustandsbeschreibung, sondern Carlas Nachname), guten Tag!"

„Carla, vergib mir, du hattest ja so recht!"

„Gisela? Heißt das, es hat sich ausgehaßt?"

„Ich hab dich nie gehaßt, weiß gar nicht, woher du das hast."

„Na gut, und was hast du? Keine Lust?"

„Genau, sag dem Mehlig (das war der Abteilungsleiter), daß er mich mal kreuzweise kann! Nein, Quatsch, sag ihm, ich wär unpäßlich, frauentechnisch, komme dann nachmittags, ja?"

„O.k., andere Frage: Ist er denn noch aufgetaucht?"

„Du, das ist eine längere Geschichte, die erzähl ich dir dann morgen, einverstanden?"

„Ist gut, ich muß dir dann auch noch was erzählen, ich hab nämlich entdeckt, was mir fehlt: Ein Kind! Ich hab einen stark ausgeprägten Kinderwunsch!" Es wurde Zeit, Carla vom Schwadronieren abzuhalten.

„Das kann ich im Moment sehr gut verstehen! Bis bald, ja? Ciao!" Sie legte auf.

Frank hatte in der Zwischenzeit den Frühstückstisch gedeckt. Das war relativ flott vonstatten gegangen, da der Kühlschrank seiner Mutter nur ein halbvolles Glas Marmelade, etwas Butter und ein kleines Stück Fleischwurst hergegeben hatte. Trotzdem bot sich Gisela ein herzerwärmendes Bild, als sie sich setzte. Die Blumen steckten in einer kleinen Gießkanne, weil ihr Sohn keine Vase gefunden hatte. Der Kaffee dampfte, die Sonne schien durch die hohen Altbaufenster auf den Tisch, was sie jetzt dank ihrer dunklen Sonnenbrille sogar richtig gemütlich fand. Aber das Wichtigste: Frank war da. Haar- und Augenfarbe hatte er von ihr, das klassische Profil jedoch, und auch die kleinen Grübchen, wenn er lachte, von seinem Vater,. Der sie vor 15 Jahren wegen einer anderen sitzengelassen hatte. Noch so ein Bastard. Allerdings ein Bild von einem Bastard. Sie hätte ihren Jungen, der sich gerade Butter aufs Brötchen schmierte (immer noch so dick, er konnte es vertragen), schon wieder umarmen können. Sie beherrschte sich aber und

fragte: „Wie lange haben wir uns nicht mehr gesehen? Zwei, drei Monate?"
Frank kaute und schluckte.

„Sowas um den Dreh, mhm."

„Und was treibst du denn immer? Bist du noch in dieser Theatergruppe?"

„Ja, klar. Wir machen eine moderne Inszenierung von den *Räubern*, von Schiller. Die Räuber sind eine Clique von Punks. Deshalb bin ich jetzt eine Woche lang mit echten Punkies herumgezogen. Um mich in die Rolle reinzufinden."

„Du nimmst deine Sache nach wie vor sehr ernst, hm?"

„ Na ja, klar, die Schauspielerei ist nun mal mein Ding. Deswegen hat das jetzt auch gereicht mit dieser Recherche. Es war nett, wir haben Spaß gehabt, unser Bier zusammengeschnorrt und auf der Straße gepennt. Viele von denen haben auch Hunde, die sind immer dabei und total lieb. Irgendwie kommen mir diese Leute selber vor wie ein Rudel friedlicher, streunender Hunde." Frank trank einen Schluck, dann sagte er: „Und genau das kann ich nicht nachvollziehen. Im Grunde vegetieren die genauso vor sich hin wie der Durchschnittsspießer, nur daß sie denen ihren Maloche- und Konsum-Teufelskreis nicht mitmachen."

Gisela staunte. Was gab ihr lieber, kleiner Junge da für Lebensweisheiten von sich?

„Wie meinst du das?" wollte sie wissen.

„Ma, versteh mich nicht falsch. Ich weiß, daß du immer hart schuften mußtest, um uns über die Runden zu bringen. Aber das ist der Punkt: Ich finde, wenn man seine Zeit nicht unbedingt mit etwas verbringen muß, worauf man eigentlich gar keinen Bock hat, dann sollte man das auch lassen."

„Und am Existenzminimum leben, so wie du?"

„Stimmt, Geld hab ich so gut wie nie. Wenn wir das Stück auf der Bühne haben, komm ich vielleicht auf 700 Mark im Monat. Wir sind eben nur ein kleines Hinterhoftheater. Aber das reicht mir auch zum Leben. Dafür mache ich das, wofür ich mich begeistere."

Gisela schenkte beiden Kaffee nach und steckte sich eine Zigarette an.

„Nur weiter", sagte sie.

„Na ja, ich finde halt, darum gehts im Leben. Daß man das macht, was man wirklich will ..." Frank wedelte mit der rechten Hand. Er war überzeugter Nichtraucher.

„... und die meisten Menschen, finde ich, wissen gar nicht, was sie wollen. Wofür sie sich vielleicht begeistern könnten. Dann resignieren sie wie die Punks, die sich jeden Tag die Hucke zusaufen und überhaupt keine Zukunftsperspektive mehr haben. Oder aber, und das machen die meisten, sie versuchen ihrem Leben einen Sinn zu geben, indem sie irgendwelchen künstlich erzeugten Bedürfnissen hinterherhecheln. Designerklamotten. Handys. Computerspiele. Den Industrietypen, die auch nur wieder Kohle scheffeln wollen, um sie für genauso schwachsinnige, nur eben noch teurere Spielzeuge und Statussymbole rauszuhauen, fällt immer wieder was Neues ein, um das Volk bei Laune zu halten. Und dann schau dir die frustrierten Fressen von denen mal an, dann siehst du, wie glücklich einen dieser Teufelskreis, sich für so einen Scheiß tagtäglich den Arsch aufzurödeln, offensichtlich macht. Spätestens ab vierzig fragst du dich doch, was diesen ganzen Zombies wohl zugestoßen sein mag. Die sehen doch alle aus, als wären sie gegen den Bus gelaufen!" Frank bemerkte, daß er sich etwas in Rage geredet hatte. Er trank einen Schluck, um sich zu beruhigen, dann ergänzte er: „Dich natürlich ausgenommen. Du bist die attraktivste alleinerziehende Mutter aller Zeiten!" Gisela lächelte geschmeichelt.

„Danke, danke, Herr Philosoph!" Sie drückte ihre Zigarette aus. Gegessen hatte sie noch nichts. „Obwohl du aussiehst, als hättest du eine ziemlich harte Nacht hinter dir."

„Stimmt, ich war so müde, als ich heimkam, daß ich gar nicht bemerkt habe, daß du auf dem Sofa liegst. Freut mich ja, daß du deinen Wohnungsschlüssel noch nicht verschmissen hast. Was hast du da eigentlich für blaue Flecken am Hals?"

„Och, meine letzte Bettgenossin war ein bißchen zu leidenschaftlich."

„So, so, Bettgenossinnen hat der junge Herr auch schon!" Gisela neigte von jeher zur Gutgläubigkeit, hätte sie genauer hingesehen, wäre sie zu dem Schluß gekommen, daß ihr Sohn sich Würge-Liebesspielen hingab.

„Na ja, genaugenommen war es eher ein Schlafsack. Ma! Ich bin neunzehn!" Frank wollte seiner Ma immer jede Aufregung ersparen. Deshalb tischte er ihr diese Version auf.

„Aber jetzt erzähl du mal, wie gehts dir denn so?" fragte er. „Was macht die Liebe? Hast du endlich mal einen anständigen Kerl gefunden? Ich hab dich seit ich vor zwei Jahren ausgezogen bin mit keinem Mann mehr gesehen."

„Das könnte, wenn du mir den leisen Vorwurf gestattest, auch daran liegen, daß wir uns seither überhaupt nur sehr sporadisch gesehen haben. Aber wenn du schon fragst: Doch, es gab einen, mit dem ich mich ab und zu getroffen habe, aber der war leider nicht anständig. Ich hab gestern Schluß mit ihm gemacht. War sowieso nur so eine Kompromiß-Geschichte. Vielleicht hast du recht. Vielleicht gehen wir wirklich alle viel zu viele Kompromisse ein. Ich hab da gestern abend auch schon drüber nachgedacht."

Gisela nahm sich ein Brötchen und würgte es sich trocken rein. Schließlich mußte sie auch mal was essen. Ihr Sohn bemerkte, daß ihr dieses Thema unangenehm war, also ging er pinkeln. Als er wiederkam, räumten sie gemeinsam den Tisch ab und plauderten dabei über dies und das, vornehmlich seine Schauspielerei und ihren Job beim KJP. Das war ein Kölner Privatsender, sie saß dort in der Abteilung Programmplanung. Als sie Frank von einer ihrer Hauptaufgaben, nämlich das ausgedruckte Radioprogramm von sechs Wochen penibelst auf Rechtschreibfehler zu überprüfen, erzählte, dämmerte ihr, daß an dem Vortrag des Jungen von Teufelskreis und Tretmühle durchaus was dran sein konnte. Daraufhin zog sie sich aus – sie fand, daß der Anblick seiner alten Mutter im Evakostüm ihrem Sohn keinen seelischen Schaden zufügen würde – und verschwand unter der Dusche. Sie drehte das Wasser auf eiskalt, was ihren Kreislauf rasant in Schwung brachte. „Wahahaa", stieß sie hervor. Sie fühlte sich ein wenig wie in der Dekontamination eines Kernkraftwerks, so, als würde sie vom Siff ihres Lebens entseucht.

„Ma, alles klar?" rief Frank durch die Milchglastür.

„Ja ja, ich versuche nur, etwas klarer zu werden", antwortete sie, was ihrem Sohn lediglich ein Achselzucken entlockte. Er machte sich zum Gehen fertig. Als er gerade seine Jacke mit den ominösen Punk-Insignien angezogen hatte, erschien Gisela wieder in der Badezimmertür. Sie wirkte sichtlich erfrischt und hatte sich in ein dickes, blaues Frotteebadetuch gehüllt. Auf ihrem Kopf trug sie eine Art Turban aus dem selben Material. „Bevor ichs vergesse, ich soll dich schön von deinen Großeltern grüßen! Sie haben jetzt schon dreißig Grad im Schatten." Ihre Eltern hatten sich in Griechenland zur Ruhe gesetzt, direkt am Meer.

„Siehste, die haben wenigstens kapiert, daß es ein Leben *vor* dem Tod gibt. Grüß schön zurück!"

„Die hatten aber auch die Möglichkeit, diese Erkenntnis finanziell umzusetzen." Ihr Vater hatte mit 56 seine Anwaltskanzlei dichtgemacht und dieses wunderschöne, weiße Haus am Peloponnes gekauft, um seiner Frau einen Herzenswunsch zu erfüllen.

„Ma, glaub mir, Freiheit muß man nicht *finanzieren* können, auch wenn dir in dieser Gesellschaft jeder das Gegenteil erzählt." Frank hatte schon die Klinke in der Hand. „Die brauchst du nur zu leben!"

„Schon gut, mein junger Wilder." Seine Mutter wuschelte ihm zum Abschied noch mal durch seinen Blondschopf. „Nun scher dich zu deinen Theaterfreunden. Und laß dich bald mal wieder blicken!"

„Das werde ich, verlaß dich drauf!" mit diesen Worten setzte er sich aufs Treppengeländer und verschwand so plötzlich, wie er aufgetaucht war. Gisela verharrte einen Moment in Gedanken, dann bemerkte sie ihren immer noch feuchten Trenchcoat auf dem Flurboden.

Als sie ihn aufhob, ertastete sie etwas kleines, hartes in der linken Tasche. Sie zog Hakans Schmucketui heraus. Einen Augenblick zog sie in Erwägung, das Ding aus dem Fenster zu werfen, dann siegte ihre Neugier und sie öffnete es. Das Präsent darin war, wie sollte es anders sein, aus reinem Gold. 585er, wie der Stempel auf der Unterseite verriet. Diese Türken mit ihrem Goldfimmel, dachte sie. Es handelte sich um eine Art Amulett am, na klar, Goldkettchen. Das Ding stellte ein stilisiertes Herz dar. Dazu fiel ihr einer der Lieblingsscherze ihres Vaters ein. „Weihnachten kriegste was für'n Hals", hatte der immer gewitzelt. „Ein Stück Seife!" Ha, ha. Sie ließ das Goldherz aufschnappen, indem sie einen winzigen, seitlichen Riegel verschob. Der großzügige Hakan höchstpersönlich grinste sie an, in Hochglanz und Farbe. So breit, daß seine goldenen (schon wieder!) Backenzähne hervorblinkten. Kitsch as Kitsch can, dachte sie, das Konterfei betrachtend. Gisela wog das Goldherz bedächtig in der Hand, dann murmelte sie leise: „Du Bastard!" und riß sich mit einer heftigen Bewegung das Badetuch vom Leib. Splitternackt ging sie ins Bad, wobei sie sich das Geschenk ihres Ex-Liebhabers (Oh ja, was hatte er sie doll liebgehabt! Besonders bestimmte Körperregionen!) um den Hals hängte. Dort baute sie sich vor dem einzigen noch intakten Spiegel in ihrer Wohnung auf, verschränkte die Arme im Nacken und sagte laut zu ihrem Ebenbild: „Ich, Gisela Rahm, schwöre hiermit feierlich, daß ich dieses geschmacklose Souvenir so lange tragen werde, bis mir die Erinnerung an den Mistkerl nicht mehr weh tut. Aber dann schenke ich es dem erstbesten Penner, der mir über den Weg läuft, damit er 's versäuft. Das ist ein Gelübde!"

Anschließend machte sie sich fertig fürs Büro.

Mechthild saß mit ihrer Freundin Petra im „STATT CAFE", draußen. Die Sonne schien, die Vögel zwitscherten, im angrenzenden Park tummelten sich Verliebte, Verrückte, Punks, Penner, Kinder und Hunde. Eine Trommlergruppe betrieb lautstark Selbstverwirklichung in akustischer Form von Sambarhythmen. Am Nebentisch küßten sich zwei viel zu gut aussehende

Schwule auf den Mund. Es war ein herrlicher Frühlingstag in einer bunten Stadt.

„Ich liebe Köln", sagte Petra.

„Ich auch", antwortete Mechthild, „Besonders an so einem schönen Tag wie heute." Auf einen unvoreingenommenen Betrachter wirkte sie etwas anders als in Carlas Schilderung. Positiver. In ihrem Blick, den sie jetzt freundlich auf Petra und die Szenerie, die die beiden umgab, ruhen ließ, lag etwas Wildes, Unberechenbares, ja. Aber sie guckte nicht etwa „wie eine Irre". Und Kölsch sprach sie nur, wenn sie wollte. Obwohl sie ein echtes „kölsches Mädsche" war, geboren und aufgewachsen in Köln-Mülheim. Rechtsrheinisch. Die härtere Seite.

„Und? Was war los? Ist er wieder die ganze Nacht weggeblieben?" wollte Petra wissen.

„Ja, schon wieder", nickte Mechthild und griff nach ihrem Hefeweizen. Sie trank gerne Bier.

„Angeblich wollte sein Boß was von ihm. Wie immer. Wichtiger Auftrag. Dürfte nichts darüber wissen. Wäre sicherer für mich, jedem wäre klar, daß die Frauen nichts erfahren. Die übliche Mafia-Scheiße."

„Und, wann ist er nach Hause gekommen?" fragte Petra. Die beiden zogen einige Blicke auf sich, vor allem die der frisch geduschten und gefönten Studenten, die jetzt, am vorgerückten Nachmittag, nach und nach einfielen. Der Kontrast zwischen der burschikosen, durchtrainierten Mechthild in ausgewaschenen Levis-501 und bauchfreiem, weißen Top und ihrer femininen Freundin mit den langen, dunkelblonden Locken mußte aber auch dem Gleichgültigsten auffallen. Zumal Petra auch noch ihr figurbetontes, rotes Sommerkleid trug.

„Keine Ahnung, irgendwann im Morgengrauen. Hat mir direkt einen vom Pferd erzählt, obwohl ich noch halb gepennt hab. Sein Auto wäre abgeschleppt worden, er hätte mit dem Taxi hinterher gemußt, die Karre auslösen, wat 'n Driss!" Mechthild driftete verbal etwas ab, wie immer, wenn sie sich ereiferte.

„Sein Anzug sah aus, als wär er durch den Rhein geschwommen. Außerdem hat er nach Kotze gestunken. Das gibts doch nit, denk isch mir, für wie blöd hält er disch? Und dann wollt er auch noch SEX! REKTAL! ABER ISCH LASS MISCH NISCH IN'N A..." Petra hielt ihr entsetzt den Mund zu. Die Schwarzhaarige, die gerade zur Furie mutierte, verlieh jedoch dieser Aussage noch etwas Nachdruck, indem sie mit der Faust auf den Tisch hieb, so daß Petras Cappucinotasse beleidigt klirrte. Einige Köpfe drehten sich in ihre Richtung, der Schwule vom Nebentisch lächelte verständnislos. Einer der frisch gefönten Jünglinge starrte ungeniert auf ihren Busen. Der war zwar eher klein, aber durch die Aufregung und textile Reibung zeichneten sich ihre gepiercten Brustwarzen unter dem Stoff ab. Und zwar sehr deutlich. Dem Bübchen fielen fast die Augen raus.

„Weißt du was, Studiosus?" fauchte Mechthild ihn an, „Wenn du dir darauf gleich einen runterholst, dann aber richtig!" Mit diesen Worten lüftete sie ihr Oberteil, verdrehte die Augen und streckte ihre lange, ebenfalls mit einem silbernen Knopf verzierte Zunge weit heraus. Auf ihre Brust war ein riesiger, von roten Rosen umrankter Totenschädel tätowiert, wobei einer ihrer großen, dunklen Vorhöfe als Auge, in dessen Mitte ein dicker, silberner Ring blitzte, fungierte. Der Schädel war in der Mitte gespalten und grinste dreckig. Um das Ganze war ein Spruchband mit der Aufschrift „ILLEGITIMI NON CARBORUNDUM" in ihre gebräunte Haut gestochen. Der Gefönte guckte ganz schnell weg, dafür immer mehr Leute zu ihr hin. Petra wurde allmählich mulmig. Sie wußte um Mechthilds Impulsivität, daher nahm sie ihre Hand und flüsterte: „Bist du sicher, daß dein Hakan die ganze Aufregung wert ist?" Das brachte die Angesprochene wieder halbwegs zur Besinnung. Sie ordnete ihr Outfit und erwiderte dann den Händedruck.

„Nein, im Gegenteil, ich hätte ihn schon dreißigtausendmal absägen können. Aber ich brings nicht fertig, frag mich der Deibel, warum. Wenn der Kerl nicht lügt, dann lügt keiner. Der könnte echt in den Bundestag einziehen! Aber ich komm einfach nicht los von ihm." Sie überlegte. „Noch nicht!" sagte sie dann. Petra strich ihr sanft über den Unterarm.

„Verstehe", behauptete sie, „und du weißt, daß ich jederzeit für dich da bin, in jeder Hinsicht." Die beiden Frauen sahen sich tief in die Augen.

„Ja, ich weiß, danke." Mechthild fröstelte plötzlich. Der Kellner, ein riesiger Farbiger, hatte sich vor ihrem Tisch aufgebaut, durch seine Masse die Sonne verdunkelnd.

„Ich hab jetzt Feierabend", eröffnete er ihnen, „kann ich bei euch abkassieren?"

„Klar." Sie zahlten, dann fragte Petra augenzwinkernd: „Was meinst du, wollen wir uns noch *frisch machen* gehen?"

„Unbedingt."

Über der Eingangstür, auf der weißen Hauswand, hatte sich der berüchtigte Kölner Bananensprayer verewigt.

„Jemanden mit der", stand da, dann kam das Bananenbild, „zu befriedigen, ist keine Kunst."

Die beiden Frauen gingen darunter durch, Richtung Toilette. Dort sperrten sie sich gemeinsam in einer der Kabinen ein und schnupften etwas Kokain. Direkt vom Klodeckel, mit Hilfe eines abgeschnittenen Strohhalms. „Jetzt gehts mir besser", sagte Mechthild, während sie sich schniefend die Nase rieb.

„Mir auch", entgegnete ihre Freundin, wobei sie sich an sie schmiegte und sie zu küssen versuchte. Aber Mechthild wandte ihr Gesicht ab und drückte Petra einfach nur an sich, so zärtlich, wie das im Bereich ihrer Möglichkeiten lag.

„Nein. Heute nicht", sagte sie leise. Beide waren zwar bisexuell veranlagt, lebten das aber nur sehr selten miteinander aus. Sie fanden, daß sie ansonsten ihre Freundschaft nur unnötig kompliziert hätten. Hakan würde sowieso bei dem leisesten Verdacht Amok laufen, eine Vorstellung, die sie beide amüsierte.

Bald darauf verließen sie, Hand in Hand und ziemlich guter Dinge, das Café. Warmes Abendlicht fiel auf die beiden ungleichen Frauen, und die Stadt um sie herum schien nun erst richtig zum Leben zu erwachen. Als sie sich zum Abschied auf die Wangen küßten, fragte Petra noch: „Was heißt das eigentlich, dieser lateinische Spruch da auf deiner Brust?"

„Laß dich von den Bastarden nicht fertigmachen!" antwortete Mechthild, dann schwang sie sich auf ihr mattschwarzes Mountainbike und stieg in die Pedale.

Die Arbeit des nächsten Tages ging relativ spurlos an Gisela vorbei. Sie hatte mittlerweile einige Übung darin erlangt, die dummdreiste Visage ihres Abteilungsleiters zu ignorieren und ihr Programm abzuspulen. Keine besonderen Vorkommnisse, außer daß ihr am Vortag die bewußte Kassette aus ihrem Anrufbeantworter wieder eingefallen war. Warum sie die intuitiv in ihre Handtasche gesteckt hatte, war ihr selbst nicht ganz klar. Auf jeden Fall war ihr dazu eine Idee gekommen, und deshalb hatte sie sich für diesen Tag, direkt nach Feierabend, mit einem ihrer Bekannten in der Abteilung Tontechnik verabredet. Und jetzt war es genau 17 Uhr. Sie fuhr ihren Computer herunter, wobei sie ihre ehrgeizige, 14 Jahre jüngere Kollegin am Schreibtisch gegenüber mit einem mißbilligenden Blick bedachte. Angelika von Hauenstein war ihr Name, hinter vorgehaltener Hand auch „Frankenstein" genannt. Diese in erster Linie geistig verarmte Adelige schielte so offensichtlich nach Giselas Stuhl, daß sie schon erwogen hatte, ihr demnächst als kleine Anspielung eine elektrische Stichsäge auf den Schreibtisch zu legen. Das Weib machte heute sicher wieder Überstunden, und jetzt kam sie ihr auch noch auf die verschwörerische Tour: „Du, Gisela, kann ich dich mal was fragen?" Auf keinen Fall, dachte die so Umgarnte und drückte auf den „Power"-Knopf auf ihrem Rechner. Aber Frankenstein wartete keine Antwort ab. „Hast du eigentlich Probleme mit Alkohol? Du kommst mir morgens manchmal etwas ..., na ja, indisponiert vor." Das darf ja wohl nicht wahr sein, dachte Gisela, na warte, gleich wirst du dir selbst *indisponiert* vorkommen. Sie antwortete: „*Mit* dem Alkohol nicht, höchstens *ohne*. Aber wenn wir schon mal so schön offen zueinander sind, muß ich dir auch mal was sagen."

„Ja bitte?" kam es zuckersüß zurück.

„Du riechst etwas streng." Frankenstein riß die Augen auf. „Genauer gesagt, du stinkst wie ein Iltis. Das liegt wahrscheinlich daran, daß dir die Karrieregeilheit aus sämtlichen Poren trieft. Da hilft kein Deo mehr. Vielleicht solltest du dich jeden Morgen mit Sakrotan abreiben! Ciao, Bella!"

Mit diesen Worten ließ sie ihre Kollegin, der jetzt auch noch der Mund offenstand, sitzen und begab sich zum Lift. Furchtbar, dachte sie. Mit sowas mußte man sich nun das Büro teilen.

Die Tontechnik befand sich zwei Stockwerke tiefer. Dort angekommen, klopfte Gisela sinnloserweise an die schalldichte Tür und trat ein. Ein grünes Lämpchen über ihrem Kopf verkündete, daß sie das auch durfte. In dem großen, hellen Raum befand sich allerlei hochkompliziertes Gerät, riesige Maschinen, Richtmikrofone und diverse Computer. Man fühlte sich ein wenig wie in einem James-Bond-Film, in der Kommandozentrale des Bösewichts. Für diese Rolle schienen sich deutsche Darsteller übrigens besonders gut zu eignen. Ihr widerlicher Abteilungsleiter, Heinz Mehlig (allein schon dieser Name!), könnte sich da auch mal bewerben, ging ihr durch den Kopf. Götz, der Mann, mit dem sie verabredet war, holte sie aus ihren düsteren Gedanken.

„Hallo, meine steinreiche Freundin!" Mit dieser sonderbaren Anrede pflegte er fast jeden zu begrüßen, nur das Geschlecht variierte natürlich. „Wie läufts denn immer so?" Er wirkte klein, melancholisch und hilfsbereit, wie immer.

„Ich spiele fleißig Lotto, damit dein komischer Spruch endlich mal paßt. Hallo!" Sie begrüßten sich, dann drückte Gisela ihm mit der Frage, ob er das Ding hier irgendwo abspielen könnte, die kleine Kassette in die Hand.

„Klar kann ich das." Götz zauberte eine Art Diktiergerät hervor, das genau die richtige Größe hatte. Er stöpselte es in einen etwas voluminöseren Apparat ein, wurstelte noch ein wenig herum, und schließlich erklang raumfüllend die bekannte, hohe Stimme.

„Deshalb habe ich gerade ein Starthilfekabel um mein Gemächt geschlungen und Plus und Minus an meinen Ohrläppchen angeschlossen. Und nun will ich deine Unterwäsche verspeisen, mit scharfem Senf!"

„Ach du meine Güte!" Götz schaltete verdattert ab. „Was ist das denn? Ein Hörspiel für Perverse?"

„Nein, dieser Typ ruft mich seit einiger Zeit zwei-, dreimal die Woche an. Nachts. Ich hab schon über eine Geheimnummer nachgedacht, aber irgendwie kommt mir die Stimme bekannt vor, nur verzerrt. Was meinst du?"

„Tja, die unnatürlich hohe Tonlage könnte tatsächlich durch einen Verzerrer entstanden sein, einen Wah-Wah-Fuzz zum Beispiel."

„Einen was, bitte? Ist das was zum Essen oder zum Einreiben?"

„Weder noch, sondern zum Gitarren dran anschließen. Man kann natürlich auch ein Mikro nehmen und so seine eigene Stimme verunstalten. Sowas in der Richtung dürfte der Knabe praktiziert haben."

„Kann man das auch wieder rückgängig machen?"

„Hm ... wenn man es mit dem Synthie bearbeitet ... ach so! Nachtigall, wie heißt das Zauberwörtchen?"

„Bitte!" hauchte Gisela.

Als sie ging, hatte sie Götz das Versprechen, sein Bestes zu tun und sie im Erfolgsfall anzurufen, abgeluchst. Im Gegenzug würde sie ihn zum Italiener einladen, überlegte sie sich. Endlich mal ein Mann, der sie nett fand und weder schwul, noch männlichkeitswahnsinnig, noch sexuell abartig zu sein schien. Dafür hatte er leider ein anderes Manko. Er war glücklich verheiratet. Und mit seinen 1,55 ohnehin fast einen Kopf kleiner als sie selbst. Wie sähe das denn aus? In solche Gedanken versunken, stieg sie die Treppe hinab. Was ja angeblich gut gegen Zellulitis sein sollte. Schließlich erreichte Gisela die Haustür und wollte sie gerade öffnen, da hielt ihr jemand von hinten die Augen zu! Genau, das fehlte ihr jetzt noch zu ihrem Glück. Eine nette Vergewaltigung!

„Giselchen!" Aber es war nur die alte Carla. Momentan ein fragwürdiger Grund, erleichtert zu sein.

„Gehst du etwa schon?"

„Sehe ich so aus, als ob ich noch ein wenig verweilen wollte?" Sie hatten sich zuletzt in der Mittagspause gesehen, und Gisela war nicht sicher, ob ihr Bedarf an Carla damit für heute nicht gedeckt war.

„Zwei Seelen, ein Gedanke", verkündete die jedenfalls fröhlich, „soll ich dich vielleicht mitnehmen?"

„Ehrlich gesagt, graust mir vor den Gestalten in der U-Bahn noch mehr als vor deinem Fahrstil. Ich nehme also dankend an."

„Ein guter Entschluß."

Sie tippelten in ihren Bürokostümchen und Pumps in Richtung Tiefgarage, die üppige Blondine in dezentem Ocker, die hochaufgeschossene, extrem schlanke (in ihrer Abteilung wurde bereits von Magersucht gemunkelt) Carla dagegen in Flieder. *Die* Farbe der Saison. Paßte wunderbar zu ihrem langen, hennaroten Haar. Beide trugen züchtige Seidenschals und ihre leichten Sommermäntel lose über dem Arm, denn das Frühlingswetter zeigte sich wieder von seiner besten Seite.

„Kann es sein, daß du abgenommen hast?" wollte Gisela wissen. „Ich glaube, ich muß dir mal ein paar von meinen überflüssigen Pfunden abgeben. Du könntest es vertragen."

„Du, wenn du davon wirklich mal einige loswerden willst, hab ich einen hervorragenden Tip auf Lager."

„Nämlich?"

Da sich ihr Sender in Zentrums- und damit Domnähe befand, wimmelte es in dieser Gegend von mit Fotoapparaten bewaffneten Japanern. Soeben kam ihnen auf der anderen Straßenseite wieder so ein Pulk entgegen.

„Versuch einfach, ein Kind zu empfangen. Ich hab dir doch erzählt, daß das zur Zeit mein Hauptanliegen ist. Du machst dir ja keinen Begriff, in was für einen *Streß* das ausarten kann."

„Wie du weißt, habe ich diese Erfahrung schon vor zwanzig Jahren hinter mich gebracht. Und die *Empfängnis,* das schwör ich dir, war in dieser Angelegenheit bei weitem das Streßloseste."

Die Japaner waren nun auf einer Höhe mit den beiden Frauen. Da rissen plötzlich, wie auf ein geheimes Kommando, alle ihre Fotoapparate hoch und knipsten wild auf sie los. Anschließend verbeugten sie sich lächelnd mehrmals. Carla und Gisela folgten verwundert ihrem Beispiel, sie hatten nicht registriert, daß sie gerade zwei bayerische Touristen in Lederhosen passierten, die der wahre Grund für diesen Aufruhr waren.

„Na sowas! Da kannst du mal sehen, wie exotisch wir auf kleine gelbe Männchen wirken", meinte Carla. Da war das Parkhaus.

„Wo waren wir gerade stehengeblieben?"

„Bei der Empfängnis."

„Ach so, ja, du hattest damals auch einen festen Lebensabschnittsgefährten. Das ist der feine Unterschied. Ich bin seit einem Jahr solo und fühl mich eigentlich ganz wohl dabei. Aber ich wünsch mir nunmal ein Kind, und das ...", sie hatten Carlas rostigen VW Golf erreicht und stiegen ein, „soll die bestmöglichen Erbanlagen, die ich auftreiben kann, abkriegen."

„Und woher? Vom heiligen Geist?"

„Aber nein, ich hab schon ein paar Freiwillige gefunden, nachdem ich ein bißchen im Freundeskreis rumgefragt habe."

Der Golf schoß nun mit quietschenden Reifen in den fließenden Verkehr, ein beachtliches Hupkonzert auslösend.

„Das kann ich mir lebhaft vorstellen", meinte Gisela, „aber könntest du bitte die rote Ampel da vorne *nicht* ignorieren?"

Sie starb diverse Tode, bis Carla sie endlich mit einer Vollbremsung, die hinter ihnen fast einen Auffahrunfall verursacht hätte, vor ihrer Haustür absetzte. Gisela sah zu, daß sie aus dieser lebensgefährlichen Rostlaube rauskam. Der Hintermann, ein Taxifahrer, zog schimpfend links vorbei.

„Aale Funz!" und dergleichen mehr war aus seinem runtergekurbelten Fenster zu hören. Ihre Freundin warf ihm ein Küßchen zu und sagte: „Du denkst morgen an unseren Weiberabend, ja? Bei Petra 3! Dann können wir in Ruhe weiterreden." Daraufhin verschwand sie mit einem qualmenden Kavaliersstart.

Gisela winkte ihr nach. Bei Petra 3, dachte sie. Na gut. Beim KJP arbeiteten so viele Petras und Gabis (das mußten in den Fünfzigern irre Modenamen gewesen sein), daß man sie irgendwann einfach durchnumeriert hatte, zur besseren Übersicht. Jedenfalls brauchte sie nach dieser Höllenfahrt erstmal ein Kölsch, und das nahm sie bei Rick im „Bogey's" zu sich. Und noch zwei, drei mehr. Bei der Gelegenheit eröffnete sie dem hartnäckig freundlichen Wirt gleich, daß sie diesen durchgeknallten Türken letztens nur ganz flüchtig gekannt habe. Er erwiderte, daß er das auch vermutet hätte, und daß zum Glück niemand auf den Gedanken, die Polizei zu rufen, gekommen wäre. Er selbst am allerwenigsten. Es gäbe bessere Werbung für ein Lokal als Martinshorn und Blaulicht. So unterhielten sie sich noch eine Weile, dann ging Gisela nach Hause. KJP, dachte sie unterwegs. „Bogey's", einmal die Woche Weiberabend mit ihren Freundinnen. Die natürlich auch wieder alle bei dem Privatsender arbeiteten. Und ewig dieselben Storys auf Lager hatten. Was ist in welcher Abteilung los, wer treibts mit wem, und wer kriegt seine Freizeit am originellsten rum. Und um sich dieses Leben leisten zu können, ging man dann wieder jeden Tag ins Büro. Zum KJP. Und danach vielleicht noch auf ein Bierchen zu Rick oder sonstwohin, soviel Unterschied machte das nicht. Teufelskreis, fiel ihr ein. Tretmühle. Und da mußte man sich nun von einem naseweisen 19-jährigen drauf hinweisen lassen. Andererseits schienen 29- oder noch-mehr-jährige gar nicht mehr über Alternativen irgendwelcher Art nachzudenken, sie funktionierten einfach. Als Rädchen im Getriebe, und zwar als ein sehr leicht austauschbares.

Sie betrat ihre Wohnung. Der Anrufbeantworter hielt sich heute netterweise geschlossen. Trotzdem stockte ihr Gedankengang. Austauschbares Rädchen, ja. Sie mochte Köln sehr, aber wenn sie die Stadt verlassen würde, träte im Job sofort jemand anderes an ihre Stelle, vermutlich Frankenstein. Und privat wäre Frank, dieser Lausebengel, wahrscheinlich der einzige, der sie wirklich vermissen würde. Auch wenn er sich viel zu selten blicken ließ. Nun, bald war ja Muttertag. Und den hatte er noch nie vergessen.

Das Telefon schien einen Hang zu Stichworten zu haben. Gerade, als Gisela „Muttertag" dachte, düdelte es mal wieder los. Sie nahm ab, und wer war dran?

„Hallo, Gisela! Hier spricht deine Mutter."

Das war ja wohl wie verhext. Oder etwa ein Wink des Schicksals? Jetzt nur nicht abergläubisch werden!

„Hallo, Mutter!" Sie nannte ihre Eltern so, Mutter und Vater. In dieser Hinsicht war man altmodisch im Hause Rahm. „Wie gehts euch denn? Gesund? Das ist die Hauptsache. Was? Glücklich auch noch? Nach all den Jahren? Das ist ja fast nicht auszuhalten!" Sie lachte gutmütig, dann hörte sie eine Weile zu.

„Frank ist in bester Verfassung, ich soll euch auch schön grüßen", antwortete Gisela dann. „Aber nein, Mutter, tut mir leid, ich sehe im Moment wirklich keine Chance, daß wir oder ich euch besuchen kommen. Im Sommer nehmen bei uns immer die ganzen Leute mit Schulkindern Urlaub. Aber ich wüßte im Moment nicht, was ich lieber täte, als hier mal abzuhauen."

Sie telefonierten noch etwas, schließlich sagte sie: „Vielleicht fällt mir ja noch eine Möglichkeit ein. Falls ja, melde ich mich auf jeden Fall sofort, in Ordnung? Ja, danke, euch auch alles Liebe. Viele Grüße an Vater. Ja, O.k., mhm. Richt ich aus. Danke. Also, tschüs dann! Bis bald!"

Gisela steckte sich eine Zigarette an und ließ sich aufs Sofa fallen. Einfach mal nach Griechenland, dachte sie. Mal raus aus dem Getriebe. Das wär schon was! Nachdenklich blies sie einen dicken Rauchkringel.

DRITTES KAPITEL

Petra 3 war schwer in Vorbereitungsarbeiten vertieft. Jede Woche traf sich ihre KJP-Frauenclique woanders, und heute war sie die Gastgeberin. Es war Freitagabend, kurz vor sieben, die ersten würden bestimmt bald kommen. Petra 3 flitzte ständig zwischen der Küche und dem Eßzimmer hin und her. Dies war auch, wie Giselas, eine der begehrten Jugendstil-Altbau-wohnungen, und die Küche lag in der Mitte des 17 Meter langen Flurs. Bewegung ist gesund. Sie wütete mit zwei langen Kochlöffeln im Nudelsalat herum, dann entkorkte sie eine Flasche Rotwein und schenkte sich ein Glas ein. Chianti aus dem Sonderangebot. Schmeckte ganz passabel. Ihr Spiegelbild in der gläsernen Küchenvitrine erinnerte sie daran, daß sie noch ungeschminkt war. Jetzt aber hurtig. Die dunkelblonde, wohlproportionierte Mittdreißigerin nahm noch einen ordentlichen Schluck, dann hastete sie mit einem Stapel Servietten wieder den Flur entlang. Die Badezimmertür, die sich kurz vor dem Durchgang zum Eßzimmer befand, öffnete sich so unerwartet, daß Petra 3 fast in ihre ebenso nackte wie nasse, beste Freundin gelaufen wäre. Infolge kinetischer Energie machte sich die oberste Papierserviette selbständig und blieb an deren Brust kleben, was den Eindruck erweckte, als wäre der dort eintätowierte Totenkopf der Zensur zum Opfer gefallen.

„Ich bin fertig mit dem Baden", sagte Mechthild, „kann ich dir noch irgendwas helfen?" In der linken Hand hielt sie eine Dose Bier, in der rechten einen brennenden Joint. Den führte sie ihrer hektischen Petra nun zur Beruhigung an die Lippen.

„Hier, nimm mal einen Zug und relax. Schließlich erwartest du ja nicht den Bundeskanzler, sondern nur ein paar Frauen von deiner Arbeit."

„Stimmt, die aber jeden Moment!" Sie sog den warmen Rauch tief in ihre Lungen, dann meinte sie: „Du könntest bitte noch die Schüsseln auf den Tisch stellen und das Besteck verteilen. Und vielleicht noch ein, zwei Flaschen Rotwein aufmachen. Meistens wird bei diesen Zusammenkünften sowieso mehr getrunken als gegessen." Mechthild klemmte sich die Servietten unter die nasse Achsel.

„Und du bist sicher, daß ich bleiben soll?" fragte sie, während sie die Dinger auf den Tisch warf.

„So biedere Bürgerinnen haben meistens Probleme mit meiner Art, du weißt."

„Ach was, natürlich bleibst du. So bieder sind die gar nicht, wirst schon sehen. Und denen kann es auf keinen Fall schaden, mal jemanden außerhalb des Medienbereichs kennenzulernen. Außerdem ist das hier *meine* Wohnung, das heißt, du bist hier praktisch zu Hause!" kam es aus dem Bad. Petra streckte den Kopf aus der Tür. „Ist das jetzt endlich geklärt?"

Die immer noch unbekleidete Mechthild kam gerade mit einer großen Glasschüssel voller Rote Bete des Weges. „Aber ja, meine Schöne!" Sie küßte ihre Freundin im Vorbeigehen auf den Hals, dann setzte sie ihre Arbeit fort.

Giselas Nerven flatterten, als sie an der Tür von Petra 3 klingelte. Nicht, weil ihr Tag besonders aufregend gewesen wäre (abgesehen davon, daß sie mal wieder mit diesem eingebildeten Idioten von Abteilungsleiter aneinandergeraten und ihr Computer seiner liebgewordenen Angewohnheit, immer Freitag nachmittags abzustürzen, treugeblieben war). Nein, sie hatte ganz einfach erneut den Fehler begangen, zu Carla ins Auto zu steigen. Die jetzt neben ihr stand und sich natürlich überhaupt keiner Schuld bewußt war. Vielleicht sollte sie sich doch einmal einen eigenen Wagen zulegen, überlegte sie, während sie zum zweiten mal auf den Knopf drückte. Da drin schien es bereits hoch herzugehen, man hörte Stimmengewirr und Gelächter.

„Die scheinen auf ihren Ohren zu sitzen!" meinte Carla. Komisch, obwohl sie immer fuhr, als ob der Leibhaftige hinter ihr her wäre, war sie nie pünktlich. Bestimmt waren die anderen alle schon da. Die Tür ging auf, im Rahmen stand die kleine, dicke, ständig unnatürlich gut gelaunte Elfie aus dem Sekretariat.

„Ah, je später der Abend!" lachte sie übers ganze Gesicht. Sie trug eine Art bordeauxroten Kartoffelsack. „Hätte uns ja gewundert, wenn ihr beide mal nicht die letzten gewesen wärt." Außerdem sprach sie ständig in Wir-Form, als ob sie sich nie als Individuum gesehen hätte. Womit sie kein Einzelfall war. „Wir haben uns erlaubt, schon mal ohne euch anzufangen", gickerte sie jetzt, „mit dem Saufen, meine ich, hihihi!" Mit ihrem kurzen, knallrot gefärbten Haar erinnerte sie Gisela an eine beleuchtete Heulboje, als sie so vor ihnen her zum Eßtisch watschelte. „Guckt mal, wen wir da haben!" trällerte Elfie in die Frauenrunde. Es gab ein großes Hallo, Küßchen und Umarmungen zur Begrüßung. Außer Petra 3 waren da noch die leicht depressive Gabi 5 und die stattliche, mannstolle Yvonne aus der Buchhaltung. Und dann schien Carla zur Salzsäule zu erstarren. Gisela brauchte eine Sekunde, um die Zusammenhänge zu erfassen, dann verkrampfte sich auch ihr Magen vor Schreck.

„Das ist die Mechthild, eine meiner besten Freundinnen", stellte Petra vor. Eines mußte man Carla lassen: Sie war nicht die schlechteste Beobachterin, wenn sie jemanden beschrieben hatte, konnte man diesen Menschen auch erkennen. Wobei so signifikante Merkmale wie die tiefe Narbe auf der Stirn der jungen Frau (sie mochte Anfang dreißig sein) natürlich hilfreich waren. Deren Händedruck hielt, was ihr muskulöser Unterarm versprach. Gisela hatte das Gefühl, mit einem wandelnden Schraubstock bekannt gemacht zu werden. Warum, dachte sie, mußte es von allen nur denkbaren Zufällen ausgerechnet dieser sein? Konnte sie nicht mal in einem Preisausschreiben gewinnen? Oder wenigstens vom Blitz erschlagen werden?

„Hallo", krächzte sie. Als endlich alle saßen, hätte sich einem unbeteiligten Beobachter ein friedliches Bild geboten. Über dem massiven, festlich gedeckten Eichentisch hing ein großer, schmiedeeiserner Kandelaber, mit dicken, brennenden Altarkerzen bestückt. Petra tischte soeben gebratene Scampis auf, dazu gab es diverse Salate und frisch aufgebackenes, duftendes Ciabatta-Brot. Im Hintergrund lief die Fünfte von Beethoven. Die Schicksalssinfonie, fiel Gisela ein. Sehr passend. Sie ließ ihren Blick in die Runde schweifen.

„Rot- oder Weißwein?" fragte Petra. Die meisten hielten ein Weinglas in der Hand.

„Für mich vorerst ein Wasser, bitte." Gisela fand, daß für fast jeden Männergeschmack etwas in dieser Gesellschaft vertreten wäre. Carla zum Beispiel hätte die Esoterik-Abteilung in helles Entzücken versetzt. Sie schloß sich ihr gerade an: „Für mich auch, bitte. Der Fisch steht zur Zeit nämlich im Mond, und da trinke ich nie Alkohol."

„Ach, du bist also Fische-Frau?" folgerte Gabi 5, mit ihrem brünetten Pagenkopf und den traurigen Augen *der* prädestinierte Star jeder Soziologen-WG.

„Fischers Fritz fischt Fische frische!" gluckste Elfie, der personifizierte Frohsinn, oder auch der pervertierte?

„Frische Fische, mein ich, und *wir* essen sie gerade, hihi", ergänzte sie mit vollem Mund. Manche Kerle standen ja angeblich auch auf weibliche Clowns. Andere wieder auf den damenhaften Typ, vertreten durch die verkappte Nymphomanin Yvonne, deren stets super-seriöses Outfit (momentan grauer Hosenanzug, Rüschenbluse und Perlenkette) nie so recht zu ihrem Lieblingsthema passen wollte.

„Ich habe die Erfahrung gemacht, daß meine Orgasmusbereitschaft sich bei Vollmond verdoppelt", flocht sie etwas unpassend ein. Carla sagte: „Jawohl, das bin ich, ein verletzliches, sensibles Fischlein."

„Ich auch", ließ sich die Gastgeberin nun vernehmen. Petra 3, die hier mit Sicherheit den größten Prozentsatz deutscher Männer für sich eingenommen hätte. Hübsch, freundlich, nicht zu doof, nicht zu schlau. Eine zum Familiengründen.

„Aber ich denke, daß man diese ganzen astrologischen Geschichten nicht überbewerten sollte. Schließlich setzt sich eine Person in erster Linie aus Erbanlagen und Umwelteinflüssen zusammen." Und auch noch eine Portion gesunden Menschenverstandes, wer sagts denn, dachte Gisela. Dann ging sie dazu über, die reichlich martialisch wirkende Mechthild zu beobachten. Ganz vorsichtig, aus dem Augenwinkel, während Gabi 5 gerade Petra 3 heftigst widersprach, was eine hitzige Debatte über das Universum im Allgemeinen und den Menschen darin im besonderen auslöste. Die Frau mit der Narbe beteiligte sich nicht nur nicht daran, sie hatte eigentlich außer „Hallo" noch gar nichts gesagt. Sie saß einfach nur da, als einzige mit einer Dose Pils, aus der sie langsam trank. Keine Gemütsregung war von ihrem gebräunten Gesicht abzulesen, außer, daß ihre dunkelgrünen Augen mit den Piercings in ihren Brauen um die Wette funkelten. Was immer das bedeuten mochte. Liebe, Haß (das war in die Knöchel ihrer Hände tätowiert – rechts LOVE, links HATE), Leidenschaft? Sie faßte Petra 3 auffallend oft an, und die Berührungen wirkten nicht gerade ausschließlich kameradschaftlich. Was war wohl mit den beiden los? Wie auch immer, eines stand fest: Diese Frau war, zumindest optisch, das krasse Gegenteil von ihr, Gisela, selbst. Sie wäre notfalls auch als Hardcore-Lesbe durchgegangen, besonders heute, in ihren US-Army-Hosen und dem schwarzen Ledertop. Dieser Gegensatz mußte für Hakan den speziellen Reiz ausgemacht haben. Er würde sich für die Rolle der femininen Blondine eine neue Besetzung suchen müssen, dieser ...

„Auf jeden Fall gilt es als erwiesen ...", holte sie Carlas Stimme in die Gegenwart zurück, „daß, wenn dein Sternzeichen zeitgleich mit deinem Eisprung im Mond steht, die Empfängnisbereitschaft am besten ist."

„Das ganze noch von einem vaginalen Orgasmus gekrönt", kam es von Yvonne, wem sonst. Mechthild verdrehte die Augen, immerhin ein Lebenszeichen, das aber außer Gisela niemand bemerkte. Sie hielt sich tapfer an ihr Mineralwasser, denn unter den gegebenen Umständen brauchte sie einen klaren Kopf. Fand sie. Allerdings als einzige, auf und neben dem Tisch standen bereits eine erkleckliche Anzahl leerer Weinflaschen. Auch Carla öffnete gerade eine Flasche Campari, Fisch hin, Mond her, die sie auf der Fensterbank entdeckt hatte.

„Für Campari könnte ich sterben", verkündete sie, goß sich ein Glas ein und leerte es auf einen Zug.

„Außerdem ist das ja gar kein richtiger Alkohol."

„Ach nein? Was denn dann?" wollte Gabi 5, die Carlas Mangel an Integrität reichlich deprimierend fand, wissen.

„Na, ein Aphrodisiakum natürlich!" haute Yvonne wieder in ihre bevorzugte Kerbe. „Und zwar besonders effektiv unter südlicher Sonne, am Meer. Kinder, ich sage euch ..."

„Wahrscheinlich hast du das schon ausgiebig getestet", lieferte nun Gisela ihren Gesprächsbeitrag ab.

„Das kannst du annehmen, zuletzt mit einem feurigen Spanier, Ernesto. Auf Mallorca. Erstmal haben wir zwei Stunden lang Campari-Soda gebechert. In einer Strandkneipe. Dann sind wir mit seinem Motorboot zu einer einsamen Bucht geschippert! Ho, ho! Und da gings dann richtig zur Sache!"

„Laß uns raten", meinte Elfie, „Zwei Stunden Marathonsex in sämtlichen bekannten Stellungen?"

„Drei Stunden, Schätzchen, drei! Und einige kannte ich zumindest noch nicht!"

„Zum Beispiel die sogenannte Missionarsstellung", schaltete sich Carla nun wieder ein, allgemeine Heiterkeit erntend. Auch Yvonne prustete los, leider mit dem Mund voll Rotwein.

„Mußte das denn sein?" Gabi 5, deren Designerjeans den Großteil der Ladung abgekriegt hatte, schien den Tränen nah.

„Du siehst aus, als hättest du deine Mens nicht im Griff!" Elfie kreischte schier vor Vergnügen. „Wir müssen uns doch sehr wundern!"

„JETZT REISS dich mal zusammen, du alte Wadenbeißerin!" entfuhr es der als einzigen stocknüchternen Gisela, was die Zurechtgewiesene vorerst zur Räson brachte. Dann begleitete sie Gabi 5 in die Küche, zu Reinigungszwecken. Als sie wiederkamen, schienen sich die leeren Flaschen im Eßzimmer deutlich vermehrt zu haben, was man von der Artikulationsfähigkeit der Anwesenden nicht unbedingt behaupten konnte. Mechthild wahrscheinlich ausgenommen. Die blieb ebenso stur bei ihrem Pils, wie sie schwieg. Und beobachtete. Und hatte sie nicht gerade unter dem Tisch mit Petra Händchen gehalten? Was mochte in dieser Frau vor sich gehen?

Carla versuchte gerade, ihren Kinderwunsch zu erklären, der Campari-Bestand hatte sich ebenfalls deutlich dezimiert.

„Also ehrlich", belferte sie los, „ihr tut alle so, als hätten wir unsere Geschlechtsteile nur zum Vergnügen. Das kann doch nicht mit der kosmischen Dingsda, na ..."

„Ganzheitlichkeit", ergänzte Gisela, der dieser Text ebenso bekannt wie schwachsinnig vorkam.

„Jawoll, danke, also mit der kann das doch nicht konform gehen! Ich fühle mich manchmal geradezu verpflichtet, ein Kind zu erzeugen, nein, zu empfangen."

„Wem denn gegenüber?" fragte Gabi 5, wurde aber übergangen, da Yvonne die erheblich spannendere Frage, wer denn der Erzeuger eben nun sein sollte, stellte.

„Ja, das ist eine berechtigte Frage an eine Frau, die bewußt allein lebt", gab Carla zu.

„Willste 'ne Samenbank überfallen?" geiferte Elfie.

„Ihr werdet euch wundern, aber genau das habe ich nicht nötig. Im Gegenteil. Ich konnte mir meinen Wunschkandidaten aus vier Bewerbern *in persona* aussuchen."

„Und wer waren diese vier denn nun?" fragte Petra.

„Eine Dame genießt und schweigt."

„Eine Dame vielleicht, aber du doch nicht." Elfie kippte sich ihren Rotwein auf ex hinter die Binde. „Die vier Musketiere werdens ja kaum gewesen sein. Höchstens *Muskeltiere*, hihihi! Warst du nicht zuletzt mit so einem brunzdummen Bodybuilder zusammen? Nach dem Motto: Dumm fickt gut!" Die dicke Ulknudel lag halb auf dem Tisch, glucksend und feixend, angespornt vom allgemeinen Gekicher und Gejohle, dem sich nur Gisela und Mechthild nicht anschließen konnten. Ihre Blicke trafen sich für einen kurzen Moment, in dem etwas wie ein stilles Einvernehmen zwischen den beiden ungleichen Frauen zu herrschen schien. Dann aber zerquetschte die Durchtrainierte ihre leere Bierdose und ging sich eine volle holen.

„Deinen Göttergatten, dieses halbe Hemd, möchte ich auch nicht auf den Bauch gebunden haben!" schoß Carla zurück, „aber gut, damit Ruhe ist: Zwei davon werdet ihr nie aus mir rauskriegen, weil sie mit guten Freundinnen von mir zusammen sind."

„Und die hast du gefragt, ob sie dir ein Kind machen?" fragte Gabi 5 entsetzt.

„Ich wußte gar nicht, daß du außer uns noch ein paar *gute Freundinnen* hast", meinte Yvonne skeptisch.

„Also, ich glaube, ich würde mich umbringen, wenn mein Paul sich für sowas hergäbe!" jammerte Gabi 5.

„Das sieht dir ähnlich!" gackerte Elfie, „ich würde meinen Alten abmurksen! In seine Bestandteile zerlegen! Mit der elektrischen Heckenschere! SRRR! SRRR!" Sie demonstrierte es mit ihrem Salatlöffel.

„Also wollt ihrs nun wissen oder nicht?" ergriff Carla wieder das Wort, „Nein, ich hab denen nur erzählt, daß ich mich ohne Kind irgendwie ... na, unvollständig fühle. Daraufhin haben sie mir von selbst ihre Dienste angeboten."

„Unvollständig!" jodelte Elfie. Sie hatte drei Kinder. „Holdrioo! Dann müßte *ich* mir ja *multipliziert* vorkommen!"

„Mir kommst du eher besoffen vor", ließ Gisela raus, der das mittlerweile erreichte Stammtischniveau gehörig auf den Wecker ging.

„Ach, Frau Mineralwasser kann sprechen!" kam die giftige Replik. „Wie beliebtest du mich vorhin zu titulieren? Wadenbeißerin?"

Die anderen drängten Carla inzwischen zum Weitererzählen, also fuhr sie fort: „Gut, also blieben zwei Mann übrig, da ich mich von diesen beiden aus moralischen Gründen nicht befruchten lassen wollte." Wer①s glaubt, wird selig, dachte Gisela. Denen ihre Gene werden dir schon nicht gut genug gewesen sein!

„Der eine davon ist ein sehr lieber alter Bekannter von mir. Theologiestudent, 31 Jahre alt, klug und sensibel. Aber er ist Afrikaner. Aus Äthiopien. Schwarz wie die Nacht. Und ich hab mich nach reichlicher Überlegung gegen eine Metisse entschieden. Schließlich gibt es immer noch eine Menge Vorurteile."

„Ah, wie konntest du dir nur einen Neger entgehen lassen!" Yvonne schnalzte mit der Zunge. „Du weißt ja nicht, was gut ist. Aber was, bitte, soll das sein? Metisse?"

„Ein *Bastard*", ertönte Mechthilds rauchige Altstimme zum ersten Mal. Sie hatte sich inzwischen in einen bequemen Ohrensessel gefläzt, Zigarette im Mundwinkel, Bierdose in der Hand. Und sie schien einige Erfahrung mit Bastarden zu haben. Aber ihr Blick verkündete: Ende der Durchsage. Also erzählte Carla weiter: „Ergo bleibt noch einer, auch ein intelligenter, gebildeter Mann. Kavalier der alten Schule. Ihr kennt ihn alle." Sie lächelte geheimnisvoll in die Runde.

„Wer denn jetzt?"

„Rück endlich mit der Sprache raus!"

„Nun sag schon!" wurde es laut.

„Es ist der Josef Lübke ..." Diese Bekanntmachung löste verblüfftes Schweigen aus. Josef alias „Jüppschen" Lübke kannten sie wirklich alle. Er erhielt beim KJP als Pförtner sein Gnadenbrot, obwohl er eigentlich schon seit 15 Jahren pensioniert war. Ein belesener, distinguierter Herr. Er war 81 Jahre alt, Kettenraucher und hatte nur noch ein Bein.

„Und das andere rauche ich mir auch noch weg!" pflegte er immer zu scherzen.

Die Frauen in Petras Eßzimmer guckten reichlich sparsam drein. Diese Eröffnung mußte erstmal verarbeitet werden. Plötzlich sprang Gisela wie von der Tarantel gestochen auf, wobei sie einen gellenden Schrei aus- und ihren Stuhl umstieß. Der Inhalt ihres Wasserglases verteilte sich bei dieser Gelegenheit zwanglos auf Carlas Schoß, die darob ihrerseits loskreischte. Unter dem Tisch grinste die rote Elfie hervor. Sie hatte die Situation, als alle Aufmerksamkeit dem potenziellen Befruchter zuteil geworden war, ausgenutzt und war heimlich zu Gisela gekrochen.

Und dann hatte sie in deren ungeschützte rechte Wade gebissen. Und zwar mit Schmackes!

Der Mann, den seine Mitarbeiter gerne den „Alten" nannten, saß am selben Abend in seinem mahagonigetäfelten Büro. Manche sagten auch schlicht „der Don", was aber im Grunde gar keine Rolle spielte, da ihn die wenigsten seiner Leute je zu Gesicht bekamen. Die korrekte Anrede lautete jedenfalls „Don Giovanni" (er hieß wirklich so), und wem Leib und Leben lieb waren, der hielt sich daran. Der Don war Italiener und dadurch naturgemäß impulsiv. Und im Moment war er stinksauer. Mit seiner Leibesfülle und seiner verwegenen, grauen Künstlertolle sah er eigentlich eher wie ein Opernsänger aus, nicht wie ein Mafiaboß. Und er hatte auch das entsprechende Organ!

„Was glaubt dieser türkische Todeskandidat, wer hier auf ihn wartet?" Sein tiefer Baß übertönte mit Leichtigkeit die Musik aus dem versteckten CD-Player. Rossini, nicht Mozart. Die Ouvertüre der „diebischen Elster". Die legte er immer zur Beruhigung auf. Früher hatte er zum selben Zweck mit dem Maschinengewehr herumgeballert, aber man wurde gesetzter.

„Zwei Minuten hat er noch ...", entgegnete der Mann auf der Kante seines Mahagoni-Schreibtisches (der Don hatte einen Mahagoni-Fimmel). Er trug Rollkragenpullover zum grauen Anzug und wirkte mit seiner geduckten Haltung und den stechenden Augen ungefähr so vertrauenswürdig wie eine räudige Kanalratte. Sein Name war Luigi, er war der einzige Sohn und engste Vertraute von Don Giovanni.

„Und keine Sekunde länger!" polterte der, „sonst kann er direkt sein Testament machen!"

„Aber wir können ihn momentan nicht entbehren", stellte Luigi fest. Er wußte, daß sein Vater unliebsame Zeitgenossen in zwei Kategorien einteilte: Zum einen die „Patienten", die ins Hospital und nicht in seinen Dunstkreis gehörten. Zweitens die „Todeskandidaten", die eigentlich im Hospital nichts mehr verloren hatten.

„Das weiß ich selber!" grollte er jetzt, „trotzdem ...", da klopfte es an der Mahagoni-Tür. „Herein, aber dalli!" Hakan trug wie immer einen seiner dunklen Anzüge, sein Haar war frisch zurechtpomadisiert und sein Bärtchen sauber gestutzt. Trotzdem wirkte er etwas weniger selbstbewußt als sonst. Er trat ein, es war das erste Mal, daß er das allerheiligste Refugium des Alten betreten durfte. Ganz geheuer war ihm die Sache nicht.

„Sie wollten misch spreche", wandte er sich an seinen Chef. Der pflanzte sich zunächst auf seinen Ledersessel und zündete sich eine dicke, kubanische „Cohiba" an. Hakan wurde weder Sitzplatz noch Zigarre angeboten. Luigi mit dem Rattengesicht nickte ihm nur kurz zu, dann ging er zu der kleinen Hausbar, um seinen Kognak-Schwenker nachzufüllen. Kein Drink für den Türken. Dafür folgende Antwort von Don Giovanni: „Allerdings will ich das. Und du wirst mir jetzt ganz schnell sagen, warum die Lieferung vom Dienstag unvollständig bei deinem Kontaktmann eingetroffen ist." Hakan bekam weiche Knie.

„Äh, Sie meine die Schmuck aus Holland ..."

„Ganz genau! 175 goldene Herzen, zum Aufklappen. 585er Gold, ziemlich kitschig. *Du erinnerst dich hoffentlich?*" Der Tonfall des Alten verhieß nichts Gutes. Er zog an seiner Zigarre und ließ Hakan keine Sekunde aus den Augen. Der begann zu stammeln: „Isch ... äh ... natürlisch erinnere isch ..."

„SEHR gut! Dann verrate mir geschwind, warum es nur 174 waren! Denn das interessiert mich BRENNEND!"

Der Türke spürte etwas Kaltes, Metallisches in seinem ausrasierten Nacken. Unschwer als Luigis Pistole zu erahnen. Angstschweiß bildete sich auf seiner Stirn.

„Ehrlisch", beteuerte er, „isch hab keine Ahnung! Geht schon mal was verlore bei Transport ... vielleicht kann isch ersetze ..."

„ERSETZEN?" Der Don zauberte mit beeindruckender Schnelligkeit eine abgesägte Schrotflinte unter seinem Schreibtisch hervor.

„Das ist eine sizilianische Lupara, falls es dich interessiert. Du kannst deinen dummen Schädel durch deinen Arsch ersetzen, nachdem ich ihn dir damit weggepustet habe." Er hob die Waffe kurz, dann legte er sie griffbereit neben den goldenen Aschenbecher vor sich. „Denn genau das werde ich tun, wenn dieses Scheißherz nicht morgen früh auf meinem Schreibtisch liegt. Genau hier. Morgen früh! *Haben wir uns verstanden?*" Sein Gegenüber schluckte.

„Sischer. Morgen früh."

„Dann mach, daß du rauskommst!" sagte Don Giovanni. Hakan machte, daß er rauskam, den gelangweilten Luigi sicherheitshalber ignorierend. Im Treppenhaus nahm er zwei Stufen auf einmal, dann war er auf der Straße. So ein verdammter Mist. Ausgerechnet das Goldherz, das zum Abschiedsgeschenk an seine Gigi geworden war! Er hechtete in seinen Wagen und fuhr los, dann zog er sein Handy aus der Jackentasche. Warum mußten sie ihm gerade in diesem Fall auf die Schliche kommen? Wo er doch schon allen möglichen Kram aus seinen Lieferungen für private Zwecke abgezweigt hatte. Er wählte Giselas Telefonnummer. Ah, wie ihm das gegen den Strich ging, einer Frau, die keinen Bock mehr auf ihn hatte, hinterherzutelefonieren. Mist! Der Anrufbeantworter war dran. Doppelmist!

„... bin im Moment leider nicht zu Hause, aber in Notfällen unter der Nummer ...", war zu hören. Wie war diese Nummer? Hakan hörte den Text nochmal ab und speicherte sie ein. Eines stand fest: Er mußte dieses Ding wiederbeschaffen, und zwar so schnell wie möglich! Der Alte war nicht gerade als Geduldsmensch verschrien. Also mußte er diese Nacht noch etwas unternehmen. Nervös fingerte er seinen Flachmann aus dem Handschuhfach und genehmigte sich einen. Türkischer Raki. Die reinste Medizin.

Mechthild fragte sich schon seit geraumer Zeit, ob sie eigentlich nur von Bekloppten umgeben sei, und was ihre Busenfreundin Petra wohl an diesem Rudel Krampfhennen finden mochte. Eine solche geballte Ladung schlechten Stils hatte sie noch selten erlebt. Die einzige, die ihr halbwegs vernünftig vorkam, war die Blondine, die nur Wasser getrunken und sich ziemlich genervt verabschiedet hatte, nachdem sie von dieser rothaarigen Witzfigur gebissen worden war. Das mochte jetzt eine halbe Stunde her sein, und die Stimmung drohte seither immer mehr zu entgleisen. Die Gesprächsthemen hatten sich ohnehin schon lange unterhalb der Gürtellinie eingependelt.

„Natürlich kriegt er noch einen hoch!" schrie die Bohnenstange, die unbedingt ein Kind wollte. „Aber nur so halb, naja, aber so gehts eh besser!" Brüllendes Gelächter und Gejohle folgte, und: „WAS denn? Wie denn, erzähl schon! Mehr Details!"-Rufe.

„Also gut", lallte Carla und schwang die leere Campari-Flasche wie eine Keule über den Köpfen der anderen, „aber wehe, wenn eine lacht! Die Wahrscheinlichkeit, daß ein Spermatozon durchkommt, ist nämlich höher, wenn man, nee, wenn frau einen KOPFSTAND macht. Das Problem ist nur, daß Jüppschens Gleichgewichtssinn mit seinem Holzbein zu wünschen übrig läßt, und deswegen hats uns beim letzten mal dermaßen auf die FRESSE gelassen ..."

Sie gab es auf, den Geräuschpegel im Raum zu übertönen, der jetzt auch noch durch das schrille Klingeln von Petras vorsintflutlichem Telefon angereichert wurde. Irgendwer mußte abgehoben haben, da es abrupt wieder aufhörte. Die Gastgeberin jedenfalls nicht, die kuschelte und schmuste engumschlungen mit Mechthild im Ohrensessel. Was keine der alkoholisierten KJP-Damen besonders bemerkenswert fand. Man war schließlich in Köln. Elfie wälzte sich vor Lachen auf dem Flokati, Gabi 5 kreischte: „Jüppschen Lübke! Das ist ja Leichenschändung! Du bist ja wohl total PERVERS!"

„Halt du dich mal ganz geschlossen!" erwiderte Carla. „Dein sauberer Paul war der erste, der mich schwängern wollte. Aber der war mir zu *häßlich*! Damit du①s nur weißt!" Gabi 5 sackte sichtlich in sich zusammen, Tränen schossen in ihre Augen. Dann brabbelte sie etwas von „Tisch abräumen", schnappte sich als Übersprungshandlung die Rote-Bete-Schüssel vor ihr und rannte damit in die Küche. Leider fegte sie bei dieser Gelegenheit einen vollen Aschenbecher vom Tisch, direkt vor Elfies Gesicht. In diese Szene torkelte Yvonne, auf dem Rückweg vom Klo.

„Kinder, stellt euch vor, gerade klingelt das Telefon und ein MANN ist dran. Komischer Akzent. Wollte was von Gisela. Ich frag ihn, ob er gut bestückt sei, und er sagt, ja, wär er. Klasse, sag ich, na klar ist die noch da, und geb ihm die Adresse hier."

„Jahuuu!" machte die dicke Elfie und begann vor Verzückung vom Wahnsinn gepeitscht, Zigarettenasche vom Fußboden aufzulecken.

„Mir reichts." flüsterte Mechthild in Petras Ohr. „Ich geh ins Bett. Kommst du mit?" Die Angesprochene nickte nur, und wortlos machten sie sich auf den Weg. Der kam ihnen ziemlich lang vor, denn das Schlafzimmer lag am anderen Ende des Flurs, gegenüber der Wohnungstür. Außerdem waren Alkohol und Marihuana (sie hatten zwischendurch noch einen Joint abgefeuert) auch an ihnen nicht spurlos vorbeigegangen. Aus der Küche kam lautes Klirren und ein noch lauterer Schrei, also lugten sie im Vorbeigehen hinein. Die schwermütige Gabi schien sich endgültig die Pulsadern aufgeschnitten zu haben. Aber es war gar kein Blut, in dem sie sich auf dem Küchenboden wälzte.

„Das überleb ich nicht!" jaulte sie. Sondern es war die Rote Bete, mit der sie über ihre eigenen Füße gestolpert und zu Boden gegangen war. Kein Grund zum Verweilen. Die beiden hörten noch, wie hinter ihnen durcheinander geplärrt wurde: „Schließlich will ich kein Kind, das aussieht wie ein mongoloider Kampfhund!"

„Wenn der wirklich so gut gebaut ist, nehm ICH ihn mir aber zur Brust!"

„Wenn das wahr ist, bring ich mich um!"

„ICH hab ihn aber hierher gelotst!"

Und so weiter. Dann fielen sie, Arm in Arm, in das breite, französische Doppelbett. Daß der Raum noch immer in grelles Neonlicht getaucht war, störte sie nicht. Mechthild seufzte tief.

„Mein Gott, was sind die krank!" sagte sie.

„Heute nacht kommst du mir nicht mehr raus!" erwiderte Petra. Ihre Aussprache war etwas undeutlich, da sie sich gerade mit den Zähnen über die Verschnürung des schicken Ledertops hermachte. Es gab diesmal keinen Protest.

Heute blinkte Giselas Anrufbeantworter. Warum eigentlich, überlegte sie, galt diesem Apparat immer ihr erster Blick, wenn sie nach Hause kam? Wessen frohe Botschaft bildete sie sich eigentlich ein, erwarten zu können? Sie hängte ihren Mantel an den Haken und ging in die Küche. Ein Segen, der Kühlschrank gab noch ein eiskaltes Kölsch her. Das war jetzt auch dringend angesagt. Selten hatte sie ihre KJP-Freundinnen als dermaßen anstrengend empfunden. Das Problem war nur, sie hatte keine anderen. Gisela trank direkt aus der Flasche. Das Bier prickelte belebend in ihrer Kehle. Anstrengend, genau. Aber auch angestrengt. Sie setzte sich auf den kleinen Küchenhocker. Angestrengt bemüht, ihrem eintönigen Dasein ein Maximum an Frohsinn abzutrotzen. Was ihnen offensichtlich nur noch kurz vor dem Delirium möglich war. Wie sollte das weitergehen oder enden? Alkoholismus im Endstadium? Drogensucht? Oder vielleicht in der Klapsmühle? Die Vorstellung von ihrer Weiberrunde in der Gummizelle heiterte sie auf. Das würde auch die Verletzungsgefahr verringern. Elfie, diese Psychopathin, gehörte sowieso in eine Zwangsjacke. Sie betastete die Bißwunde an ihrem Bein. Hoffentlich keine Tollwutgefahr. Dann fiel ihr der Anrufbeantworter wieder ein, und sie ging hin. Ob etwa doch die Lottozentrale oder der Märchenprinz draufgesprochen hatten? Sie drückte auf den Abhörknopf. „Hallo, meine steinreiche Freundin!" Der kleine Götz. Wenigstens ein netter Mensch. „Ich hab mein bestes getan", erklang es, „und jetzt spiel ich dir mal das Ergebnis vor. Hoffentlich kannst du mit der Stimme was anfangen. Klingt ein bißchen, als hätte der Typ mit Haferschleim gegurgelt. Also los!" Es knackste und knirschte ein wenig, dann kam der bekannte Text: „... Unterwäsche verspeisen, mit scharfem Senf!" Das durfte ja wohl nicht wahr sein! Nicht nur die Worte, auch die entzerrte Stimme war ihr wohlbekannt. Götz hatte sich seine „Frutti di mare" verdient. Es klang genauso schleimig wie im Originalton. „Das andere Ende vom Kabel hab ich an einer Autobatterie angeschlossen!" erfuhr man nun, „und für alle Fälle steck ich mir jetzt noch einen Tauchsieder in den ...", danke, das reichte. Dieses Aas! Gisela bemerkte, daß ihre Hände zitterten und steckte sich eine Zigarette als Gegenmittel an. War sie denn nur noch von Idioten und Arschlöchern umgeben? Es schien so, und letztere gaben naturgemäß den Ton an. Miese Charaktere neigten zur Thronbesteigung, und schlichte Gemüter ließen sich gerne gängeln. Eine perfekte Symbiose.

„Aber ohne mich!" hörte sie sich sagen, während ihr Blick auf ihr eigenes Gesicht im barocken Spiegelfragment fiel. „ICH mach dieses Scheißspiel nicht mehr mit!" Eine attraktive Blondine im besten Alter sah ihr entgegen. Genau der richtige Reifegrad. Erfahren *und* noch nicht unknackig. Na ja, so fünf bis acht Kilo weniger und etwas Sonnenbräune stünden ihr ganz gut. Sie inhalierte tief, dann überkam es sie hinterrücks. Der Geistesblitz des Jahres. Sie griff spontan zum Telefon und wählte eine ziemlich lange Nummer. Es war zehn Uhr dreißig, also halb zwölf in Griechenland. Um diese Zeit schliefen ihre Eltern bestimmt noch nicht. Da war das Freizeichen. Und dann sagte eine warme, ältere Frauenstimme: „Embros. Poios ine sto tilefono?" oder so etwas ähnliches. Gisela konnte, genau wie ihr Vater (obwohl der genug Gelegenheit zum Lernen gehabt hätte), kein Griechisch. Wohl aber ihre Mutter, die Land und Leute schon immer geliebt hatte. Deshalb hatte sie auch grundsätzlich Telefondienst.

„Hallo, Mutter. Hier ist Gisela. Nicht erschrecken, es ist alles in bester Ordnung."

„Kind Gottes!" kam es, erfreut und beunruhigt zugleich, aus dem Hörer. „Seid ihr denn wirklich wohlauf?"

„Ja ja, wirklich! Frank geht es blendend (hoff ich doch, dachte sie) und mir auch. Zumindest gesundheitlich."

„Was soll das heißen, Kind? Was ist nicht in Ordnung? Rufst du deshalb so spät an?"

„Eigentlich ja, aber wie gesagt, es besteht kein Grund zur Sorge. Mir ist nur eingefallen, daß ich euch eigentlich doch besuchen könnte. Unter Umständen sogar etwas länger. Was hältst du davon?"

„Was ich davon halte? Da fragst du noch? Wann kommst du?"

„Ich, äh, so bald wie möglich ..."

„Das ist ja phantastisch! Dein Vater schläft schon, sonst würde ich ihn rufen. Der wird sich freuen! Malst du denn noch? Du mußt unbedingt deine Utensilien mitbringen!" Gisela sah auf Leinwand und Staffelei, die anklagend in der Ecke lehnten. Ihre Mutter war leidenschaftliche Kunstmalerin und fest davon überzeugt, ihrer Tochter ihr Talent vererbt zu haben.

„Um ehrlich zu sein, konnte ich mich seit circa zwei Jahren nicht mehr zur Kreativität aufraffen. Aber ich hatte auch eine schwierige Beziehung ... ach, was solls, das erzähle ich euch dann alles in Ruhe, ja? Auf jeden Fall bringe ich die Malsachen mit, o.k.?"

„Tu das, Gisela, tu das. Wenn dich diese Landschaft im Frühling nicht inspiriert, dann hilft nichts mehr! Hier blüht jetzt alles, du wirst es *genießen*!"

„Davon bin ich überzeugt."

„Kriegst du denn jetzt doch Urlaub?"

„Ganz sicher krieg ich den!"

Sie plauderten noch etwas, dann versprach Gisela, sich bald wieder zu melden und wünschte gute Nacht. Die *attraktive Blondine im besten Alter* trank ihr Bier aus. Das klingt ja wie eine Heiratsanzeige, dachte sie. Aber die wird nie verfaßt werden, denn die Blondine bricht jetzt aus. Zumindest für eine Weile. Und vorher wird noch der Schreibtisch aufgeräumt, sozusagen. Sie nickte ihrem Spiegelbild aufmunternd zu.

Hakan hatte die Adresse gefunden. Vogelsanger Straße 31. Ein schlichtes Mietshaus. Er fühlte sich irgendwie nackt, denn sein riesiges Schießeisen, das man ihm in Don Giovannis Haus ohnehin abgenommen hätte, lag zu Hause, unter dem Kopfkissen. Also steckte er seinen Flachmann in das leere Schulterhalfter. Besser als nichts, konnte er sich notfalls wenigstens Mut antrinken. Der gutaussehende Türke hielt sich wie immer nicht mit solchen Banalitäten wie Parkplatzsuche auf, sondern fuhr einfach auf den Gehsteig, direkt vor die Haustür. Diese öffnete sich genau in dem Moment, als er klingeln wollte und spie, um ein Dichterwort zu gebrauchen, zwei derangierte Frauengestalten aus, eine große, schlanke, die eine von Weinkrämpfen geschüttelte Frau mit Pagenkopf stützte.

„Ehrlich, ich hab nur Spaß gemacht", sagte Carla zu Gabi 5. „Dein Paul würde sowas nie tun!" Die beiden torkelten von dannen, ohne den Mann, der bei der Gelegenheit ins Treppenhaus glitt, zu beachten. Man hörte Gabi 5 noch etwas von „Isjagutichglaubdirja" schniefen. Wer jedoch wirklich spie, und zwar, über dem Geländer hängend, vom ersten Stock ins Erdgeschoß, das war die dicke Elfie. Eigentlich wollte sie ihren Saufkumpaninnen ein paar aufmunternde Worte mit auf den Nachhauseweg geben. Aber die Zigarettenasche in ihrem Magen vertrug sich nicht mit der restlichen Füllung, und so klang es dann nach „Machts gut, ihr beiBLÖÖAAARCH!" Der größte Teil ihres Abendessens und -trinkens landete auf Hakans gegeltem Haar und – schon wieder – auf seinem guten Anzug. Der legte daraufhin fluchend einen Zahn zu und stand schließlich besudelt zwischen der sich – unter Magenkrämpfen und hysterischem Gelächter – über dem Treppengeländer krümmenden Elfie und der angelehnten Wohnungstür.

„Soll isch dir Respekt beibringen, du ..." Ihm fiel keine zutreffende Bezeichnung aus Flora oder Fauna für dieses ekelerregende Wesen, das sich nun schon wieder übergeben mußte, ein. Er erwog noch eine Sekunde, Elfie einfach übers Geländer zu werfen, dann drehte er sich angewidert weg. Da unten sah es schon schlimm genug aus, zudem hatte er hier wichtigeres zu erledigen. Aus der Wohnung fiel ein schmaler Lichtstreifen auf den Steinboden. Erste Etage rechts, hier mußte es sein. Hakan griff langsam nach der Klinke (man wußte ja nie, es konnte auch eine Falle der Konkurrenz sein), da wurde plötzlich die Tür aufgerissen! Vor ihm stand, von hinten wie im Rampenlicht durch grelles Neon bestrahlt, Yvonne.

„AH, du mußt der HENGST sein!" rief sie, wobei sie beinahe zeitgleich ihren brünetten Dutt und ihre Rüschenbluse öffnete. Letztere allerdings mit einem Ruck, dem sämtliche Knöpfe zum Opfer fielen.

„IST da unten vielleicht bald RUHE, VERDAMMT!" schrie irgendwer im Haus zurück.

„SCHIEB ihn dir SELBRöörch ...!" würgte Elfie zwischen zwei katharsischen Spasmen.

„Isch weiß nisch, ob ...", fing der überrumpelte Türke an, aber die enthemmte Rubensfrau in der Tür hatte ihn schon am Revers an ihren blanken Busen gezerrt. „Nun komm schon, mein starker Adonis", gurrte sie, „heute ist die Nacht der Nächte!" Sie griff ihm nun in den Schritt, was sie vorfand, entlockte ihr ein: „Ohlala! Wir haben nicht zuviel versprochen!" Hakan registrierte zu seinem Leidwesen, daß ihn die Aktivitäten dieser Geisteskranken nicht ganz kalt ließen, zumindest rein organisch, als sie rückwärts durch die offene Schlafzimmertür taumelten. Aber er war nicht zum Vergnügen hier.

„Vergiß deine Schweinerei und bring misch zu die Gigi", die beiden landeten in dem breiten Bett, „sonst vergeß isch misch!" röchelte er, denn Yvonne wälzte gerade ihre achtzig Kilo auf seinen sehnigen Körper. „Und das sollst du ja gerade", stöhnte sie. Überhaupt war in diesem Bett eine ziemliche Stöhnerei im Gang. „Gisela ist schon weg", eröffnete sie ihm, „Aber drei rollige Weibchen werden dir ja wohl reichen, mein rassiger Kater!"

„Was? Drei? Jetzt hab isch aber genug!" Hakan kämpfte sich frei und stellte fest, daß neben ihnen wirklich zwei halbnackte Frauen schwitzend und ächzend ineinander verkeilt waren. Eine der beiden hob gerade den Kopf.

„Was 'n hier los?" fragte sie. Eine Schwarzhaarige mit grünen Augen. Er brauchte ein paar schreckliche Sekunden, um zu realisieren, was sein Gehirn nicht begreifen wollte. Dann entledigte er sich der wollüstigen Yvonne mittels eines Kinnhakens und sprang schreiend aus dem Bett.

„MECHT!" brüllte er, „das faß isch nisch!"

Mechthild sah ihn nur genervt an.

„Was machst du denn hier?" wollte sie wissen, während sie Petra vorsichtshalber die Bettdecke über den Kopf zog. Das sah hier nach einem etwas heftigeren Ehekrach aus.

„Deswege hab isch disch nie ... nie mit andere Mann erwischt ..." Hakan war völlig perplex. Er brauchte jetzt dringend einen ordentlichen Schluck Raki.

„Du, du ... SCHWULE!" stieß er hervor und griff dabei nach seinem Flachmann. Mechthild interpretierte diese Handbewegung leider falsch. Sie kannte das Halfter ihres Gatten und dessen üblichen Inhalt nur zu gut. „Du wirst das Scheißding stecken lassen!" schrie sie und sprang mit einem Satz aus dem Bett. Eine Sekunde später trat sie ihm in die Weichteile und rammte ihm beinahe zeitgleich ihren Schädel gegen das Nasenbein. Das letzte, was Hakan noch hörte, bevor er das Bewußtsein verlor, war die würgende Elfie im Treppenhaus. Und eine wütende Altmännerstimme dazu: „Ist jetzt da bald RUHE? Anständige Leute SCHLAFEN um die ZIK!"

Gisela saß am Frühstückstisch, eine große Tasse Kaffee in beiden Händen haltend. Die Wärme an ihren Handinnenflächen tat gut. Auf dem Trinkgefäß stand in Frakturschrift: „Weihnachten am Kölner Dom", was nicht so ganz zum aktuellen Datum paßte. Denn heute war der 14. Mai, Muttertag. Kurz vor Mittag. Von Frank bis dato kein Lebenszeichen. Wahrscheinlich hat der Junge mich vor lauter Theater einfach vergessen, dachte sie. Dann würde das wieder so ein einsamer Sonntag werden. Vielleicht sollte sie sich das nächste Mal in einen Mann, der sich ausschließlich für sie interessierte, verlieben. Sie sah sich in ihrer gemütlichen Altbauwohnung um, an der sie sich so ganz allein auch nicht erfreuen konnte. Der meiste orientalische Krimskrams war verschwunden. Sie hatte das Zeug einfach nachts auf den Gehsteig vor dem Haus gestellt, wo es sehr schnell Abnehmer gefunden hatte. Weg mit dem alten Ballast (Das goldene Herz um ihren Hals würde sie hoffentlich auch bald loswerden – aber Gelübde war Gelübde)! Auf und neben dem Sofa waren die Gepäckstücke, die mit nach Griechenland sollten, gestapelt. Denn abhauen würde sie jetzt, das stand fest. Noch selten hatte sie so ein dringendes Verlangen nach Kulissenwechsel, Sonne und Süden verspürt. Ihr war zumute, als würde sie ein starker Magnet an den Peloponnes ziehen. Deshalb hatte sie den gestrigen Samstag darauf verwendet, eine Literflasche Retsina zu leeren, griechischen Folk von Jannis Theodorakis zu hören und von Meeresrauschen und wolkenlos blauem Himmel zu träumen. Und zu packen. Und nun wunderte sie sich wie immer über die Ausmaße ihres Gepäcks. Dabei hatte sie doch nur ein paar ihrer luftigsten Sommerkleider ausgesucht. Zirka fünf. Und etwas Elegantes für den Abend. Man will ja mal fein Essen gehen. Zwei Abendkleider, das absolute Minimum. Plus jeweils ein Paar farblich passende Pumps. Badelatschen, die natürlich auch mit durften, wären ja auch unpassend dazu. Allerdings wurde es abends schon mal kühler, also flugs drei Sweatshirts und einen dicken Pulli eingepackt. Dazu trug man am besten Jeans (vier Paar, falls mal eine riß), die ihrerseits wieder nach Turnschuhen schrien. Und so war das dann weitergegangen, über Wanderstiefel (inmitten blühender Olivenhaine unerläßlich), Unterwäsche (kann man auf Reisen nie genug dabei haben), Lektüre (fünf dicke Romane, endlich mal Zeit dazu), Musik (aber nur fünfzehn Kassetten zum Walkman) und Körperpflege (dreiteiliger Kulturbeutel im Format „prallvolle Einkaufstüte") bis hin zu ihren Malutensilien (Pinselset, Öl- und Aquarellfarben, Staffelei). Die mußten aber mit. Sie hatte schon so lange nicht mehr gemalt, dabei wußte sie, daß sie Talent hatte. Wenigstens *dazu*.

Gisela betrachtete sinnierend den Stapel. Sie wollte auf dem Land- und Wasserweg reisen. Jeden Kilometer bewußt genießen. Aber wie sollte sie den ganzen Kram transportieren? Mit der Schubkarre? Da klingelte es an der Tür, was ihren Gedankengang vorübergehend unterbrach. Sie öffnete, und vor ihr stand Herr Arendt, der Hausmeister.

„Tag, Frau Rahm", keuchte er. Treppensteigen war noch nie seine Lieblingsbeschäftigung gewesen. Gisela erwiderte den Gruß, etwas überrascht. Der brave Mann wirkte richtig aufgekratzt. Schweißperlen hingen an seinem Schnurrbart, und er hatte sogar seinen obligatorischen, grauen Arbeitskittel abgelegt. „Könnten Sie mal eben in den Hof mitkommen?" fragte er jetzt.

„Aber warum denn?" wollte sie wissen, „Es ist doch wohl hoffentlich niemandem was passiert?"

„Ganz im Gegenteil, aber trotzdem ist ihre Anwesenheit dringend nötig, nä!"

„Versteh ich nicht. Muß das denn sofort sein?" Die Angelegenheit war ihr doch sehr suspekt. Zumal Herr Arendt aussah, als müsse er sich ständig ein breites Grinsen verkneifen. Was mochte da unten los sein?

„Sofort nicht unbedingt", meinte der Hausmeister, „auf der Stelle wär allerdings perfekt!" Nun packte sie doch die Neugier.

„Na gut", zuckte sie mit den Schultern, warf sich eine dünne, hellblaue Sommerjacke (die mußte sie auch noch einpacken, fiel ihr ein) über dieselben und trottete bereitwillig hinter dem breiten Rücken des Mannes her. Unten angekommen, fiel ihr als erstes die sperrangelweit offene Haustür auf. Herr Arendt, der größte Türenschließer aller Zeiten, schien heute die Anarchie zu proben. Dann trat sie ins Freie und zwinkerte heftig mit den Augenlidern. Dafür gab es zwei Gründe. Zum einen schien die Sonne doch intensiver, als sie gedacht hatte, was auch etwas mit dem Retsina vom Vortag zu tun haben konnte. Zum anderen stand, und hier lag ganz klar keine verzerrte Wahrnehmung vor, auf einmal ihr Sohn vor ihr, drückte sie erst an sich und dann ein Glas eiskalten Sekt in ihre Hand. Der – mittlerweile wirklich von einem Ohr zum anderen grinsende – Hausmeister bekam auch eins.

„Einen außerordentlichen Muttertag wünsch ich dir!" sagte Frank. Dann stießen alle drei an. Gisela kippte ihren Sekt runter, schließlich fing sie sich ein wenig. Ihr Junge sah, diesmal in intakten Jeans und schwarzem T-Shirt, zwar wieder normal aus. Aber was da hinter ihm stand, nahm ihre Aufmerksamkeit doch sehr in Anspruch.

„Die Überraschung ist dir gelungen", lachte sie jetzt. Nicht nur, daß hier im Hof eigentlich keine Kraftfahrzeuge parken durften.

„Mit freundlicher Unterstützung von Herrn Arendt", wiegelte Frank ab. In erster Linie war das nicht irgendein Auto.

„Man hilft ja gern!" sagte der Hausmeister freundlich. Sondern ein Porsche 911 Targa aus den siebziger Jahren. In knallrot. Giselas absoluter Traumwagen seit sie als junges Ding mal in einem mitgefahren war. Genauer gesagt, hatte Franks Vater so einen gehabt. Und ihre Erinnerungen an die engen Schalensitze waren zum Teil recht pikanter Natur. Sie konnte die Augen nicht davon lassen, was ihrem Sohn natürlich auffiel.

„Schön, nicht?" er wies mit dem Kopf zu dem Porsche, wobei er die Sektkelche nachfüllte. Dann schlenderte Frank, die anderen im Schlepptau, zu dem Wagen. Dessen Targa-Dach war abgenommen worden, so daß man das tadellose Interieur bewundern konnte. Alles sah aus wie neu, da waren die schwarzen Ledersitze, das Holzlenkrad und die vielen Instrumente im blitzenden Armaturenbrett. Wie in Giselas Erinnerung.

„Von so einem habe ich immer geträumt", sagte sie, an ihrem Glas nippend.

„Seit über zwanzig Jahren", ergänzte der junge Mann, „du hast es mir oft genug erzählt. Auch daß du den satten Motorenklang heute noch im Ohr hast. Stimmts?"

„Stimmt. Und genau so hat der damals ausgesehen."

Der rote Lack funkelte mit den verchromten Teilen schier um die Wette. Frank öffnete die Fahrertür.

„Das glaube ich, weil dieser hier nämlich komplett neu restauriert ist. Originalgetreu. Du mußt dir mal den Tacho-Stand ansehen. 1500 Kilometer. Der Motor ist noch nicht mal richtig eingefahren." Mit diesen Worten stieg er ein. Seiner Mutter stockte der Atem.

„Spinnst du?" stieß sie hervor, aber da sprang der Motor schon an. Mit genau dem bewußten, dumpfen Brummen. Es jagte Gisela heute noch heißkalte Schauer über den Rücken. Einige Sekunden vergingen, sie wußte nicht, ob sie auch in den Wagen steigen oder diesen Lausebengel an den Ohren herausziehen sollte. Die Versuchung war in beiderlei Hinsicht erheblich. Der Innenhof war vom Ton des Porsches erfüllt, es klang wie Musik, beinahe erotisierend. Herr Arendt schmunzelte sonderbarerweise wohlwollend, also bat sie ihn sicherheitshalber zunächst um eine Zigarette. Waren denn heute alle vom wilden Affen gebissen? Da stand auf einmal Frank wieder neben ihr, ein Stück Papier in der Hand. Das gab er ihr, dann stellte er den Motor wieder ab.

„Reicht schon, wenn hier eine qualmt", war sein frecher Kommentar, „und noch mal einen fröhlichen Muttertag." Der Zettel entpuppte sich bei näherer Betrachtung als Fahrzeugschein. Da stand ihr Name, direkt unter dem amtlichen Kennzeichen. Gisela ließ sich theatralisch in die starken Arme des Hausmeisters sinken. „Zweitschlüssel und Fahrzeugbrief liegen im Handschuhfach", strahlte ihr Sohn, „der Wagen ist schon auf dich zugelassen!" Er leerte genießerisch seinen Sektkelch. „Ich konnte deine Unterschrift schon zu Schulzeiten glaubwürdig fälschen."

„Bist du wahnsinnig?" erhielt er als Antwort. „Hast du den geklaut?" Seine Mutter hing immer noch in den Armen des Hausmeisters, Zigarette im Mundwinkel.

„Nö, im Preisausschreiben gewonnen. Von so einer Illustrierten, die bei uns in der WG rumlag. Klasse, sag ich, die verlosen da das Traumauto von meiner Ma. Also hab ich mitgemacht. Das ist alles. Und komm mir jetzt nicht damit, ich soll die Karre verkaufen und das Geld behalten. Den Plan hab ich selber schon verworfen. Ich bin nicht geldgeil, wie du weißt. Und das hier", er zeigte auf den roten Porsche, „ist nunmal dein Traum, nicht meiner. Ich denke, das mußte einfach so sein!" Gisela stürzte auf ihren Jungen zu und drückte ihn an sich, Tränen der Rührung in den Augen. Und wenn die Menschheit einen wirklich oft zur Verzweiflung treiben konnte, das hier war ein Beweis für die Existenz der Liebe. Sie drückte Frank so fest, als hätte sie Angst, er könnte plötzlich davonfliegen. Und wo es Liebe gab, dachte sie, lohnte es sich zu leben. Und nicht, wie die meisten, vor sich hin zu krepieren. Was war das heute für ein schöner Tag!

Herr Arendt öffnete taktvoll noch eine Pulle Sekt, es gab schließlich was zu feiern.

„Weißt du, was Leben heißt?" fragte Gisela leise. Ihr Sohn schüttelte den Kopf. „Ganz einfach", sagte sie.

„Leben heißt nicht sterben."

VIERTES KAPITEL

Hakan erwachte, aber er lachte nicht. Dazu gab es einfach keinen Grund. Was dazu aufforderte, war ein naives Gemälde an der Stirnwand seines Krankenzimmers. Es stellte einen offensichtlich geistig verwirrten, unrasierten Mann im Pyjama dar, der sich in seinem Bett aufrichtete und grinste, als hätte er gerade erfolgreich onaniert. Unter dem Bett lag eine dicke Katze, die auch zu grinsen schien. Gekrönt wurde die pastellfarbene Grausamkeit mit dem Sinnspruch: „Erwache und lache!" Heute war der dritte Tag, Montag, an dem der Türke mit mittelschwerer Gehirnerschütterung hier lag, und seither fühlte er sich von diesem Machwerk verhöhnt. Seine Mecht selbst hatte den Notarzt gerufen, nachdem sie ihn außer Gefecht gesetzt hatte, das wußte er. Sonst nicht viel, außer daß er mit gebrochenem Nasenbein und mörderischen Kopfschmerzen in eben diesem Zimmer des „Hospitals der Barmherzigen Schwestern" zu sich gekommen war. Und daß es ihm heute besser zu gehen schien, abgesehen von zwei massiven Problemen, die ihm zu schaffen machten. Erstens hatte er eine gewaltige Erektion und wußte nicht, wohin damit. Zweitens schwebte er in akuter Lebensgefahr, solange er den Auftrag des Alten nicht erfüllt hatte. Es bestand also Handlungsbedarf.

„Isch muß hier raus ...", murmelte er und sah sich in seinem aufgezwungenen Domizil um. Es war ein Zweibettzimmer, weiß gestrichen, bis auf das furchtbare Gemälde schmucklos und sachlich eingerichtet. Zwei Schränke, zwei Stühle, ein Tisch. Ein großes Fenster, das zum Raussteigen förmlich einladen würde, wenn sich der Raum nicht im dritten Stock befände. Also blieb nur die Tür. Die in diesem Moment geöffnet wurde, und zwar von Schwester Monika. Ihren Namen verriet ein kleines Schildchen auf ihrer blütenweißen, gestärkten Schwesterntracht (dies war ein altmodisches Krankenhaus). Sie schneite auffallend oft in dieses Zimmer, seit es den schneidigen Südländer beherbergte.

„HALLO, Herr Damirkan!" tirilierte sie viel zu fröhlich. Gemeint war Hakan, dessen Papiere auf diesen Namen ausgestellt waren. „WIE gehts uns denn heute?" Die Schwester hatte mit ihrer rundlichen Figur und rosigen Haut eine gewisse Ähnlichkeit mit Schweinchen Dick, fand der Türke. Ihre breite Stupsnase verstärkte diesen Eindruck erheblich. Aber sie war ein weibliches Wesen, das ihn offensichtlich anhimmelte, und das konnte die

Lösung von Problem Nummer eins bedeuten. Ein Mann mußte beizeiten Prioritäten setzen.

„Is der Fettsack endlisch abgekratzt?" stellte er die Gegenfrage mit Seitenblick auf den Platz, wo gestern noch das Bett seines Zimmergenossen gestanden hatte. Ein vollbärtiger Süddeutscher. Diese Typen schienen grundsätzlich auszusehen wie Urmenschen. Sie sprachen auch so.

„Der Bayer?" lachte Schwester Monika freundlich. „Aber nein! Der ist zur Kernspintomographie." Hakan staunte, was dieses rosa Schweinchen für schwierige Wörter kannte. Es mußte doch rauszufinden sein, was sie sonst noch drauf hatte.

„Bayer? Isch dachte, Deutscher ...", meinte er. Das löste die nächste Lachsalve aus.

„Aber, Herr Damirkan! Bayern gehört doch zu Deutschland! Gerade noch", klärte ihn die Schwester auf, wobei sie ihm aus unerfindlichen Gründen verschwörerisch zublinzelte. Was den Türken ermunterte, endlich zur Sache zu kommen.

„Wußt isch nisch", sagte er, „aber isch habe anderes Problem", und schlug die dünne Bettdecke zur Seite. Was sich vorher nur dezent abgezeichnet hatte, lag, oder besser, stand jetzt offen zu Tage. Er trug ein weißes Feinripp-Unterhemd, Goldkettchen und sonst nichts. „So kann isch nisch auf Klo!" Die Schwester stieß einen anerkennenden Pfiff aus. Sie hatte in ihrem Beruf schon viel gesehen, aber selten so ein Prachtexemplar. Jedoch: Sie war im Dienst. Auch wenn ihr dieser Schönling, der soeben seine unschuldigste Miene aufgesetzt hatte, ausnehmend gut gefiel. Dienst war Dienst, und wenn jene Angelegenheit ein privates Nachspiel haben sollte, würde er sich eine etwas feinsinnigere Anmache ausdenken müssen. Also sagte sie: „Und ich soll Ihnen jetzt helfen, diesen Zustand zu ändern? Nichts leichter als das!"

Hakan nickte, räkelte sich mit im Nacken gekreuzten Armen und schloß genießerisch die Augen. Na also! Seinem Gerät konnte doch keine widerstehen. Schwester Monika jedoch konnte so einiges. Zum Beispiel das volle Mineralwasserglas von dem nahestehenden Nachttischchen nehmen und dessen Inhalt in den Schritt des Türken kippen. Und genau das tat sie jetzt. Der solcherart Begossene fuhr mit einem Schreckensschrei hoch. Und stieß gleich den nächsten aus. Denn er starrte nun in die grinsende, pockennarbige Rattenvisage von Luigi Vincenzo Giovanni dem Dritten höchstpersönlich. Der Sohn des Don war in der Zwischenzeit unbemerkt eingetreten. Ein

Giovanni klopfte nicht an Türen. Eher schon behielt er die rechte Hand in der Tasche seines Sakkos, was eine eigenartige Ausbuchtung verursachte. „Ich sehe, du bist wieder auf dem Damm!" sagte der Italiener. Es klang, als wollte er gleich hinzufügen: „Aber nicht mehr lange!" Statt dessen jubilierte die Krankenschwester im Gehen: „Ihr Hauptproblem hätten wir jedenfalls behoben!" dann schloß sie die Tür hinter sich. Hast du eine Ahnung, dachte Hakan und bedeckte seine nasse Blöße wieder. Das steht gerade vor mir.

„Du gestattest, daß ich mich setze!" stellte Luigi fest und zog einen Stuhl heran. Seine rechte Hand ruhte nun entspannt auf dem Bett, mitsamt der kleinen Pistole. „Das ist eine Walther PPK Automatik", erklärte er dem beunruhigten Türken. „Ich bin nämlich James-Bond-Fan ...", er räusperte sich, „und du wärst jetzt normalerweise ein toter Schürzenjäger!" Hakan stützte sich nervös auf die Ellenbogen.

„Hör zu, Mann, isch kann nix dafür, das schwör isch dir ..."

„Du sollst hier keine Meineide leisten, sondern mir sagen, welcher von deinen Schicksen du das bewußte Herz gegeben hast!" Luigi beugte sich vor, „denn, daß du noch lebst, verdankst du mir ganz allein. Gefunden hatten wir dich gleich! Und mein Vater wollte dir eigentlich direkt am Samstagmorgen das Licht ausblasen lassen. Er steht nun mal nicht auf Fristverlängerung!" Die Nasen der beiden Männer berührten sich nun fast. „Aber das Ding muß wieder her! Unbedingt! Also hab ich ihn davon überzeugt, daß du uns lebend mehr nützt." Der Sohn des Don lehnte sich zurück und steckte die Waffe weg, da Hakan ebenso verängstigt wie zur Kooperation bereit wirkte.

„Isch habs meiner Freundin geschenkt ...", sagte er, „tut mir leid, ehrlisch."

„Also der blonden KJP-Tussi. Großartig! Zwei von deinen Weibern haben wir lokalisiert. Deine Alte zum Beispiel ist bei ihrer Freundin geblieben, wo sie dich zusammengeschlagen hat." Luigi konnte sich ein süffisantes Lächeln nicht verkneifen, wurde aber ganz schnell wieder ernst. „Die andere stellt leider ein Problem dar. Bist du sicher, daß sie das Herz auch trägt?" Der Türke zog es vor, diese Frage zu bejahen. Er hoffte, das würde seine Lebenserwartung erhöhen. In Wirklichkeit war er da überhaupt nicht sicher.

„O.k.", sagte Luigi, „dann hör mir jetzt gut zu. Von 175 Goldherzen mußtest du Idiot ausgerechnet das klauen, in das ein sehr wichtiger Mikrofilm eingelassen ist. Es gibt da keinen Zweifel, weil wir die anderen alle geröntgt haben. Der Film ist mit Blei ummantelt, so daß ihm die Strahlen nicht geschadet hätten. *Wenn er denn da gewesen wäre!* Kapito?"

Hakan nickte belämmert, dann erkundigte er sich: „Warum is die Scheißmirkofilm so wichtig?"

„Ich bin richtig froh, daß du das fragst", behauptete der Italiener. „Normalerweise würde ich eher meine Zunge verschlucken, als darauf zu antworten. Aber du sollst wissen, warum die Wiederbeschaffung dieses Films absolut lebenswichtig ist." Er machte eine kleine Kunstpause, in der er mit seinem überlangen kleinen Fingernagel in seinen Zähnen herumpopelte.

„Zumindest für dich!" sagte er dann. „Auf diesem Mikrofilm befinden sich schlicht und ergreifend die Decknamen und Briefkastenadressen unserer Kontaktleute in ganz Europa. Plus ihre *richtigen* Namen und Adressen. Fein alphabetisch geordnet. Alle Sparten: Waffen, Drogen, Nutten, Schmuck und alles. Wenn diese Informationen irgendwer anderes als mein Vater oder ich in die Finger kriegt, können wir den Laden dichtmachen. Den *ganzen* Laden. Geht das in deinen dämlichen Türkenschädel? Oder, falls du nur *damit* denken solltest, in deinen dämlichen Türken*schwanz?*"

Hakan nickte, Angstschweiß auf der Stirn. Er war bestimmt nicht der Hellste, aber eins dämmerte ihm schön langsam: Er wurde solange gebraucht, bis dieser Itakerverein hatte, was er wollte. Daß er danach aus dem Schneider war, durfte bezweifelt werden. Im Gegenteil, höchstwahrscheinlich wußte er dann zuviel. Zeit zu schinden war also das oberste Gebot der Stunde.

„Isch verstehe sehr gut. Das Herz is lebenswischtisch. Aber warum is die Gigi ein Problem?" Luigi zog seine Walther PPK aus der Jacke, sicherte sie, als ob er das vorhin vergessen hätte, und betrachtete das tödliche Stück Metall liebevoll.

„Connery war doch der beste Bond, nicht wahr?" meinte er dann zusammenhangslos. „Ach so, ja, Gisela Rahm. Die habe ich heute vormittag zu besuchen versucht. Da erzählte mir ihr Hausmeister freudestrahlend, daß sie unterwegs nach Griechenland wäre. Seit drei Stunden. In einem roten Porsche. Ihre Eltern hätten da ein Haus am Peloponnes."

„Kenn isch!" sagte Hakan, der innerlich frohlockte. Gigi in Griechenland aufstöbern. Das konnte dauern, vor allem, wenn er sich als ortskundiger Führer anbot. Tatsächlich hatte sie ihm den Ort mal auf der Karte gezeigt. Aber das brauchte dieser Itaker nicht zu wissen. „Isch war schon öfters da, in der Nähe von Kalamata is das. Isch bin sischer, sie taucht dort auf. Isch fahr ihr nach, o.k.?"

„Ganz genau, und ich werde dich begleiten! Nicht, daß die dich auch noch k.o. schlägt. Worauf wartest du?"

„Darauf, daß du wegguckst. Bloß weil isch hab Scheiße gebaut, geht disch mein Schwanz noch lang nix an."

„Einverstanden." Luigi ging zum Fenster und rauchte eine Zigarette. In der Spiegelung konnte er beobachten, wie der Türke in seinen Anzug stieg, scheinbar etwas angewidert. Dann fiel ihm noch etwas ein: „Ach so, wir müssen deinen Benz noch bei den Bullen auslösen. Du solltest eigentlich wissen, daß man in Köln nicht lange auf dem Gehsteig parken kann ohne abgeschleppt zu werden." Hakan knirschte nur mit den Zähnen. Daraufhin stach ihm noch einmal das grausame naive Gemälde ins Auge. Er nahm es mit spitzen Fingern vom Haken und legte es dann auf sein Kopfkissen. Als Abschiedsgruß an Schwester Monika und den urwüchsigen Bayerntypen, der in Zukunft jemand anderem etwas vorschnarchen konnte.

Erwache und lache. Und fick disch ins Knie, dachte Hakan. Dann sagte er zu Luigi: „Isch bin fertisch!"

Gisela war gegen acht Uhr losgefahren, vorher hatte sie noch dem Hausmeister ihren Wohnungsschlüssel anvertraut. Für alle Fälle. Herr Arendt und seine ebenso gemütvolle Frau hatten sich aufrichtig mit ihr gefreut und dem bis unters Dach vollgepackten Porsche noch lange nachgewinkt. „Nur gut, daß man die Staffelei zerlegen konnte", hatte der brave Mann gesagt, „sonst wär die nie in den kleinen Kofferraum gegangen." Beide wußten nicht, daß ihre gutgelaunte Mitbewohnerin noch einiges an ihrer Arbeitsstelle zu erledigen hatte, bevor sie richtig durchstarten konnte. Und da saß sie nun, mit Carla in der Cafeteria. Von ihren anderen Freundinnen hatte sie sich bereits verabschiedet. Zwischen den Frauen stand ein gläserner Aschenbecher, den sie abwechselnd benutzten. Und zwei Tassen Kaffee.

„Schon ein starkes Stück, die Sache mit deinem Moslem!" fand Carla. Die anderen hatten ihnen gerade von dem Vorfall erzählt. Gisela drückte ihre Zigarette aus.

„Du sollst ihn nicht immer den *Moslem* nennen! Außerdem ist er bekanntlich nicht mehr *meiner"*, sagte sie dann. „Und leid tut er mir, ehrlich gesagt, nicht."

„Tja, auch der stärkste Macho kann mal ein paar vors Fressbrett abkriegen. Aber dann auch noch von seiner eigenen Frau! Wahrscheinlich hat er dieses Mannsweib sowieso nur geheiratet, damit er in Deutschland bleiben kann."

„Das kann schon sein, aber ich glaube, solche Tricks hatte er gar nicht nötig. Er ist nämlich hier geboren, als Gastarbeitersohn. Wenn er mich da nicht auch angelogen hat. Außerdem fand ich sie eigentlich ganz attraktiv. Auf eine herbe Art ..."

„Petra scheinbar auch, haha. Aber in erster Linie kannst du froh sein, daß du schon weg warst, als der Tanz losging! Sonst wäre das Chaos perfekt gewesen." Gisela lief bei dieser Vorstellung ein kalter Schauer über den Rücken.

„Stimmt genau", antwortete sie, „und das ist noch nicht alles, was mir momentan bis Oberkante Unterlippe steht. Immer dasselbe Spiel, auch in diesem Laden hier. Tagein, tagaus. Es ödet mich an! Ich muß einfach dringend mal raus! Aus dem KJP, aus Köln, aus Deutschland!" Carla hielt ausnahmsweise mal den Schnabel, also fuhr sie fort: „Gestern hab ich in Griechenland angerufen und *nicht* zum Muttertag gratuliert!"

„Hä?"

„Nein, sondern ich hab bescheid gesagt, daß ich das dieses Jahr persönlich tun werde! Nachträglich, mit einem dicken Blumenstrauß. Und heute, nicht irgendwann in näherer Zukunft, genau heute fahr ich los. Das Leben ist einfach zu kurz, um immer nur auf irgendwen oder -was zu warten."

„Sapperlott! Fahren willst du? Womit denn?"

„Ich hab jetzt wieder ein Auto."

„So? Was denn für eins?"

„Ein schönes. Sonst noch Fragen?"

„Mhm. Wie kommst du auf die Idee, daß du so spontan Urlaub kriegst?"

„Den krieg ich schon. Verlaß dich drauf!"

Sie unterhielten sich noch eine Weile, dann verabredeten sie sich für später. Carla bestand darauf, ihre beste Freundin adäquat zu verabschieden, die sich aber zunächst zu Götz in die Abteilung „Tontechnik" begab. Der hatte ihr den bewußten, obszönen Klartext auf eine normale Kassette, die in jeden Recorder paßte, gezogen.

„Mein Dank wird dir ewig nachschleichen!" versprach sie ihm. Der kleine Tontechniker sah schelmisch zu ihr hoch.

„Aber mich vermutlich nie erreichen!" entgegnete er. Dabei fiel ihm auf, daß die blonde Frau irgendwie aufgeblüht wirkte. Sie schien etwas abgenommen zu haben und sah in ihrem dunkelblauen, seitlich geschlitzten Sommerkleid richtig sexy aus.

„Oh doch, wenn ich zurück bin!" meinte Gisela und drückte ihm einen mit Blümchen verzierten Gutschein für ein italienisches Abendessen in die Hand. „Das kann aber ein bißchen dauern!"

„Ich werde warten, meine steinreiche Freundin!" versprach Götz, als sie sich zum Abschied umarmten und kumpelhaft auf den Rücken klopften. Gisela machte sich auf den Weg zum Lift. Jetzt wurde es Zeit, „ihren Schreibtisch aufzuräumen", wie sie sich das vorgenommen hatte.

Angelika von Hauenstein sah demonstrativ auf die Armbanduhr, als ihre vollbusige Kollegin das Büro betrat. Halb elf. Frechheit. Sie roch heute wie ein ganzer Parfümladen.

„Morgen", sagte Gisela, „hier riechts ja wie im Negerpuff! Bist du das etwa, Frankenstein?" Die Angesprochene ließ vor Entsetzen ihren Kugelschreiber fallen. Sie hörte ihren inoffiziellen Spitznamen zum ersten Mal.

„Wa... was?" brachte sie hervor. Aber die Frau in dem langen, blauen Kleid öffnete statt einer Antwort den Kühlschrank des karg möblierten Büros (das ihr heute stärker denn je wie eine Gefängniszelle vorkam). Darin befanden sich diverse Alkoholika, man bekam immer wieder mal was geschenkt. Sie entschied sich für den teuersten Sekt, den sie finden konnte, und schüttelte die Flasche kräftig.

„Wo ist der Mehlig?" lautete ihre beiläufige Frage. Frankensteins Teint hatte seit jeher einen grauen Schimmer. Wahrscheinlich verursachte krankhafter Ehrgeiz Schlafstörungen. Jetzt jedenfalls wurde sie hellgrau um ihre spitze Nase.

„Im Konferenzraum. Der ist jetzt nicht zu sprechen, da ist eine wichtige Besprechung. Was hast du mit dem Sekt vor?"

„Abschied feiern." In Giselas blauen Augen glomm es gefährlich. Sie zwirbelte den dünnen Draht um den Korken auf und hielt diesen mit dem Daumen fest.

„Wieso? Wovon denn?" wollte ihre intrigante Kollegin wissen. In ihrem Blick vereinigten sich Neid und Mißgunst – das war der Dauerzustand – gemischt mit Angst.

„Von deinen billigen Denunziationsversuchen zum Beispiel. Du schreibst dir doch auf, wer wann kommt und geht! Kannst du gleich wieder machen. Rahm war heute nur zehn Minuten da! Oder von deinen miesen Verleumdungen. Wenn man dir glaubt, besteht unsere Abteilung nur aus Huren und Alkoholikern! Von deiner rühmlichen Ausnahme natürlich abgesehen ..." Die Flasche zischte verheißungsvoll, und Giselas Daumen gab allmählich nach. „Aber von einer Sache will ich mich besonders herzlich verabschieden. Und das ist deine blöde, berechnende Visage!" Damit ließ sie den Korken los. Der wie ein Geschoß über Frankensteins Kopf eine in Glas gefaßte Fotografie der britischen Königsfamilie zertrümmerte. Die Intrigantin bekam derweil den größten Sektschwall ins Gesicht. Aber auch ihr graues Kostüm und das Spitzenblüschen wurden ordentlich geduscht. „In diesem Sinne – Prost!" sagte Gisela.

Die Leiter sämtlicher Abteilungen waren in dem geräumigen, hellen Konferenzraum versammelt und erörterten die neue Programmstruktur. Manche waren aufgrund des schönen Wetters in Hemdsärmeln, aber jeder trug Krawatte und eine wichtige Miene zur Schau. Es war eine reine Herrenrunde, allzu weit war die Emanzipation beim KJP noch nicht gediehen. Heinz Mehlig, Abteilungsleiter Programmplanung, war ein eiserner Verfechter dieses Umstandes. Er hatte ein Referat mit dem Inhalt verfaßt, daß den Beiträgen männlicher Redakteure grundsätzlich Vorrang einzuräumen sei, welches er gleich zu halten gedachte. Männer, so fand er, recherchierten gründlicher und wurden nicht ständig schwanger. Der stets korrekt gekleidete Mittvierziger hatte selbstzufrieden die Hände über seinem Schmerbauch gefaltet und studierte gerade das Paisley-Muster seines Binders, als es an der Tür klopfte. Wer wagte es, eine Abteilungsleiter-Sitzung zu stören? Noch bevor einer der wichtigen Herren sich dazu herabgelassen hätte, „Herein" oder etwas ähnliches zu sagen, wurde die Tür aufgerissen, und im Rahmen stand, einen ledernen Rucksack in der Hand, Gisela Rahm.

„Herr Mehlig bitte sofort in sein Büro!" sagte sie sachlich. Der sprang auf und wollte gerade losbrüllen, ob seine Untergebene jetzt völlig den Verstand verloren habe, als diese aus ihrem Rucksack ein Starthilfekabel und einen Tauchsieder zu Tage förderte. Ersteres legte sie sich um den Hals, mit Zweiterem vollführte sie eine eindeutige Geste. Das veranlaßte den aufgebrachten Mann, schlagartig zu verstummen, und, diverse Entschuldigungsformeln murmelnd, sich in Richtung seiner verdutzten Artgenossen zu verbeugen. Anschließend tat er schleunigst, wie ihm geheißen.

Eine Minute später saß Gisela ihrem Vorgesetzten in seinem Büro (ein in seiner völligen Unpersönlichkeit noch deprimierenderer Raum als ihr eigenes, fand sie) gegenüber.

„So, was kann ich für Sie tun, Frau Rahm?" fragte er jovial.

„Das Zeitliche segnen, das würde mir am besten gefallen!" antwortete sie, diesen spießigen Emporkömmling angewidert musternd. Nicht nur, daß er mit seinem schütteren Seitenscheitel, Schnurrbart und unreiner Gesichts-

haut extrem scheiße aussah. Zu allem Überfluß war er auch noch der Prototyp des Radfahrers. Nach oben buckeln, nach unten treten. Wobei ihm letzteres einen Heidenspaß zu machen schien. Sein Lebensziel war vermutlich,
so viele Leute wie möglich schikanieren zu können. Aber in ihrem Fall
konnte er das nun vergessen. Sie drückte auf die „Play"-Taste des Radiore-
corders, der auf seinem Schreibtisch stand.

„Hast du gewußt, was das Kamasutra sagt?" ertönte Heinz Mehligs nö-
lende Stimme. Er selbst wurde weißer als die Wand hinter ihm.

„Was würden Sie dazu sagen, wenn ich Ihren Kollegen im Konferenzraum dieses Band vorspiele?" Sie drückte noch mal auf den Knopf.

„Es sagt, daß der Mann seinen Erguß so lange wie möglich ..."

„Aber, liebe Frau Rahm, wir können uns doch bestimmt irgendwie einigen ... äh, können!" unterbrach die nicht minder unangenehme reale Stimme
Mehligs. Gisela nahm die Kassette aus dem Gerät.

„Davon existieren fünf Kopien", log sie, „also kommen Sie gar nicht
erst auf dumme Gedanken!"

„Aber aber, nichts läge mir ferner ..." Der Abteilungsleiter geriet ins Fa-
seln. Die Zeit für ihre Forderungen war gekommen.

„Gut, dann hören Sie zu. Erstens nehme ich auf der Stelle meine sechs
Wochen Jahresurlaub, plus die zwei, die mir noch vom letzten Jahr zuste-
hen. Macht acht. Am Stück. Und danach nehme ich auf unbegrenzte Zeit
unbezahlten Urlaub. Und Sie werden das alles absegnen und zurechtbiegen.
Sollte da irgendwas nicht klappen, läuft dieses Band nach meiner Rückkehr
im Radio! Dito, wenn mir noch einmal zu Ohren kommt, daß Sie eine meiner Kolleginnen auch nur länger als nötig angeguckt haben. Das gilt nicht
für Franken ..., ich meine, Hauenstein. Die können Sie von mir aus rund um
die Uhr vergenußwurzeln ! Ist das soweit klar?"

Mehlig schluckte, nickte aber.

„Zweitens will ich in eine andere Abteilung, wenn ich zurück bin. Sie
werden das möglich machen. Verstanden?"

Er nickte wieder.

„Drittens hab ich Ihnen einen kleinen Imbiß mitgebracht." Sie zerrte ihren ungewaschenen Spitzenbody, den sie immer für Hakan getragen hatte,
hervor und beschmierte ihn mit einer ganzen Tube Düsseldorfer Senf. Ext-
rascharf. „BON APPETIT!"

„Muß das sein?" fragte der mittlerweile heftig transpirierende leitende
Angestellte.

„Aber ja! Das haben Sie sich doch SO gewünscht! Und viertens ..."

„Pfiertens?" fragte Mehlig, bereits mit vollem Mund und Tränen in den Augen.

„Viertens fahren Sie zur Hölle, Sie abartiger Arschkriecher!"

Mit diesen Worten ließ sie ihren kauenden Vorgesetzten sitzen, verließ die Abteilung und fuhr mit dem Lift ins Erdgeschoß, zur Pforte. Dort war sie eigentlich mit Carla verabredet, aber dieser Ausbund an Pünktlichkeit glänzte natürlich durch Abwesenheit.

Josef alias „Jüppschen" Lübke aber war auf dem Posten. Rauchend und charmant wie immer. Er war in seinem Job keineswegs überfordert und daher immer zu einem kleinen Plausch aufgelegt.

„Hallo, Frau Rahm!" begrüßte sie der alte Pförtner, „Sie sehen heute wieder ganz hinreißend aus. Schön wie der junge Tag!"

„Danke, danke, Herr Lübke", erwiderte Gisela, „und Sie rauchen zuviel! Sie sollten besser auf sich achten, wir würden Ihre Komplimente vermissen. Haben Sie übrigens zufällig die Carla Barfuß gesehen?" Er verneinte dies, ohne mit der Wimper zu zucken. Ein Kavalier genießt und schweigt, dachte die versetzte Blondine. Sie konnte den alten Schwerenöter gut leiden, daher warf sie ihm im Hinausgehen ein Kußhändchen zu. Die Reiselust hatte sie jetzt gepackt, also beeilte sie sich, zu ihrem Porsche und auf die Straße zu kommen. Allerdings wimmelt es in Köln nur so von roten Ampeln, besonders, wenn man es eilig hat. Und eine davon zwang den Sportwagen, direkt vor dem KJP-Portal noch einmal zu halten. Da kam Carla auf die Straße, und nach einer kurzen Schrecksekunde direkt auf Gisela zugeschossen.

„Meine Güte, was für ein Auto!" keuchte sie fassungslos. Die Ampel schaltete auf grün. Es wurde gehupt.

„Tschüs, Frau Zuverlässig!" sagte ihre Freundin, während sie sich durch das offene Dach auf die Wangen küßten. Das Hupkonzert hinter ihnen schwoll an.

„Hör mal, ich hab da drin einen Job zu erledigen!"

„Und ich hab ein Leben zu leben!" rief Gisela fröhlich, winkte noch einmal und trat das Gaspedal durch. Der Motor des Roten brüllte unternehmungslustig auf und katapultierte sie schließlich bei dunkelgelb über die Kreuzung, das atonale Verkehrsorchester und die winkende Carla hinter sich lassend. Für einen vielversprechenden Augenblick schien die breite, graue Straße nur für sie ganz allein da zu sein. Ein gutes, ein befreiendes Gefühl war das.

Mechthild lag, nur mit einem knappen Bikinihöschen bekleidet, auf der harten Kunststoffplatte des Küchentisches. In der rechten Hand hielt sie Hakans mächtigen Revolver, den sie jedoch entladen hatte. Sie konnte Schußwaffen eigentlich nicht ausstehen. Nahtlose Bräune dagegen schon, aber sie wollte den Spannern im Haus gegenüber keine Peep-Show bieten. Dies war eine Sozialwohnung in Köln-Mülheim. Also kein Balkon. Dafür ein Küchenfenster, in das vormittags die Sonne schien. Und da man ihr letzte Woche an ihrem Arbeitsplatz, dem Fitneß- und Sonnenstudio „Power-Point", gekündigt hatte, mußte sie nun eben improvisieren, um schön braun zu bleiben. Solarien sind nicht billig, und sie war permanent knapp bei Kasse. Zudem sei sie unpünktlich, hatten diese Fitneß-Fritzen behauptet. Nun, hatte sie wenigstens noch *etwas* mit ihrem Ehemann gemeinsam. Aber irgendwann mußte er ja nach Hause kommen. Im Krankenhaus hatte er sich jedenfalls aus dem Staub gemacht, das hatte sie soeben telefonisch erfahren. Da! Jemand fuhrwerkte am Türschloß herum. Mechthild sprang vom Tisch und zog sich ein T-Shirt über. Dann lief sie, lautlos und geschmeidig wie eine Katze, in den Flur. Natürlich, er konnte gar nicht aufschließen. Ihr eigener Schlüssel steckte ja. Man konnte Hakan draußen mit einem zweiten Mann sprechen hören.

„Meinst du, du schaffst es heute noch? Mir hat es schon lange genug gedauert, deine blöde Karre zu holen!"

„Hetz mich nisch immer, Mann! Isch tu was isch kann!"

„Das ist ja gerade das Problem."

„Auf jede Fall muß isch misch umziehe! So kann isch nisch los."

Mechthild hielt die Luft an und stellte sich so an die Wand, daß die Tür in ihre Richtung aufschwingen mußte. Soso! Der Herr wollte gleich wieder los. Aber nicht ohne mit ihr ein paar klärende Takte parliert zu haben! Und welchen seiner Gangster-Kumpels er da auch immer mitgeschleppt haben mochte, den konnte sie dabei nicht brauchen. Sie zog den Schlüssel ab. „Na also!" war zu vernehmen, dann trat ihr Gemahl ein. Das rechte Bein der drahtigen Frau war ihr Sprungbein. Also das, in dem sie wesentlich mehr Kraft hatte. Und damit trat sie jetzt gegen die Wohnungstür, kaum daß Hakan die Schwelle passiert hatte. Mit aller Gewalt. Man hörte dumpfes Krachen und einen kurzen Schmerzensschrei im Treppenhaus. Scheinbar war der zweite Mann k.o. gegangen. Der Türke fuhr erschrocken herum, aber da hatte er schon den Lauf seiner eigenen 45er Magnum an der Schläfe. Mechthild packte ihn am Kragen.

„Schon wieder auf den Beinen?" fragte sie. Manche Männer fanden ihre tiefe Stimme äußerst sexy. Momentan klang sie allerdings mehr nach Racheengel und jüngstem Gericht.

„Du wirst mir jetzt ganz schnell sagen, woher du diesen läufigen Kawenzmann kanntest!"

„Welsche Kawenz?"

„Stell dich nicht blöder, als du BIST! Das dicke Tier, mit dem du dich in Petras Bett gewälzt hast!" Sie trieb ihren Gatten nun mit Fußtritten vor sich her, Richtung Wohnzimmer. Der traute ihr zwar durchaus zu, daß sie abdrückte. Aber das war ja wohl der Gipfel der verdrehten Tatsachen!

„Isch glaub, pfeift mein SCHWEIN!" schrie er zurück.

„DU machs schwule Scheiße hinter mein Rücke, und frags misch dann, was is mit läufige Tier."

„GANZ genau, das frag ich dich! Und wenn du nicht willst, daß dein Erbsenhirn hier auf die Tapete spritzt ..."

„Hier IS gar kein TAPETE!"

„Lenk JETZT nicht ab! Du hattest einen STÄNDER! Das hab ich beim REINTRETEN GESPÜRT!"

Das reichte. Hakan hatte seinen Stolz, wenn der auch in letzter Zeit ständig unterminiert wurde. Mecht hin, Magnum her. Er begann, seine versifften Klamotten auszuziehen.

„Hör zu!" sagte er ganz ruhig. „Isch hab die Schnauze voll. Von dir un deine Schwulerei! Schieß, wenn du wills! Bistu misch los so oder so!" Daraufhin entleerte er seine Anzugtaschen auf den einzigen Sessel im Wohnzimmer, ein abgewetztes 50er-Jahre-Teil.

„Isch trenn misch von dir! Suchstu dir anderen Deppen oder schwule Frau, is misch Scheisendreckegal! Isch reise geschäftlisch. Bin isch zurück, bistu weg! Klar?"

„WAS? Du tickst wohl nicht mehr ganz echt! Das kommt überhaupt nicht in ..." Mechthild verstummte, denn sie sah soeben ein Fährenticket auf dem Fifties-Sitzmöbel. Zwischen Hakans Geldklammer, Kamm und Butterfly-Messer. Fährschiff „Dionysos", Venedig-Patras. Abfahrt Dienstag, 16. Mai. Also morgen.

„Was willst du denn in Griechenland?" fragte sie ihren Mann verblüfft. Der hatte sich inzwischen umgezogen und stand jetzt in weißem T-Shirt, Jeans und Lederjacke vor ihr. Er nahm ihr das Ticket aus der Hand und steckte es zusammen mit den restlichen Siebensachen ein. Dann machte er sich daran, eine kleine Reisetasche zu packen.

„Geht disch nix an!"

„Das werden wir ja ...", Mechthild wurde rüde von Luigi, der nun mit blutender Nase und gezückter Pistole hereinplatzte, unterbrochen. Auf seiner Stirn blinkte eine beachtliche Beule, und sein linkes Auge hatte eine dunkelblaue Färbung angenommen.

„Waffe weg, Maul halten und runter auf den Boden!" kommandierte er mit der Gelassenheit eines routinierten Killers. Auf seiner Automatik saß ein Schalldämpfer. Dieser Typ schien nicht lange zu fackeln, also gehorchte die Frau. Mit einem ungeladenen Revolver hielt man sich beizeiten besser zurück. Der Italiener zog ein Paar Handschellen aus seiner Jackentasche und fesselte damit Mechthilds rechten Arm an ihr linkes Bein. Das sollte ihren Elan vorerst zügeln.

„Können wir?" wollte er dann vom Türken wissen. Der nickte nur, ziemlich desinteressiert.

„Denk dran", erinnerte er im Weggehen seine Gattin, „du verpfeifs disch! Wir sin geschiedene Leute!"

„Geschieden sind wir noch lange nicht, du ARSCH!" schrie sie ihm nach. „Das akzeptiere ich nicht!" Dann sprang sie in einer reichlich grotesken Körperhaltung auf dem rechten Bein den beiden Männern nach, aber die waren schon auf der Straße und stiegen in Hakans dicken Mercedes. Sie sah dem Wagen durchs Treppenhausfenster nach. „Wir sprechen uns noch!" sagte sie mehr zu sich selbst. Da kam ihr Nachbar, ein 75-jähriger Lodenmantel-Typ, die Treppe hoch, und staunte nicht schlecht.

„Ach, Tag, Herr Jansen", begrüßte ihn die junge Frau in Höschen, T-Shirt und Handschellen. „Besitzen Sie *zufällig* eine Eisensäge?"

FÜNFTES KAPITEL

„Freiheit ist nur ein anderes Wort dafür, nichts mehr zu verlieren zu haben", übersetzte Gisela im Kopf, was Janis Joplin da im Handschuhfach sang. Nicht daß sich der Geist der seligen Sängerin in Giselas Nähe herumgetrieben hätte. Oder doch? So genau konnte man das nie wissen. Jedenfalls war der CD-Wechsler schlicht historisch nicht korrekt, und deshalb hatte man ihn versteckt. Gisela, die Musik und Aufbruchsstimmung der 60er liebte, hatte das Gerät dementsprechend gefüttert. Der Porsche und sie befanden sich mittlerweile auf der Autobahn, kurz vor Frankfurt. Hinter ihrem Rücken dröhnte es gleichmäßig, der Sportwagen lief wie ein Uhrwerk, laut Drehzahlmesser im mittleren, dem grün gekennzeichneten Bereich. Deshalb wahrscheinlich diese komische Redewendung, fiel ihr ein. Die Sonne schien ihr ins Gesicht, darum setzte sie ihre große Sixties-Sonnenbrille auf. Was ihr in Verbindung mit dem weißen Chiffon-Schal um ihren Kopf ein gewisses „Frühstück bei Tiffany's"-Flair verlieh. Fand sie. Außerdem, daß bei ihr selbst auch alles „im grünen Bereich" war. Doch, dachte sie, so gut wie heute habe ich mich schon lange nicht mehr gefühlt. So frei. Aber den alten Joplin-Text, der im englischen Original wesentlich eleganter und sinnfälliger klang, konnte die zufriedene Frau im Porsche trotzdem nicht unterschreiben. Der Fahrbahnbelag war hier, im ewigen Baustellenbereich des Frankfurter Flughafens, etwas holpriger geworden, was ihre Aufmerksamkeit nun in Anspruch nahm. Das harte Fahrwerk und die direkte, straffe Lenkung ihres Wagens meldeten auch kleine Unebenheiten unverzüglich. Gisela packte das vibrierende Holzlenkrad fest und legte einen niedrigeren Gang ein. Der bebende Schaltknauf war ebenfalls aus Holz. So ein unmittelbares Fahrgefühl war ihr neu. Der Drehzahlmesser schlug jetzt aus, was die Maschine hinter ihr mit wollüstigem Röhren quittierte. Es war, als kämpfte sie mit einem Raubtier. Oder, was der Sache sehr nahe kam, als hätte sie Sex mit Hakan! Diesem ..., nein, es war vorbei. Nicht mehr daran denken! Nach *vorne* sehen! Sie war ja nun *frei*. Schon seltsam, wie viele verschiedene Bedeutungen in dieses eine Wort gelegt werden konnten. Damit kehrten ihre Gedanken wieder zu Janis Joplin zurück. Warum sollte man sich nur frei fühlen können, wenn man nichts mehr zu verlieren hatte? Das traf ja wohl auch auf lebenslänglich Verurteilte zu. Oder auf HIV-infizierte, heroinsüchtige Prostituierte. Sorry, Janis, aber das ist ja wohl eine hirnverbrannte These! Die Räder des Roten (So hatte sie den Porsche insgeheim getauft. Der Rote! Das sündige Luder!) griffen nun wieder auf glattem Asphalt. Gisela schaltete also hoch und beschleunigte auf 120, was sie als angenehme Reisegeschwindigkeit empfand. Sie kurbelte das Seitenfenster herunter, um den Fahrtwind besser zu spüren. Es fühlte sich fast wie Streicheln an. Dann überlegte sie weiter. Was bedeutete Freiheit für sie? Doch wohl, tun und lassen zu können, was sie wollte. Deshalb brauchte man ja nicht gleich mit allem und jedem abzuschließen! Im Gegenteil, wenn einem nichts mehr wichtig war, was sollte man dann noch tun wollen? Ihr waren ihre Angehörigen wichtig. Und auch ein paar Dinge, die das Leben leichter oder schöner machten. Und sie wollte jetzt eine Reise unternehmen. Vielleicht fand sie sogar die Muße, mit Pinsel und Leinwand der Kreativität zu frönen. Das war doch schon mal was. Auf jeden Fall besser, als so zu enden wie Janis Joplin. Oder die meisten Leute beim KJP, allen voran Mehlig und Frankenstein! Der Trick schien darin zu bestehen, den Mittelweg zu finden ... Tüdeldüdeldü! Was? Düdü, erklang es leise aus ihrem Rucksack. Und so weiter. Ach so! Gisela stellte die Musik leiser, dann fingerte sie ihr Handy hervor. Das Ding gab es ja auch noch.

„Ja, Rahm", meldete sie sich.

„Giselchen, nicht erschrecken!" Natürlich Carla, die alte Telefonistin.

„Hallo, Carla! Warum sollte ich?"

„Weil du doch ausdrücklich gesagt hattest, ich soll dich nur im Notfall anrufen ..."

„Stimmt, aber ich bin nicht davon ausgegangen, daß du dich daran hältst. Oder ist jetzt schon was passiert?"

„Na ja, wie man①s nimmt ..."

„Was soll das denn heißen?" stieß die Reisende alarmiert hervor. Sie ging vom Gas, damit sie besser hören konnte. Lieber Gott, dachte sie. Bitte laß nichts mit Frank sein! Es rauschte eine kleine Ewigkeit in der Leitung, dann ertönte die Stimme ihrer Freundin wieder: „Hallo? Hörst du mich?"

„JA, Mensch! Nun sag schon, was los ist!"

„In deine Wohnung ist eingebrochen worden!"

Gisela atmete erstmal auf. Hauptsache, ihr Junge war o.k.! Dann bat sie Carla, einen Moment zu warten, denn da kam eine Parkbucht. Sie ließ den Porsche langsam bis an deren äußerstes Ende rollen, vorbei an gaffenden Wohnmobilisten und LKW-Fahrern. Schließlich stellte sie den Motor ab und zündete sich eine Zigarette an.

„Bist du noch dran?" fragte sie.

„Klar bin ich das." Der Empfang war nun einwandfrei.

„Also, schieß los!"

„Ja, du hast wohl deinem Hausmeister meine Nummer hier gegeben. Einem Herrn Berendt."

„Arendt."

„Genau! Und der hat vorhin angerufen. In deine Wohnung wär jemand eingedrungen, gebrochen könne man nicht sagen, weil das Türschloß unversehrt sei. Das muß heute, so um die Mittagszeit gewesen sein. Aber es wären nur sämtliche Schränke durchwühlt worden, und das noch nicht mal besonders schlampig. Verstehst du das?"

„Was du sagst, ja. Was das soll, nein. Ich hab keine Wertsachen in meiner Wohnung, weil ich gar keine *besitze*. Wie hats der Arendt denn gemerkt?"

„Die Tür stand offen. Da hatte es wohl jemand eilig."

Gisela überlegte und rauchte. Da rauschte mit einer affenartigen Geschwindigkeit, bestimmt über 200, ein dicker, dunkler Mercedes auf der Überholspur vorbei. Es ging so schnell, daß man die geistesgestörten Insassen gar nicht erkennen konnte. Der tiefer gelegte Angeberschlitten erinnerte sie an Hakans. Natürlich! Sie schnippte mit den Fingern.

„Ich HABS!"

„Was hast du?" fragte Carla. „Oder hats dich?"

„Na klar! Ich hab vergessen, Hakan meinen Zweitschlüssel abzunehmen. Bestimmt hat der ihn verloren! Oder verscheuert, was noch plausibler wäre."

„Als Einbrecher kommt er nicht in Frage?"

„Der? Niemals! *Is nisch meine STIL,* würde er sagen. Obwohl er mit Sicherheit keine ganz reine Weste hat ... aber sowas? Nein!"

„Hm ... wenn du meinst. Jedenfalls soll ich dich schön von deinem Hausmeister grüßen. Er würde da mit seiner Frau aufräumen, wenns dir recht wäre. Und das Schloß wird heute noch ausgewechselt."

„Gut. Dann ruf ihn doch bitte gleich an, und bestell ganz liebe Grüße von mir. Sag ihm, er und seine Frau sind das netteste Hausmeisterehepaar der Welt. Und es ist mir sehr recht. Alles weitere können wir bereden, wenn ich zurück bin."

„Soll sein. Sonst noch was, Frau Gräfin?"

„Ja, paß auf, daß du dir bei deiner jungfräulichen Empfängnis nicht das Kreuz verreißt! Bye, bye, love!"

„Mach dir da mal keine Sorgen. Wir arbeiten daran jetzt *doggy style!*"

„Ferkel!"

„Selber! Paß du auch auf dich auf!"

Lachend verabschiedeten sich die beiden Frauen, dann aktivierte Gisela die Tastensperre ihres Handys und steckte es ein. Dabei fiel ihr Blick auf das glänzende, herzförmige Medaillon um ihren Hals. Es würde noch eine Weile dauern, bis sie es dem nächstbesten Penner schenken konnte. Aber das war momentan nicht so wichtig. Wenn ihr kein Stau in die Quere kam, konnte sie zum Abendessen in Bayern sein. Über *solche* Sachen sollte man im Urlaub nachdenken! Das wäre doch eine ordentliche Tagesetappe. Gisela drehte den Zündschlüssel und ließ den Roten fauchend wieder auf die Straße los.

Die untergehende Sonne sorgte dafür, daß der Abendhimmel in den schillerndsten Farben erstrahlte. Was sich über der Alpen-Kulisse besonders gut machte. Aber Hakan und Luigi gehörten nicht unbedingt zu den Bewunderern derartiger Naturschauspiele. Letzterem war einzig daran gelegen, möglichst schnell nach Venedig, dem Türken dagegen, unbeschadet aus dieser Nummer wieder raus zu kommen. Den Sohn des Don in irgendeiner Weise außer Gefecht zu setzen, wäre Selbstmord gewesen, ein Fluchtversuch ebenso. Zumindest innerhalb Mitteleuropas, denn soweit reichte der Arm der Giovannis ganz sicher. Hakan nippte lustlos an der Brühe, die sie hier als Kaffee verkauften. Er würde vorerst bei seiner Verzögerungstaktik bleiben müssen.

„Schmeckt, als hätte irgendein Arsch einen vollen Aschenbecher ins Spülwasser gekippt", fand Luigi. „In Italien will ich als erstes einen anständigen Espresso!" Sie befanden sich derzeit in einer österreichischen Autobahnraststätte, kurz vor dem Brennerpass. Grelles Licht, klebrige Plastiktische, unfreundliches Personal. Ein reizendes Plätzchen für ihre erste Pause. Bisher hatten sie nur zum Tanken und Pinkeln angehalten. Und alle zweinden war Fahrerwechsel. Hakan setzte einen Zigarillo mit seinem Sturmfeuerzeug in Brand, dann entgegnete er: „Isch denke, sind wir bald in dein Land. Aber warum muß unbedingt sein nonstop? Hä?"

„Weil ich hoffe, daß wir deine blöde Blondine noch in *Venezia* abfangen können. Wenn sie die Stadt so sehr liebt, wie du sagst, nimmt sie bestimmt die Fähre dort."

„Sischer, stimmt." Tatsache war, daß der Türke einfach irgendeine Hafenstadt durchforsten wollte. Alles, was dauerte, war gut. Aber Luigi bestand darauf, der Frau im Fährhafen aufzulauern. Und im Mißerfolgsfall unbedingt nach Griechenland abzufahren, weshalb er bereits in Köln die Tickets besorgt hatte. Dort wüßten sie ja, wo sie suchen müßten. Dieser Itaker mochte häßlich und gemeingefährlich sein. Dumm war er leider nicht. Hakan fuhr fort: „War ja auch kein Herz in ihr Wohnung. Wie isch gesagt."

Der Italiener kratzte sich an seiner Hakennase. Er fand, daß er noch selten einen derartigen Blödmann wie diesen genitalgesteuerten Kanaken getroffen hatte. Aber er schien meistens die Wahrheit zu sagen. Wahrscheinlich mehr Schiß als Vaterlandsliebe.

„Stimmt", bestätigte er, „und daß du den Schlüssel dazu hattest, war auch in Ordnung. Aber wir haben noch lange keinen Grund zum Feiern." Luigi trank seinen letzten Schluck undefinierbarer Plörre und schüttelte sich angewidert.

„Mama mia! In Sizilien haben wir schon aus belangloseren Gründen Leute erschossen!" sagte er dann zu dem Clown hinter der Ladentheke. Doch der guckte nur doof, also wandte er sich wieder an Hakan: „Nicht, solange dieses Medaillon am Hals von deiner Tussi rumhängt! Also, startklar?"

Der Türke stieß eine dicke Rauchwolke aus und machte seinem Zigarillo auf dem geschmacklosen Linoleum-Fußboden den Garaus. Seine dunklen Augen verengten sich gefährlich (diesen Blick hatte er sich von diversen Kinogangstern abgeguckt). Dann merkte er an: „Die Gigi is nisch sowas, was du da immer sags!"

Ein unbefangener Beobachter hätte den Eindruck gewinnen können, die deformierten Gesichter der beiden Südländer ließen auf eine gewisse gegenseitige Antipathie schließen, die jeden Moment wieder ausbrechen konnte. Aber Luigi sagte nur: „Einverstanden!" dann verließen sie die gastliche Stätte. Gemessenen, aber zügigen Schrittes.

Natürlich ahnte keiner der Männer, daß sie vor einigen Stunden mit zirka 220 km/h an der Gesuchten vorbeigerauscht waren. Diese Erkenntnis hätte ihre Laune vermutlich noch um einige Grade verschlechtert.

Gisela war in keinen Stau geraten. Also hatte sie in München gegen 18 Uhr noch einmal vollgetankt und dann auf die Autobahn Richtung Garmisch-Partenkirchen gewechselt. Nach ungefähr dreißig Kilometern war sie abgefahren und befand sich nun auf der Landstraße. Sie hatte in dieser Gegend schon einmal ihren Urlaub verbracht, und in einem sehr idyllischen Landgasthof gewohnt. Der befand sich in einem kleinen Ort namens Schwaighofen. Dort wollte sie übernachten. Die Frau im Porsche genoß die ländliche Abendstimmung. Es erstaunte sie immer wieder, wie frisch und sauber die Luft in Alpennähe schmeckte. Zudem duftete es auch noch nach frisch gemähtem Gras und blühender Natur. Man hatte das Gefühl, sich mit jedem Atemzug etwas Gutes zu tun. Kein Vergleich zu Köln, wo bei derselben Gelegenheit eine Kohlenmonoxydvergiftung zu befürchten war. Und der Sonnenuntergang über den Bergen war eine Pracht, die ihresgleichen suchte. Sie fuhr nun genau darauf zu. Rosarote Cumulus-Wölkchen zeichneten sich vor einer unbeschreiblichen Farbenvielfalt ab. Als ob sämtliche blau-, violett- und orange-Töne sich ein Stelldichein gäben, um den düsteren, schroffen Felsen ihre Bedrohlichkeit zu nehmen. Gisela glaubte fest daran, daß es einen Gott gab. Und daß ER der größte Künstler des Universums war. Vielleicht hatte er sogar etwas Mitgefühl für einsame Sachbearbeiterinnen. Natürlich, das war der Tapetenwechsel, den sie gebraucht hatte. Sie freute sich jetzt auf ein herzhaftes Abendessen und ein sauberes Bett. Aber sie mußte sich auch eingestehen, daß ihr diese Reise mit einem Mann an ihrer Seite doch um einiges mehr gegeben hätte. Einer, mit dem man sich austauschen, all die Eindrücke, die noch kommen würden, gemeinsam verarbeiten konnte. Der sich auch für den Menschen Gisela Rahm interessierte. Nicht nur für ihre Geschlechtsorgane. Der sie liebte? Das war wohl etwas viel verlangt. Womöglich sollte er auch noch gut aussehen. Ein Paradoxon! Die Erfahrung hatte gezeigt, daß attraktive Männer niemals liebevoll waren. Und umgekehrt. Der CD-Wechsler im Handschuhfach nahm gerade Zarah Leander an die Reihe. „Ich weiß, es wird einmal ein Wunder geschehn", kratzte deren Stimme in Giselas Gedanken. Sehr passend, fand sie. Wenn man sowas nur wissen könnte. Das einzige, was sie sicher wußte, war, daß der Kies, der nun unter den Rädern des Roten knirschte, zum Parkplatz des Gasthofs „Jennerwein" gehörte. Sie hielt direkt vor der Haustür. „Und dann werden tausend Märchen wahr!" konnte Zarah noch behaupten, dann verstummten Motor und Musik.

Ungefähr eine Stunde später betrat Gisela die gut besuchte Gaststube. Sie hatte in der Zwischenzeit ihr Zimmer bezogen und sich etwas frisch gemacht. Nun verspürte sie einen beachtlichen Appetit, was angesichts der Tatsache, daß sie unterwegs kaum etwas zu sich genommen hatte, nicht weiter verwunderlich war. Das einzige, was dieses Lokal mit einem kölschen gemeinsam zu haben schien, waren die dicken Rauchschwaden, die durch den Raum waberten, und der Geräuschpegel. Ansonsten war authentische bayerische Wirtshausatmosphäre angesagt. Die überwiegend männlichen Gäste machten einen äußerst einheimischen Eindruck (daher war das Stimmengewirr hier für eine Rheinländerin in etwa so verständlich wie

Hebräisch). Biedere Arbeiter- und Bauerngesichter, robuste Staturen, meist schlicht gekleidet. Ein großer, runder Tisch war gar von Männern in landesüblicher Tracht besetzt. Natürlich erregte die vollbusige, für hiesige Verhältnisse geradezu mondäne (sie trug jetzt ein dunkelrotes Kostüm) Touristin einiges Aufsehen. Aber die Blicke dieser Runde ruhten nur etwas länger, als der Anstand gebot, auf ihrer Anatomie. Einer, ein Hagerer mit riesigen Ohren und einer Art Rasierpinsel auf seinem Filzhut, sagte etwas von „Hoiz voa da Hittn". Gisela überging das und sah sich nach einem freien Tisch um. Die nicht sonderlich große Stube wurde lediglich von einem illuminierten Wagenrad an der Decke und kleinen, beige beschirmten Lampen über den Tischen erleuchtet, was eine beinahe schummrige Atmosphäre verursachte. Die Möblierung bestand durch die Bank aus rustikalem, dunkelbraunen Holz, und die Wände waren mit Jagd- und Naturmotiven verziert. Eigentlich genau der richtige Rahmen für einen Schweinebraten und ein paar bayerische Biere, dachte sie. Wenn nur nicht alle Tische besetzt wären. Da fiel ihr einer ganz in der Ecke auf, unter einem der kleinen, glasbemalten Bauernhaus-Fenster. Er war von nur einem Mann, einem sehr gut und gar nicht ländlich aussehenden, okkupiert, der nun ihren suchenden Blick auffing und mit einer einladenden Handbewegung reagierte. Er wies freundlich (dieses *Lächeln!)* auf den freien Stuhl neben sich. Gisela ertappte ihren Puls beim Beschleunigen. Dieser Kerl mit seiner 50er-Jahre-Frisur und schwarzen Lederweste hatte eine verblüffende Ähnlichkeit mit einem Filmstar. Sie näherte sich zaghaft. Wie konnte einer nur so sensibel und geheimnisvoll zugleich lächeln? War sowas angeboren? Oder antrainiert?

„Guten Abend", sagte er höflich, „wollen Sie nicht Platz nehmen? Mir schmeckts in angenehmer Gesellschaft nämlich besser." Der Mann mochte Mitte bis Ende Dreißig sein, und er sah dem bewußten australischen Schauspieler aus der Nähe *noch* ähnlicher. Allerdings war sein Deutsch völlig akzentfrei.

„Woher wollen Sie wissen, daß ich eine angenehme Gesellschafterin bin?" fragte Gisela, seiner Aufforderung Folge leistend. Etwas Koketterie konnte nie schaden. Schon gar nicht, wenn frau vor Nervosität kurz vor einem mittleren Schweißausbruch stand.

„Nun, zumindest wirken Sie nicht so, als ob Sie sich ins Tischtuch schneuzen würden", erfrechte sich der Fremde, „und alles Weitere wird sich zeigen."

In diesem Moment trat die Wirtin, Frau Rimslhuber, an den Tisch der beiden. Sie hatte die Kölnerin bei ihrer Ankunft sofort wiedererkannt und ihr zur Begrüßung gleich einen sogenannten „Obstler" eingeflößt. Das reinste Feuerwasser.

„No, Frau Rahm, homs eahna scho a bissal akklimatisiert?" erkundigte sich die kräftige Frau mit rauher, aber herzlicher Stimme.

„Danke, ja", erriet Gisela den Inhalt der Frage richtig, „bei so einem netten Empfang keine Kunst."

„Des heat ma gern! Und wos deafs sei?"

„Einen Schweinebraten mit Knödel und Krautsalat, bitte. Und ein dunkles Hefeweizen dazu."

Die Wirtin nickte und notierte.

„Und da Herr?"

Der unverschämt gutaussehende „Herr" bestellte dasselbe.

„Zwoamoi Schweinas und zwoa dunkle Weißbier", wiederholte Frau Rimslhuber. „Sonst no an Wunsch?"

„Nur eine Frage noch", meinte die Rheinländerin. „Können Sie mir sagen, was *Holz vor der Hütte* bedeutet?" Die Wirtin mußte schallend lachen, dann warf sie sich in die Brust. Die mit dem legendären „Rahm'schen Meter" locker mithalten konnte.

„Daß ma omrum guat beinanda is, so wia mia zwoa!" antwortete sie dann, schon auf dem Weg zur Küche, was der Fragestellerin natürlich einen ungewollten Heiterkeitserfolg bescherte. Auch ihr Tischnachbar schmunzelte.

„Das hätte ich Ihnen auch sagen können!"

„Glaub ich unbesehen!" kam die spitze Replik. „Sie sind sicher ein Kenner."

„Manche Leute halten mich eher für einen Penner!"

Gisela konnte sich eines backfischmäßigen Kicherns nicht erwehren. Dieser Mensch schien in jeder Hinsicht verjüngend auf sie zu wirken. Wenn das so weiterging, würde sie zu vorgerückter Stunde Purzelbäume schlagen. Es war an der Zeit, sich ein wenig zu kontrollieren. Also konstatierte sie: „Jedenfalls sind Sie nicht auf den Mund gefallen. Und ich trete hier ständig ins Fettnäpfchen. Als ich das erstemal hier war, hab ich die Wirtin gefragt, ob sie die Frau Jennerwein sei. Können Sie sich das vorstellen? Schließlich wurde ich aufgeklärt, daß sie den Laden hier nach einem *Wilddieb* benannt haben! Wahrscheinlich hätten Sie mir das auch wieder sagen können." Ihr Gegenüber grinste jetzt spitzbübisch. Dabei bildeten sich unzählige Lachfältchen um seine braunen Augen. Gar so jung war er scheinbar doch nicht mehr.

„Niemals", beteuerte der nicht-mehr-ganz-so-junge Mann. „Oder sehe ich aus wie ein Eingeborener?" Er bot Gisela eine Zigarette an und gab ihr Feuer, dann bediente er sich selbst. Frau Rimslhuber brachte das Bier. Es sah aus wie dunkler Honig, mit einem weißen Häubchen obendrauf.

„So, bittschön!" sagte sie. Beide bedankten sich artig, dann prosteten sie einander zu. Der volle, würzige Geschmack des Getränks mundete vorzüglich, und allmählich stellte sich eine gewisse Gemütlichkeit ein.

„Wo waren wir?" fragte die blonde Frau.

„In Bayern", sagte der Mann.

„Ach so! Nein, Sie machen nicht den Eindruck, als wären Sie von hier. Zumindest glaube ich nicht, daß Sie hier aufgewachsen sind. Dazu wirken Sie zu ... kosmopolitisch. Außerdem könnte ich mir vorstellen, daß Sie nicht mal Deutscher sind."

„Wie kommen Sie denn darauf?"

„Erstens sprechen sie viel zu sauber."

„Sauber?"

„Sauber."

„Sauber!"

„Doch, im Ernst! Ihr Deutsch klingt so lupenrein, als hätten Sie es als Fremdsprache gelernt."

„Hm. Und zweitens?"

„Tja ...", Gisela wurde dieser Dialog allmählich peinlich. Es war ja auch nicht normal, wie viele Gedanken sie sich über diesen Kerl machte. Genauso wenig wie der Hornissenschwarm, der in ihrer Magengrube sein Unwesen trieb. Um sich zunächst praktischen Belangen zuzuwenden, zündete sie die kleine, weiße Kerze auf dem Tisch an. Dann straffte sie sich und stellte die Frage, die ihr schon die ganze Zeit auf der Seele brannte: „Sie sind nicht zufälligerweise der Zwillingsbruder von Mel Gibson oder sowas?"

„Zwoamoi Schweinsbronn!" sagte die Wirtin. „Und an Guad'n!" Einen was?, fragte sich die Kölnerin. Dieser Dialekt würde ein ewiges Mysterium für sie bleiben. Wie dem auch sei, das Gebrachte duftete vielversprechend, und der Fremde war nicht in Gelächter ausgebrochen. Vielmehr schien er nachzudenken, ob sein Doppelgänger in die Sparte Politik, Kultur oder Wirtschaft gehörte. Konnte man wirklich so weltfremd sein? Oder wollte er sie vergackeiern?

„Das ist ein Schauspieler, nicht wahr?" entschied er. Und ergänzte: „Also, ich weiß zwar jetzt nicht so genau, wie der aussieht. Guten Appetit, übrigens."

„Danke, gleichfalls." Sie aßen. Der Braten war ein Gedicht.

„Aber ich versichere Ihnen, daß ich Einzelkind bin."

„Das beruhigt mich ungemein. Sie gehen wohl selten ins Kino?"

„Offen gestanden, ja. Ich bin viel unterwegs, und zur Entspannung lese ich lieber."

„Dann lag ich wohl damit richtig, daß Sie nicht von hier sind."

„Absolut. Aber warum gehts hier eigentlich ständig um mich? Erzählen Sie doch mal, was Sie ins tiefste Oberbayern verschlagen hat!"

„Das ist eine längere Geschichte ..." Gisela zögerte. Ihre Vertrauensseligkeit hatte sie schon oft genug in Schwierigkeiten gebracht. Auch wenn der offene Blick ihrer Zufallsbekanntschaft dem sämtlicher Heiligen Konkurrenz machte, allzu umfassend wollte sie ihn nicht informieren. Also erzählte sie lediglich: „Ich war einfach urlaubsreif. Jeden Tag derselbe Trott, Sie kennen das vermutlich."

„Äh ... nein."

„Nicht. Sie Glücklicher! Mein Bedarf an Alltag war jedenfalls gedeckt. Also bin ich Richtung Süden aufgebrochen."

„Darf man fragen, von wo?"

„Köln."

„Aha. Und gibts auch ein Ziel?" Die Frau im roten Kostüm erhielt durch das erneute Erscheinen der Wirtin eine kurze Bedenkzeit. Sie versicherten Frau Rimslhuber, daß das Abendmahl über jede Kritik erhaben gewesen sei, und bestellten noch zwei Bier. Schließlich gab Gisela vage „Griechenland" an, was den fremden Mann aufrichtig zu freuen schien. Er sagte, daß seine Mutter Griechin sei. Nun hatten die beiden ihr Thema gefunden. Sie unterhielten sich lange und angeregt über Geschichte, Geographie und ihre persönlichen Erfahrungen mit diesem Fleckchen Erde. Es war ein gutes Gespräch. Gisela entspannte sich zusehends, denn ihr Tischgenosse entpuppte sich als ebenso eloquenter, charmanter Plauderer, wie auch aufmerksamer Zuhörer. Schließlich ging es ans Zahlen.

„Was dagegen, wenn ich Sie einlade?" fragte der Fremde. „Sozusagen als kleines Dankeschön für den netten Abend."

„Das kommt überhaupt nicht in Frage!" lautete die höfliche, aber bestimmte Antwort. „Ich kenne ja noch nicht mal Ihren Namen!"

„Manchmal machen wohl auch meine Manieren Urlaub." Er erhob sich halb, deutete eine Verbeugung an (was so routiniert wirkte, als stellte er sich immer auf diese altmodische Art vor) und streckte ihr seine große, feingliedrige Hand entgegen. Gisela ergriff sie, und dann passierte etwas Komisches.

„Nikos Henderson", sagte der Mann. Sein Händedruck war kräftig und trocken. Das hatte die blonde Frau nicht anders erwartet. Sonderbar war nur, daß sie keine Lust hatte, ihn wieder loszulassen. Es fühlte sich an, als würde durch seinen Arm eine positive Energie fließen, die sie mit Kraft und Zuversicht erfüllte.

„Gisela Rahm", erwiderte sie, seine Hand immer noch festhaltend. „Was ist das denn für eine ulkige Konstellation?"

„Wie meinen?"

„Ihr Name ... er klingt so ... zusammengewürfelt." Nun beginnen wir ein wenig zu stammeln, junge Frau, dachte sie, während sich auf ihrem Rücken eine Gänsehaut breitmachte, die ihren Aktionsradius ständig erweiterte, vor allem, als Gisela sich nun ihrerseits vorbeugte, bis die Entfernung ihrer Gesichter gerade noch im gesellschaftsfähigen Bereich lag.

„Mein Vater war als G.I. in Bad Tölz stationiert", erklärte der Mann namens Nikos, „als er meine Mutter kennenlernte."

„Dann sind Sie amerikanischer Staatsbürger?" folgerte die Frau. Und fragte sich innerlich: Gehts noch ein bißchen geistreicher?

„Das steht zumindest auf meinem Paß." Er entzog endlich seine Hand und setzte sich wieder. „Obwohl ich mich eigentlich eher als so eine Art Weltbürger fühle." In diesem Moment stellte jemand zwei Gläser des bewußten Obstlers zwischen die beiden. Es war natürlich die stämmige Bayerin.

„Zua Vadauung!" meinte sie lapidar, dann entfernte sie sich wieder.

„Meine Freunde nennen mich Nick."

„Meine Freunde nennen mich Gisela."

Sie stießen an.

„Schaugts eich den Preissn o!" erklang es aus der Tafelrunde der Trachtenburschen. „Der kons mit de Weibsbuida!" Der solcherart titulierte bat soeben um die Rechnung.

„Jo mei, wer ko, der ko!" kam es aus einer anderen Ecke.

„Oba a soichana Hos!" ließ sich nun wieder einer der Traditionalisten vernehmen. „Eigentli vagun i eam den net!" Zwei Meter weiter fühlte sich nun die Besatzung des Stammtisches, zirka sechs bis sieben rustikale Gesellen, in ihrer bayerischen Bierruhe gestört. Einer davon, ein vierschrötiger Kleiderschrank mit Pranken wie Klosettdeckel, rief: „Des is koa Hos, des is eine *Dame!*" Und sein Kumpan, die Inkarnation einer Vogelscheuche mit einer Adlerfeder auf seiner speckigen Baseballkappe, ergänzte: „Wennds es Stodara koan Anstand hobts, na bleibts doch in eiam gstinkaten Minga!" „Der scheint gerade das Kriegsbeil auszugraben", sagte Nick zu Gisela, die darauf beharrt hatte, für sich selbst zu zahlen. Da diese Transaktion bereits erfolgt war, nahm er sie galant am Arm, und die Auslöser des sich entspinnenden Disputs (den die Wirtin mit Argusaugen verfolgte) verließen dezent die Gaststube. Zeitgleich kam Leben in den Münchner Trachtenverein.

„Dia gib i glei an Anstand, du zamazupfte Koirabiblätschn!" Sie erreichten den Hausflur. „Dreckada Ruambaua!"

„Wia redst denn du mit mia? I bin fei ned da Rossboineisammler vom Ziakus Sarrasani!" war noch zu vernehmen, gefolgt vom Geräusch umstürzenden Mobiliars und brechenden Glases. Dann schloß Nick die Tür.

„Jetzt haben die sich endgültig auf das unabsehbar weite Feld persönlicher Beleidigungen begeben!" grinste er dann, wobei seine Lachfalten tiefe Furchen in seine Wangen gruben. Offensichtlich war es nicht leicht, diesen Mann aus der Ruhe zu bringen.

„Hast du noch Lust auf einen Spaziergang vor dem Schlafengehen?" fragte er nun. Gisela stutzte.

„Sind wir schon per du?" Nicks Grinsen verbreitete sich.

„Spricht irgendwas dagegen?" wollte er wissen.

„Nicht wirklich. Also gut. Spazieren wir noch ein wenig." Sie traten in die laue Nachtluft. Der Himmel war sternenklar, und irgendwo sang eine Nachtigall. Die Frau machte ihren Begleiter darauf aufmerksam.

„Wie bei Romeo und Julia!" meinte sie in einem Anfall heftiger Romantik.

„Bei denen wars aber letztenendes eine Lerche, und sie hatten wahrscheinlich keine Saalschlacht im Nacken", antwortete der Mann trocken und sah durch eines der kleinen Fenster. Dessen Glasmalerei stellte einen zechenden Mönch dar und verkündete: „ISS, TRINK, SEI FRÖHLICH HIER AUF ERD!"

In der Stube balgte sich ein Knäuel von vier oder fünf Mann auf dem Fußboden. Landbewohner gegen Städter. Der Spruch auf der Scheibe ging so weiter: „DENK NUR NICHT, DASS ES BESSER WERD!"

Da betraten Frau Rimslhuber und ihr 15-jähriger Sohn die Szenerie, jeder mit zwei großen Wassereimern bewaffnet, deren Inhalt sie jetzt gelangweilt über die Streithähne ausgossen.

„Die zwei scheinen Übung in dieser Übung zu haben", fand Nick.

„Willst du nicht eingreifen?" fragte Gisela.

„Das ist offensichtlich nicht mehr nötig. Außerdem lehne ich Gewalt grundsätzlich ab."

Tatsächlich entspannte sich innen die Lage, nasse Haare wurden geschüttelt und Gamsbärte ausgewrungen. Also gingen die beiden, und zwar steuerten sie auf einen Feldweg zu, der längsseits des Gasthofes verlief. Daneben murmelte, wie um die Heimatfilm-Kulisse auf die Spitze zu treiben, ein kleiner Bach vor sich hin. Vorher mußten sie allerdings den hauseigenen Parkplatz überqueren und an einem gelben Kleinbus vorbei. Auf dessen Flanken prangten weiße Transparente mit der Aufschrift: „Kegelclub *DIE SAUBÄREN e. V.*" Plötzlich erschrak die Blondine, stieß ein knappes „Huh" aus und ergriff den Unterarm ihres Begleiters. Denn auf der vorderen Stoßstange des Vehikels saß ein Mann. In unnatürlicher Regungslosigkeit. Sein Kopf war besorgniserregend weit nach hinten, auf die Motorhaube, gebeugt. Und es hing ein merkwürdiger, süßlicher Geruch in der Luft. Verweste der da etwa öffentlich mit gebrochenem Genick? Nick legte seine linke Hand beschwichtigend auf Giselas rechte. Die Berührung kam ihr unangemessen zärtlich vor (was natürlich auch an ihren leicht überreizten Nerven liegen konnte), also zuckte sie ganz schnell zurück.

„Wos woids nachad es?" erkundigte sich der Scheintote. Bei näherer Betrachtung handelte es sich um einen der durchgetrachteten Kegelbrüder. Es war der dürre Lulatsch, dessen alberner Hut nur von den überdimensionalen Ohren gehalten wurde. Zwischen seinen Lippen hing ein dicker, halb aufgerauchter Joint. Deshalb riecht es hier wie auf einem Bob-Marley-Konzert, dachte Nick, und antwortete: „Von dir? Definitiv nichts."

„Ned? Des is ..., ich wollte sagen, das ist aber schade." Der Ohren-Mann verfiel, völlig bekifft, plötzlich ins Hochdeutsche. „Ich vermiete nämlich *Düsenwürmer!"* Er sah in den Sternenhimmel. „Damit bist du ratzfatz auf der Venus und zurück. Kannst dort den Hügel besteigen. Den Venushügel, hihihi ... dort wächst der allerfeinste konfiszierte, nein, kontrollierte Afghane!"

„Gute Reise", wünschte der Amerikaner und reichte Gisela seinen Arm. Die hängte sich bei ihm ein und hielt es im Weiterschlendern noch für angebracht, diesen Komiker zu informieren: „Vielleicht interessiert es Sie, daß Ihre Kumpels sich gerade mit den Einheimischen geprügelt haben!" Doch der sah nur umständlich auf seine digitale Taschenuhr und erwiderte, nun wieder auf bayrisch: „No a weng friah zum Raffa! Oba mei, de Buam hom hoit an guat'n Humor." Dann begann er, hingebungsvoll zu jodeln und die Arie vom Düsenwurm in die Nacht, die auch nichts dafür konnte, zu schmettern. Die beiden Nichtbayern gaben schleunigst Fersengeld. Zunächst gingen sie eine Weile wortlos nebeneinander her, und Gisela wunderte sich, wie sicher sie sich an der Seite ihrer Zufallsbekanntschaft fühlte, schließlich kannte man sich erst seit wenigen Stunden.

„Sagen Sie ...", begann sie.

„Du", verbesserte der Mann.

„O.k., du! Dann sag du mir mal, ob du gelegentlich alleinreisende Frauen auf einsamen Feldwegen vergewaltigst!"

„Das hab ich mir schon vor Jahren abgewöhnt."

„Sehr witzig!" Tatsächlich war ihr schon wieder so ein präpubertäres Kichern entschlüpft. „Aber mal im Ernst: Ich habe mich gerade gefragt, warum ich dir eigentlich sowas auf keinen Fall zutraue."

„Und? Keine Antwort gefunden?"

„Bis jetzt, nein. Überhaupt bin ich mir über dich im Unklaren ... du bist einfach nicht einzuordnen."

„Das ist Absicht. Aber wie kommst du darauf?"

„Zum Beispiel verstehst du diese Hottentottensprache hier fließend." Nun mußte Nick lachen.

„Dafür gibt es eine ganz einfache Erklärung. Ich bin hier in der Nähe geboren."

„In Bad Tölz, wo dein Vater in der Armee war, vermutlich."

„Genau. Und da hab ich auch die ersten Jahre meiner Kindheit verbracht. Später sind wir dann nach Thessaloniki gezogen, zu meinen Großeltern mütterlicherseits. Meine Eltern waren immer sehr unternehmungslustig. Die nächsten Stationen waren Phoenix, Arizona und Bangkok, Thailand. Dann kam Südwestafrika, Indien und Australien. Und so ging das weiter, bis ich meine eigenen Wege ging. Heute ist mein Hauptwohnsitz New York."

„Waren deine Eltern reich oder sowas? Ich meine, wie kann man sich das finanziell erlauben, so zu leben?"

„Reich an Erfahrung, auf jeden Fall. Materiell eher nicht. Sie verfaßten Reisebildbände. Das war damals noch was relativ Neues." Gisela war immer noch bei dem Mann eingehakt, wogegen nichts einzuwenden war. Im Gegenteil. Aber sie begann allmählich zu frösteln, denn die Luft hatte sich rasant abgekühlt. Nick bemerkte das und bot ihr seine Weste an.

„Du bist ja ein richtiger Gentleman!" stellte sie fest, „Aber, nein danke. Ich möchte lieber umkehren." Der Tag hätte nicht angenehmer enden können, dachte die Frau, als sie zurückgingen. Dabei sollte ich es bewenden lassen. Schließlich hatte sie noch einen Türken zu verarbeiten. Und diverse Reisekilometer vor sich. Auf dem Rückweg wurde das unvermeidliche Thema Broterwerb erörtert. Bei dieser Gelegenheit erfuhr die Kölnerin, daß ihr reichlich exotischer Gesprächspartner dem als Kunsthändler in seiner Wahlheimat nachging. Sie selbst erzählte ausführlich vom KJP, und warum sie da dringend mal weggemußt hatte. Allerdings eine extrem entschärfte Version (ohne Düsseldorfer Senf). Darauf fragte Nick: „Was bedeutet eigentlich dieses Kürzel? Kajottpe?"

„Kölns junge Powerstation."

„Au weia! Da ist aber der kreative Gaul mit einem durchgegangen!"

„Stimmt, aber der bestußte Name ist das kleinste Übel, glaub mir." Sie erreichten nun den Gasthof, der mittlerweile still und friedlich dalag.

„Du hast mir noch gar nicht gesagt, wohin du überhaupt unterwegs bist!" fiel Gisela im Hausflur ein.

„Hab ich nicht?" Der New Yorker wirkte ehrlich erstaunt. „Na, auch nach Griechenland." Jetzt blieb der Mund der Frau offen.

„Echt?" japste sie. „Etwa nach Thessaloniki?"

„Nee, mehr so Peloponnes."

„Das gibts doch nicht! In die Gegend will ich auch!" Die Reisenden kamen überein, daß dies ein außerordentlicher Zufall und Grund genug sei, Handy-Nummern auszutauschen. Man könne ja nie wissen, und es spräche schließlich nichts gegen eine Fortsetzung der netten Unterhaltung unter südlicher Sonne. Also speicherten sie jeweils die Rufnummer des anderen ein und verabschiedeten sich, wie sie sich einander vorgestellt hatten. Mit einem altmodischen Händedruck.

„Gute Nacht", sagte Nick, dessen Lachfalten noch einmal sein freundliches Gesicht zerfurchten. „Hoffentlich sieht man sich noch mal!"

„Das wäre nett", antwortete Gisela. Mehr als das, dachte sie. Ihr Herz klopfte nun wieder bis zum Hals.

„Gute Nacht!" Beide verschwanden in ihren Zimmern.

Schon komisch, wie sich die Zeiten ändern, fand Nikos Henderson kurz vor dem Schlafengehen. Früher hielt man bei solchen Gelegenheiten einen kleinen Zettel in der vor Aufregung schweißnassen Hand. Heute ein Mobiltelefon. Aber schön war es immer noch.

Mechthilds Reisegepäck, ein olivgrüner Seesack, lag im Kofferraum des nichtssagenden Mittelklassewagens, eines Opel soundso. Ein Umstand, der sie nicht gerade freute, denn er verhinderte, daß sie sich jederzeit aus dem

Staub machen konnte. Darauf legte sie üblicherweise großen Wert, wenn sie per Anhalter fuhr. Vor allem, wenn ihr die Leute, zu denen sie ins Auto stieg, nicht geheuer waren. Was auf das Pärchen auf den Vordersitzen im vollen Umfang zutraf. Sie mochten um die vierzig sein, und hatten sich wahrscheinlich in einer Selbsthilfegruppe für Fettleibige kennengelernt. Die Frau hatte kurzes, brünettes Haar und einen unübersehbaren Damenbart, der Typ gefiel sich mit üppiger Naturkrause und Rauschebart. Man sah förmlich die Flöhe tanzen, außerdem müffelten die beiden nach altem Schweiß. Vorgestellt hatten sie sich als „Gustl" und „Sabine", aber er nannte sie „Herrin". Und ihr Vorrat an Schimpfnamen für ihn schien unerschöpflich zu sein. Auf jeden Fall mußte sie sich in das Unvermeidliche fügen, denn das Wageninnere quoll schier vor Fressalien über. Neben ihr auf der Rückbank stand ein Kasten Bier, gesäumt von unzähligen Konservendosen, und am Innenspiegel vorne hing eine gigantische Dauerwurst.

„Was dagegen, wenn ich mir ein Bier aufmache?" erkundigte sie sich. Der Dicke am Steuer brummelte etwas Zustimmendes, also öffnete Mechthild eine Flasche mit den Zähnen, spuckte den Kronkorken aus dem Fenster und nahm einen tüchtigen Schluck. Den vorderen Insassen entging diese unorthodoxe Aktion, da es mittlerweile kurz vor Mitternacht und stockdunkel im Auto war. Die Tramperin fläzte sich in ihren Sitz und rekapitulierte die Ereignisse des Tages. Ihr Nachbar, Herr Jansen, besaß zwar keine Eisensäge. Er war aber zum Glück trotzdem begeisterter Heimwerker und hatte sie, mittels einer kleinen Flex, sehr schnell von der lästigen Fessel befreit. Daraufhin hatte sie in Windeseile ihre nötigsten Klamotten, Ausweis und Geld zusammengepackt und sich in ihr aufreizendstes Outfit geworfen. Springerstiefel, löchrige Netzstrümpfe und Ledermini, dazu eines ihrer knallengen, bauchfreien Tops, diesmal in einem kräftigen Rot. Solcher Aufmachung konnten männliche Automobilisten selten widerstehen, und so hatte sie auch diesmal nicht lange an der Autobahn gestanden. Und sie hatte mehr Glück als Verstand gehabt, denn dieser geisteskranke Raser im Jaguar hatte sie nicht nur bis zur italienischen Grenze mitgenommen, sondern auch noch versucht, seinen persönlichen Streckenrekord zu brechen. Also war sie bereits gegen zwanzig Uhr, inzwischen auch mit einem wadenlangen, gewachsten Staubmantel bekleidet (die Nächte in den Alpen konnten saukalt sein), zu diesen komischen Heiligen hier ins Auto gestiegen. Momentan wußte sie nicht genau, ob sie sich mit Hakan versöhnen oder ihn noch mal krankenhausreif schlagen wollte. Aber eins stand fest: So leicht würde ihr Göttergatte sie nicht loswerden!

„Wollen Sie auch ein Stück Wurst?" fragte die Frau vor ihr. „Ja, gerne." Sie schnitt ein dickes Stück ab und reichte es Mechthild nach hinten, mit einer Scheibe Brot. Die bedankte sich und biß mit Appetit hinein. Meschugge sind die zwei mit Sicherheit, dachte sie, aber wenigstens gastfreundlich. Dann ließ sie ihr Seitenfenster ein Stück herab, draußen sauste die Nacht vorbei, und es roch herrlich nach irgendwelchem Kräuterzeug und größerem Gewässer. Der Wuschelkopf war an einem Schild mit der Aufschrift „Affi" von der Autobahn gefahren und hatte grollend seinen überzogenen Maut berappt.

„Ist ja ein nettes Zusammentreffen, daß Sie auch nach Venedig wollen!" sagte er jetzt. Der Gardasee, wo die beiden Dicken übernachten wollten, näherte sich. Sie hatten dasselbe Ziel wie die Anhalterin, nämlich die Fähre am Dienstag nachmittag nach Griechenland. Und nichts dagegen, wenn sie sich bis dahin anschloß. Praktischer ging es kaum noch. Mechthild spülte die Krumen in ihrem Mund mit etwas Bier runter, dann antwortete sie: „Danke gleichfalls. Und ich bin froh, daß Sie mich mitnehmen."

„Aber man hilft doch gerne!" meinte der Mann namens Gustl.

„Paß lieber auf, wo du hinfährst, Idiot!" giftete ihn seine Partnerin an.

„Ja, Herrin. Ganz wie du befiehlst." Da war wieder ein Schild Richtung „Lago di Garda". Der Fahrer folgte ihm brav.

„Normalerweise nehmen wir ja keine Tramper mit", verkündete die Frau mit Bart, „aber Sie sahen so *schutzbedürftig* aus, ganz alleine an dieser Tankstelle." Die Angesprochene konnte sich nicht erinnern, mit diesem Adjektiv schon mal belegt worden zu sein und hob im Dunkeln eine Augenbraue.

„Also, ich wäre sofort über Sie hergefallen, wenn ich die Veranlagung dazu hätte!" lachte Gustl. Das hättest du aber nur einmal probiert, dachte Mechthild. Und dann nie wieder. Da sie aber müde, und der heutige Tag anstrengend genug gewesen war, sagte sie nichts. Das besorgte schon die Frau, die Sabine hieß.

„Was redest du denn schon wieder für einen Müll, du impotenter Ziegenbock?" keifte sie. „Du könntest nicht mal ein Meerschweinchen gegen seinen Willen besteigen!"

„Deshalb habe ich ja auch im Konjunktiv gesprochen, Herrin! Außerdem wäre ich dir untertänigst verbunden, wenn du deine Vergleiche aus dem Tierreich unterlassen könntest."

„WAS? Willst du mir etwa Ratschläge erteilen, du Wurm? Wenn du das WAGST, schneide ich dir endgültig deine lächerlichen KLÖTEN ab und stopf sie in dein SCHANDMAUL!"

„Aber Herrin! Ich würde mich doch niemals erdreisten ..."

„Würde! Würde! Hast du aber, du MISTKÄFER! UND STRAFE MUSS SEIN!" Mit diesen Worten griff ihm die Frau an den Hosenlatz. Der Dicke trug Breitcord, ockerfarben. Es klang, als würde ein Reißverschluß geöffnet. Rrripp, so in etwa.

„Oh Herrin! Nicht doch mein *Gemächt!*" winselte er nun. Die Mitfahrerin auf dem Rücksitz beschloß, daß diese beiden doch einen wesentlich größeren Sprung in der Schüssel hatten, als anfangs ersichtlich. Sie nahm sich sicherheitshalber noch ein Bier zur Brust. Die Bärtige hatte inzwischen eine Art überdimensionale, stählerne Wäscheklammer aus ihrer Handtasche genestelt. Sie atmete nur noch stoßweise und fuhr mit dem Ding zwischen die Beine dieses Gustl-Typen.

„Da hast dus, du Querulant!" keuchte sie.

„Kann es vielleicht sein, daß ihr zwei irgendwie abartig unterwegs seid?" fragte Mechthild höflich.

SCHNAPP, machte die Klammer.

„HAAiiiia!" kreischte der Waldschrat am Steuer. Es klang ein wenig nach dem letzten Kampfschrei eines Samurai. Gleichzeitig verriß er das Lenkrad und trat dafür das Gaspedal voll durch. Der biedere Opel machte einen regelrechten Satz nach rechts, in die Böschung. Dort landete er mit aufheulendem Motor und krachenden Stoßdämpfern, woraufhin die Insassen sich auf dem Rummelplatz wähnten, denn es folgte ein doppelter Überschlag. Metall knackte, Lebensmittel flogen durch die Gegend und die beiden Übergewichtigen schrien wie am Spieß. Dann kam der Wagen wieder auf seinen Rädern zu stehen, allerdings in leicht veränderter Zustandsform. Die Anhalterin schüttelte sich und betastete ihre Gliedmaßen. Sie konnte nichts Besorgniserregendes feststellen, von einigen kleineren Abschürfungen einmal abgesehen. Auch die füllige Sabine schien mit heiler Haut davongekommen zu sein, denn sie sprang jetzt, eine Art Kriegsgeheul ausstoßend, aus dem Auto. In ihrer rechten Faust hielt sie plötzlich etwas, das nach neunschwänziger Katze aussah. Woher auch immer dieses Instrument gekommen sein mochte, es war nicht schwer zu erraten, welchem Verwendungszweck es zugeführt werden sollte. Mechthild jedenfalls hatte die Faxen endgültig dicke. Sie entdeckte zwischen all den Glasscherben noch eine unversehrte Bierflasche, die sie in ihre Manteltasche schob. Während die

dicke Domina ihren benommenen Willfährigen an der Gurgel zur Motorhaube bugsierte, auf die kurz darauf mit einem sonderbar dumpfen Geräusch sein Oberkörper plumpste, begab sich die schlanke, drahtige Frau
zum Kofferraum, der nach einigen beherzten Fußtritten tatsächlich auf-
sprang. Sie schulterte ihren Seesack, in dem sich erfreulicherweise nichts
Zerbrechliches befunden hatte, und verabschiedete sich auf französisch.
Dann überstieg sie den Drahtzaun eines nahegelegenen Obstgartens. Hinter
ihrem Rücken wurden Kommandos wie: „Hör auf zu zappeln!" oder „Willst
du wohl stillhalten!" gebrüllt, die mit reichlich unrhythmischem Geklatsche
einhergingen. Nicht ihr Problem. Mechthild ging noch einige Minuten, bis
sie nächtliche Stille umgab. Dann rollte sie ihren molligen Daunenschlaf-
sack unter einem Apfelbaum aus und schlüpfte hinein. Das Bier spritzte ein
wenig beim Öffnen. Die junge Frau trank es in kleinen Schlucken und fühlte sich ziemlich behaglich. Angst um sich selbst war ihr ohnehin fremd.
Aber eine Frage beschäftigte sie dennoch: Wie, zum Teufel, sollte sie jetzt
noch rechtzeitig nach Venedig kommen?

Es war heiß, richtig heiß. Die Sonne hatte erst vor einer Stunde den Zenit
verlassen, auch wenn es dank Sommerzeit offiziell 14 Uhr war. Und sie hatte scheinbar beschlossen, jedem Lebewesen im venezianischen Fährhafen
einen Vorgeschmack auf die Hölle zu geben. Am ärmsten waren natürlich
die Hafenarbeiter dran, die in der Gluthitze mit den schweren Schiffstauen
hantierten. Obwohl sie mit südländischer Gelassenheit zu Werke gingen,
war an ihren nassen, angestrengten Gesichtern leicht abzulesen, daß sie
nichts gegen ein kühlendes Lüftchen gehabt hätten. Das sich heute aber
nicht regen wollte. Nicht, daß Hakan nennenswertes Mitleid empfand.
Schließlich war auch er nicht zum Vergnügen hier. Nein, das war er nicht!
Er saß im T-Shirt auf einer Bank im Schatten, eine Dose Cola in der Hand,
und beobachtete. Es gab zwei Ablegestellen nach Griechenland, und Luigi
hatte darauf bestanden, selbst die wahrscheinlichere zu überwachen. Jene,
wo die Schiffe der bekannteren Reedereien lagen, zirka einen Kilometer
entfernt. Da gab es auch eine herrlich kühle Bar im Inneren des Hafengebäudes, hier nur einen Kiosk, der zu Wucherpreisen alkoholfreie Getränke
feilbot. Das Zeug ging weg wie warme Semmeln, oder besser, lauwarme
Limonade. Der gierige Besitzer kam wahrscheinlich mit dem Befüllen des
Kühlschrankes nicht mehr nach. Wenn das Aas überhaupt einen hat, dachte
der Türke. Übernächtigt wie er war, konnten ihm heute sämtliche Italiener
gestohlen bleiben. Die temperamentvollen, die sich weigerten, unter hundert

Phon verbal zu kommunizieren, sowieso. Aber allen voran sein aalglatter Reisebegleiter. Der Typ wurde ihm stündlich unsympathischer. Allein schon dessen James-Bond-Wahn. Ständig laberte er davon, wie man welchen Drink zu bestellen habe, und daß dieser Kinoheld als erster Guter einen unbewaffneten Mann erschießen durfte. „Das ist auch meine Spezialität", hatte er gesagt, „am liebsten in den Rücken, das verringert die eigene Verletzungsgefahr, haha!" Hakan runzelte unangenehm berührt die Stirn. Er selbst war kein Killer, auch wenn er gerne den Harten mimte. Genaugenommen hatte er überhaupt noch niemandem nennenswerten körperlichen Schaden zugefügt, nachdem in ihm die Erkenntnis gereift war, daß es völlig reichte, wenn man die Bereitschaft dazu ausstrahlte. Respekt, das war es, was der kleine Gauner wollte. Dazu immer ein bißchen mehr Geld in der Tasche, als seine Kumpels hatten, die als brave Gemüsehändler, Änderungsschneider oder Döner-Budenbesitzer ihren Lebensunterhalt bestritten. Teure Klamotten, ein dicker Wagen und regelmäßiger Geschlechtsverkehr waren ebenfalls notwendig. Aber das wars dann auch schon. Und nun saß er da, schwitzend und mit Samenstau, und sah zu, wie blöde Autos aus blöden Schiffsbäuchen fuhren, damit andere wieder Platz hatten. Das Meer verströmte hier den üblichen, brackigen Hafengeruch, ansonsten lag es ruhig da. Sehr ruhig, wie ein riesiges, blaues Handtuch. Die Luft schien zu stehen. Hätte Hakan gewußt, was Moleküle sind, würde er geglaubt haben, sie vor seiner – allmählich heilenden – Nase tanzen zu sehen. Was er dagegen genau wußte, war, daß er selbige voll hatte. Und daß dieser Itaker und er selbst in einer halben Stunde einchecken mußten. Was hätte er auch schon tun können, wenn die Gesuchte tatsächlich hier aufgetaucht wäre? Sie warnen, vielleicht. Er hatte momentan überhaupt keinen Plan. Den würde er sich aber bald zurechtlegen müssen. Der Türke stieg in sein Auto, warf die zerknüllte Dose auf den Boden und fuhr los.

Am anderen Kai angekommen, suchte er zunächst die wartende Blechschlange zu ihrem Fährschiff, der „Dionysos". Dort stellte und schloß er seinen Mercedes ab, dessen Fahrgastraum derzeit mit jeder Sauna konkurrieren konnte. Hakans Zustand verlieh dem Begriff „schweißgebadet" eine völlig neue Dimension. Er troff regelrecht, also strebte er, seine Tasche mit frischer Wäsche unter dem Arm, in dem großen, klimatisierten Hafengebäude als erstes zur Herrentoilette. Vor deren Tür drückte sich eine Zigeunerfamilie herum, eine dickliche Frau mittleren Alters und drei Jungs zwischen zehn und achtzehn. Die Frau war mit ihrem bunten, wehenden Gewand malerisch herausgeputzt, ihre Söhne (oder was sie waren) gingen dagegen in Fetzen. Und alle vier hatten den eiskalten, berechnenden Killer-Ausdruck, den auch Luigi so überzeugend zur Schau trug, in ihren verhärmten Gesichtern. Allein schon dieser Blick, der sagte: „Ich hab nichts zu verlieren! Mehr als umbringen kannst du mich nicht!" Damit taxierten sie jeden in ihrer Nähe. Der Türke, der seinen zu Hause gebliebenen Revolver vermißte, entschied sich, das Pack zu ignorieren. Er betrat den erstaunlich sauberen, gekachelten Raum und sah in einen der Spiegel über den Waschbecken. Sein eigener Anblick mißfiel ihm außerordentlich. Tiefliegende, schwarz geränderte Augen, eingefallene Wangen und all sowas. Der reinste Kinderschreck! In den Kabinen hinter seinem Rücken rumorte es. Hakan entkleidete seinen muskulösen Oberkörper und wollte gerade zur Katzenwäsche schreiten, als eine der Toilettentüren mit einem lauten Krachen aufflog, was ihn an eines seiner jüngeren Erlebnisse erinnerte. Der Kleinganove schien in letzter Zeit bizarre Situationen magisch anzuziehen. Doch diesmal bekam er es nicht mit leichtgeschürzten Blondinen und bayerischen Masochisten, sondern mit einem etwa 15-jährigen Adoleszenten zu tun, der jetzt auf ihn zuhopste. Er gehörte mit seiner schmutzigen Kleidung und der viel zu harten, hasenschartigen Visage eindeutig zu den Zigeunern draußen. Die ungewöhnliche Fortbewegungsart rührte daher, daß seine Fußgelenke mit einem ledernen Gürtel aneinander gefesselt waren. Konsequenterweise steckten die langfingrigen Hände auf seinem Rücken in Handschellen. Deshalb hielt er wohl die schwarze Brieftasche, die ihm ganz sicher nicht gehörte, mit den Zähnen fest.

„Halt ihn AUF!" schrie Luigi, der gleichzeitig seine Hosen hochziehen und den Jungen verfolgen wollte, wobei er stolperte und der Länge nach hinschlug. Hakan packte den Flüchtigen am Schlafittchen. So langsam wunderte ihn gar nichts mehr.

„Was hastu vor mit die kleine Scheißer?" wollte er vom Italiener wissen. „Wolltestu *verhaften*, vielleischt?" Er konnte sich ein hämisches Grinsen nicht verkneifen. „Bistu etwa Bulle, neuerdings? Hab isch misch schon zu Hause gefragt, warum du schlepps Handschelle mit dir rum."

„Kümmer dich um deinen eigenen Scheiß!" knurrte Luigi, der sich inzwischen wieder angezogen, sein Eigentum an sich genommen und den jugendlichen Straftäter wütend zu Boden gestoßen hatte. Der guckte, als wäre er Komparse in einem komischen Film. „Oder nein!" Der Sohn des Don war sichtlich sauer. „Ich werde dir sagen, was Sache ist, Türke! Interessiert mich doch, ob dir etwa was nicht *paßt!* Ja, ich steh auf knackige Jungs! Und ich laß mich gern von gefesselten Strichern verwöhnen. Aber der hier", er trat dem Burschen in den Hintern, „hat sich nicht an die Spielregeln gehalten! So, jetzt weißt du Bescheid. *Hast du irgendwas dagegen einzuwenden?*" Der solcherart rhetorisch Befragte erinnerte sich daran, wen er vor sich hatte, und daß sein eigenes Schicksal an etwas noch Instabilerem als dem berühmten „seidenen Faden" hing. Aber eins stand fest. Sein Reisegefährte war ihm nicht mehr länger nur unsympathisch. Nein, gelinde gesagt, kotzte er ihn jetzt an. Hakan wandte sich ab, spuckte ins Waschbecken und meinte nur: „Tschäms Bond, hm? Hatter sisch nisch eher von die *Weiber* einen blasen lassen?"

In diesem Moment plärrte und wimmerte der Minderjährige am Boden los, als wäre er übelst mißhandelt worden. Denn vor ihm standen nun zwei Hafenpolizisten, die eigentlich nur mal pinkeln wollten, nachdem sie ein paar Zigeuner aus dem Gebäude gejagt hatten. Nach einer kurzen Schrecksekunde griffen die Beamten zu ihren Dienstwaffen.

SECHSTES KAPITEL

Eines muß man den Venezianern lassen, fand Gisela. Wenn sie es auch nicht schaffen, ihre Stadt vor dem Absaufen zu bewahren, aber diese neue Hafenanlage haben sie klasse hingekriegt. Obwohl sie erst den zweiten Tag unterwegs war, fühlte sich die Sachbearbeiterin, die nicht mehr funktionieren wollte, schon viel besser als in ihrer Heimatstadt. Und auch optisch hatte sie sich bereits zu ihrem Vorteil verändert. Ihr Gesicht war etwas schmaler geworden, der Teint infolge frischer Luft gesünder, und ihr Bauch erschien eine Nuance flacher. Gisela freute sich über diese positiven Veränderungen ihrer Physiognomie und wollte auch weiterhin mehr auf sich achten. Aber nachdem sie nun ihr zweites Etappenziel, den Fährhafen von Venedig, erreicht hatte, belohnte sie sich mit einem kalten Bier in der Bar des Hafengebäudes. Was, in Verbindung mit der niedrigen Raumtemperatur, eine ausgesprochene Wohltat darstellte, denn heute war ein extrem heißer Tag. Und das jetzt schon, im Mai. Der „sonnige Süden" machte seinem Namen alle Ehre, ohne Zweifel. Die Reisende war bereits frühmorgens aufgestanden, nachdem ein langsam abschwellendes Donnergrollen ihren Wecker seines Jobs enthoben hatte. Dieses sonderbare Geräusch konnte sie sich bis dato nicht erklären. Es hatte fast wie ein sich entfernendes Fahrzeug geklungen. Aber es konnte doch wohl keinen Motor geben, der einen derartigen Lärm verursachte. Wie auch immer, nach einem leichten Frühstück hatte sie sich von ihrer bayerischen Wirtin verabschiedet. Und bei dieser Gelegenheit erfahren, daß der debile Kegelclub bereits aufgebrochen war, ebenso ihre aufregende Zufallsbekanntschaft, Nick (was ihr einen leichten Stich gegeben hatte). Dann war auch sie losgefahren, um nach einigen hundert Kilometern wunderbarer Frühlingslandschaft hier anzukommen. Gisela steckte sich eine Zigarette an und lehnte sich entspannt zurück. Sie war bereits am Ticketschalter gewesen und hatte sich ihre Bordkarte für die Fähre nach Patras, Griechenland, besorgt. Ein Pkw und eine Person, Deckspassage. Nach dem Bier würde sie sich an der Paßkontrolle, die seit der Europäischen Union ohnehin zur Farce verkommen war, ihren Stempel abholen. Und dann in ihrem roten Porsche das Schiff entern. Es war die riesige, strahlend weiße „Dionysos", die sich ganz in der Nähe einladend vor dem azurblauen Himmel abzeichnete.

Der Zigeunerjunge wälzte sich auf dem Fliesenboden und kreischte in den erstaunlichsten Tonlagen. Was seine wenig vertrauenerweckende Sippschaft, die natürlich auf die Anordnungen der Polizei pfiff, erneut auf den Plan rief. Die malerische Mutter erstürmte als erstes die Herrentoilette und wollte sich auf Luigi stürzen. Aber Hakan stellte ihr intuitiv ein Bein, so daß auch sie Parterre ging, sämtliche, nicht mit ihr verwandten Anwesenden in alle Ewigkeit verfluchend. Aber die Betreffenden verstanden ihr Kauderwelsch sowieso nicht. Das Lumpenpack in ihrem Gefolge überlegte, wie es die Situation gewinnbringend nutzen konnte, der Älteste griff gar nach Hakans Reisetasche. Weshalb er einen Magenschwinger vom Besitzer erntete. Einer der Polizisten tastete Luigi erfolgreich nach Waffen ab. Seine zutage geförderte Walther PPK handelte ihm nun selbst ein Paar seiner geliebten Handschellen ein. Der andere Wachhabende hatte inzwischen über Funk Verstärkung angefordert, die nun eintraf und versuchte, Ordnung in das Tohuwabohu zu bringen.

„Mein Name ist Luigi Giovanni, ihr *STRONZOS!*" schrie der Italiener in seiner Muttersprache. „Wenn ihr euch nicht auf der Stelle verpisst, werdet ihr das noch sehr bereuen!"

„Schnauze!" lautete die lapidare Antwort. So ging das Geplänkel noch eine Weile weiter, bis schließlich, mit Blaulicht und Tatütata, ein vergitterter, blau-weißer Kleinbus der örtlichen Exekutive vorfuhr. In den wurde alles, was keine Uniform trug und sich nicht rechtzeitig aus dem Staub gemacht hatte, jetzt verfrachtet.

„Das nennstu also nach die Gigi gucken!" sagte Hakan zu Luigi, der neben ihm auf der harten Pritsche im Wagen saß.

„Leck mich doch am Arsch!" verlor der Italiener nun zum ersten Mal die Contenance. „Man wird sich doch mal eine Pause gönnen können, verdammt!" Auf einmal bekam der Türke, der gerade nach seinem Mercedes gesehen hatte, gewaltige Glubschaugen. Denn an der Auffahrtsrampe der „Dionysos" hielt soeben ein roter Porsche mit Kölner Kennzeichen. Die Blondine am Steuer zeigte einem Mann in weißer Uniform ein Stück Papier. Nun wurde auch der Mafioso darauf aufmerksam.

„Das gibts doch nicht!" Er sprang auf und prallte gegen zwei krakeelende Zigeuner. Dann preßte er, unflätig auf italienisch fluchend, seine Nase gegen die rückwärtige Gitterscheibe des Polizeiwagens. Der fuhr jetzt los.

„PORCO DIO! Sofort anhalten! Die haut ab! ANHALTEN, sag ich!"

„Maul halten", das war die stereotype Replik von dem behaarten Gorilla im Polizei-Dress. Ihm kam die unbequeme Aufgabe zu, diese Bagage in

Schach zu halten. Er zog seinem renitenten Landsmann vorsorglich den Gummiknüppel über den Schädel. Die „Dionysos" verschwand daraufhin aus dessen verschwimmendem Gesichtsfeld und kurz darauf auch im Heckfenster.

Die Beduinen werden schon wissen, warum sie sich in weiße Gewänder hüllen, ging es Gisela durch den Kopf. Jedenfalls schien dem schnieken Schiffsoffizier in seiner blütenweißen Aufmachung die sengende Sonne kaum etwas auszumachen. Er kontrollierte in Seelenruhe ihr Ticket, dann kramte er seine Deutschkenntnisse hervor: „Alles in Ordnung. Gute Reise!" Damit winkte der Uniformierte sie weiter. Gisela schmunzelte dezent. Diese Südländer erwiesen sich angesichts holder Weiblichkeit doch immer wieder als erstaunlich sprachbegabt. Genau wie der rassige Schnauzbart an der Paßkontrolle, durch die sie vor einer halben Stunde gegangen war. „Oft Ärger mit Zigeunern", hatte er sie mit Seitenblick auf den Tumult bei den sanitären Anlagen aufgeklärt. Aber was ging sie das an? Die Blondine hatte nur höflich genickt und sich dann zu ihrem Wagen begeben. Und nun durfte sie endlich in das wie der Rachen eines Ungeheuers geöffnete Heck des Schiffes einfahren. Vorsichtig ließ sie die Kupplung kommen, dann hoppelte der Rote mit heiserem Röhren über die wellige Rampe. Im Inneren der Fähre herrschte hektische Betriebsamkeit, Motoren dröhnten und verströmten wahrlich atemberaubende Abgase, die hydraulischen Bremsen rangierender Lastwagen quietschten und zischten, und es schien hier drin noch heißer zu sein als draußen. Gisela bereute schon, ihr Targa-Dach nicht geschlossen zu haben, aber das half nun auch nichts mehr. Sie folgte einem der griechischen Parkplatzanweiser, die ständig gellende, mehrsprachige Kommandos durch dieses Inferno schrien.

„Ella, ella!" „ARISTERA!" „STOP!" „Right!" erklang es, und biedere Familienväter kurbelten sich am Steuer ihrer Kombis und Wohnmobile den Wolf. Natürlich war das Personal angewiesen, keinen Zentimeter ungenutzt zu lassen. Obendrein schien es vom südlichen „Laisser-faire" noch nie gehört zu haben, sinnierte die Frau im Porsche. War ja auch für die Griechen ein Fremdwort. Aber sie durfte erfreut feststellen, daß vollbusige Blondinen sogar hier Sonderstatus genossen. Jedenfalls hatte der Schiffsarbeiter in seinem verschwitzten, rußigen Hemd, auf das der Name der Reederei gedruckt war, nicht nur eine Engelsgeduld mit ihren Einparkkünsten, sondern er wies ihr auch eine etwas geräumigere Lücke nahe des Ausgangs zu. Die Frau gab ihr Bestes und dankte dem Erfinder der Servolenkung inwendig inbrünstig.

Dann quäkten die Pneus des Roten ein letztes Mal auf dem grün gestriche-
nen Eisenboden, und der Mann sagte: „Endaxi!" Er unterstrich dies durch
eine Geste, als ob er ein imaginäres Bettuch zurechtstrich, lächelte ihr
freundlich zu und stürzte sich wieder ins Getümmel. Gisela ihrerseits
schnappte sich ihr bereits zurechtgelegtes Fährengepäck (Schlafsack, Iso-
Matte und Rucksack, gefüllt mit dem Notwendigsten), dann sah sie zu, daß
sie zur Rezeption kam.

Das ebenfalls weiß uniformierte Empfangskomitee dort gab sich zwar
völlig erstaunt ob der Tatsache, daß eine Dame wie sie keine Kabine ge-
bucht hatte, nervte ansonsten aber nicht mehr großartig. Der Ober-Ticket-
Begucker waltete seines Amtes (Er hatte komischerweise denselben Blick
drauf wie die Kontrolleure in der Kölner U-Bahn. Wahrscheinlich mußte
man für derartige Tätigkeiten eine gewisse Berufung mitbringen). Dann
durfte sie endlich gen Zwischendeck stolpern. Dort trat die Reisende ins
Freie und sog genüßlich die würzige Seeluft in ihre malträtierten Lungen.
Hier oben ließ es sich schon besser aushalten, es war sogar etwas kühlender
Wind aufgekommen. Gisela ließ ihr Gepäck zu Boden und sich selbst in einen der zwanglos verteilten Plastikstühle fallen. Eine weiße Möwe landete
auf der Reling vor ihr, legte den Kopf schief und betrachtete sie interessiert.
Der Vogel kam ihr in diesem Moment vor wie ein Freiheitsbote.

Der Außenbereich des Zwischendecks hatte einiges zu bieten, zum Beispiel einen Swimmingpool, der jetzt allerdings noch kein Wasser enthielt,
und eine überdachte Minibar, hinter deren Tresen soeben zwei Mann in gestärkten Hemden, garniert mit schwarzen Fliegen, Stellung bezogen. Das
ließ sich doch schon ganz verheißungsvoll an. Gisela beschloß, daß ihr heu-
tiger Kalorienplan durchaus noch Spielraum für das eine oder andere kalte
Bierchen ließ, also erhob sie sich und steuerte auf die beiden Barkeeper zu.
Die schenkten natürlich kein Kölsch aus, dafür gab es holländisches
Amstel-Bier in Dosen. Das schien in Griechenland unheimlich populär zu
sein, und man konnte es auch gut trinken. Der Geschmack war in Ordnung
und der Kater nach Überdosierung normal. So war die Blondine zufrieden
und bezahlte zum erstenmal mit Drachmen. Dann begab sie sich wieder zu
ihrem Sitzplatz am Heck, legte die Beine auf die untere Querstrebe des Ge-
länders vor ihr und beobachtete das Treiben unten im Hafen. Es war eigentlich nichts Besonderes los, außer, daß ein großer, dunkelblauer Mercedes,
der sie schon wieder an den ihres Ex-Lovers erinnerte, abgeschleppt wurde.
Von der Sorte gab es wohl einige. Dieser hier war jedenfalls schon die ganze Zeit den anderen Fahrzeugen, die jetzt nur noch vereinzelt in den

Schiffsbauch rumpelten, im Weg gestanden. Wahrscheinlich hat den Besitzer ein Hitzschlag ereilt, überlegte sie. Aber seit das erfrischende Lüftchen aufgekommen war, hatte sich die Temperatur zum Glück auf einem angenehmen Level eingependelt. Gisela sah auf ihre Armbanduhr, deren Zeiger auf kurz vor vier standen. In einer Stunde würden sie ablegen. Schön. Das könnte sie doch bis dahin auch tun, sich ein wenig ablegen, fand die Frau. Sie trank ihre Bierdose aus und warf sie in einen der zahlreich bereitstehenden Abfallbehälter, dann entrollte sie ihre Iso-Matte und benutzte den Schlafsack als Kopfkissen. Eine Weile beobachtete sie noch die Möwen, die am Himmel ihre Kreise zogen und sich offenbar viel zu erzählen hatten, dann schien sich derselbe rollende Donner, der sie heute morgen geweckt hatte, unter die Stimmen der Tiere zu mischen. Doch das mußte wohl so etwas wie eine akustische Täuschung sein. Dieses Geräusch gehörte schließlich nach Bayern. Das war der Gedanke, mit dem sie einschlummerte.

„Nimm dich in acht, meine steinreiche Freundin!" flüsterte ihr der kleine Götz ins Ohr. „Nicht jeder meint es gut mit dir, in acht, und nicht in neun, das würde hier so manchen freun!"

„Das kann doch wohl dein Ernst nicht sein ...", setzte Gisela zu einer Antwort an.

„Sprach die Biene zu dem Stachelschwein!" unterbrach die unförmige Elfie unsensibel wie so oft, daraufhin erbrach sie sich in den Papierkorb. Aber die derart rüde Abgewürgte ließ sich nicht so schnell ihren Satzbau versauen.

„Daß du mir damit etwas Neues erzählst!" ergänzte sie. Der tiefe Donnerklang schwoll erneut an und verebbte wieder. Gerade so, als gehörte er zu der Meeresbrandung, deren Gischt an die Außenseite der frisch geputzten Bürofenster spritzte.

„Sag aber nicht, ich hätte dich nicht gewarnt! Nachher, wenn alles vorbei ist", insistierte der gutmütige Tontechniker. Er war auf ihrer Seite, daran bestand kein Zweifel. Aber warum war ihr kurz gewachsener Freund auf einmal unsichtbar? Seine Stimme war doch klar zu vernehmen.

„Götz? Wo steckst du?" fragte Gisela. Sie saß, bis auf ihre hohen Lackstiefel splitternackt, an ihrem Schreibtisch. Was sie nicht weiter irritierte. Eher schon, daß auch das Medaillon vom Türken nicht mehr an ihrem Hals hing.

„Wo ich bin? In deinem Ohr, mußt du wissen. Das ist das beste Ruhekissen." Pause. Meeresrauschen und Möwengeschrei. Der kleine Mann im

Ohr schien nachzudenken. Dann ergänzte er: „Und natürlich ein reines Gewissen."

„Wirst du dich bald verpissen?" Frankenstein hatte sich vor ihr aufgebaut und schwang bedrohlich einen gigantischen Brieföffner. Schwefelgelbe Rauchschwaden quollen aus geblähten Nüstern, und aus ihren Mundwinkeln troff dunkelblaue Tinte. Oder war es gar blaues Blut?

„*Von* Frankenstein, bitte!" belferte sie jetzt, „soviel Zeit muß sein! Sieh nur mal aus dem Fenster, Fahnenflüchtige! Dann weißt du, was du angerichtet hast!" Gisela gehorchte. Draußen wurde der Donner wieder lauter und seine Ursache offenkundig. Das KJP-Gebäude hatte sich in eine Art Hausboot verwandelt, das bedenklich in der wogenden See schwankte. Und am wolkenlosen Firmament hing, an einer armdicken Goldkette, das kitschige Herz zum Aufklappen. Aufgebläht zu einer unerbittlichen Abrißbirne, die regelmäßig in die bereits bröckelnde Fassade einschlug.

„Wir gehen den Bach runter, und du bist schuld", gurgelte ihre unliebsame Kollegin, „das ist hier ein Getriebe! Wenn da einzelne Zahnräder streiken, hat das HERZ eine Chance uns zu unterwandern! Und wir können hier kein Herz gebrauchen!"

„Aber genau *das* ist doch euer Untergang!" riefen die Sachbearbeiterin und ihr Souffleur im Chor.

„Herzlose Zombies machens nicht ewig", sang die heißblütige Yvonne mit der Stimme einer ausgebildeten Opernsängerin. Es klang wie die „Arie der Königin der Nacht" aus der „Zauberflöte". Bei dieser Erotik-Spezialistin war man doch nie vor Schlüpfrigkeiten sicher. Deshalb war vermutlich auch der Boden, auf dem sie auf allen Vieren angekrochen kam, mit Rasierschaum bedeckt.

„Schon gar nicht der Hurensohn Mehlig! Der Mehlig, der Mehlig, der wird doch niemals selig!" ging die nächste Strophe.

„Aber im Gefängnis wird die Empfängnis zum Verhängnis", ließ sich nun die gute, alte Carla vernehmen. Sie stand in der Ecke auf dem Kopf, und der untere Teil des fliederfarbenen Kostüms, das sie bei der Arbeit so gerne trug, war auf ihren Bauch gerutscht. Ihr Unterleib wurde von einem schmiedeeisernen Keuschheitsgürtel verhüllt.

„Ihr seid doch alle nicht ganz dicht!" verkündete Gisela und lehnte sich wieder aus dem Fenster. Das Scharnier des überdimensionalen Medaillons knackte nach dem letzten Rammstoß, dann öffnete sich das goldene Herz. Aber es kam nicht etwa Hakans grinsendes Konterfei zum Vorschein. Nein, es war Nick Henderson in Person. Mit seinen treuherzigen Augen, Lachfalten und sensiblen Händen. Die er nun hilfreich nach ihr ausstreckte.

„Ah, da ist ja unsere Deserteurin!" ertönte es in diesem Moment hinter ihr. Sie zuckte zusammen, denn das war eindeutig die fiese Stimme ihres Abteilungsleiters. Der war in einige Meter Starthilfekabel gehüllt und hatte seinen Paisley-Schlips ramboesk um die Stirn gewunden.

„Das könnte dir so passen", nölte er und schoß mit einer Hechtrolle auf sie zu.

„Nick! Hilf mir!" schrie die nackte, schutzlose Frau. Ihr Held schwang, wie Münchhausen auf der Kanonenkugel, in ihre Richtung.

„Hab keine Angst!" sagte er ruhig, während der garstige Mehlig bereits an einem ihrer Lackstiefel herumzerrte.

„Hilfe! Nick ...", stöhnte Gisela noch mal, und das jetzt richtig verbal. Sie erwachte vom Klang ihrer eigenen Stimme, schlug verängstigt die Augen auf und verstand überhaupt nichts mehr. Denn neben ihr kniete der echte Nick Henderson, aus Fleisch und Blut, und hielt besänftigend ihre rechte Hand.

„Hab keine Angst", wiederholte er, „du hattest scheinbar einen bösen Traum." In diesem Moment war es ihr egal, ob sie immer noch träumte oder schlicht halluzinierte. Sie warf sich einfach in die Arme des Mannes. Er fühlte sich sehr real an.

Von ihrer Seite wäre nichts dagegen einzuwenden gewesen, wenn dieser Moment sehr viel länger gedauert hätte, als die paar Sekunden Echtzeit. Die Frau inhalierte begierig Nicks männliches Odeur. Überfeinerte Naturen wie Carla hätten wahrscheinlich behauptet, er stinke wie ein Automechaniker am Feierabend, nach Schweiß, Abgasen und Benzin. Aber erstens hätte sie auch kaum anders gerochen, nachdem sie dem Schiffsbauch entronnen war. Und zweitens verlieh der angenehme Duft seiner Haut gerade dieser Mischung eine besondere Note.

„Na, hat sich deine Wade wieder erholt?" ließ Gisela eine tiefe Frauenstimme wieder an ihrem Bewußtseinszustand zweifeln. Ihre Besitzerin, die nun auf dem weißem Plastikstuhl saß, trug zerfetzte Hot-Pants und ein knappes, schwarzes Bikinioberteil (das den Totenkopf auf ihrer Brust kaum verdeckte). Sie streckte ihr eine kräftige Hand hin.

„Mechthild, falls du dich nicht mehr erinnerst."

Die Blondine ergriff sie verdattert, sich von ihrem Traumhelden lösend. Der sah bei Tageslicht sogar noch besser aus, selbst mit Bartstoppeln.

„Ich versteh überhaupt nichts mehr", sagte sie, sich verlegen die Haare aus dem Gesicht streichend.

„Wo kommt ihr Zwei denn auf einmal her?"

„Ich aus Bayern, das weißt du doch", antwortete Nick, dann erhob er sich. „Aber, daß wir uns so schnell wiedersehen", er zog noch zwei Stühle heran, „ist schon fast zuviel des Zufalls." Sie setzten sich.

„Hat bestimmt was mit eurem *Karma* zu tun", meinte Mechthild, dann zauberte sie eine Flasche Rotwein und einen Korkenzieher aus ihrem Seesack.

„Ich schlage vor, darauf genehmigen wir uns einen!" Gisela kam aus dem Staunen nicht mehr heraus. Dieses burschikose Wesen sprach mit derselben Selbstverständlichkeit vom *Karma,* wie die alte Carla von *Sperma.* Sollte sie den geistigen Horizont der jungen Frau unterschätzt haben?

„Was heißt das, Karma?" fragte sie, „Und wieso kennt ihr beiden euch?"

„Karma heißt soviel wie Schicksal", klärte die Tätowierte sie mit leicht gepreßter Stimme auf, dann beförderte sie mit einem kräftigen Ruck den Korken aus der Flasche, „und kennen tun wir uns, seit der Nikos mich beim Trampen mitgenommen hat. In der Nähe vom Gardasee. Dort hab ich auch diesen *Bardolino* erstanden. Hier, probier mal!" Sie reichte ihr den herben Tischwein.

„Kannst Nick zu mir sagen, so nennt mich fast jeder", sagte der Mann. Er zog seine dicke, schwarze Motorradjacke aus und hängte sie über die Stuhllehne. Gisela nuckelte am Wein. Schmeckte gar nicht schlecht.

„Ich denke, nur deine Freunde", frotzelte sie ihn dann. Es fiel ihr nicht eben leicht, ihre Wiedersehensfreude zu verhehlen. Aber mal nicht so flott mit den jungen Gäulen, dachte sie. Übereilte Begeisterung brachte erfahrungsgemäß nur Scherereien.

„Na ja, vermutlich liegt das daran, daß ich zuwenig Feinde habe", grinste er, „zumindest keine, die mich duzen." Auf unerklärliche Weise umgab diesen Mann ständig die Aura des Geheimnisvollen. Das war auch Mechthild aufgefallen, als dieses schwere, alte Motorrad neben ihr gehalten hatte. Nach ihrer Nacht im Obstgarten. Das merkwürdige, übergewichtige Paar war verschwunden gewesen, und sie hatte, diesmal in ihrem Staubmantel, am Straßenrand den rechten Daumen ausgestreckt. Der Fahrer der Maschine, der sich bei einer späteren Rast als „Nikos Henderson" vorstellen sollte, schien komischerweise nichts anderes erwartet zu haben, als daß auch sie nach Venedig wollte. Ohne große Worte hatte er ihr seinen Sturzhelm auf den Kopf gedrückt und dann die Straße wieder unter die Räder genommen. Sonderbar. Außerdem war es nicht normal, daß ein dermaßen gutaussehender Typ so bescheiden und zurückhaltend auftrat. Wo mochte da wohl der Haken sein?

Die Weinflasche kreiste zwischen den drei Menschen, deren Zusammenkunft aus einer äußerst unwahrscheinlichen Kette von kausalen Zusammenhängen zu resultieren schien.

„Hast du mal was mit Sanskrit zu tun gehabt, oder wie kommst du auf diese Karma-Geschichte?" wollte Nick nun von der durchtrainierten Schwarzhaarigen wissen. Gisela, die heute wieder ihr langes, blaues Sommerkleid trug, sah die anderen fragend an. Diese Mechthild hatte vielleicht einen Körper. Man mußte unwillkürlich an Jane Fonda als Aerobic-Vorturnerin denken.

„Nö, aber ich hab mich mal ziemlich für östliche Religionen interessiert. Hinduismus, Buddhismus und so. Bis ich geschnallt hab, daß die auch nicht schlauer sind als wir", antwortete sie. Das kann ja heiter werden, dachte die Blondine und ließ sich vorsorglich eine größere Menge vom *Vino rosso* durch die Gurgel rinnen. Allzu intellektuelle Themen erweckten in ihr immer den Verdacht, daß jemand mit seiner Bildung imponieren wollte. Sie spürte, wie die Eifersucht sie piekte. Ob der Amerikaner etwa diese Sportskanone als *Frau* attraktiv fand? Wenn das der Fall sein sollte, würde sie sich am besten vorsätzlich ins Delirium saufen. Oder halt, wahrscheinlich sollte sie besser den Wettkampf aufnehmen ...

„Ich bin davon überzeugt", sagte er jetzt, beiden Frauen Zigaretten anbietend, „daß kein Kulturkreis auf der Welt die Weisheit mit Löffeln gefressen haben kann. Schließlich sind wir alle nur Menschen, die sich irgendwie durchs Leben wursteln müssen." Er hat *mir* zuerst die Schachtel hingehalten, triumphierte Gisela innerlich. Der Kerl war aber auch zu attraktiv! Er hatte ein enges, weißes T-Shirt zu seiner leicht angeschmuddelten Jeans an, auf das in roten, geschwungenen Lettern „Indian" gedruckt war. Was immer diese Aufschrift bedeuten mochte (Möglicherweise solidarisierte er sich ja mit den amerikanischen Ureinwohnern), sein beachtlicher Bizeps kam in dem Ding jedenfalls hervorragend zur Geltung.

„Und jetzt gehts los", verkündete sie plötzlich, denn das leichte Beben des Eisenbodens, auf dem ihre Stühle standen, war ihr schon länger aufgefallen. Und das konnte nur bedeuten, daß der voluminöse Schiffsdiesel auf Touren gebracht wurde. Ein Blick auf die Uhr gab ihr Recht. 17 Uhr. Laut Fahrplan müßten sie nun in See stechen.

„In Richtung *deines* Kulturkreises, um beim Thema zu bleiben, Nick. Zumindest dein *Halber!"* O.k., sie hatte schon mal intelligentere Äußerungen vom Stapel gelassen. Aber dieser weibliche Tarzan neben ihr sollte ruhig ihren Intimitätsvorsprung registrieren. Schließlich kannte *sie* den Halbgriechen schon seit *gestern!* Doch Mechthild zog nur unbeteiligt an ihrer „Lucky Strike" und guckte durch dunkle Sonnenbrillengläser auf das Land. Das nun ein Stück weiter weg zu sein schien. Manche der Leute am Kai winkten, und viele Fahrgäste hingen an der Reling und taten desgleichen. Einige fotografierten auch. Die letzten Zweifel jedoch räumte ein mehrmaliges, lautes Tuten des Schiffes aus. Als wollte es rufen: „Tschüs zusammen!"

„Gegen deine Beobachtungsgabe ist nichts zu sagen, äh ..." Sie lüpfte ihre Brille und sah Gisela fragend in die Augen. Bei dieser Gelegenheit verengten sich ihre Pupillen. Das liegt ja wohl hoffentlich an der Sonne, dachte die Angesprochene. Und nicht daran, daß ich es zwei Jahre lang regelmäßig mit ihrem Ehemann getrieben habe. Ihr wurde etwas mulmig. Was, wenn die andere Bescheid wußte? Und sich womöglich voller Mordgelüste an ihre Fersen geheftet hatte? Das war zwar nicht sehr wahrscheinlich, aber ... besser, sie steigerte sich nicht in diesen Gedanken hinein. Dank des Weines, dessen Wirkstoff allmählich seine Wirkung tat, fühlte sie sich momentan leicht omnipotent. Also nahm sie noch einen ordentlichen Schluck, dann sagte sie: „Gisela."

„Genau!" meinte Mechthild. Und fügte freundlich hinzu: „Mit meinem Namengedächtnis ist manchmal auch nicht allzu viel los." Ob sie sich derart verstellen konnte? Die Blondine bezweifelte das und beschloß, die Dinge einfach auf sich zukommen zu lassen. Schließlich war sie unterwegs, um sich zu erholen, und nicht, um sich selbst verrückt zu machen. Die drei Reisenden standen nun schweigend (Nicks Kommentar zur Abfahrt hatte sich in einem nachdenklichen *Mhm* erschöpft) am weißen Geländer des Zwischendecks und genossen den Fahrtwind. Sowie die Kulisse Venedigs. Über Lautsprecher erfuhr man, daß die „wohl reizvollste Großstadt Italiens" auf rund 120 Inseln erbaut ist, die durch zirka 400 Brücken miteinander verbunden sind. Die „Dionysos" schipperte langsam, gefolgt von einem unternehmungslustigen Möwenschwarm, durch den „Canale della Giudecca", den berühmten, zum Himmel stinkenden „ Canale Grande" links liegen lassend. Die Touristen an Bord knipsten, als würden sie dafür bezahlt, und Gisela spielte auch einen Moment mit dem Gedanken, ihren Fotoapparat aus dem Rucksack zu holen. Doch dann fiel ihr ein Satz ein, den ihr vor etwa dreißig Jahren mal jemand ins Poesiealbum geschrieben hatte. Er lautete: „Was du selbst erlebt und mit eigenen Augen gesehen hast, kann dir keiner mehr nehmen." Da war was dran. Also folgte sie dem Beispiel der beiden anderen und ließ die malerische Stadt einfach so auf sich einwirken. Sie passierten nun Markusplatz und Dogenpalast, und das Tonband, das im Hintergrund dazu lief, wies die Passagiere auf die erstaunliche architektonische Vielfalt hin. Barock, Renaissance und Gotik wechselten sich ab, und man brauchte kein Kenner der Materie zu sein, um diesen Anblick zu würdigen. Er war einfach faszinierend, und das warme Licht des späten Nachmittags tat das übrige. Gisela befand sich bereits in Urlaubsstimmung, als das Schiff auf dem „Canale di San Marco" dem offenen Meer entgegensteuerte.

„Meine Güte", sagte sie zu Nick und Mechthild, „ist das *schön!"* Die murmelten etwas, daß sie verdammt richtig mit ihrer Einschätzung liege. Ihr fiel in diesem Moment auf, daß sie sich ja nun doch mit jemandem austauschen konnte, und daraufhin hätte sie alle beide küssen können. Gisela beherrschte sich jedoch und holte statt dessen noch eine Flasche Rotwein an der Bar. Griechischer „Demestica", 0,75 Liter.

Einer der hektischen Platzanweiser vom Parkdeck machte sich jetzt an dem kleinen, diagonal befestigten Mast am Heck des Schiffes zu schaffen. Er trug nun saubere Matrosenkluft, und es stellte sich heraus, daß er die griechische Flagge hißte. Die „Dionysos" hatte den Golf von Venedig erreicht und erhöhte ihre Geschwindigkeit beträchtlich. Es wurde am Platz der drei Reisenden ungemütlich windig.

„Bei dem Tempo könnte man locker Wasserski fahren", fand Mechthild.

„Genau, am besten bis Patras", ergänzte Gisela gutgelaunt. Sie stellte sich vor, auf Skiern in der Mitte der mächtigen Bugwelle zu hängen. „Dann bist du reif fürs Buch der Rekorde!"

„Auf jeden Fall sollten wir uns in ein windstilleres Eckchen verziehen", schlug der Amerikaner vor, „denn hier, fürchte ich, wirds auf Dauer ungemütlich." Die Frauen schlossen sich seiner Meinung an, und so zogen sie in den zum Heck hin geöffneten, großzügig überdachten Bereich des Zwischendecks um. Hier gab es diverse, aus knallorangenem Plastik bestehende Sitzreihen, die in erster Linie von den Deckpassagieren als Schlafgelegenheiten zweckentfremdet wurden, und im Bereich der Minibar die bewußten weißen Stühle, zwanglos um runde Tische desselben Materials drapiert. Nicht unbedingt das stilsicherste Ambiente, fand Gisela, aber das hier war schließlich auch nicht die „Queen Elizabeth". Und wenn man dem Auge etwas Gutes tun wollte, konnte man seinen Blick ja über die blaue Adria schweifen lassen, durch die das Schiff pflügte. Oder den gutaussehenden Nick betrachten, fügte ein kleines Teufelchen in ihrem Hinterkopf hinzu. Er befestigte gerade seine Hängematte an einem eisernen Pfosten, denn sie hatten bereits einen ruhigen Platz für die Nacht gefunden, in einer Ecke nahe der Bar. Nachdem auch die beiden Frauen vorsorglich ihre Schlafsäcke ausgebreitet hatten, begab sich das zusammengewürfelte Grüppchen an einen der Tische und entkorkte den „Demestica". Die Blondine schenkte drei Pappbecher voll, die sie mit der Flasche organisiert hatte, dann erhob sie den ihren.

„Auf glückliche Zufälle!" sagte sie. Man prostete einander zu.

„Und günstige Schicksale!" meinte Nick. Die Dritte im Bunde guckte darob etwas bedröppelt. Sie trug jetzt wieder den schwarzen Staubmantel über ihrem luftigen Outfit, denn von der Hitze des Hafens war nun, auf dem Meer, nicht mehr viel übrig geblieben. Mechthild raffte das Kleidungsstück über ihrer Brust zusammen, als wollte sie sich vor etwas schützen.

„Nicht einverstanden?" fragte Gisela teilnahmsvoll.

„Doch, doch", entgegnete die andere, „es ist nur so, daß ich in letzter Zeit etwas mehr Pech hatte, als sonst. Ich will euch nicht damit langweilen."

„Tust du nicht", versicherte ihr der Mann, „wir haben jede Menge Zeit. Falls du darüber reden willst." Die Schwarzhaarige zögerte. Dann kippte sie den Inhalt ihres Bechers hinunter und sagte: „Eigentlich kennen wir drei uns ja kaum. Vielleicht verratet ihr mir erstmal, warum ihr jetzt hier sitzt."

„Tja", begann Gisela und steckte sich eine „Marlboro" in den Mund, „bei mir liegt der Fall ganz einfach. Ich konnte mein Büro mitsamt meiner hinterfotzigen Kollegin nicht mehr sehen. Vom Abteilungsleiter, dem Arsch, mal ganz abgesehen. Also hab ich Urlaub genommen, um meine Eltern in Griechenland zu besuchen. Das wars." Sie zog an ihrer Zigarette. Jetzt war Nick an der Reihe: „Und ich mache auch Ferien, hab mich mit ein paar Bekannten in Patras verabredet. Von da aus wollen wir auf dem Peloponnes ein bißchen Motorrad fahren. Was Spektakuläreres hab ich auch nicht anzubieten." Hast du das wirklich nicht?, fragte sich die Blondine. Ihre eigene Version ihrer Reiseambitionen war schließlich auch mehr als unvollständig gewesen. Vor allem verspürte sie seit sie unterwegs war, immer wieder den Wunsch, nie mehr in ihren alten Trott zu verfallen. Aber für solche einschneidenden Veränderungen im Leben brauchte es mehr Mut und Kraft, als sie derzeit vorzuweisen hatte. Sie würde in dieser Angelegenheit noch öfter in sich gehen müssen. Da ging ihr plötzlich ein Licht auf.

„Ach so, du bist mit dem *Motorrad* unterwegs!" stellte sie fest. Das erklärte natürlich seine derben Stiefel und Lederklamotten. Aber auch den Donner ohne Gewitter.

„Kann das sein, daß das Ding einen ziemlichen Krach veranstaltet?" Der Motorradfahrer mußte lachen.

„*Krach* ist relativ", sagte er, „meine Maschine ist Baujahr 1942. Damals konnte man einen Motor akustisch noch von einer Trockenhaube unterscheiden."

„Und ich jage meinem Ehemann hinterher", lieferte Mechthild nun ihren Beitrag ab.

„Was tust du?" fragte Nick. Er wirkte zwar erstaunt, aber nicht besonders. Giselas Magen verkrampfte sich bei dieser Eröffnung. Fast hätte sie vergessen, mit wem sie hier so gemütlich plauderte. Ihre Gedanken purzelten durcheinander. Was würde die Angetraute Hakans sich wohl zusammenreimen, wenn sie je dessen Foto im Medaillon sah? Und wieso wurde hinterhergejagt?

„Ich frag mich gerade selber, was genau ich hier eigentlich mache", sagte die Frau im Staubmantel, wobei sie sich ihren Becher erneut vollgoß, „fest steht nur, daß er mir letztens mitgeteilt hat, ich soll mich verpfeifen. Und daß ich auch meinen Stolz habe! Wahrscheinlich hat er mich eh schon lang beschissen. Hat sich immer wieder auf seinen Job rausgeredet." *Job* ist ja wohl ein schlechter Witz, dachte sie. Ihre Wangen waren vor innerem Aufruhr gerötet, als sie sich nun an Gisela wandte (die bei dem Wort *beschissen* unmerklich zusammengezuckt war).

„An eurem Weiberabend bei Petra, weißt du noch ..."

„Äh, ja, klar.."

„Da hab ich ihn mit einer Frau im Bett erwischt!" Die Gattin des Türken hielt es für nicht weiter erwähnenswert, daß es eigentlich eher umgekehrt gewesen war. Und seine Ex-Geliebte überlegte, wie sie das Gesprächsthema schleunigst in eine andere Richtung bugsieren konnte. Leider trat genau in diesem Moment die Wendung, die sie befürchtet hatte, ein.

„Ich frag mich bis heute, wieso er überhaupt in Petras Wohnung aufgetaucht ist", sagte Mechthild. Auf ihrer Nasenwurzel bildete sich eine Zornesfalte. „*Ich* hab ihm die Adresse jedenfalls nie gegeben!"

„Dann muß er dir wohl hinterherspioniert haben", meinte Gisela, die nicht die geringste Lust verspürte, dieses Rätsel zu lösen. Dafür aber ein anderes, deshalb begehrte sie zu wissen: „Ist denn der ..." ups, keine Namen, fiel ihr gerade noch ein, „der Mann von dir in Griechenland?"

„Nicht nur das", kam es gedehnt, „er müßte sogar hier auf dem Schiff sein." Gisela ließ ihren Becher fallen. In diesem Moment schepperten aus sämtlichen Bord-Lautsprechern völlig übersteuerte, und dadurch bis zur Unkenntlichkeit verzerrte Lyra-Klänge. Das sollte wohl griechische Volksmusik darstellen, überlegte Nick. Es hörte sich aber eher nach einer avantgardistischen Jimi-Hendrix-Interpretation an. Er schaltete seinen Gehörgang auf Durchzug, denn der in vier Sprachen – Englisch, Griechisch, Deutsch und Italienisch – darauf folgende Text war ihm bis zum Erbrechen bekannt.

„Wir möchten unsere verehrten Passagiere darauf aufmerksam machen, daß das Restaurant und der Self-Service nun geöffnet sind." Daß er die ersten drei Sprachen perfekt beherrschte und die vierte zumindest leidlich verstand, war im Falle dieser verbalen Gehirnwäsche mehr Fluch denn Segen. Dann fiel ihm auf, daß der Wein schon wieder zur Neige gegangen war, und er erhob sich mit den Worten: „Na sowas! Moment, bin sofort zurück." Seine Tischdamen nahmen das wortlos zur Kenntnis, und die Frau mit dem goldenen Herz hatte inzwischen ihre Fassung wieder erlangt. Zumindest brachte sie es fertig, ihr Mißgeschick von eben als reine Schusseligkeit abzutun (wobei ihr ein leichter Schwips half) und emotional unbeteiligte Anteilnahme zu heucheln.

„Was?" meinte sie, „aber gesehen hast du ihn noch nicht?" während ihre umnebelten Gehirnwindungen zu rotieren versuchten, „ich meine, wenn es dir so wichtig ist, dich mit ihm auszusprechen ..."

„Nicht unbedingt", wurde sie unterbrochen.

„Nein? Was denn dann?"

„Vielleicht hau ich ihm einfach ein paar aufs Maul!" sagte Mechthild. Sie wirkte dabei aber eher müde als aggressiv.

„Das hat aber noch selten Probleme gelöst!" Der Amerikaner war, mit einer jungfräulichen Rotweinflasche sowie einem ebensolchen Pappbecher für die Schusselige, wieder an den Tisch getreten.

„Darf ich die Damen zu einem rustikalen Abendbrot einladen?" fragte er jetzt, eine der abgewetzten Satteltaschen, die er neben dem Tisch abgestellt hatte, öffnend, „oder wollt ihr euch lieber den Self-Service antun?"

„Warum nicht?" murmelte Gisela. Ihr war klar geworden, daß der blaue Mercedes auf der Autobahn und im Hafen wohl doch Hakans gewesen sein mußte. Aber, überlegte sie momentan, der würde sich doch nie freiwillig von seinem Schlitten trennen. Was auch immer er in Patras suchen mochte (doch nicht etwa *sie*? Nein, das war zu abwegig), er konnte unmöglich an Bord sein. Vielleicht hatte ihn ja wirklich ein Hitzschlag, oder noch besser ein Blitzeinschlag, ereilt. Womöglich auf der Toilette. Ihre Laune besserte sich deutlich, da ja keine Konfrontation des deutsch-türkischen Dreigestirns miteinander mehr zu befürchten war. Sollte den Kerl doch der Blitz beim Sch... „Mal sehen, ob ich das jetzt richtig verstanden habe." Nicks ruhiger, männlicher Tonfall brachte sie schlagartig auf andere Gedanken. Er erinnerte sie an die Synchronstimme von Clint Eastwood oder Charles Bronson, jedenfalls einer von diesen prächtigen, fiktiven Cowboy-Typen. Dazu paßten auch die Satteltaschen, die der Mann soeben plünderte.

„Also, ihr zwei kennt euch aus Köln."

„Genau, wir haben uns kürzlich bei einer gemeinsamen Freundin kennengelernt", bestätigte die Burschikose. Sie hatte Hunger und verfolgte seine Aktivitäten mit einigem Interesse. Zunächst hatte er ein blau-weißes Deckchen ausgebreitet.

„Und du suchst hier an Bord deinen Mann?" Er tischte nun auf: Südtiroler Bauernspeck, ein großes Stück Käse und eine gepuderte Salami. Dazu einen Laib frisches Brot.

„Ich denke, ich werde ihn eher auf mich zukommen lassen", meinte die Angesprochene. „Im Moment hab ich keine Lust, mich wegen dem Typen noch mehr abzustressen. In Patras kann ich ihm ja zur Not immer noch auf die Motorhaube springen. Als Fußgänger kommst du ja viel schneller runter. Von dem Dampfer hier, mein ich."

„Und dann?" fragte Nick und förderte noch ein Glas eingelegter Gurken, sowie eine Art eingelaufene Machete zu Tage. Letztere steckte er in das Brot.

„Dann laß ich mir was einfallen", sagte Mechthild.

„Das sieht aber lecker aus, was du hier auffährst", fand die andere Kölnerin.

„Na ja, ich bin diese Strecke schon öfter gefahren", sagte er. (Leider ohne *mich*, dachte die Frau, bevor ihre interne Vernunfts-Abteilung derartigen Kindereien Einhalt gebot. *Reiß dich zusammen, Rahm! Du bist nicht mehr im Poesiealbums-Alter!*) „Irgendwann hat es mich mal in Bozen in einen kleinen Lebensmittelladen verschlagen, wo sie lauter ganz frische Sachen verkaufen. Direkt vom Bauernhof. Seither decke ich mich da immer mit Reiseproviant ein." Er schnitt einige Scheiben Brot ab, dann reichte er den Frauen das Messer.

„Und du weißt, Gisela: In angenehmer Gesellschaft ..."

„Schmeckts dir besser, schon klar!" lachte sie. Die Kurzgeschorene säbelte einstweilen Wurst und Käse für alle ab und meinte: „Jedenfalls nett von dir, Nick. Aber ehrlich gesagt, kann ich mir dich auch kaum in der Warteschlange vor dem Self-Service vorstellen."

„Stimmt", antwortete der Mann, „ich reihe mich nur ungern irgendwo ein. Mahlzeit." Er schob sich ein Stück Salami in den Mund.

„Guten Appetit", Gisela folgte seinem Beispiel, dann wollte sie wissen: „Gibt es dafür einen bestimmten Grund? Daß du gern aus der Reihe tanzt, mein ich."

„Wahrmpf ... Moment!" Er kaute und schluckte, dann spülte er mit einem Schluck Wein nach. „Wahrscheinlich liegt es daran, daß ich mich von Jugend an nie irgendwo zugehörig gefühlt habe." Diese Aussage schien in Mechthild eine bestimmte Saite anzuschlagen. Sie legte interessiert den Kopf schief und funkelte den Halbgriechen mit ihren großen, grünen Augen an.

„Hast du nicht?" fragte sie. „Und was ist mit Familie, Freunden und so? Es ist doch selten jemand ganz allein ..."

„Stimmt schon", gab er ihr Recht, „aber als einziges Kind von zwei Reiseschriftstellern, die noch dazu ständig umziehen, ist dein Familienleben ziemlich überschaubar."

„Ach so ... das wußte ich nicht." (Aber *ich!* freute sich der Teenager in der anderen Frau ungefragt. Gerade, daß er nicht noch hinzufügte: *Ätschbätsch!)*

„Und ihr könnt euch bestimmt vorstellen, wie leicht es für einen Heranwachsenden ist, Freundschaften auf hunderte oder tausende Kilometer Entfernung zu pflegen. *Brieffreunde* hatte ich ein paar, ja." Er aß einige Bissen. Da die anderen beiden darauf zu warten schienen, fuhr er schließlich fort: „Aber ich will mich nicht beklagen. Auf diese Weise hab ich schon damals einiges von der Welt gesehen. Und das macht mir heute noch Spaß. Ich bin gern unterwegs, am liebsten mit meinem alten Motorrad." Gisela schluckte ein Stück Käse hinunter, dann kam sie noch mal auf den ursprünglichen Gegenstand ihrer Frage zurück: „Und so hast du eine Abneigung gegen das Schlange-Stehen entwickelt?"

„Versteh mich nicht falsch", sagte er darauf, „es macht mir nicht viel aus, auf jemanden oder etwas warten zu müssen. Das läßt sich manchmal einfach nicht vermeiden. Nein, was mir Probleme bereitet, sind Menschenansammlungen. Die meisten Leute schließen sich gern mit anderen zusammen. Für mich ist das nichts."

„Eine komische Einstellung für einen Wahl-New-Yorker!" fand die Blondine.

„Das ist eigentlich nur aus beruflichen Gründen mein Hauptwohnsitz", schmunzelte Nick, „aber in Wirklichkeit verbringe ich dort die wenigste Zeit. Außerdem wohne ich im fünfzehnten Stock und seh mir den Trubel meistens von oben an. Und nur weil viele Menschen auf einem Fleck wohnen, ziehen sie noch lange nicht am selben Strang. Ich meine, überall, wo ich mal war, warteten ein paar Arschgeigen schon darauf, zu beweisen, was sie alles besser konnten als andere. Besonders, als so ein dahergelaufener Ausländer. Zu diesem Zweck rotteten sie sich zusammen und glaubten dann, daß sie das Recht hätten, auf andere herab zu sehen. Und gelegentlich auf ihnen herum zu trampeln. Das fing schon in der Schule an." Der attraktive Amerikaner nahm einen Schluck aus seinem Pappbecher, um nicht ins Schwadronieren zu verfallen. Er hielt selten längere Ansprachen und befürchtete meist, seine Zuhörer zu langweilen. Daher versuchte er nun, in der Mimik seiner beiden Mitreisenden zu ergründen, ob das etwa schon der Fall war. Es hatte jedoch nicht den Anschein, denn der Blick der Grünäugigen schien zu sagen: „Du sprichst mir aus der Seele!" Die Blonde hingegen hing ganz entspannt in ihrem Sitzmöbel und an seinen Lippen. Tatsächlich fühlte sich Gisela gelöster denn je. Sie genoß es, einfach dazusitzen, nichts tun zu müssen und das gleichmäßige Stampfen des Schiffes zu spüren. Und was ihre weitgereiste Zufallsbekanntschaft zu erzählen hatte, interessierte sie sehr. Also fragte sie: „Und so bist du zum Eigenbrötler geworden?"

„Na ja, ganz so arg ist es auch nicht. Nur hat sich im Laufe der Jahre gezeigt, daß ich meinen Kram am liebsten alleine bewältige. Aber deshalb bin ich kein Menschenfeind oder sowas, im Gegenteil. Überall wo ich hinkam, gabs nämlich auch nette Leute. Die keinem ans Leder wollen. Die einfach leben und leben lassen. Angenehme Gesellschaft eben, wie ihr zwei." Er hatte seine Mahlzeit beendet und nahm sich jetzt eine Zigarette. Die beiden Frauen quittierten sein Kompliment mit einem Lächeln. (Er hat *mich* dabei angeguckt, dachte Gisela.) Jedoch machten sie keine Anstalten, ihn davon abzuhalten, sich den Mund fusselig zu reden. Also fuhr er fort: „Es ginge bestimmt friedlicher zu, wenn diese Leute in der Überzahl wären, aber das ist natürlich utopisch. Da kann man nichts machen."

„Wirklich nicht?" fragte Mechthild.

„Mir fällt nicht viel ein. Wenn du die Welt verbessern willst, viel Spaß! Da müßte schon jeder einzelne bei sich selber anfangen."

„Und dann hätten wir das Paradies auf Erden", bestätigte die junge Frau, „das ist wirklich eine Utopie. Seh ich genauso. Aber worauf, zum Teufel, führst du diese Gruppen-Scheiße zurück?"

Nick drückte nachdenklich seine „Marlboro" im Aschenbecher aus.

„*Teufel* ist nicht schlecht. Wenn es den gäbe, hätte er bestimmt seine Finger im Spiel. Leider, denk ich, haben die Menschen ihn nur erfunden, um ihre eigenen Schwächen zu vertuschen." Er kratzte sich am stoppeligen Kinn. „Ja, vermutlich sind die meisten einfach zu schwach."

„Wozu?"

„Um sich was Eigenes auszudenken, zum Beispiel. Das könnte ja anstrengend werden, unter Umständen sogar gefährlich! Also tun sie das, was man ihnen von klein auf sagt. Und den Sermon kennen wir doch: Du mußt besser, schöner und schneller sein als andere. Mehr besitzen, sowieso. Und wozu? Damit dich möglichst viele Idioten bewundern. Oder wenigstens beneiden. Dann wird *Ehrgeiz* entwickelt, damit man sich seine Schwäche nicht eingestehen muß. Ehrgeiz! In dem Wort steckt ja schon drin, daß man anderen was mißgönnt! Und das soll dann eine positive Eigenschaft sein!" Er lachte, aber nicht bitter. Eher schien er diese ganze Angelegenheit als guten Witz zu empfinden.

„Ein teureres Haus bauen, einen größeren Baum pflanzen, einen schöneren ... nein, besser, einen noch *gierigeren* Sohn zeugen!" ergänzte Mechthild. „Vorausgesetzt, der Protagonist ist männlichen Geschlechts! Immer schön andere übertreffen, und für uns Frauen gilt dasselbe in Grün. Mehr Kohle und besseres Aussehen als die Nachbarin, oder wer auch immer, ist schon mal Pflicht. Das hat mich auch schon immer angekotzt! Es ist wirklich das beste, man kümmert sich in erster Linie um seinen eigenen Scheiß, stimmt schon. Wenn das alle täten, wär Ruhe im Schacht!"

„Aber der Mensch braucht doch ein Ziel!" schaltete sich Gisela nun wieder ein. Nicht, daß sie davon überzeugt gewesen wäre. Aber es mißfiel ihr außerordentlich, daß die beiden anderen anfingen, Gemeinsamkeiten zu entdecken. Da mußte sie doch direkt ein wenig querschießen, bevor diese Entwicklung noch ausartete. Allerdings zog sie es mittlerweile vor, kurze, prägnante Sätze zu bilden. Denn im Gegensatz zu der anderen Frau, die scheinbar saufen konnte wie ein russischer Kosak, war der Rotwein an ihrem Sprachzentrum nicht spurlos vorübergegangen.

„Ich bin nicht sicher, ob das wirklich jeder braucht", meinte Nick darauf. Er schenkte ihr dabei sein mysteriöses Lächeln. Es ging ihr wieder einmal durch und durch.

„Aber, wenn schon, dann sollte man es sich selbst setzen. Finde ich."

„Ich auch", schloß Mechthild sich an, dann trank sie ihren Becher aus.

„Ich glaub, ich muß das ersmal überschlff ... überschlafen", ertappte Gisela ihre Phonetik beim Entgleisen. Der Amerikaner holte daraufhin Zahnbürste und -pasta aus einer seiner Taschen, legte sich ein Frottee-Handtuch um den Hals und verkündete: „Gute Idee. Ihr entschuldigt mich hoffentlich, ehrlich gesagt, bin ich auch müde." Als er kurz darauf wiederkam, hatten die Frauen bereits den Tisch abgeräumt, die Packtaschen unter seine Hängematte geschoben und sich in ihre Schlafsäcke gekuschelt. Die, wie selbstverständlich, nebeneinander lagen. „Gute Nacht", sagte er leise, was aber nur noch von einer Frauenstimme erwidert wurde. Der Tiefen. Dann holte er sich noch ein letztes, kaltes Bier an der Bar, die soeben schloß, und setzte sich damit unter den sternenklaren Nachthimmel. Es waren jetzt lediglich die Schiffsmaschine und das aufgewühlte Wasser, das gegen die Seiten der „Dionysos" klatschte, als wollte es gegen ihre Anwesenheit protestieren, zu hören. Nick öffnete, in Gedanken versunken, die Dose.

„Spatz, du Dieb, kein Mensch hat dich lieb!" drang es an Giselas Ohr. Das Geträllere (eigentlich war es eher eine Mischung aus Fiepen und Kreischen) kam aus den Kehlen zweier Kinder, die um ihren Schlafplatz herum hopsten. Sie schlug die Augen auf und brauchte eine Sekunde, um zu kapieren, wo sie war.
„Florian! Lisa! Die Leute schlafen doch noch!" brüllten die Erziehungsberechtigten. Spätestens jetzt bestimmt nicht mehr, dachte die müde um sich blinzelnde Frau. Mechthild drehte ihr, bis zur Nasenspitze eingemummelt, den Rücken zu. Sie brummte etwas von „antiautoritären Arschlöchern", schien aber entschlossen, sich nicht von den Blagen gänzlich aufwecken zu lassen. Die gaben nun, wieder zu ihren Latz-behosten Eltern trampelnd, den restlichen Text zum besten. Er besagte, daß man den bewußten Vogel sehr wohl schätzen würde, wenn er nicht ständig klaute. Alles Verleumdung, dachte Gisela, seit wann stehlen Spatzen? Plötzlich beschlich sie ein ungutes Gefühl, irgend etwas war verändert. Richtig, Nicks Hängematte und Gepäck waren verschwunden. Sie rieb sich, langsam Herrin ihrer Sinne werdend, die Augen. Und erschrak. Es fehlte noch etwas anderes, wurde ihr schlagartig bewußt. Nämlich der bereits vertraut gewordene Druck von Hakans Medaillon auf ihrer Haut. Intuitiv faßte sie an ihren Hals. Tatsache, das Ding war weg! Die verzerrte Lyra schallte, wie um die Situation akustisch adäquat zu untermalen, übers Deck. Gegen diesen Krach waren die schrägen Gesänge unerzogener Kinder harmlos, und so kam jetzt auch Leben in den Schlafsack nebenan.

„Wir möchten unsere Passagiere darauf hinweisen, daß wir in einer halben Stunde in Patras anlegen werden", lautete die darauf folgende Durchsage, es war auch noch von Kabinenschlüsseln und Paßkontrolle die Rede. Aber Gisela war momentan nicht aufnahmefähig. Verwirrt sah sie sich das Gewusel auf Deck an. Dies war der zweite Morgen, an dem sie hier aufwachte, und so kam ihr die Umgebung bereits vertraut vor. Doch heute wirkten die anderen Passagiere so hektisch, packten ihre Sachen zusammen oder hingen an der Reling, als wäre ein noch unentdeckter Kontinent in Sicht. Und Nick, der gestern fast den ganzen Tag lesend und scheinbar träumend in seiner Hängematte zugebracht hatte, war weg. Mitsamt Gepäck. Warum sollte er sich grußlos in Luft auflösen? Und was war mit dem kitschigen Herz passiert?

„FUCK! Wat'n Gezeter!" Mechthild richtete sich in ihrem Schlafsack auf. Der Latzhosen-Nachwuchs im Vorschulalter hatte inzwischen beschlossen, ausgerechnet ihr das nächste Kinderlied vorzusingen. Die zwei blond gelockten Schmutzfinken schmetterten diesmal direkt neben der tätowierten Frau den Klassiker vom Männlein, das im Walde steht. Deren ohnehin schwach ausgeprägte Kinderliebe bestand diese harte Probe nicht. Sie winkte, diabolisch grinsend, die kleinen Rabauken auf Armeslänge zu sich heran. Dann öffnete sie, mit einem RUCK, den Reißverschluß ihrer nächtlichen Schutzhülle. Ihre bebilderte Brust wurde von keinerlei Textilien verhüllt. Der Anblick des grinsenden Totenschädels tat seine Wirkung, die Kinder flüchteten schreiend zu ihrem vollbärtigen Erzeuger. Der hielt es für angebracht, die beiden verschlafenen Frauen mit einem indignierten Blick durch seine Nickelbrille zu bedenken. Keine gute Idee. Mechthild stieg, wie Gott sie geschaffen hatte, aus dem Schlafsack und dann mit aufreizender Langsamkeit in ihre Shorts. Der Teint der pausbäckigen Lebensgefährtin des Brillenträgers verfärbte sich sekündlich von leichenblaß zu puterrot.

„EY, SOZIALPÄDAGOGEN-PACK!" rief die Tätowierte der Familie zu, „wenn ihr eurer BRUT keine MANIEREN beibringen könnt, solltet ihr besser gar nicht erst BUMSEN!" Die Gemeinten hatten jedoch überhaupt kein Bedürfnis nach einer Konfrontation mit dieser Verrückten und begaben sich eilig, mit Kind und Kegel, in den schützenden Innenbereich. An der Tür wären sie fast mit einem Mann mittleren Alters zusammengestoßen, welcher gefährlich ein mit dampfenden Kaffeetassen und Backwaren beladenes Tablett balancierte. Der aber wich der Familie mit beinahe akrobatischer Geschicklichkeit aus, indem er mitsamt seiner Fracht eine Art Pirouette drehte, anscheinend sogar ohne etwas zu verschütten. Dann steuerte er auf die beiden Kölnerinnen zu. Gisela hatte das Gefühl, als ob ihr Herz, diesmal das echte, einen Satz machte. Denn es war Nick, der sich wieder einmal als vollendeter Gentleman gebärdete. Er kniete sich zwischen die Frauen, die in diesem Moment beide dieselbe Idee hatten. Und zwar küßte ihn jede auf eine andere Wange.

„Guten Morgen", lachte er, „ihr habt doch bestimmt nichts gegen ein kleines Frühstück."

„Ganz sicher nicht!" freute sich Gisela. „Ich dachte schon, du wärst abgehauen."

„Wohin denn? Meinen Freischwimmer machen?" entbehrte seine Gegenfrage nicht einer gewissen Logik, „du kannst dich zurücklehnen!"

„Wie? Was?"

„Na, mein Gepäck steht hinter dir. Schön weich."

Ach so, dachte sie. Damit war eine Frage bereits beantwortet. Offenbar war der Amerikaner lediglich als erster aufgewacht.

„Mann, Nick!" meinte Mechthild. „Du wirst mir allmählich unheimlich! Soviel Fürsorge ist doch nicht normal! Führst du irgendwas im Schilde, sag mal?"

Hatte sein Gesichtsausdruck nicht eine Sekunde dem eines ertappten Lausebengels geglichen? Gisela nippte dankbar an ihrer dargereichten Tasse. Sie hörte, wie er antwortete: „Jedenfalls nichts Böses!" dann ließ sie ihre Gedanken treiben. Der gestrige Tag war ruhig verlaufen, und sie hatte sich mit der Frau ihres Ex-Liebhabers erstaunlich gut verstanden, wenn auch deren unverblümte Art sich stark von ihrer eigenen unterschied (manchmal kam sie ihr wie eine verschärfte Carla-Version vor). Sie hatten in der Sonne und im Pool gebadet und sich dabei über Köln und ihr Leben dort unterhalten. Allerdings nicht über Hakan, das fehlte noch. Gegen Abend hatte Mechthild dann doch das Schiff nach ihm durchkämmt und ihr, die sie ja nicht auf die Sinnlosigkeit dieser Aktion hinweisen konnte, dadurch ein reichlich schlechtes Gewissen verursacht. Obwohl sie selbst die Trennung von dem Türken noch nicht verarbeitet hatte, auch wenn sie drauf und dran war, sich in Nick zu verlieben. Es war auf jeden Fall eine komplizierte Situation. Und noch nicht an der Zeit, das blöde Goldherz abzustoßen. Apropos: Wo mochte das Ding nur hingekommen sein? Der Kaffee hatte ihre Lebensgeister wiederhergestellt, also erhob sie sich und durchsuchte ihren Schlafsack. Die beiden anderen unterbrachen daraufhin ihre Plauderei und sahen sie fragend an.

„Ich hab mein Herz verloren!" erklärte die Blondine.

„Aber doch hoffentlich nicht in Heidelberg", konnte sich Mechthild nicht verkneifen. In diesem Moment ertastete Gisela etwas Hartes, und kurz darauf hielt sie das Medaillon in der Hand. Ist wohl der Verschluß aufgegangen, überlegte sie, und hängte es sich wieder um. Aus irgendeinem Grund hatte sie das Gefühl, daß der gegebene Zeitpunkt nichts anderes zuließ. Sie griff sich einen der Schokolade-überzogenen Donuts und erwiderte kauend: „Pfehr wipfig!" Dann tauchten wieder die ersten Möwen auf. Sogar die beiden Frauen als altgediente Großstadt-Pflanzen wußten, daß diese Vögel sich nie sehr weit vom Land entfernten.

„Vielleicht sollten wir auch schon langsam unser Zeug zusammenpacken", schlug die Schwarzhaarige vor, „wir gehen doch gemeinsam von Bord?" Die andere sah sie an. Sie hatte gerade, gegen Nicks Satteltaschen gelehnt, mit geschlossenen Augen die wärmenden Strahlen der Morgensonne genossen. Nun wurde ihr klar, daß sich die Wege des Trios in Kürze trennen würden.

„Klar tun wir das", sagte sie, „aber was machst du eigentlich, wenn dein Mann nicht auf dem Schiff ist? Gestern abend hast du ihn ja auch nicht gefunden."

„Das hat nichts zu sagen", Mechthild stopfte ziemlich heftig ihre Siebensachen in den Seesack, „er kann sich ja eine Kabine genommen haben. Um dort ungestört irgendein Flittchen zu vögeln!" Gisela hielt es für passender, sich dazu nicht zu äußern. Statt dessen blickte sie etwas wehmütig zu dem Halbgriechen, der jetzt an der Reling eine Zigarette rauchte und nachdenklich dem Heimatland seiner Mutter entgegensah. Sein kurzes, dunkles Haar wurde vom Fahrtwind nach hinten gestrichen, und er hielt seine „Marlboro", um sie davor zu schützen, in der hohlen Hand. Der Himmel hinter ihm schien hier blauer zu sein als sonstwo. Was für ein Bild! Sie griff nach ihrem Rucksack, in dem sich der Fotoapparat befand. Und dabei hatte sie eine Idee.

„Ich denke, ich werde dann ein paar Tage in der Stadt bleiben. Die nächsten Fähren aus Venedig abwarten", kam die verspätete Antwort, „könnte ja sein, daß er die hier einfach verpaßt hat." Genau so ist es, dachte Gisela, und stellte fest, daß ihr die Frau leid tat. Wie oft hatte sie selbst auf Hakan gewartet! Sie machte ihr Foto, dann förderte sie einen kleinen Notizblock plus Kugelschreiber zutage. Und schrieb auf zwei Blätter „Agios Pavlos". Eines gab sie Mechthild.

„Falls er *nicht* kommt", betonte sie ausdrücklich, „kannst du da einfach in der Taverne am Marktplatz nach mir fragen. Der Ort ist gleich neben

Kalamata, ganz im Süden. Vielleicht willst du dir ja wenigstens noch ein paar schöne Tage am Meer machen."

Zwei grüne Augen sahen sie erstaunt an.

„Das ist eine Einladung", ergänzte sie etwas verlegen. Da strahlte die Drahtige zum ersten mal übers ganze Gesicht, warf ihre kräftigen Arme um Gisela und küßte sie spontan auf den Mund.

Eine halbe Stunde später öffnete Nick den Benzinhahn seiner alten Maschine. Natürlich hatte er den zweiten Zettel bekommen und versprochen, daß er sich bestimmt blicken lassen würde. Dann waren die drei zum hinteren Rand des Zwischendecks gegangen, um das Anlegemanöver zu beobachten und den Eindruck der Hafenstadt auf sich wirken zu lassen. Bei dieser Gelegenheit hatten ihn gemischte Gefühle beschlichen. Nachdem sie sich mit der restlichen Meute durch die Paßkontrolle zum Parkdeck hatten treiben lassen, konnte er jetzt, da er auf die Erlaubnis zur Ausfahrt wartete, ein wenig darüber nachdenken. Patras als Stadt war ihm egal, aber das hier war *Griechenland!* Nirgendwo auf der Welt fühlte er sich mehr zu Hause, deshalb empfand er die Ankunft hier immer sehr inspirierend. Aber er würde sich gleich von den beiden Kölnerinnen verabschieden müssen und das paßte ihm überhaupt nicht. Besonders die arglose Blondine mit dem üppigen Busen weckte seinen Beschützer-Instinkt. Und noch einige andere. Die Rampe war jetzt unten, helles Tageslicht strömte in den Schiffsbauch. Das Licht am Ende des Tunnels, dachte er und wunderte sich, daß zeitgleich Giselas Gesicht vor seinem geistigen Auge erschien. Nick zog den Choke-Hebel am Vergaser und klappte das breite Pedal des Kickstarters aus. Mal ehrlich, Henderson, fragte er sich, hast du dich etwa verliebt? Er kickte einmal leer ohne Zündung durch und blieb sich selbst die Antwort schuldig. Dann erweckte er mit einem kräftigen Fußtritt den mächtigen Motor zum Leben. Falls es so sein sollte, wird es Zeit, daß du deine Karten auf den Tisch legst, dachte er auf das Licht zusteuernd. Das dumpfe Grollen seines Motorrads schien ihm beizupflichten.

Als kurz darauf der rote Porsche über die Rampe zum Kai rollte, warteten Mechthild, die zu Fuß von Bord gegangen war, und der Motorradfahrer bereits am vereinbarten Treffpunkt, einem Kiosk. Gisela entschied sich gegen eine ausgiebige Abschiedszeremonie. Sie steuerte auf die beiden zu, hielt längsseits und meinte ohne auszusteigen: „Schöne Maschine! Ist das eine Harley-Davidson?" Diese Marke kannte sie aus dem Fernsehen.

„Nein, eine Indian. 42er Chief." Nick blieb genauso cool auf dem breiten Ledersattel seines Fahrzeugs sitzen. Das, obwohl ungeputzt, mit seinen weit ausladenden, geschwungenen Schutzblechen und der tiefschwarzen Lackierung durchaus Klasse ausstrahlte. Wie sein Besitzer, dachte sie. Plötzlich stahl sich etwas Kleines, Feuchtes aus ihrem linken Auge. Das durfte ja wohl nicht wahr sein, daß sie jetzt auch noch zu heulen anfing. Sie stieg aus dem Auto, und dann fielen sich alle drei Reisegefährten gleichzeitig in die Arme. Vom Meer wehte eine laue, würzige Brise, griechische Wortfetzen schwirrten um sie herum, und am wolkenlosen Himmel kreisten und kreischten einige weiße Möwen. Gisela hätte noch lange so stehen bleiben können, aber sie wußte, daß das nicht ging. Also rang sie sich ab: „Machts gut, ihr zwei! Und hoffentlich bis bald!"

„Kann gut sein, daß ich dich besuchen komme", sagte Mechthild. Dann entfuhr ihrer Kehle etwas, das fast wie ein Seufzen klang. Nick drückte die beiden Frauen einfach nur an sich. Ihm fiel momentan partout kein passender Text ein.

SIEBTES KAPITEL

Don Giovanni gab sich gerne als Lebemann großen Stils. Demzufolge war sein 25 Quadratmeter messendes, komplett Marmor-verkleidetes (Mahagoni, so hatte ihm sein Innenarchitekt schonend beizubringen versucht, war leider für Naßzellen ungeeignet. Er hatte diese Meuterei immerhin als „Patient" überlebt.) Badezimmer reichlich mit Stuck und goldenen Ornamenten verziert. In der Mitte des Raumes befand sich ein runder Whirlpool, den der Don derzeit mit zwei üppigen Damen seines Geschäftszweiges „Dienstleistung" frequentierte. Er hatte zwar wegen dieser Mikrofilmangelegenheit ziemliche Sorgen am Hals, aber nun mal ein Faible für blonde Rubensfrauen. Dem heute wieder einmal Rechnung getragen werden mußte. Deshalb kraulte ihm jetzt die zierlichere der beiden (sie brachte nur neunzig Kilo auf die Waage) den Rücken, während ihre Kollegin rittlings auf seinem Schoß saß und sich dabei rhythmisch auf und ab bewegte, so daß die intensiv nach Jasmin duftende Schaumkrone regelmäßig überschwappte. Schließlich war es das naturgemäße Recht eines altmodischen Gangsterbosses, sich von Zeit zu Zeit auch wie ein solcher aufzuführen, fand der „Alte" und goß großzügig französischen Champagner aus der Magnum-Flasche über die Köpfe und in die weit aufgerissenen Münder seiner Gespielinnen. Als passende musikalische Untermalung dieser Lustbarkeit hatte er sich ausnahmsweise gegen seinen geliebten Rossini und für Wagners „Walkürenritt" entschieden. Roswitha, so hieß die vordere Dame, pflegte bei solchen Gelegenheiten ihrem Gönner allerliebste Zärtlichkeiten ins Ohr zu flüstern (d.h. diesmal mußte sie fast schreien, um Wagner zu übertönen), leider war ihr Wortschatz genauso begrenzt wie ihr intellektueller Aktionsradius.

„Puschiwuschi", gab sie von sich, „machen wir fein ficki-ficki? Ah, mein kleiner Wuschelmolch", sie fuhrwerkte in seiner Künstler-Mähne herum, „darf heute der freche Froschi in die liebe Roswitha hineinschwu, schwu ... schWUMMELN!" Der Don hatte gerade noch in Erwägung gezogen, seiner Favoritin bei Gelegenheit ein Schoßhündchen zu schenken, damit sich ihre Verbalakrobatik anderweitig austoben konnte, doch nun stieß er ein Röhren, das kaum an einen Molch gemahnte, aus. Eher schon an einen brünftigen Hirsch. Als er die Augen wieder öffnete, kam ihm jedoch sekundenschnell jeder Sinn für Erotik abhanden.

„Was habt ihr zwei Spaghettifresser denn hier verloren?" polterte er los, Roswitha mit Schwung von sich schubsend. Die platschte protestierend in die parfümierten, blubbernden Fluten, während ihr Chef aus denselben sprang und sich ein weißes Handtuch um seinen gleichfarbigen Hängebauch schlang.

„Haben sie euch Itaker-Idioten nicht beigebracht, daß man anklopft, bevor man wo reinlatscht? Ha?"

„Aber er ist doch selber Italiener", wunderte sich Roswithas Kollegin im Hintergrund, „warum beschimpft er seine eigenen Landsleute so?" Die Favoritin genehmigte sich zunächst einen Schluck aus der Magnum-Pulle.

„*Sizilianer* isser, Herzchen", erklärte sie dann und berichtete: „er meint, das wär'n *gewaltiger* Unterschied!" Die beiden Männer, denen der Zorn des Don galt, hatten zunächst betreten die Köpfe gesenkt, nun aber startete einer, ein kleiner, dicker Mönch mit Glatze und Kutte, einen Rechtfertigungsversuch. Sein Name war Pater Vincenzo.

„Wir haben aber ..."

„WAS hast du, Pfaffe? Dir die Rosette vergolden lassen?" Der Pater errötete. Tatsächlich war er schwul wie ein ganzer Tuntenball, wurde aber nicht gerne darauf angesprochen. Er fand, das paßte nicht so gut zu seinem Job, der in erster Linie darin bestand, die Kontakte der „Familie" zum Klerus zu pflegen. Und die Wutausbrüche des Don zu kanalisieren, was er nun versuchte.

„Angeklopft, natürlich, was sonst. Aber wenn du hier so ausgiebig ... ähem ... Musik hörst ..."

„... können wir ja nu auch nix für!" vervollständigte der Zweite, der jeden Moment seinen dunklen Anzug zu sprengen schien. Zudem hatte er eine verblüffende Ähnlichkeit mit einem sprechenden Gorilla, was auch zu seinem Tätigkeitsschwerpunkt innerhalb der Organisation paßte. Sozusagen der Mann fürs Grobe. Er hieß Massimo Neapolitano, die Hunderasse ähnlichen Namens war ihm kein Begriff. Wie so vieles.

„Du redest, wenn du gefragt wirst, Makkaroni!" stellte der „Alte" klar (seine Geduld mit Nicht-Sizilianern war begrenzt). „Weiber! Musik leiser machen und dann Verschwindibus! Anziehen könnt ihr euch draußen!" Die pfundigen Damen gehorchten unverzüglich, was den Don etwas besänftigte. Er liebte es, Leute herumzukommandieren und ergötzte sich noch einmal am Anblick der nassen Schönheiten. Dann warf er sich in einen golden durchwirkten Versace-Bademantel und wurde dienstlich.

„Also, was gibts, ihr Penner?" Da Massimo es für gesünder erachtete, weisungsgemäß die Schnauze zu halten, antwortete der Pater: „Vor allem reg dich *bitte* nicht auf!"

„Das fängt ja schon gut an! Weiter!"

„Nun ja, es geht um diese Mikrofilmsache ..."

„Hoffentlich gute Neuigkeiten! Ich hab jetzt seit mindestens einer Woche nichts mehr von Luigi gehört. Aber er mußte ja unbedingt mit diesem Kanaken losziehen. Wenns nach mir ginge, wär der Todeskandidat schon mit Betonschuhen im Rhein!"

„Den Betonjob kannst du dir sparen, wenn du einen in'n Rhein schmeißt, höhö!" erlaubte sich der Gorilla anzumerken. „Die giftige Drecksbrühe überlebt keine Sau!"

„Noch so ein Kommentar, und ich probier das direkt an *dir* aus!" knurrte sein Boß, „Pfaffe, erzähl weiter!"

„Also, weil du gerade deinen Sohn erwähnst ... wir haben vorhin einen Anruf aus Italien gekriegt ..."

„Vielleicht hörst du endlich mal auf, rumzudrucksen!"

„Tja ... Luigi und der Türke sitzen wohl in Venedig in Untersuchungshaft."

„WAS?" schrie der Don, dann packte er wutentbrannt den Mönch an der Kordel um seinen Bauch und zerrte ihn zum Whirlpool. Der sprudelte immer noch lustig vor sich hin. „Wie kann denn sowas passieren? Bin ich denn nur noch von SCHWACHKÖPFEN umgeben?" Statt einer Antwort brachte der Pater nur ein gurgelndes Geräusch zustande, denn sein Brötchengeber tunkte seinen Glatzkopf gerade in den Pool. Nun ließ er ihn wieder los.

„Die sind irgendwie mit ein paar Zigeunern aneinander geraten, was weiß ich!" prustete der Mönch. Massimo hingegen bestaunte hingerissen einen Kunstdruck an der Wand. „Die schaumgeborene Venus" von Botticelli.

„Ich BEZAHLE dich dafür, daß du alles weißt!" Der „Alte" hievte Pater Vincenzo über den Wannenrand ins Sprudelwasser. Immer noch besser als der Rhein.

„Dann laß mich wenigstens ausreden!" jaulte er jetzt.

„Ich HÖRE!"

„Also, erstens bekommen wir die beiden da ganz schnell raus. Der Polizeipräsident dort ist nämlich ein Vetter von deinem Busenfreund Colosimo in Verona!"

„Wenigstens etwas. Zweitens?"

„Die Frau mit dem Herz hat einen Sohn. Frank Rahm, wohnt in der Südstadt. Ich denke, wenn der bei uns wäre, würde sie schleunigst kooperieren." Der Don streichelte nachdenklich seine Wampe.

„Das ist plausibel. MASSIMO!"

„Ja, Chef?"

„Frank Rahm! Südstadt! Auf meinen Schreibtisch! Lebend und gesund! Und zwar *pronto!*"

„Ja, Chef." Der unterbelichtete Hüne trollte sich.

„PRONTO hab ich gesagt!" rief ihm Don Giovanni noch nach, dann wandte er sich wieder dem Pater zu. Der sicherheitshalber immer noch im Pool dümpelte.

„Und du hörst auf zu baden und bereitest unsere Abreise vor. Wir fliegen. Sobald ich diesen Sohn habe. Klar?"

„Äh ... wohin, müßte ich noch erfahren ...", meinte der triefende Mönch zaghaft.

„Nach Venedig natürlich, Trottel! Und von da aus weiter nach Griechenland! Das Medaillon mit dem Film MUSS her, und wenn ich es persönlich aus dem Kanaken seiner Fickliese rausprügeln muß!" Mit diesen Worten stapfte der Don aus dem Bad, noch etwas von „wenn man sich nicht um alles selber kümmert!" vor sich hinmeckernd.

„Oh, Herr, vergib ihm seine Ausdrucksweise!" schickte Pater Vincenzo ein leises Stoßgebet gen Himmel.

Die Mittagssonne brannte unbarmherzig auf die Frau im schwarzen Staubmantel, die am Straßenrand den Daumen raushielt. Die Luft war heiß und staubtrocken, denn sie befand sich im Landesinneren, einige Kilometer vom Meer und damit von jedem eventuell kühlenden Windhauch entfernt. Sie bückte sich daher immer öfter nach der Wasserflasche, die an dem olivgrünen Seesack zu ihren Füßen lehnte. Gerade nahm sie wieder einen Schluck, verzog das Gesicht und machte „Bäh". Die Plörre war bereits lauwarm und schien augenblicklich, im Verhältnis eins zu eins, in Form von Schweiß wieder aus ihr rauszulaufen. Vielleicht sollte ich den irgendwie auffangen und wieder saufen, würde wahrscheinlich auch nicht viel anders schmecken, überlegte Mechthild. Dann ertappte sie sich bei der Vorstellung, fremde Körperflüssigkeiten auf ihrer Zunge zu schmecken und gestand sich in Gedanken ein: Meine Fresse, Alte, du brauchst dringend mal wieder einen saftigen G. V.! Schließlich hatte sie seit über einer Woche keinen *Geschlechtsverkehr* mehr gehabt, aber ihr Hauptproblem war momentan trotzdem die Hitze, es mochten locker vierzig Grad im Schatten sein, entschieden zu viel für die Jahreszeit. Dennoch war der aufgeknöpfte Mantel, unter dem sie lediglich ihren knappen, schwarzen Bikini trug, notwendig, da sie weder Sonnenöl bei sich, noch Lust hatte, sich die Haut in Fetzen grillen zu lassen. Ihren Kopf schützte ein in Piratenart geknotetes Tuch, auf das lauter weiße Skelette, die es in allen möglichen Stellungen miteinander trieben, gedruckt waren. „Fucking Bones" nannte sich dieses Motiv. Allerdings schienen die Einheimischen, die in unregelmäßigen Intervallen meist in verbeulten, eingestaubten Pick-up-Kleinlastern vorbeifuhren, ihre Erscheinung eher „geisteskrank" als „sexy" einzustufen, jedenfalls sahen alle verlegen woanders hin. Und natürlich hielt keiner, ein Beispiel, dem leider auch die Touristen in ihren deplatziert sauberen Mietautos folgten. Mechthild wischte sich den Schweiß, der ihr immer wieder hinter ihrer dunklen Sonnenbrille in die Augen laufen wollte, von der Stirn. Selbst die herrliche, griechische Frühlingsflora (die sich, wenn das mit der Hitzewelle so weiterging, bald in braunes Gestrüpp verwandeln würde) konnte ihre Laune kaum heben. Überall waren bunte Blüten, rot, gelb und violett, zu sehen, und es duftete nach verschiedenen Kräutern. Salbei war auf jeden Fall dabei, den Rest konnte sie nicht benennen. Ein paar kleine, weiße Wölkchen, die eine lyrischere Seele vielleicht an verirrte Schafe erinnert hätten, trieben sich am bemerkenswert blauen Himmel über dem Ganzen herum. Doch die junge Frau kam sich höchstens selbst vor wie ein Stück Vieh, das sich verlaufen hatte. Was, in drei Teufels Namen, mach ich hier eigentlich, fragte sie sich. Es war ihr nach einigen Tagen frustrierend blöde vorgekommen, ihrem Gatten in Patras aufzulauern, vor allem, weil ihr verletzter Stolz sich in letzter Zeit nur noch selten meldete. Also hatte sie beschlossen, Giselas Einladung anzunehmen, bevor sie unverrichteter Dinge wieder nach Hause fuhr, und sich Richtung Süden aufgemacht. Allerdings war sie beim Trampen an lauter Kurzstrecken-Fahrer geraten, der letzte, ein alter, schweigsamer Grieche, hatte sie vor gut einer Stunde hier abgesetzt, geradeaus gezeigt und mit einem zahnlosen Grinsen „Kalamata" gesagt. Dann war er winkend in einen schmalen Feldweg gebogen (dabei noch jede Menge Staub aufwirbelnd, denn Asphalt kam in dieser Gegend selten vor) und aus ihrem Blickfeld verschwunden. Er war freundlich gewesen, dieser Alte, und hatte ihr zum Abschied sogar eine große Apfelsine geschenkt. Aber das änderte nichts an der Tatsache, daß sie sich jetzt, nach zwei Reisetagen, erst auf Höhe Tripolis, also mindestens ein bis zwei Autostunden von dem angegebenen Ort entfernt, befand. Und dazu noch mitten in der Pampa, frisches Obst hin, lauwarmes Wasser her, eine schattige Taverne und ein eiskaltes Bier wären ihr jetzt wie eine Offenbarung vorgekommen.

„Mann, geht mir die Hitze auf'n Aasch! Isch han sowat von kein Bock mehr ...", murmelte sie leise in ihrem Heimatdialekt, dann entschied sie sich, aufs Ganze zu gehen, bevor sie hier noch zur Dörrpflaume mutieren würde.

Der Fahrer des gelben Daimler-Benz-Kleinbusses war ziemlich guter Dinge, genau wie die restlichen sieben Insassen. Sie genossen die blühende, griechische Landschaft, die draußen an ihnen vorbeizog, gut gekühltes Dosenbier und alpenländische Rockmusik (eine höchst eigenartige Mischung aus Blasinstrumenten, gemischt mit harten Beats, verzerrten Gitarren und volkstümlichen Gesängen), die bei voller Lautstärke aus dem Radiorecorder schepperte.

„GÄH WEIDA MADL, host scheene WADL!" grölte die ganze Belegschaft den Text mit. Außer der einzigen Frau in der Runde, die kaum ein Wort verstand.

„Und scheene WAADLN HOB I!" Der Mann am Steuer, ein Leptosome mit überdimensionalen, abstehenden Ohren, holte gerade Luft, als er die sonderbare Gestalt am Straßenrand wahrnahm. Sie trug einen langen, schwarzen Mantel, Kopftuch und hatte einen dicken Seesack über der rechten Schulter hängen. Dem Betrachter war der Rücken dieses Menschen zugewandt, wie er so am Straßenrand entlang schlurfte. Seinen erhobenen linken Daumen reckte er dabei in die Fahrbahn. Das sollte wohl kaum signalisieren, daß alles in bester Ordnung war. Der Fahrer stellte die Musik leiser und ging vom Gas. Als der Wagen sich jedoch auf wenige Meter dem Anhalter genähert hatte, geschah etwas Außergewöhnliches. Denn der ließ plötzlich Seesack und Mantel fallen, drehte sich um, und da stand, mitten in der tiefsten griechischen Pampa, eine junge, schlanke Frau im Bikini. Einem sehr knappen noch dazu! Sie warf sich in 50er-Jahre-Pin-up-Pose, Standbein starr, Spielbein angewinkelt, linke Hand in die Hüfte und wedelte nun mit ihrem anderen Daumen. Dabei setzte sie ihr verführerischstes Lächeln auf. Der Großohrige konnte gar nicht anders handeln, er folgte einfach einem zwanghaften Reflex. Und latschte mit aller Kraft auf die Bremse.

Mechthilds liebreizendes Lächeln verwandelte sich schlagartig in ein triumphierendes Grinsen, als der Bus mit blockierenden Rädern zum Stehen kam. Die Reifen des Fahrzeugs, auf dessen Seite irgendwas von Saubären und Kegelclub stand, knirschten vernehmlich auf der Schotterpiste, dann kam es in einer Staubwolke zum Stehen. Der Frau im Bikini war es piepegal, was da auf die Karre gepinselt war, es hätte auch „Leichenschänder

e.V." heißen können. Sie band sich ihr Kopftuch mit den Skeletten als
Staubschutz vors Gesicht, dann wuchtete sie ihr Gepäck durch die inzwischen geöffnete Beifahrertür.

„Das ist ein Überfall", eröffnete sie dem Prinz-Charles-Verschnitt am
Steuer, bevor sie lachend das Tuch abnahm. Der konnte zwar seine Augen
kaum von ihrem Tattoo wenden, verstand den Scherz aber.

„Z'mindest re'ns deitsch!" meinte er.

„Wie bitte?"

„Ach so. Zumindest sprechen Sie deutsch", übersetzte der Bayer.

„Sie offenbar auch. Wunderbar. Zwei Fragen: Fahren Sie zufällig Richtung Kalamata, und habt ihr hier vielleicht ein kaltes Bier?" Das Grinsen
des Fahrers schien nur von seinen auffälligen Lauschern gebremst zu werden, als er mit dem Daumen hinter sich zeigte. Da fläzten sich einige Männer, meist bärtig und bäuchig, mit nichts als bayerischen Lederhosen bekleidet.

„Wir fahren nach Kalaaamatta", schmetterten sie nun im Chor, und einer
warf ihr eine Amstel-Dose aus der Kühlbox zu, „und haben ein Fest an
Bord!"

„Dann hab ich heute ja mal richtig Schwein!" Mechthild prostete der
Bande zu, dann riß sie das Bier auf und jagte es sich auf ex durch die Kehle.
Als sie die Dose wieder absetzte, fiel ihr Blick auf die hinterste Sitzreihe,
und da saß, verlegen winkend, das korpulente Sado-Maso-Pärchen vom
Gardasee!

„Noch 'n Bier?" fragte Gustl.

Gisela nuckelte mittels eines Strohhalms an ihrem schwarzen Frappé
und betrachtete liebevoll ihre Eltern, die mit ihr am Mittagstisch saßen. Es
gab Bauernsalat mit Schafskäse, dazu frisches Weißbrot.

„Choriatiki", sagte ihre Mutter. Sie war eine schlanke, schöngeistige
Mittsechzigerin mit Hang zur Esoterik.

„Wie? Noch einmal, bitte. So schnell kann ich das nicht aufnehmen",
meinte ihre Tochter, die ohne weiteres als ihre jüngere Schwester durchgegangen wäre. Mit den selben, blauen Augen, die sogar Frank in der zweiten
Generation geerbt hatte. Die von Frau Rahm (ihr Vorname war Marianne)
funkelten momentan vor Heiterkeit und Freude über Giselas Anwesenheit.

„Salata Choriatiki", wiederholte sie, „ganz einfach: Bäuerlicher Salat,
wörtlich übersetzt."

„Cho-ri-a-tiki, meine Güte, wenn ich das in der Taverne versuche, kriegt der Kellner wahrscheinlich einen Lachkrampf! Was heißt eigentlich Kellner?"

„Garson."

„Was? Wie auf französisch?"

„Genau, aber mit ausgesprochenem *n* am Schluß", Marianne Rahm ließ eine Reihe strahlend weißer Zähne aufblitzen, die in Verbindung mit ihrer grauen Mähne und dem gebräunten Teint einen reizvollen Kontrast bildeten.

„Hat dir eigentlich schon mal jemand gesagt, daß du die Idealbesetzung für eine Kukident-Reklame wärst?" mischte sich jetzt ihr Ehemann Alfons ins Gespräch. Er war zehn Jahre älter, ein bulliger, untersetzter Typ mit Halbglatze *(Fliegen-Landeplatz*, so nannte er sie), der seine Gutmütigkeit gerne mit der Rolle des bärbeißigen Misanthropen kaschierte. Gisela fand, daß er eher einem ausrangierten Preisboxer als einem Juristen im Ruhestand glich. Nichtsdestotrotz liebte sie ihren alten Herrn von ganzem Herzen.

„Ja, mein alter Neidhammel höchstpersönlich, und nicht nur einmal!" Seine Frau tätschelte eine der mächtigen Pranken auf dem Tisch. „Allerdings sind meine Beißerchen noch vom lieben Gott und nicht vom Dentisten."

„Also, worum ich dich wirklich beneide", schmunzelte er, „das ist deine Sprachbegabung! Wenn ich versuche, diese neugriechischen Vokabeln auszusprechen, renk ich mir immer den halben Kiefer aus! Bei altgriechischen übrigens auch."

„Wie renkt man sich den *halben* Kiefer aus?" erkundigte sich seine Tochter wißbegierig.

„Reiß dich am Riemen, freches Gör, eigentlich hätte ich dich für solche Fragen schon vor 35 Jahren übers Knie legen sollen!"

„Hast du aber nicht. Im Ernst, ist dein Griechisch-Wortschatz immer noch so dürftig?"

„*Dürftig* ist eine gelinde Untertreibung. Er reicht gerade mal zum Bier bestellen und Brot holen. Birra und Psumi, Bier und Brot, das geht noch rein in den alten Denk-Klapparatismus." Er tippte sich an die Stirn.

„Dann müßtest du dich ohne Mutter aber reichlich einseitig ernähren! Übrigens, heißt es normalerweise nicht *Wasser* und Brot?"

„Das gilt bekanntlich nur für Knastbrüder und nicht für die, die sie da raus zu pauken versuchen. Aber jetzt hast du mich aus dem Konzept gebracht. Ich wollte gerade erzählen, wie ich eines schönen Tages versucht habe, die Mysterien des Postwesens zu entschlüsseln."

„Laß mich raten: Du bist gescheitert."

„Kluges Kind."

„Und woran genau?"

„Ich wollte mich nach dem Briefkasten erkundigen. Seither ist das Thema für mich durch." Er stocherte in seinem Salat herum. Gisela fühlte sich rundum wohl, wie schon lange nicht mehr. Fehlt nur noch Frank, dachte sie, dann wäre die Familie komplett. Die drei saßen auf der unteren, durch eine Pergola, auf der wilder Wein wucherte, vor der glühenden Sonne geschützten Terrasse. Das komplette obere Stockwerk des Rahm'schen Anwesens hatte sie, inklusive riesigem Balkon mit Meeresblick, für sich allein. Unten konnte man das etwa hundert Meter entfernte Meer lediglich hören, da das Haus an einen Hang gebaut war. Dafür war es hier windstill, ihre Eltern hatten jede Jahreszeit berücksichtigt. Und das naturverbundene Leben schien beiden bestens zu bekommen, jedenfalls wirkten sie gesünder und ausgeglichener denn je.

„Und? Was heißt nun Briefkasten?" fragte sie ihre Mutter. Die trank erst einen Schluck Mineralwasser, um die Spannung zu erhöhen, dann sagte sie fröhlich: „Ghrammatokhiwothio!" Worauf Gisela sich vor Lachen an einem Stück Schafskäse verschluckte und wild um sich hustete.

So aßen und plauderten sie noch eine Weile, dann zog sich ihr Vater zur Siesta zurück. Er hatte im Laufe der Jahre die griechische Angewohnheit, die Mittagshitze an einem kühlen Plätzchen zu verschlafen, angenommen.

„Genau das richtige für meine morschen Knochen", meinte er. Dann waren die Frauen unter sich. Marianne Rahm stellte ein Schälchen mit Rosinen und Erdnüssen sowie eine Karaffe Rotwein auf den Tisch, auf dessen abgewetzter Holzplatte goldene Lichtpunkte tanzten. Das waren jene Sonnenstrahlen, die immer wieder mal die Weinblätter durchdrangen, und ab und zu fiel einer so glücklich auf eins der Trinkgläser, daß er wie durch ein Prisma gebrochen und in seine Spektralfarben zerlegt wurde. Rot, gelb, grün, blau und violett schimmerte es dann. All die Farben, die auch in dem bunten Blumenstrauß auf dem Tisch vorkamen. Der steckte in einem erdfarbenen Terrakotta-Topf, und damit war das Stilleben eigentlich perfekt. Obwohl sie erst seit knapp einer Woche hier war, hatte Gisela bereits zwei vollständig ausgearbeitete Ölgemälde fabriziert, und ihre Mutter, immerhin Ehrenmitglied im Verband bildender Künstler Deutschlands, war voll des Lobes gewesen. Sie war nach wie vor vom Talent ihrer Tochter überzeugt.

„Ich bin nach wie vor von deinem Talent überzeugt", stellte sie klar, denn Giselas Blick auf das *Motiv* war ihr nicht entgangen.

„Danke gleichfalls! Aber wie du aus eigener Erfahrung weißt, reicht das allein nicht, um gute Bilder zu malen. Man muß auch die grundlegende Technik beherrschen, Perspektive, Proportionen, Farbenlehre ... all solchen Kram!"

„All diesen *Kram* habe ich dir mal beigebracht, und scheinbar nicht umsonst!" Marianne schenkte beiden vom offenen Wein ein, ihren mischte sie halb mit Wasser.

„Ja, aber das ist über zwanzig Jahre her! Und für die Kunst brauchts nun mal Zeit und Muße. Na ja, wenn mir damals Franks Vater nicht dazwischen gekommen wäre ..."

„... in des Wortes wahrstem Sinne ..."

„Mutter!" zeigte sich die Jüngere entsetzt. Derartige Schweinigeleien war sie vielleicht von Carla gewöhnt. Aber ihre sanftmütige alte Dame hatte bereits ihr Glas ausgetrunken, und das erklärte einiges.

„Du brauchst nur am Alkohol zu schnuppern, und schon wirst du ausfallend!"

„Papperlapapp! *Schnuppern* reicht auf keinen Fall!" Sie schenkte sich nach, diesmal unverdünnt. „Außerdem kannst du mir ruhig meine kleinen Abgründe zugestehen. Wir sind schließlich alle nur Menschen."

„Da muß ich dir recht geben! Prost, ich meine, Yamas!" Sie stießen an. Der Schalk in den Augen der Älteren blitzte mit den kleinen Weingläsern um die Wette.

„Siehste, ein griechisches Wort kannst du schon!"

„Jawoll, und ich bin wild entschlossen, mein Vokabular in den nächsten Wochen zu verdoppeln! Äh ... was war gleich wieder unser letzter *vernünftiger* Satz?"

„Irgendwas von Franks Erzeuger, diesem Arschlo..."

„Mutter!"

„Tschuldigung, diesem impertinenten, rücksichts- und verantwortungslosen, egoistischen, wild um sich koitierenden Arschloch von einem Schönling! Präzise genug? Oder soll ich den Interpretationsspielraum noch ein wenig minimieren? Yamas!"

„Ja ... Yamas. Ja, findest du nicht, daß du ein klitzekleines bißchen übertreibst?"

„Er hat deine damalige beste Freundin geb..., verführt! Wie hieß sie doch gleich wieder ..."

„Carla. Ich hab ihr inzwischen verziehen."

„Aber ihm doch hoffentlich nicht!"

„Tja, gute Frage ...“

„Nur damit du nicht auf die Idee kommst: Er hat sogar *mich* angegraben damals.“

„WAS? Das darf ja wohl nicht wahr sein!“

„Wieso findest du das so abwegig? Ich meine, ich war ungefähr so alt wie du jetzt ...“

„Ja, aber meine eigene *Mutter!* Dieser *Bastard!*“

„Das hast jetzt aber *du* gesagt.“

„Und mir würde noch viel mehr dazu einfallen! Bist du sicher, daß er ...“ Gisela füllte beide Gläser wieder auf und steckte sich eine Zigarette an.

„Leider ja. Tut mir leid, wenn ich geahnt hätte, daß dich das heute noch schockiert ...“

„Ach was.“ Sie beruhigte sich. „Wie hat ers denn versucht? Yamas!“

„Yamas.“ Die Gläser klirrten leise. „Also, wenn dus unbedingt wissen willst, er hat mir unter den Rock gefaßt und gefragt, ob ich geneigt wäre, mich sexuell mit ihm zu vereinigen. Daraufhin hab ich eine chinesische Vase auf seinem Kopf zerschlagen und mich bis heute gefragt, ob ich dir die Geschichte erzählen soll ...“ Nun mußte ihre Tochter doch lachen.

„Das hast du hiermit hinter dir. Scheiß auf den Typen!“

„Gisela!“

„Na, ist doch wahr. Außerdem bist du als erste unflätig geworden.“

„O.k., zugegeben. Aber wie sind wir eigentlich auf dieses Thema gekommen? Prösterchen.“

„Yamas heißt das.“

„Auch gut.“ Es klirrte erneut. „Würde Fräulein Tochter bitte meine Frage beantworten?“

„Von deinem Enkelsohn war die Rede, wenns recht ist!“

„Ach ja, der liebe Junge!“ Marianne hatte, wie ihre Tochter, ziemlich nahe am Wasser gebaut. Und jetzt reichte schon die bloße Erwähnung des lieben, vaterlos aufgewachsenen Jungen, damit sie feuchte Augen bekam. „Gehts ihm denn auch gut? Ißt er immer noch so wenig?“

„Mal abgesehen davon, daß du mich das bestimmt schon 35 mal gefragt hast, ja und keine Ahnung. Er geht jetzt seine eigenen Wege. Und im Gegensatz zu mir, hat er sich durchaus der Kunst verschrieben. Das müßte dich doch freuen. Mutter, bitte werd jetzt nicht sentimentaler als unbedingt nötig! Sonst fang ich auch noch an zu flennen.“ Auch Gisela hatte schon wieder was im Augenwinkel hängen. Das war ja wohl zum Mäusemelken! Dabei bekam sie noch nicht mal ihre Tage! Leider erzielten ihre Worte den Effekt,

daß ihre Mutter sie umarmte und mit halb erstickter Stimme sagte: „Auf jeden Fall freue ich mich, daß du wieder malst!" Es klang wie: Gott sei Dank,
daß du in deinem Bürojob nicht verblödet bist, obwohl du damals nicht um
alles in der Welt mit nach Griechenland kommen wolltest. Sie wußte es zu
schätzen, daß die sensible Künstlerseele sich derartige Bemerkungen stets
verkniffen hatte, und so vergossen Mutter und Tochter nun gemeinsam einige Tränen. Dabei drückten sie sich, wie seit Jahrzehnten nicht mehr.
„Was heißt eigentlich: *Ich liebe dich* auf griechisch?" schniefte Gisela.
„Sagapo!" schluchzte Marianne.
„Sagapo!"
„Ich dich auch!"

„LALALALALLALA!" Die Alpen-Combo, die schon die ganze Zeit ihr
Unwesen auf Kassette getrieben hatte, vergewaltigte gerade „Self esteem"
von „Offspring", ein Song, der Mechthild im Original gut gefiel.
„Lalalalallala!" Aber die Version dieser Musikanten (es handelte sich um
Tiroler, nicht etwa um Bayern, war sie aufgeklärt worden. Wo auch immer
da der Unterschied sein mochte!) hatte in ihrer Perversität auch schon wieder was. Besonders nach dem fünften Bier. Die fröhliche Mannschaft im
Bus war damit äußerst freigiebig gewesen, überhaupt hatten sie sich als sehr
umgänglich erwiesen.
„I bin bloss a Saubua ohne SÄIBSTWEATGEFÜÜHL!" klang es aus
den Boxen. Selbst Gustl und seine „Herrin" waren gut zu haben, was sicher
in erster Linie daran lag, daß sie die meiste Zeit still in der hintersten Ecke
saßen. Ihr Opel hätte bei dem Unfall, nach dem sie sich über den Verbleib
der Tramperin erhebliche Sorgen gemacht hätten (wer's glaubt, wird selig,
dachte Mechthild), eine angeknackste Achse davon getragen. Dann wären
die Kegelbrüder mit zufällig dem gleichen Reiseziel als Retter in der Not
aufgekreuzt. Nun, ob diese Darstellung der Ereignisse so ganz der Wahrheit
entsprach, konnte ihr eigentlich schnurz sein. Aber die Zufälle um sie herum häuften sich in letzter Zeit bedenklich, und das machte sie grundsätzlich
mißtrauisch. Sie sah nach der Bärtigen und ihrem Pendant.
„Je mehr daß'd LEIDST, je mehra zoagst, daß di wos SCHÄÄAST!"
jodelten die Tiroler. Der fette Krauskopf zuckte bei dieser Textzeile merk-
lich zusammen. Die Schwarzhaarige, die inzwischen Shorts und T-Shirt
über ihren Bikini gezogen hatte, damit die stieläugige Lederhosen-Gang
nicht noch ihr zu Ehren ein zünftiges Wettwichsen veranstaltete, dachte

nach. All diese komischen Zusammenkünfte. Seit wann war eigentlich der Peloponnes so populär?

„Ey, sag mal: Populärer Peloponnes!" stupste sie den angeschickerten Bayern (der einzig nüchterne war tatsächlich der Fahrer mit den Dumbo-Ohren) neben sich an.

„Populoppopo ... ja mi leckst am Oasch!" meinte der.

„Wenn ich mal sehr verzweifelt bin, vielleicht", ermutigte sie ihn, und das Gelächter war groß. Alles gut und schön, aber sie hätte jetzt verdammt gerne diese Kausalketten-Geschichte mit der anderen Kölnerin erörtert und stellte fest, daß sie sich auf die üppige Blondine richtig freute. Der einzige Mensch weit und breit, der ihr ebenso vernünftig wie vertrauenswürdig vorkam. Nur leider kannte keiner hier im Bus dieses „Agios Pavlos", wo sie nach ihr fragen sollte. Und da ihr Bedarf an in-der-Wildnis-herumirren für heute gedeckt war, hatte sie sich für Kalamata, das ja angeblich ganz in der Nähe lag, als nächstes Etappenziel entschieden.

„GENSCHER (so riefen den Mann am Steuer aus erfindlichem Grund seine Kumpane)! GIB GAS! Da vorn is as Ortsschild!" Mechthild trank ihr Bier aus und sah aus dem Fenster. Tatsache. Kalamata.

Gar nicht mal so übel, fand Gisela. Sie trug lediglich Hakans Medaillon und stand vor dem großen Schlafzimmerspiegel im Obergeschoß. Nach dem Gespräch mit ihrer Mutter hatte sie sich ihrerseits einige Stunden aufs Ohr gelegt und anschließend kalt geduscht. Jetzt, am frühen Abend, fühlte sie sich erquickt und bemüßigt, ihre Anatomie einer kritischen Prüfung zu unterziehen. Und die hatte sich in letzter Zeit eindeutig zu ihrem Vorteil verändert. Daß sie den Konsum ihrer geliebten Bierchen seit der Trennung von ihrem Lover gewaltig eingeschränkt, und seither (erst aus Kummer, später vor Aufregung ob der Ereignisse und ihrer eigenen Courage) auch nur das Nötigste gegessen hatte, war ihrer Figur sehr zuträglich gewesen. Natürlich hätte der „Rahm'sche Meter" beim Bleistift-Test keine Chance gehabt, aber seine Haut war straff und, wie inzwischen ihr ganzer Körper plus Gesicht (dem sonnigen Balkon und Jade-Fix-Braun sei Dank), von einem gleichmäßigen, gesund aussehenden Kupferton überzogen. Außerdem hatte sie diesen Bleistift-Blödsinn schon als Teenager abgehakt. Auf jeden Fall war ihr Bauch nicht mehr konvex, sowie die Hüft-Speckröllchen (o.k., bis auf zwei gaaanz winzige, aber die fielen nun wirklich kaum mehr auf ...) verschwunden. Zudem schien sie sich ihren Ansatz zur Zellulitis nur eingebildet zu haben. Gisela schwang ihre wohlgeformten Schenkel vor dem Spiegel, als wollte sie einen Can-Can einstudieren. Also ehrlich, bis sich auf diesem Gewebe eine sichtbare Orangenhaut breitmacht, fließt noch einiges Wasser den Rhein runter, dachte sie. Statt dessen bekam sie jetzt eine Gänsehaut, denn die geöffnete Balkontür ließ einen gehörigen Schwall kühler, salziger Meeresluft ins Zimmer. Also schlüpfte sie in ihre Unterwäsche (Anstelle eines BHs entschied sie sich für den Übergrößen-Wonderbra) und dann in ihr liebstes Sommerkleid, das lange, rote mit dem tiefen Ausschnitt. Dazu noch Pumps in der gleichen Farbe, und fertig war die „Lady in red".

„Kind, ißt du mit uns zu Abend?" rief ihre Mutter aus dem Erdgeschoß. Das „Kind" begab sich nun wieder ins Bad, um sich zu schminken.

„Nein, danke! Mir ist heute mal nach Ramba-Zamba", antwortete sie und begann, sich die langen Wimpern zu tuschen. Bei dieser Gelegenheit registrierte sie erfreut, daß auch ihr gebräuntes Gesicht schmäler geworden war. Sie hatte jetzt richtige *Wangenknochen!*

„Das bedeutet, du fährst nach Kalamata?" kam es von unten.

„GENAUHAU!" Der knallrote Lippenstift war zu diesem Outfit ein absolutes *must!* Besonders in Verbindung mit ihren blauen Augen und den inzwischen noch blonderen Haaren. Wenn sie schon ihren Marktwert testete, dann aber richtig.

„Ich werde dort auch was essen! Will mal wieder ein paar Leute um mich haben!" rief Gisela. Sie hatte, erholungsbedürftig wie sie war, das ruhige, ursprüngliche Agios Pavlos bis dato nicht verlassen. Nicht, daß es hier überhaupt keinen Tourismus gegeben hätte, aber er hielt sich schon in sehr engen Grenzen. Drei Tavernen, zwei Kafenions, einige Pensionen und diverse, selbst ernannte Individualisten, die das Ganze bevölkerten. Wunderbar zum Ausspannen, aber heute war mal wieder etwas *Action* angesagt. Und dafür bot sich das nur fünf Kilometer entfernte, aber um 180 Grad andersartige Kalamata an. Hellas-Hardliner sahen diesen Ort, der die typische Entwicklung vom 60er-Jahre-Hippie-Mekka zur völlig überlaufenen Touristen-Hochburg durchgemacht hatte, als Prototyp des versauten Fischerdorfs. Und damit hatten sie völlig Recht, aber, wenn nun all die Bars, Discotheken und Restaurants schon mal da waren ...

„Spricht ja wohl nichts dagegen, da auch mal einen Abend zu verbringen!" sagte die verführerische Frau in Rot zu ihrem Spiegelbild, dann warf sie ihm ein Kußhändchen zu.

„Was bist'n du für'n Sternzeichen, schöne Frau?"

„Drecksau!" Mechthild sah zu dem Fragesteller hoch. Es handelte sich um einen schmuddeligen, langhaarigen Typen undefinierbaren Alters (irgendwas zwischen vierzig und siebzig) in bunten Klamotten und Jesuslatschen. In Deutschland wäre er unter der Rubrik „Penner" gelaufen, aber hier ging so einer als „Althippie" durch. Jedenfalls schien dieser komische Heilige kein sexuelles Interesse an ihr zu hegen, also fügte sie etwas freundlicher hinzu: „Aszendent Waschmaschine." Vor ihr stand eine Tasse Kaffee, natürlich die hierzulande übliche Instant-Brühe. Der sollte ihr helfen, wieder vollständig zu sich zu kommen. Denn nachdem sie sich von dem komischen Kegelverein verabschiedet hatte, war ihr erst bewußt geworden, wie müde und geschafft sie war. Also hatte sie sich ein schattiges Plätzchen am Strand gesucht, sich an ihren Seesack gekuschelt und den ganzen Nachmittag durchgeschlafen. Und nun saß sie hier, in dieser Kneipe, am äußersten Rand von Kalamatas sich am Meer entlang schlängelnder Amüsiermeile. Der Laden hatte noch am ehesten etwas von einem Kafenion an sich, fand sie, denn er war karg möbliert und nicht auf pseudo-modern zurechtgefrickelt. An der kahlen, weiß gekalkten Wand hing als einziger Zierat eine gerahmte Fotografie vom hiesigen Staatspräsidenten, und zwei Tische weiter saß die Wirtsfamilie, die sie mit höflichem Respekt willkommen geheißen hatte. Ein älteres Ehepaar, eine Frau mittleren Alters in Schwarz und ein etwa zehnjähriger Junge. Sie hatten friedliche, einfache Gesichter und unterhielten sich angeregt auf griechisch. Der alte Mann nuckelte gar an einer kunstvoll ziselierten Wasserpfeife, was Mechthild richtig gemütlich fand. Und sie konnte von hier aus auf den schier endlosen Ozean, über dem jetzt malerisch die Sonne unterging, sehen. Wie ein gigantischer, rot glühender Feuerball hing sie über dem dunkelblau schimmernden Wasser, das ihr Licht in einer bunten Leuchtspur zum Ufer hin reflektierte. Schon sonderbar, daß man dieses Naturschauspiel nie leid wird, dachte die junge Frau und nippte an ihrem Kaffee. Das Koffein brachte ihren Kreislauf allmählich wieder in Schwung.

„Jetzt haste mich aus'm Konzept gebracht", meinte der Hippie, der immer noch neben ihr stand.

„Was? Mensch, steh hier nicht so unkommod rum! Setz dich oder verpiß dich!" Er entschied sich für ersteres. „Was für ein Konzept eigentlich?" Der Langhaarige fuhr sich mit der Zunge über seine gesprungenen Lippen. Irgendwie erweckte er den Eindruck eines Weihnachtsmannes, dem ein schwerer Schicksalsschlag zugestoßen war. Sein schütteres, strähniges Haar war fast weiß, ebenso der lange, zottelige Vollbart. Und die Iris um seine riesigen Pupillen wirkte regelrecht *geborsten.*

„Ich frag die Leute nach ihrem Sternzeichen, danach stell' ich dann die Weichen. Dabei is mir jeder Stern schnuppe! Hättest du zum Beispiel gesagt, du bist 'ne Jungfrau ..."

„... dann wäre das eine unverfrorene Lüge!"

„Sex is was für Plebejer! Wenn du die kosmische Energie hast, brauchste das nicht mehr. Guck mich an, ich bin zum Beispiel *Samensparer* ..."

„Immer noch besser als Bausparer!" Der Typ war offensichtlich nicht nur auf einem, sondern gleich auf mehreren schlechten Trips hängengeblieben. Aber Mechthild war in solchen Dingen tolerant.

„Ja, genau ... auf jeden Fall deck ich meinen Kalorohir ..., Dingsda-Bedarf ausschließlich mit Bier! Und deswegen hätte ich dann gesagt, ich bin dasselbe, also Jungfrau ..."

„Noch nie gefickt worden, Kumpel?" Sie streckte ihm ihre Zigaretten-schachtel entgegen, er bediente sich mit klauenartiger Hand. Wahrscheinlich Kalzium-Mangel. Seine Fingernägel sahen aus, als wäre er damit in eine Blechstanze geraten.

„Genau! Ich mein, klar, oft genug ... und dann hättst du gesagt: Wat'n Zufall!"

„Hätte ich nicht! Von Zufällen hab ich vorerst die Schnauze voll! Bist du übrigens *zufällig* aus dem Ruhrpott?"

„Genau!" Das schien sein Lieblingswort zu sein, „Jedenfalls wär dann von mir der Vorschlag gekommen, daß wir darauf einen trinken! Heidewitzka!"

„Herr Kapitän!" Der Typ verbreitete trotz seines abgewrackten Zustands einen Frohsinn, dem sich die Frau kaum entziehen konnte. Also bestellte sie ihm auf griechisch eine Flasche Amstel-Bier, und für sich selbst noch einen Nescafé.

„Griechisch kannste auch ..." wunderte sich der Hippie.

„Nur ein bißchen. War schon drei-, viermal da. Und du lebst hier wohl?"

„Genau ... manchmal vegetiere ich auch nur so vor mich hin, hihihi."
Die Schwarzgekleidete brachte das Gewünschte, und zu Mechthilds Erstaunen klopfte sie ihrem Tischgenossen freundschaftlich auf die Schulter.

„Iassu, Spockie", sagte sie. Der erwiderte höflich den Gruß, einen Teil seiner gelbbraunen Gebißruine entblößend. Natürlich hatte die Kölnerin keine Ahnung, daß sie einer lokalen Institution gegenüber saß, die bei vielen Wirten wohlgelitten war. Spockie war einer der ersten Hippies gewesen, die Ende der 60er hier aufgetaucht waren. Und er war, im Gegensatz zu den meisten anderen, einfach dageblieben.

„Also, so ganz ohne Sternzeichen is mir das richtig peinlich", meinte er, führte die Flasche zum Mund und warf den Kopf in den Nacken, als wollte er einige Fanfarenstöße zu Ehren der letzten Blumenkinder erklingen lassen. Doch es war lediglich ein gluckerndes Geräusch zu hören.

„Braucht es nicht. Als Gegenleistung kannst du mir verraten, wie ich von hier aus am schnellsten nach Agios Pavlos komme." Mechthild sah gereizt zu der belebten Hauptstraße rechts von ihr, auf der ständig irgendwelche minderjährigen Einheimischen mit frisierten Mopeds ihre Show abzogen. Gerade kam wieder so ein braungebrannter Nachwuchsmacho auf dem Hinterrad daher, beifallheischend die Blicke sämtlicher weiblichen Anwesenden suchend. Das Vehikel, auf dem er hing, kreischte dazu wie eine rasende Motorsäge. Plötzlich nahm das Gesicht des Burschen den Ausdruck fassungslosen Erstaunens an (Eventuell weil ihm eine tätowierte Touristin gerade gleichzeitig zwei Stinkefinger und eine durchstochene Zunge gezeigt hatte), dann ließ er den Lenker los und landete fluchend auf seinem Hintern.

„MALACKA!" schrie er, weil männliche griechische Teenager sowas in solchen (und vielen anderen) Situationen nun mal schreien, es bedeutet „Wichser". Vielleicht meinte er damit auch seinen Untersatz, der nun führerlos weiter, und da die Straße just hier eine Linkskurve beschrieb, geradewegs in die nächste Strandkneipe schoß. Die auseinander gestobenen Schluckspechte dort staunten nicht schlecht, als das Moped sich mit dem Vorderrad auf dem Tresen einhakte und stehenblieb, als wollte es ein Bier bestellen.

„Nach Agios Pavlos is totaal easy!" Spockie schien das Geschehen auf der Straße komplett kalt zu lassen.

„Hier die Mainstreet lang und immer geradeaus. Nach 'n paar Kilometern kommt links ein kaputter Traktor, der steht da schon *ewig*. Zirka hundert Meter weiter siehste auf der rechten Seite ein halb verfaultes Bushaltestellen-Schild, nä ..."

Dem Zweirad-Jüngling war offenbar weiter nichts passiert, er stand verdattert da, klopfte seine Jeans ab und zwang so das nachfolgende Fahrzeug zum Abbremsen. Es war ein roter Porsche mit offenem Dach und Kölner Kennzeichen, der nun mit sattem Brabbeln und dezent quietschenden Reifen zum Stehen kam.

„Hat sich erledigt!" rief die durchtrainierte Schwarzhaarige strahlend, sprang von ihrem Stuhl und flankte über das Eisen-Geländer, das die Kneipe umgab.

Auch wenn die Strecke Agios Pavlos-Kalamata am Steuer eines Sportwagens schnell zurückgelegt war, hatte Gisela die Fahrt im dämmerigen Abendlicht doch sehr genossen, besonders den kühlenden Fahrtwind. Sie fühlte sich jetzt, da sie am Ortseingang wegen eines verwirrten Jugendlichen hielt, ein wenig wie die Hauptdarstellerin in ihrem ganz privaten Road-Movie. Und sie konnte sich auch – wie es vollbusigen Blondinen in Luxus-Autos geziemt – über keinen Mangel an Aufmerksamkeit beklagen. Die sich hier und jetzt allerdings mehr auf eine Bar, vor der sich eine stattliche Menschenmenge gebildet hatte, konzentrierte. Es wurde gejohlt und fotografiert, und der Halbstarke von eben versuchte nun wutschnaubend, sich einen Weg durch die Meute zu bahnen. Was mochte da wohl los sein? Sie konnte nichts erkennen. Ob die Freundin des derangierten Burschen da drin einen Striptease aufs Parkett legte?

„Liegt eine Blondine unter'm Kuheuter", flüsterte plötzlich eine rauchige Altstimme in ihr linkes Ohr, „und sagt: *Okay, Jungs, aber einer von euch fährt mich nachher nach Hause!"* Gisela fuhr herum, und komischerweise fiel ihr als erstes die rosarote Zungenspitze zwischen zwei ebenmäßigen, weißen Zahnreihen auf. Dazu verfügte die Frau an der Fahrertür über ein Paar funkelnder, grüner Augen. Binnen Sekundenbruchteilen realisierte die Fahrerin, wen sie da vor sich hatte, würgte den Motor ab und umarmte und herzte Mechthild, als wäre sie ihre älteste und allerbeste Freundin.

„Weißt du eigentlich, daß du was von einer Katze an dir hast?" fragte sie und wunderte sich über ihre ungestüme Freude. Aber sie war echt und wurde ganz offensichtlich erwidert.

„Fällt dir das jetzt erst auf?" lachte die andere und erwiderte ihre Wangenküsse, indem sie zur Begrüßung zärtlich in Giselas gebräunten, duftenden Hals biß. Dann nahm sie etwas Abstand und stellte fest: „Mensch, du siehst ja *phantastisch* aus! Total sexy! Nicht zu fassen ..." Diese Meinung schienen die meisten Passanten (und nicht nur die männlichen) zu teilen, die Frau in Rot erntete jetzt eine Menge bewundernder und neidvoller Blicke.

„Was ein paar Tage Griechenland für Wunder wirken können, nicht?" ergänzte Gisela. Sie hatte etwas Neues an sich, eine Art inneres Leuchten, dem sich die wenigsten entziehen konnten. Vor allem in Verbindung mit ihrem ansprechenden Äußeren. Die Sonne war inzwischen vollständig untergegangen, und die erfrischende Brise vom Meer hatte sich noch ein wenig verstärkt. Also stand sie nun, wie der Star des Abends, auf den alle nur gewartet hatten, im künstlichen Rampenlicht der vielen Lokale, die die Straße säumten, vom Winde umfächelt. Und nicht etwa vom Wahnsinn wie Althippie Spockie, den die Begrüßungsszene der beiden Kölnerinnen buchstäblich vom Stuhl gerissen hatte. Er stand jetzt in seiner malerischen Aufmachung am Kneipengeländer, als handelte es sich um einen Logenplatz im Theater und brachte eine stehende Ovation dar.

„Bravo, Bravissimo!" applaudierte er, „die Schöne und das Biest! Der Widerspenstigen Zähmung! Die Liebe, sie muß sein *shakespearisch!* Und das gilt für JEDERMANN!"

„Was ist das denn für ein Bekloppter?" lachte die Blondine, während sie den Porsche in eine Parklücke rangierte. Der Betreffende formte soeben mit gichtigen Händen einen Trichter um das Loch in seinem Bart und röhrte los: „JEDERMANN! JEDERMAANN!" was einen dicken, weißhäutigen Touristen mit Schlapphut und Hawaii-Hemd veranlaßte, zurückzurufen: „ISCH bin im URLAUB!" worauf sich einige Heiterkeit breitmachte. Auch bei der Wirtsfamilie (die ihren Pappenheimer schon lange kannte) der Kneipe, auf die Mechthild nun zielstrebig zusteuerte.

„Den wirst du jetzt gleich kennenlernen", versprach sie, „ich hab da drin nämlich noch eine Rechnung offen." Sie traten durch den weißen, von Zistrosen umrankten Eingangsbogen, auf den in blauen Großbuchstaben der Name „ACROPOL" gemalt war. Der Hippie hatte seine Performance mit dem Singsang: „Hare Hare Raama, ich trag nie nen Pyjama!" und einem gekonnten Hüftschwung Marke „Elvis" gekrönt, jetzt verbeugte er sich mit höfischer Attitüde.

„Euer Majestät, die Königin der Nacht", begrüßte er Gisela mit feuchter Aussprache, „... untertänigster Diener! Fallerie ...", er setzte sich wieder, kniff ein Auge zu und linste konzentriert in seine leere Bierflasche, „... fallera!"

„Darf ich vorstellen", meinte Mechthild, „Spockie, der Samensparer."

„Spockie?" wunderte sich Gisela.

„Gebürtiger Vulkanier, genau", erklärte der Zottelbart, „eigentlich gehör ich gar nich in diese Galaxie, aber man kann sichs nicht immer aussuchen ..."

„Du sprichst da ein großes Wort gelassen aus", sagte die Frau im roten Kleid, und dann, sehr leise, zu ihrer angehenden Freundin: „Kann das sein, daß du gerade zahlen wolltest?" In diesem Moment erschien die freundliche Wirtin, die Trauer und ein kleines Tablett trug. Darauf befand sich ein

Schälchen mit Knabbereien, eine Karaffe offenbar hochprozentigen Inhalts und drei Schnapsgläser.

„Ist von Haus", erklärte sie und stellte ihre Fracht auf der kleinen, Mosaik-verzierten Tischplatte ab.

„Ah ... efcharisto", erwiderte die burschikose Schwarzhaarige, dann, an Gisela gewandt: „Sieht so aus, als wäre es verdammt unhöflich, jetzt abzuhauen." Die pflichtete ihr bei, also setzten sie sich und prosteten der Wirtin und ihrer Familie zu, wie sich das gehörte. Dann erst stießen die drei Deutschen an, und die Blonde toastete: „Auf unser Wiedersehen! Man findet doch immer wieder einen Grund zum Picheln."

„Genau!" bestätigte das 60er-Jahre-Relikt, „aber biste sicher, daß *wir* uns schon mal gesehen ham?"

„Gegenfrage, was bitte ist ein *Samensparer?*" Der Althippie kratzte sich am Kopf.

„Gut gefragt, genau. Einer, der nicht dauernd in der Gegend rum ejakuliert, würd ich sagen."

„Also kein *Mann!*" schaltete sich die Drahtige ein.

„Kann sein, muß nich sein, aber wenn er keinen hat, also kein Samen, dann kann er ihn auch nich sparen ..." Spockie schien verwirrt. „Jedenfalls brauchste den Kosmos dazu, sonst platzen dir die Eier. Weiß der Geier!" Bei dem Schnaps handelte es sich um kretischen Raki, einen Trester, mit dessen Unterstützung die Theorien des Althippies wesentlich plausibler erschienen. Aber nach dem dritten entschieden die Frauen endgültig, zur Abwechslung mal feste Nahrung zu sich zu nehmen und verabschiedeten sich.

„Machs gut, Spockie, und sieh zu, daß du unserem Planeten noch eine Weile erhalten bleibst!" empfahl Gisela, während Mechthild ihren Kaffee bezahlte (Die Wirtin bestand darauf, auch das Bier zu übernehmen).

Dann schlingerten die Frauen Arm in Arm zum Auto, um den Seesack zu verstauen und machten sich anschließend auf die Suche nach einem Restaurant.

Von hinten hätte man sie für ein Pärchen halten können. Der Hippie sah ihnen verträumt nach.

„Jaja, der Schatz des Herzens", murmelte er in seinen Bart, „ist das einzig wahr'! Genau!" Diesen Satz bekräftigte er mit einem lauten Furz.

„Tschast kamm in aua kitschen änd luck, wot mei matha kukd foa ju!" lud der freundliche junge Mann am Eingang zum Verweilen ein. Er trug einen weißen Tennispullover mit V-Ausschnitt (der in etwa an seinem Adamsapfel ansetzte und ihn zu erwürgen drohte), beige Bundfaltenhosen und Fönwelle. Auf dem großen Schild über seinem Kopf stand in riesigen Lettern: „DIE DREI BRUDER VON KALAMATA", die beiden Frauen standen also vor einem typischen Vertreter der Spezies „Neue Griechen", wie Giselas Mutter immer sagte. Gemeint war damit jene Generation, die mit dem Tourismus als effektivste Erwerbsquelle aufgewachsen war, und der glattrasierte, nach Aftershave duftende Mittdreißiger hier war ein Prachtexemplar. Aber da gegen diese Entwicklung nichts zu machen war, das Lokal direkt am Meer lag und vom Grill verheißungsvolle Düfte herüberzogen, traten sie ein.

„Späschl praiss foa ju, mei fränd!" äffte Mechthild seinen harten Südländer-Akzent im Flüsterton nach, als sie ihm zu einem freien Tisch folgten.

„Ich kann mir nicht helfen, an irgendwen erinnert mich der", wisperte die Blondine, nach der sich schon wieder drei Viertel der Gäste den Hals verrenkten, zurück. Der Laden war fast voll besetzt, was ein Zeichen für die Qualität des Essens sein konnte. Aber nicht mußte. Nun, das würde sich in Kürze zeigen. Sie nahmen an einem Tisch in vorderster Reihe, nur wenige Schritte vom Meer entfernt, Platz.

„Mei näim is Costas", stellte sich der geschäftstüchtige Grieche vor und fragte die Damen mit gleichbleibend grausamen Englisch, was er für sie tun könne. Im Lokal wieselten noch zwei etwas jüngere Burschen mit dem selben Eifer herum, wohl die restlichen „Bruder". Giselas Blick fiel auf den gemütlichen Patriarchen am Grill, dem die Bande mit Sicherheit ihre Existenz verdankte, und nicht nur die berufliche. Breitschultrig und schnurrbärtig stand er da, scheinbar unerschütterlich wie der Fels in der Brandung. *Das* war noch die alte Schule, wahrscheinlich ein kleiner Fischer, der irgendwann eine Strandtaverne eröffnet hatte, die dann immer größer geworden war ...

„Ich hol dich nur ungern aus deinen Gedanken", holte Mechthild sie aus ihren Gedanken, „aber ich habe verdammten Kohldampf! Bleibt es bei Souvlaki?" Sie nickte versonnen, also erklärte die Frau im Staubmantel, daß Costas sich die Küchennummer sparen und ihnen zwei ordentliche Spieße bringen könne, plus einen Berg Pommes und ein großes Wasser. All das hatte sie in sauberem Oxford-Englisch vorgebracht, aber als der Junggastronom sich nun geschäftig entfernte, fiel ihr ein, daß sie ja *zwei* Gläser brauchten.

„Me dio potiria, parakalo!" rief sie deshalb spontan. Das versetzte ihre Begleiterin nun in Erstaunen.

„Griechisch kannst du auch?"

„Wieso auch?" Sie gab ihr eine Zigarette und Feuer, dann bediente sie sich selbst.

„Nun ja ...", Gisela nahm einen verlegenen Zug, „... dein Englisch klingt auch besser ..."

„... als du gedacht hättest?"

„Aber nein!" erschrak die Blondine, denn genau das hätte sie fast gesagt. „Als meins, mein ich natürlich! Mensch, bist du immer so empfindlich?"

„Weniger. Ich bin es nur gewöhnt, daß man mich für etwas blöde in der Birne hält. Wahrscheinlich denken die Leute, eine, die so rumläuft, muß sich schon mindestens neunzig Prozent ihrer Gehirnzellen weggesoffen haben. Oder gekokst, gekifft ..."

„Tust du das denn? Drogen nehmen und so?"

„Selbstverständlich! Außerdem bin ich bisexuell und asozial aus Überzeugung! Wann stellst du mich deinen Eltern vor?"

„Morgen früh!" lachte Gisela. In gewisser Weise fand sie die gnadenlose Direktheit der anderen einfach herzerfrischend. Kein Wunder nach all den KJP-Heuchlern, mit denen sie in letzter Zeit zu tun gehabt hatte.

„Das heißt, wenn du Lust hast, bei uns zu wohnen. Platz ist genug."

„Klar hab ich die. Deshalb bin ich ja hier ..."

„Weshalb?" Zum ersten Mal schien die Tätowierte etwas verlegen zu werden. Sie fuhr sich mit dem Wort „LOVE", das in die Knöchel ihrer rechten Hand gestochen war, durch die kurzen Haare.

„Um dich zu sehen, denke ich ... und noch etwas Urlaub zu machen."

„Dis is fromm hauss!" Der geföhnte Grieche stellte Wasser, Gläser und zwei Ouzo als Aperitif zwischen die Beiden. Sie bedankten sich und zelebrierten die übliche Höflichkeits-Prosterei, dann sagte die Blonde: „Jetzt weiß ich, an wen der mich erinnert, zumindest in etwa ..."

„Nämlich?" Mechthild hatte nichts gegen diesen Schwenk ins Unverfängliche einzuwenden.

„An einen Schlagersänger! Man hat doch bei dem Typen das Gefühl, daß er jeden Moment irgendwo ein Mikro hervorzerrt und zu trällern anfängt."

„Und danach springt Dieter Thomas Heck mit seinem goldenen Herrenarmband aus dem Scheißhaus und erärt den bunten Abend für eröffnet", amüsierte sich die Drahtige. „Aber welchen Schnulzenfuzzi meinst du? Costa Cordalis?"

„Nee, aber so einen ähnlichen ... auch mit Fell auf der Brust. Ich komm jetzt nicht drauf ... übrigens, warum hängt an dem Costa mal ein „s" dran und mal nicht?"

„Alle griechischen Männernamen enden auf „s". Und in der direkten Anrede läßt mans weg, ganz einfach ..."

„Ah so! Und woher rühren deine profunden Kenntnisse, wenn man fragen darf?"

„Umfassend sind die nicht ... ich war früher immer gern in Griechenland, da habe ich mir eben ein paar Brocken angeeignet. Als ich dann Hakan kennengelernt habe, war damit allerdings Schluß. Türken sind hier nicht besonders beliebt ..." Gisela war froh, daß die junge Frau bereits auf der Fähre, zumindest ein wenig, von ihrem Ehegespons erzählt hatte. Dadurch blieb es ihr erspart, nun Kommentare wie „Ach, dein Mann ist Türke" vom Stapel lassen zu müssen. Die Angelegenheit war aber auch sonderbar. Da saßen nun Hakans Ex-Geliebte und Ehefrau, friedlich vereint am Meer und warteten auf ihre Fleischspieße mit Pommes. Die Luft war warm, und in unregelmäßigen Abständen klatschten kleinere Wellen an den Sandstrand, denn der Wind hatte sich so schnell wieder beruhigt, wie er aufgekommen war. Die behagliche Atmosphäre wurde eigentlich nur durch ihre Sorge, daß Mechthild vermutlich *sie* zu Souvlaki verarbeiten würde, wenn sie die Wahrheit erführe, getrübt.

„Und trotzdem wollte er nach Patras?" ging sie jetzt zwangsläufig auf deren letzten Satz ein.

„Das stand zumindest auf dem Ticket, das ich bei seinen Sachen entdeckt habe. Und er hat was von *geschäftlich verreisen* gefaselt. Da hab ich eben eins und eins zusammengezählt ... auf jeden Fall war einer seiner Mafia-Kumpels bei ihm. *Die* Typen kann ich ja auf den Tod nicht ab! Ein widerliches Macho-Gesockse, immer wichtig, immer cool! Und er wollte mir nie sagen, welche Art von Geschäften er mit denen machte! Dieser Arsch! Als er mich in Köln abserviert hat, war ich mir nicht ganz sicher, aber mittlerweile glaub ich, daß es doch reicht. Soll er sich doch eine andere Blöde suchen, die sein Getue mitmacht."

Ganz meine Meinung, dachte die Blondine, aber eines interessierte sie doch: „Wie lange bist du denn mit ihm verheiratet? Ich meine, er kann ja nicht immer so gewesen sein, sonst hättest du dich ja wohl auf keine Ehe eingelassen ..."

„Naja, klar, am Anfang hat er den Aufmerksamen gespielt", die Tätowierte kippte ihren restlichen Ouzo runter, „immer wertvolle Geschenke gemacht und so. Aber daß ich ihn geheiratet habe, war eine meiner impulsivsten Aktionen. Der Grund war schlicht und ergreifend Sex. Der Kerl war wirklich einer der abartigsten Ficker, die ich je erlebt habe!" Mechthild erhob in ihrer Erregung mal wieder die Stimme, und eine dauergewellte Urlauberin am Nebentisch rümpfte pikiert die Nase. Ihr Pech war, daß die Erzählerin das bemerkte und daraufhin gleich noch ein paar Dezibel zulegte.

„So einen geilen Bock findest du nicht alle Tage! Er wollte praktisch immer, und zwar in sämtliche KÖRPERÖFFNUNGEN!" Die Pikierte mußte plötzlich dringend zur Toilette. „Und in sämtlichen Stellungen! Mein Hormonspiegel war jedenfalls ständig am Limit, und das muß ich wohl mit Liebe oder sowas verwechselt haben. Auf jeden Fall wollte ich die Vögelei nicht mehr missen, also wurde geheiratet! Meine Eltern haben seither kein Wort mehr mit mir geredet! *Muß es denn ausgerechnet ein Türke sein,* hat mein Vater gesagt. Wortwörtlich!"

„Echt?" wunderte sich Gisela. „So ein Spießer ist das?"

„Noch schlimmer! Kennst du das Adalbert-Stifter-Gymnasium in der Berrenrather Straße?"

„Klar kenn ich das! Da war ich doch drauf ... allerdings nur bis zur Zehnten."

„Er ist der Direktor!"

„Was? Der alte Schlüter?"

„Genau der! Wahrscheinlich der reaktionärste Pädagoge von ganz Nordrhein-Westfalen. Und die ehrwürdige Familie Schlüter konnte es einfach nicht ertragen, daß ihr Töchterlein *Damirkan* heißt. Aber was solls ..."

„Moment mal ... dem Schlüter seine Tochter hat doch als erste in der Geschichte der Schule einen Abi-Schnitt von 1,0 gehabt. Hab ich damals im *Expreß* gelesen ..."

„Na und?"

„Äh ... hast du eine Schwester?"

„Nee ... hab ich nicht. Jetzt guck nicht so belämmert, meine Leistungskurse waren Kunst und Englisch, das war nun wirklich keine große Sache!"

„Tuh Souvlakes", verkündete der verhinderte Schlagersänger und brachte das Bestellte. Es sah sehr lecker aus, und so schmeckte es auch, wie sich alsbald herausstellte. Nach den ersten Bissen hatte Gisela ihre Verblüffung überwunden und insistierte: „Du hast mir immer noch nicht gesagt, wann ihr denn nun geheiratet habt!" Mechthild mußte erst eine der dick geschnittenen Fritten hinunterschlucken, bevor sie antworten konnte: „Das ist jetzt ziemlich genau zwei Jahre her." Es war nicht eben einfach für die Fragestellerin, dieser Eröffnung neutral zu begegnen. Zwei Jahre! Das war ja wohl der Gipfel! Dann hatte dieser Sexprotz also zeitgleich geheiratet und sein Verhältnis mit ihr angefangen. Das einzige, was bei dem über jeden Zweifel erhaben zu sein schien, war seine Potenz. So ein verlogener, schwanzgesteuerter, muskulöser, behaarter ...

„Ricky Shayne!" fiel ihr ein. Zudem schien ein Themawechsel dringend von Nöten, und zur Hölle mit Hakan!

„Die singende Brustmatratze aus den Siebzigern? Ach so, du meinst ... meine Fresse, Zusammenhang, wo bist du?"

„Na gut, manchmal springen meine Gedanken wild in der Gegend herum, o.k., ... aber könnte unser Costas hier nicht sein kleines Brüderchen sein?"

„Könnte auch ein warmes Brüderchen sein, wenn du mich fragst!"

„Ein schwuler Grieche? Bist du von Sinnen? Sowas gibts doch gar nicht. Genausowenig wie amerikanische Kommunisten oder tätowierte Direktorentöchter, hihihi ..." Die Nasenrümpferin von nebenan war mittlerweile auf ihren Platz zurückgekehrt und übte sich im mißbilligend-aus-der-Wäscheschauen. Mechthild nickte ihr freundlich zu, dann meinte sie: „Nach dem Motto: Es kann nicht sein, was nicht sein darf, du sagst es. Aber so viel ich weiß, haben sich doch die Spartaner mit wachsender Begeisterung GEGENSEITIG DIE ROSETTEN AUSGELEIERT!" Gisela machte zwei Entdeckungen. Zum einen war ihr das Benehmen der anderen kein bißchen peinlich, was wohl daran lag, daß deren Vulgarität aus tiefster Seele zu kommen schien. Sie gehörte zu ihrem persönlichen Stil, und davon hatte die Durchtrainierte im kleinen Finger mehr, als diese dauergewellte Spießertante (die soeben mit einem Gesicht, als hätte sie in eine saure Zitrone gebissen, den Tisch wechselte) hier sich je erträumen konnte. Von Mechthilds Gleichgültigkeit gegenüber solchen Marginalexistenzen konnte sie selbst sich die eine oder andere Scheibe abschneiden. Zum anderen hatte sie heute der Gedanke an Hakan zum ersten Mal völlig kalt gelassen. Warum, war ihr noch nicht ganz klar, aber es hatte bestimmt etwas mit dessen Unaufrichtigkeit zu tun. Und damit, daß ihre vermeintliche Rivalin sich als Leidensgenossin entpuppt hatte, die ihr noch dazu ausgesprochen sympathisch war. Eine interessante Entwicklung.

„If juh fiel well, wie fiel well tuh!" Costas gab zwar keine Schlager zum besten, dafür aber zum Nachtisch eine aufgeschnittene Wassermelone plus zwei weitere Schnäpse aus. Dagegen hatten die Frauen genauso wenig einzuwenden wie gegen die äußerst moderate Rechnung.

„Touri-Kaff hin oder her, den Laden kann man sich merken", fand Mechthild, während sie sich die Stiefel aufschnürte. Auch Gisela schlüpfte aus ihren Pumps, dann verließen sie winkend das Lokal, und zwar in Richtung Strand.

„Kalinichta!" riefen ihnen zwei der drei Brüder hinterher, schließlich umfing sie relative Dunkelheit und Ruhe. Natürlich mußte man darüber hinwegsehen, daß sich fünfzig bis hundert Meter entfernt von den rauschenden, ans Ufer züngelnden Wellenkämmen, die kilometerlange Lichterkette der Restaurants, Bars und Nightclubs mitsamt dazugehöriger Geräuschkulisse hinzog, aber das hier war schließlich kein einsames Fischerdorf. Schon lange nicht mehr. Einzig der Sand lag hier seit Tausenden von Jahren weitestgehend unverändert (und unbeeindruckt) herum. Der war noch warm von der Hitze des Tages, und er knirschte und kitzelte zwischen den Zehen der Blondine im roten Kleid. Mechthild zog es vor, ihren Staubmantel zusammengerollt unter der Achsel, sich im knöcheltiefen Wasser die Waden umspülen zu lassen.

„Schön ist das hier", sagte sie. Immer mehr Sterne blitzten und blinkten am wolkenlosen Firmament, und die Luft war vom Geruch des Meeres gesättigt.

„Finde ich auch", erwiderte Gisela, „und außerdem freut es mich, daß du gekommen bist."

„Wirklich?"

„Ja, wirklich." Darauf gingen beide schweigend weiter, bis sie zu einer hell erleuchteten Tanzbar namens „The Seahorse" kamen. Eine schmale Treppe führte zum etwas höher gelegenen Ort des Geschehens, der um diese frühe Stunde noch nicht besonders gut besucht war. Aber das Ambiente wirkte einladend, viel Holz, garniert mit rostigen und modrigen Schiffsteilen, und Lenny Kravitz schmetterte aus den (geschickt mit Fischernetzen getarnten) Boxen: „I want to get away!" Was zumindest auf ein gewisses musikalisches Niveau hoffen ließ.

„Dieser Laden muß hier seit mindestens zwanzig Jahren existieren", meinte die ortskundige Ältere, während sie sich die Füße vom Sand säuberte, „und angeblich ist er mittlerweile der einzige, wo partout kein Techno gespielt wird! Oder magst du diesen Stampf etwa?" Auch Mechthild zog nun ihre Stiefel wieder an und schüttelte sich wie ein nasser Hund.

„BÄH! Nein, ich krieg von dieser synthetischen Scheiße immer Ekelpickel!"

„Das ist eine klare Aussage. Also dann ..."

„Also dann!" Sie erklommen erst die Treppe, dann zwei Barhocker und orderten Bier.

„Und welche Art von Musik magst du?" erkundigte sich Gisela (der schon wieder reichlich visuelle Aufmerksamkeit zuteil wurde) und ignorierte ganz bewußt die glutäugigen Schnauzbärte am Tresen. Ihr Bedarf an dieser Sorte war vorerst gedeckt, danke schön.

„Mahler, Bruckner, Beethoven ... den ganz besonders!"

„Im Ernst? Ich hätte dich nicht für die klassische Klassikliebhaberin gehalten."

„Bin ich auch nicht. Zum Ausgleich höre ich dann Speed- und Trash-Metal. Slayer, Overkill ... das sagt dir jetzt wahrscheinlich weniger."

„Du sagst es. Auf jeden Fall scheinst du eine romantische Ader zu haben."

„Apropos romantisch: Dein Herz ist aufgegangen! Thank you!" Die letzten beiden Worte der jungen Frau hatten dem Barkeeper, der soeben zwei frisch gezapfte Biere gebracht hatte, gegolten. Gisela brauchte einige Sekunden, um den Sinn der vorausgegangenen Äußerung zu erfassen, dann wurden ihre Knie weich und sie hatte das Gefühl, als wäre ihr *echtes* Herz dem Infarkt nahe.

„Gehört da nicht normalerweise ein Foto von deinem Liebsten rein? Hey, was bist du denn so blaß? Gehts dir nicht gut? GISELA!" Die Angesprochene verstand erstmal gar nichts mehr, dann nahm sie mit zitternden Händen das Medaillon, dessen Scharnier tatsächlich aufgesprungen war, vom Hals. Ihre Gedanken schlingerten wild durcheinander, während sie darauf starrte. Offenbar hatte der winzige Riegel, der den Deckel zuhalten sollte, vorzeitig die Rente eingereicht. Aber eine Sache verstand sie überhaupt nicht: Das Ding war leer! Kein grinsender Türke mehr! Deshalb war Mechthild besorgt und nicht mordlustig ...

„Alles okay?" drang deren Stimme nun an ihr Ohr.

„Ja ja, geht schon, danke ..." Das gab es doch gar nicht! Das Kitschteil mußte just am dunklen Strand aufgegangen sein, und dann war das blöde Foto herausgefallen! Eine andere Erklärung gab es nicht. Und vor kurzem hatte sie noch gedacht, daß sie die Erinnerung an Hakan nicht mehr schmerzte!

„War wohl nur der Kreislauf vorübergehend am Spinnen, sollte wohl besser die Finger vom Schnaps lassen ..." In diesem Moment defilierte eine Gestalt im bunten Gewande, die ihr bekannt vorkam, an der eigentlichen

Eingangstür vorbei, die zur Hauptstraße führte. Wenn das kein Zeichen ist, dann ist keins eins, dachte sie und sprang vom Barhocker. Mit den Worten „Bin gleich zurück", fegte sie auf die Straße.

„SPOCKIE! Warte mal!" rief sie dem Althippie, der sich bevorzugt von Bier ernährte, nach. Dessen Abendbrot war heute offenbar reichhaltig ausgefallen, denn er benötigte die gesamte Breite des Gehsteigs zur Fortbewegung. Nun blieb er stehen, drehte sich um und lallte: „Ah, wie schschöön! Die Königin der Nacht! Wasskannichfürdichtun?"

„Kannst du das hier zu Geld machen?" Sie hielt ihm das Herz samt Kette unter die Nase.

„Selbverschtändlich kannichdas! Ich hab früher selber mit Schmuck gehandelt. Und wen sollich dafür um..., umlegen?" In Spockies getrübten Blick schlich sich ein Anflug von Skepsis.

„Niemanden! Ich schenke es dir, aber nur unter einer Bedingung."

„Unn zwar?"

„Und zwar, daß du den Erlös versäufst! Versprichst du mir das?" Ein derartiges Versprechen hatte dem Hippie noch niemand abverlangt. Er schlug sich auf die schmale Brust.

„HA ... Hand aufs HERZ! Darin bii, binnich EXPERTE!"

„Alles klar! Ich verlasse mich darauf!" Damit drückte sie ihm das Ding in die Hand, wünschte noch einen schönen Abend und ging zurück zum „Seahorse". Im Eingang stieß sie mit Mechthild zusammen, die gerade nach ihr sehen wollte.

„Gehts denn wieder?" fragte sie, und „was ist denn mit dem los?" Der Althippie kniete auf dem Gehsteig und sang „God save the Queen", hierbei hängte er sich das goldene Medaillon um seinen faltigen Hals.

„Es lebe die Königin der Nacht!" rief er noch, dann waren die Frauen wieder in der Bar.

„Der freut sich über ein Geschenk", erklärte Gisela, „und ich fühle mich besser denn je, danke." Sie stießen endlich an und nahmen einen tüchtigen Zug vom nicht mehr ganz so frisch Gezapften, dann fuhr sie fort: „Dieses Herz eben, das war doch leer ..."

„Ja, und?"

„Das mußte wohl so sein!"

„Versteh ich nicht!"

„Macht nichts. Auf jeden Fall habe ich mich schon lange nicht mehr so *frei* gefühlt wie heute. Hast du Lust zu tanzen?"

„Na gut, warum nicht?" Und so begannen die beiden, auf der kleinen Tanzfläche herumzuspringen. Als der Diskjockey das sah, drehte er den Lautstärkeregler einige Grade nach rechts, so daß bald noch mehr Gäste ihrem Beispiel folgten. Das würde ein ausgelassener Abend werden! Auf dem Plattenteller drehte sich gerade eine Scheibe von The Who.

„I am free!" schallte Roger Daltreys Stimme durch den Raum, und sie trug, so schien es zumindest Gisela, bis weit auf den Ozean.

ACHTES KAPITEL

Hakans Samenstau hatte die Grenze des Erträglichen erreicht. Er konnte sich kaum mehr daran erinnern, wann und mit wem er zuletzt sexuell zu tun gehabt hatte, jedenfalls schien es eine halbe Ewigkeit zurückzuliegen. Wenn das so weiterging (und dafür sprachen sämtliche Anzeichen), würde er sich demnächst selbst befriedigen müssen, und das lief leider seinem Begriff von Mannesehre massiv konträr. Ein Mann, so fand er, hatte gefälligst möglichst viele Weiber zur Verfügung zu haben. Dicke, dünne, willige, wollüstige Leiber ... derartige Gedanken, mußte er zu seinem Leidwesen feststellen, verstärkten sein Problem nur noch zusätzlich. Und das im wahrsten Sinne des Wortes, denn seine knüppelharte Erektion drückte um einiges vehementer gegen den Hosenlatz seiner Jeans, zum Glück war es eine weit geschnittene Levi's 501. Die alte Zigeunerin hielt seine linke Hand in ihrer rechten, wahrscheinlich war sie noch gar nicht so alt, wer konnte dieses fahrende Volk schon schätzen. Jedenfalls war sie nur durch ein paar eiserne Gitterstäbe von Hakan und Luigi, die sich schon seit Tagen dieselbe verstunkene Zelle teilten, getrennt (die zwei ihrer Söhne, die sich nicht schon bei der Verhaftung davongemacht hatten, waren noch am selben Tag auf freien Fuß gesetzt worden. Nach einer gehörigen Tracht Prügel, versteht sich. Sie aber hatte einem der Polizisten in Ausübung seiner Pflicht ins Gesicht gespuckt, außerdem war sie wegen diverser Diebstahlsdelikte einschlägig bekannt. Ergo hatte die Alte nur Prügel bezogen), und man hatte mittlerweile Frieden geschlossen. Erleichtert war dieser Schritt dadurch geworden, daß die Frau, neben ihrer komischen Geheimsprache, auch noch ganz normales Italienisch beherrschte. Luigi, der ständig nervös in dem 15-Quadratmeter-Käfig auf und ab tigerte, kam also der Job des Dolmetschers zu.

„Sie sagt, daß du viel erleben wirst, wenn du aus diesem Loch erstmal wieder raus bist", erklärte er dem Türken, dem gerade aus der Hand gelesen wurde. Dabei fragte er sich, wann ihn seine Familie aus besagtem „Loch" endlich befreien würde, schließlich hatte er von seinem Recht auf ein Telefonat schon vor langem Gebrauch gemacht und einen der hiesigen Anwälte des Clans mobilisiert. Mit dem er nach seiner Entlassung ein ernstes Wörtchen reden würde, der Trottel schien nämlich von der extrem langsamen Truppe zu sein. Und die Unterbringung hier ließ sehr zu wünschen übrig, denn die kleinen, an Raubtierkäfige gemahnenden Zellen befanden sich in einem feuchten, schimmligen Kellerraum unterhalb des örtlichen Präsidiums. Tageslicht gab es hier genauso wenig wie fließendes Wasser (wenn man die Rinnsale an den Wänden nicht berücksichtigte), und als Toiletten fungierten rostige Blecheimer ohne jeglichen Sichtschutz. Natürlich war dies nicht der erste Knast, den der Italiener von innen sah, aber mit Abstand der übelste.

„Sagstu ihr, wenn sie misch will verarsche, kann sie selbe was erleben! Isch geb ihr keine Kohle für Scheiße, die mir jede erzählen kann!" Mit Hakans Geduldsfaden stand es nicht zum besten. „Isch will wisse meine Zukunft und zwar KONKRET! Sagstu ihr das!"

Luigi übersetzte dieses Anliegen und dann das Stakkato an Weissagungen.

„Du wirst hier bald rauskommen, sagt sie". Schön wärs, dachte er dabei, „und dann eine weite Reise machen, in ein Land, wo sehr viel Licht ist ..."

„Hastu ihr erzählt, daß wir wolle nach Griechenland?"

„Gar nichts habe ich. Halts Maul und hör zu! Also ... wo viel Licht ist, ist auch viel Schatten, sagt sie, und deine Lebenslinie wäre im gegenwärtigen Abschnitt etwas, äh, ausgefranst."

„Ausgehfranz?"

„Nicht topfit, klar? Und du könntest in Schwierigkeiten kommen, in gewaltige sogar, wenn du nicht aufpaßt ... du sollst dem Weg des Herzens folgen ..."

„*Was* sollisch?"

„Endlich die SCHNAUZE halten! Ich kann nur einem zuhören!" Tatsächlich sprach die Zigeunerin ebenso schnell wie abgehackt, mit dem Gesicht dicht über der Hand des Türken. Dem wurde allmählich etwas unheimlich zumute, wie sie so vis-à-vis knieten und die schwarz geränderten Fingernägel der Frau sich in sein Handgelenk bohrten. Er vergaß sogar für einen Moment seine pochenden Genitalien, denn die Alte hatte etwas beängstigend Fanatisches an sich. Was, wenn sie wirklich aufgrund der Falten und Linien in seiner Hand sehen konnte, was ihm bevorstand?

„Du hast schon viele Frauen gehabt, sagt sie, und doch nie den Weg gefunden ... und dieser Weg ist das Ziel ... der Weg des Herzens – deine Herzlinie ist übrigens unter aller Sau – und es ist das ein schmaler Weg ... ein gerader Weg ... der einzig wahre Weg."

Einen Scheißendreck, dachte Hakan, doch dann zuckte er erschrocken zusammen.

„Die starke Frau will nichts mehr von dir wissen, die, die Liebe und Haß in sich vereint, mit dem Bild auf dem Körper, die hat dich aufgegeben ...

und die andere, die sanfte, die man nicht belügen darf, erst recht ... tja, Türke, schlechte Zeiten!" Luigi konnte und wollte sich ein höhnisches Grinsen nicht verkneifen. Er fand, daß diese Eröffnung genau das war, was der schwanzgesteuerte Hetero verdient hatte. Mindestens. Die Zigeunerin schwieg jetzt, und ihr Kunde hatte seinen ersten Schreck überwunden und beschlossen, die dezenten Hinweise auf Mecht und Gigi als Humbug und faulen Zauber anzusehen. Sicherheitshalber, denn unbequeme Wahrheiten überforderten ihn gedanklich schnell. Außerdem wollte er ja etwas über die *Zukunft* erfahren, und eine Frage beschäftigte ihn diesbezüglich besonders.

„Kümmerstu disch um deine eigenen Zeiten, und sagstu ihr, isch will konkret was anderes wissen."

„Nämlich?"

„Nämlisch", Hakan senkte die Stimme, als befürchtete er einen mittelschweren Lauschangriff, „frag sie, wann hab isch wieder Verkehr von Geschlecht!" Dem Italiener entfuhr daraufhin ein dreckiges Gelächter.

„Hätte mich doch gewundert, wenn du mal an was anderes denkst", meinte er, dann wurden mehrere Sätze auf italienisch gewechselt.

„Sie sagt, 100000 Lire."

„Was? Isch versteh nisch ..."

„100000 normal, oral 75000!" Da verstand der Türke endlich, und ihn schauderte bei der Vorstellung, in diesen ledernen, streng riechenden Haufen welken Fleisches, welchen seiner Körperteile auch immer hinein zu stecken. Andererseits stellte die Kraft seiner Lenden unmißverständliche Forderungen. Schließlich schlief er deswegen schon seit Nächten schlecht, und wenn überhaupt, dann träumte er wirres Zeug und fühlte sich nach dem Aufwachen wie gerädert. Letztens hatte er gar von der Zigeunerin geträumt, aber nicht eindeutig erotisch. Irgendwie war sie auf einem Reisigbesen durch die Luft geritten oder so etwas. Dabei hatte sie so ähnlich gekichert wie jetzt in Wirklichkeit, eine Mischung aus rostigem Gartentor und asthmatischer Hyäne. Er betrachtete ihren Mund. Schmallippig und echsenartig, und neben dem rechten Mundwinkel befand sich ein großes, schwarzes Muttermal, aus dem dicke Haare wuchsen. In der oberen Mitte ihres Gebisses fehlten zirka vier Schneide-und sonstige Zähne. Das gab den Ausschlag.

„30000 für Blasen", sagte Hakan. „Und kein einziges Lir mehr!" Diese riesige Zahnlücke, die dem Grinsen der Alten etwas vampirartiges verlieh, übte einfach eine gewisse Faszination auf ihn aus, vor allem in Verbindung mit der dünnen, rotvioletten Zunge, die zum Fliegenfangen scheinbar jederzeit einen Meter weit herausschnalzen konnte. Und sämtliche Alternativen, die derzeit zur Debatte standen, mißfielen ihm noch mehr. Luigi übersetzte, und die Frau war sofort einverstanden. Sie zog den Blecheimer ihrer Zelle so nah wie möglich ans Gitter (der Geruch, der dem Gebinde entströmte, schien sie nicht weiter zu stören), setzte sich gemütlich darauf und forderte ihren Mithäftling gestikulierend zum Nähertreten und Hosenöffnen auf. Der ließ sich nun auch nicht mehr lange bitten, sondern seine „501" in die Kniekehlen rutschen und schob durch die Stäbe, was da gigantisch, pochend und pulsierend nach Erleichterung schrie. Er schloß die Augen und dachte an eine ehemalige Miss Germany, die er schon oft im Fernsehen gesehen hatte und richtig klasse fand. Sie moderierte da eine nächtliche Erotik-Show und schien geistig sogar ihm unterlegen zu sein, dumm wie hundert Meter Feldweg, das machte ihn unheimlich an ... ah, und diese viel zu stark geschminkten, Unsinn plappernden Lippen immer, bestimmt waren die weich und fleischig ... was er da vorne aber momentan spürte, fühlte sich eher hart an. Und verdächtig trocken, selbst Eidechsen mußten doch mehr Speichel haben! Zudem stupste ihn von hinten etwas Hartes in die Poritze, etwas von der Art eines körpertemperierten Kugelschreibers. Ob ihm dieser schwule Itaker etwa mit dem Fieberthermometer zu Leibe rückte? Das war doch alles sehr sonderbar. Also hob der Türke erst das linke Augenlid, dann das rechte und sah sich mit höchst unerfreulichen Gegebenheiten konfrontiert. Zum einen hielt die alte Lederhaut sich offensichtlich genauso wenig an Vereinbarungen wie ihr Strichersohn und Hakans Penis in ihrer halbverdörrten Hand. Die knetenden Bewegungen, die sie dabei vollzog, machten die Sache auch nicht besser. Zum anderen entpuppte sich das vermeintliche Thermometer als Luigis steifes, primäres Geschlechtsorgan, mit dem er sich Hakans haarigem Hinterteil unsittlich näherte (tatsächlich waren seine aufgestauten Triebe dessen bebendem Anblick nicht länger gewachsen gewesen).

Und zur Krönung öffnete sich das alte Schloß ihrer Zwangsunterkunft soeben mit einem knarzenden Geräusch, das wunderbar in einen schlechten Western gepaßt hätte, und in Begleitung des stieläugigen Schließers betrat ein kleiner, rundlicher Geistlicher die Szenerie.

„Das ist aber mal ein fröhlicher Knast", kommentierte Pater Vincenzo (in der Kölner Lederschwulen-Szene auch als *der dicke Vini* bekannt) die Sachlage. In diesem Moment brannte Hakans letzte Sicherung durch. War er denn schon so tief gesunken, daß er sich von einer zahnlosen alten Vettel einen runterholen, gleichzeitig von einem perversen Mafioso penetrieren sowie von einem fetten Mönch belächeln lassen mußte? Und das ganze in einem Kellerloch, in dem es stank wie in einer Jauchegrube? Letzteres brachte ihn auf destruktive Gedanken. Wutentbrannt entzog der Türke sein bestes Stück dem Griff der Zigeunerin, schnappte sich die „Toilette" ihrer Zelle, also den fast vollständig mit Fäkalien gefüllten Eimer, und stülpte ihn blitzschnell über Luigis Kopf.

„Friß Scheiße, Aaschficker!" belferte er, seine Jeans hochreißend, dann verpaßte er seinem verhaßten Mitgefangenen endlich den Magenschwinger, der schon lange für ihn reserviert gewesen war, zeigte der Zahnlosen in der Nachbarzelle den Stinkefinger und hörte noch, wie der Mafioso hinter ihm mit gedämpftem Gurgeln zusammensackte, als er Mönch und Schließer bei-seite stieß und aus dem modrigen Verlies hechtete.

„STOP!" schrie der Beamte, und: „Bist du lebensmüde?" der Geistliche, aber da war schon die Tür zum Flur. Hakan riß sie auf und fand sich auf ei-nem spärlich neonbeleuchteten Treppenabsatz wieder. Das war seine Chan-ce zu entkommen! Sein Spatzenhirn arbeitete auf Hochtouren, während er aufwärts rannte, denn raus konnte es natürlich nur oben gehen. In den Knäs-ten dieser Welt, besonders einem Rattenloch wie diesem, gingen unliebsa-me Zeitgenossen schon mal verschütt, jeder Ganove wußte das. Vielleicht konnte er den Giovanni-Clan dadurch abschütteln, indem er das Gerücht lancierte, hier „verschwunden geworden" zu sein (dieser Plan war natürlich an Idiotie kaum zu übertreffen, aber der Denkapparat des Türken war der-zeit auch denkbar schlecht durchblutet). Seine Halbschuhe klapperten auf den steinernen Stufen. Was immer ihn da oben auch erwarten mochte, er mußte sich unbedingt den Vorteil des Überraschungseffektes zu Nutze ma-chen ... Hakan sah hoch und war selbst überrascht. Denn auf der schmalen Treppe kam ihm jetzt ein grimmiger, menschlicher Kleiderschrank mit me-diterran angehauchtem Gorilla-Schädel entgegen. Dieses Untier steckte in einem schwarzen Anzug wie der Teufel im Detail. Massimo Neapolitano grunzte nur kurz, als er den Türken mit einem einzigen Hieb seiner gewalti-gen Pranke niederstreckte. Der purzelte daraufhin einen erheblichen Teil der soeben zurückgelegten Strecke wieder hinunter und blieb dann bewußtlos auf dem Rücken liegen. Aus dem offenen Schlitz seiner Hose ragte etwas großes, fleischfarbenes, dem heute keine Entspannung vergönnt zu sein schien.

„Du mußt der Kanake sein, der nix als Vögeln im Hirn hat!" kombinier-te der Schläger des Don messerscharf, dann rieb er gedankenvoll seinen Stiernacken.

Frank Rahm war zwar mit reichlich Phantasie gesegnet, aber sie reichte nicht aus, um dahinter zu kommen, warum diese Mafia-Typen ihn wohl gekidnappt hatten. Seine Mutter wäre versehentlich in den Besitz von etwas gelangt, was eigentlich ihnen gehörte, hatte ihm der komische Mönch mit seiner Fistelstimme erklärt. Und wenn er sie brav begleiten würde, passierte niemandem etwas. Don Giovanni wolle lediglich sein Eigentum zurückhaben, dann würde er Mutter und Sohn laufenlassen. Das waren die Worte des Scheinheiligen gewesen, nachdem ein südländischer Neandertaler im Blues-Brothers-Outfit ihn direkt vor seiner WG abgefangen und mit Waffengewalt ins Hauptquartier des „Paten" bugsiert hatte. Giselas einziger Sohn fuhr sich mit einer seiner kleinen, sensiblen Hände durch den Blondschopf. Soviel er auch die Ohren spitzte und nachdachte, er konnte sich mangels näherer Informationen einfach keinen Reim auf die wahren Absichten der Verbrecherbande machen. Aber fest stand: Auch nur einem einzigen dieser Gangster den kleinsten Funken Glauben oder Vertrauen zu schenken, war für ihn ungefähr so ratsam wie für Rotkäppchen gegenüber dem bösen Wolf (erstere Rolle spielte er nachmittags immer im Theater für Kinder). Und sie waren hinter seiner Ma her, womöglich waren auch noch die Großeltern in Gefahr! Wer wußte schon, was diesen Killern einfiel, wenn sie ihr Ziel erreicht hatten? Unbequeme Mitwisser am Leben zu lassen? Frank nippte an seiner „Cola light", die man ihm netterweise zugestanden hatte. Nein, glauben durfte er denen gar nichts. Weder dem schleimigen Pater, der ihn ständig mit seinen Blicken zu vernaschen schien, noch dem strohdummen Gorilla, der kaum imstande war, drei bis vier zusammenhängende Sätze zu bilden, und der ihm dauernd den Schalldämpfer seiner Pistole ins Kreuz oder die Rippen drückte. *Keine Dummheiten, Junge, dann passiert keinem was!* Ausgerechnet dieser geistige Tiefflieger mußte permanent das Wort *Dummheit* im Munde führen! Und dann auch noch anderen davon abraten! Der hatte es nötig, genauso wie dieser cholerische Chef vom Ganzen es scheinbar nötig hatte, sich von einem Wutanfall zum nächsten zu hangeln. Das einzige, was er *dem* glauben würde, wäre, daß er schon diverse Herzinfarkte und Magengeschwüre hinter sich hat.

„Hätte mir nicht träumen lassen, daß ich auf meine alten Tage nochmal auf einem Scheiß-Campingplatz nächtigen muß!" informierte er gerade sein Gegenüber, einen gewissen Don Colosimo aus Verona. Der hatte sie nach ihrer Landung heute nachmittag (der Flug war in einer kleinen Propellermaschine vonstatten gegangen, die kein Luftloch ausgelassen und den ohnehin zur Flugangst neigenden Don zu dem Befehl, die weitere Reise per Schiff fortzusetzen, veranlaßt hatte) auf einem Flughafen bei Venedig abgeholt und in diesem Wohnwagen hier untergebracht. Des weiteren war seinen Verbindungen wohl die Freilassung zweier weiterer Gangster, die mit nach Griechenland sollten, zu verdanken. Soviel hatte Frank zumindest mitgekriegt, denn Don Giovanni bestand zum Glück auf Deutsch als Umgangssprache (nicht, daß er etwa germanophil gewesen wäre, ihm waren nur nach Jahrzehnten in Deutschland unzählige Italienischvokabeln entfallen).

„Ist doch perfekte Schlupfloch", antwortete Don Colosimo, ein, wie man in Mafia-Kreisen respektvoll zu sagen pflegte, *Mann mit Bauch*. Und, im Gegensatz zu seinem Gesprächspartner, die Ruhe selbst. Seine kleinen Schweinsäuglein blitzten listig.

„Keiner vermutet dir hier, und du weißt, ist besser so in Venedig, wo hat Don Paolino noch Huhnchen mit dir zu rupfen."

„Heilige Scheiße", donnerte der Don, aber sein streng katholischer Freund unterbrach ihn: „Versundigst du dich nicht! Du hast sein Schwester geschwangert und sitzegelassen wie ein *Putana* ..."

„Aber das ist VIERUNDDREISSIG JAHRE HER, Teufel nochmal!"

„Laß die Teufel aus dem Spiel, bitte ich dich. Entehrt ist entehrt, und entweder du heiratest, oder gehst Don Paolino aus die Weg! Ganz einfach!"

„Heiraten? Den alten Drachen?"

„Bist du selbst nicht mehr ganz taufrisch, alter Freund, hehehe ..." Don Colosimos Hängebäckchen wackelten vor Lachen. Beide Männer rauchten dicke Zigarren (sehr zum Leidwesen Franks, dessen Augen bereits tränten), saßen sich in bequemen Ledersesseln gegenüber und schwenkten Cognac. Sie schienen sich ziemlich behaglich zu fühlen. In dieser Hinsicht konnte sich auch der junge Schauspieler auf seiner gut gepolsterten Pritsche nicht beklagen, er bekam, was er verlangte, und niemand hatte ihm bisher körperlichen Schaden zugefügt. Bisher!

„Dann schlafe ich schon lieber in einem Wohnwagen", sagte Don Giovanni jetzt.

„Sehr vernunftig! Und morgen, 15 Uhr, bringe ich euch zu Fährschiff nach Patras. Zwei Nachte, dann seid ihr da. Alles klar?"

„Alles klar! Prost!" Die Cognac-Schwenker erklangen mit lieblichem Ton, fast wie Glöckchen an einem Weihnachtsbaum. Leider wurden sie von Männern gehalten, die schon ein paar hundert Zeitgenossen in Weihnachts-Engelchen verwandelt hatten. Da gab es nichts zu beschönigen.

„Dein Wohle", meinte der massige Don aus Verona, „und denkst du daran: Campingplatz gehort mir! Seid ihr sicher vor jede Storenfried ..." In diesem Moment flog mit lautem Krachen die mahagonifurnierte (diese Holzart scheint bei Mafiosi unheimlich beliebt zu sein, dachte Frank, der bereits das Kölner Büro des Don kennengelernt hatte. Mahagoni-Mafiosi, mußte er trotz seiner prekären Situation innerlich lachen) Tür des Caravans auf. Frank riß die Augen auf. Sein Personengedächtnis war ausgezeichnet, und er wußte, er hatte den großen Südländer, der jetzt von einem kleineren, rattengesichtigen ins Wageninnere geschubst wurde, schon mal gesehen. Aber wo? Auf jeden Fall war sein Gesicht da noch nicht so verbeult gewesen, das Nasenbein noch gerade, keine dicke Lippe, blaue Augen, in sämtlichen Farben schillernden Wangenknochen (die neueren Verletzungen gingen auf Luigis Konto, der sich noch im Gefängnis für die Fäkal-Attacke revanchiert hatte) ...

„Ah, wen haben wir denn da!" riefen die beiden Dons wie aus einem Munde, und der gehetzte Blick des Türken fiel komischerweise als erstes auf Frank.

„Disch kenn isch doch", knurrte er, „ irgendwo hab isch mit dir schon mal Ärger gehabt, kleiner Wi...", Hakan ließ das Schimpfwort jedoch unausgesprochen, da er ja nicht wußte, in welcher Beziehung Frank zum obersten Boß stand, und keine Lust auf noch mehr Prügel verspürte. Und Giselas Sohn wurde in diesem Augenblick bewußt, wen er da vor sich hatte. *Kleiner Wichser*, natürlich, dafür hatte er den Angeberschlitten von diesem türkischen Macho abschleppen lassen.

„Ausgeschlossen", erwiderte er, „da mußt du mich verwechseln! Ich boxe nicht ..." Solche feinen Spitzen sind an den sowieso verschwendet, dachte er, während seine Augen sich nach oben verdrehten und sein ganzer Körper von konvulsivischen Zuckungen geschüttelt wurde. Dann fiel der junge Mann auf seine Pritsche zurück und in tiefen Schlaf. Scheinbar.

„Jetzt hat er schon wieder so einen narko..., nako..., wie heißt die Scheiße gleich wieder?" war die Stimme des Don zu vernehmen, dicht gefolgt vom Fistelsopran Pater Vincenzos, der offenbar inzwischen auch eingetreten war.

„Narkolepsie!"

„Narkoleptischen Anfall, mein ich doch! Froh bin ich, wenn wir den wieder los sind, verdammt!" Franks geschlossene Augenlider bewegten sich kein bißchen. Er hatte sich als Kind schon immer sehr glaubwürdig schlafend gestellt, wenn er etwas mitbekommen wollte, das nicht für seine Ohren bestimmt war. Und in der Bühnenversion von „My private Idaho" hatte er eine Glanzvorstellung als Narkoleptiker abgeliefert. Wenn er seiner Ma helfen wollte, würde er tief in die Trickkiste greifen müssen, das war ihm klar. Und eines kam ihm dabei auf jeden Fall zu Gute: Seine Naturbegabung als Schauspieler.

„Jüppschen Lübke ist nun mal nicht Charlie Chaplin", hörte Mechthild ihre neue Freundin sagen. Dies war bereits der zweite Morgen, an dem sie neben ihr in dem bequemen Doppelbett aufwachte (genauer gesagt, hatte sie gerade ein nervtötendes Handy-Gedüdel geweckt), und die sehnige Frau dachte, daß sie sich schon lange nirgendwo mehr so gut aufgehoben gefühlt hatte wie hier. Dabei räkelte sie sich behaglich unter dem dünnen Leintuch, das ihren Körper bedeckte, und war froh, daß Gisela sie am Morgen nach der durchtanzten Nacht im „Seahorse" (was hatten sie da für einen Spaß gehabt. Den abgewichsten Touristinnen-Anbaggerern war das Sperma förmlich aus den Tränendrüsen getrieft, selten so viele Körbe verteilt!) davon abgehalten hatte, ihren Schlafsack auf dem Balkon auszurollen. So ein Bett war doch etwas anderes.

„Auch wenn der mit über achtzig noch so viele Nachkommen gezeugt hat!" Die Blondine stand in ihrer Unterwäsche vor der halb geöffneten Balkontür und sah in dem weichen, einfallenden Morgenlicht besser denn je aus. Vor allem *wirkte* sie hier ganz anders als in Köln. Mechthild überlegte, woran das liegen mochte, während Gisela, ihr Mobiltelefon geschickt jonglierend, in einen seidenen Morgenmantel schlüpfte, ihr freundlich zuwinkte und gleichsam aus dem Raum *glitt* (also ehrlich, die bewegte sich hier auch ganz anders als in Deutschland!).

„Das sind halt die Ausnahmen, die die Regel bestätigen", sagte sie jetzt, dann hörte sie kurz zu und lachte: „Was bitte, soll das denn sein? Ein BRAINFUCK?" bereits im Flur. Diese Frau *paßte* einfach besser nach Griechenland, das mußte es sein. Allein schon, daß ihre rein optische Erscheinung in der sanft geschwungenen, weich illuminierten Landschaft hier besser zur Geltung kam. Aber dieses Land und seine Bewohner mit ihrer ruhigen Gangart ließen offensichtlich auch ihrem friedfertigen Wesen den nötigen Spielraum. Vielleicht sollte Gisela in Erwägung ziehen, auf Dauer hier zu leben. Mechthild setzte sich im Bett auf und lehnte sich gegen das zurück geschlagene Moskitonetz an der Wand hinter ihr. Es fühlte sich beruhigend in seiner Sinnfälligkeit an. Dann sah sie aus dem Fenster, auf den bereits strahlend blauen Himmel, und erinnerte sich an den gestrigen Abend, den sie, nach einem faulen Badetag, bei einem ausgiebigen Essen im Kreise der Familie Rahm verbracht hatten. Das war eine leibliche und seelische Wohltat gewesen, denn Giselas Eltern hatten sich als sehr gastfreundlich und aufgeschlossen erwiesen. Vor allem, als man zu vorgerückter Stunde ernsthaftere Themen wie Homosexualität und Ausländerfeindlichkeit erörtert hatte. Die beiden mochten etwas konservativ sein, besonders der Vater, jedoch: Spießer waren sie nicht (der Gedanke *wie meine eigenen Alten zum Beispiel* drängte sich ihr auf, aber sie schickte ihn sofort wieder in die Wüste. Sollten diese Kleingeister sich doch in ihrem Mief suhlen ...). Und Frau Rahm hatte, in ihrer herzlichen Art, ihre Tochter zum Abschied zu ihrer netten Freundin beglückwünscht. Da war es zum ersten Mal gefallen, dieses schlichte und doch so bedeutungsvolle Wort. Freundin. Und darauf hatten die beiden Frauen dann noch angestoßen, bei Grillengezirpe im weißen Mondlicht, nachdem die Älteren schon zu Bett gegangen waren ... auf die Freundschaft!

„Schon mal was vom *Brainfuck* gehört?" Gisela trug zwei große, dampfende Tassen, deren Inhalt herrlich nach vernünftig gebrühtem Kaffee duftete. Eine davon reichte sie weiter, dann setzte sie sich neben Mechthild aufs Bett. Dessen Sprungfedern quietkten darob dezent.

„Du bist ja mit Gold nicht aufzuwiegen! Hm ... danke." Die Schwarzhaarige nahm einen genüßlichen Schluck, dann fragte sie: „Was für'n Fuck? Brain?"

„Hmhmm."

„Klingt ziemlich unbefriedigend. Nach Gehirnwichserei und so ..."

„Jedenfalls schwört die Carla jetzt darauf, nachdem sie ... äh, erinnerst du dich noch an die?" fiel der Blondine ein.

„Die Hennarote, die sich unbedingt von so einem alten Knacker schwängern lassen wollte? Und der Petra ihren ganzen Campari weggesoffen hat, mit der Begründung, das wär kein Alkohol?"

„Genau, die hat gerade angerufen. Das mit dem Kinderwunsch hätte sich erledigt, meinte sie. Der alte Lübke muß wohl zuletzt völlig versagt haben ..."

„Besser für das potenzielle Kind!"

„Das denke ich auch ... aber davon abgesehen, würde sie Sexualität sowieso nur noch auf spiritueller Ebene interessieren. Sagt sie."

„Au weia, das muß der Brainfuck sein! Sex ohne Sex, sozusagen."

„Eben, aber zur wirklichen Erfüllung ihrer tiefsten Bedürfnisse hat sie jetzt was ganz Neues entdeckt. Dem sie seither den größten Teil ihrer Energie widmet. Sagt sie."

„Nämlich?"

„Das erzähl ich dir nur, wenn du vorher deinen Kaffee beiseite stellst. Sonst verschüttest du den gleich vor Ekstase!" Mechthild tat, wie ihr geheißen und plazierte ihre Tasse vorsichtig auf dem kleinen, hölzernen Nachttischchen.

„Also?"

„Märchen-Ausdruckstanz und Zen-Bogenschießen!"

Marianne Rahm, die auf der schattigen Terrasse gerade den Frühstückstisch deckte, ließ vor Schreck das Besteck fallen, das sie eigentlich sinnvoll verteilen wollte. Denn aus der geöffneten Balkontür des ersten Stockwerks, wo die „Mädchen" (die sich diese Bezeichnung vehement verbeten hätten) scheinbar immer noch nicht aus den Federn gefunden hatten, drang ein Gekreische und Gejohle, wie man es ansonsten vielleicht noch im Millowitsch-Theater, nach einer besonders deftigen Pointe zu hören bekam! Selbst Alfons, ihr brummeliges Ehegespons, fühlte sich bemüßigt, seine Zeitung, den Kölner Kurier, den er sich wöchentlich schicken ließ, sinken und einen amüsierten Blick nach oben schweifen zu lassen. Hierbei bildeten sich auf seiner Denkerstirn noch ein paar Dackelfalten mehr, als sich da üblicherweise schon tummelten.

„Die scheinen da oben ja Späßchen zu haben", schmunzelte er.

„Ja, hört sich ganz danach an", der Puls von Giselas Mutter schickte sich an, wieder in seinen normalen, gemütlichen Trott zu verfallen, „freut mich, daß die beiden sich so gut verstehen. Dabei wirken sie so verschieden!"

„Nun male mal den Leibhaftigen nicht an die Wand! Erstmal bin ja wohl ich alter Kamerad dran mit dem Dahinscheiden! So gehört sich das ..."

„Ich wäre dir dankbar, wenn du mich bis dahin mit derartig makabren Kalauern verschonen könntest!" Marianne schlang ihre gebräunten Arme um den voluminösen Brustkorb ihres Mannes und küßte hingebungsvoll seine Halbglatze.

„Nur unser Schöpfer weiß, wer wann wohin abberufen wird! Und ich hab mich schon so an dich gewöhnt, daß ich dich freiwillig nirgendwohin scheiden lasse!" Sie drückte ihn noch ein bißchen fester und schmiegte ihre Wange an seine Bartstoppeln.

„Und weil wir gerade bei dem Thema sind, mein alter Stachelbär ..."

„Nein, oh fürsorgliches Wesen, ich hab meine Herztropfen heute noch nicht genommen!" Der alte Anwalt verdrehte die Augen unter seinen buschigen, weißen Brauen und griff ergeben nach Teelöffel und Medizinfläschchen.

„Siehst du", lachte seine Frau, „das ist das Schöne an so alten Ehepaaren wie uns: Wir verstehen uns ohne große Worte!" Dann fuhr sie fort, den Tisch zu decken und ihren ursprünglichen Gedankengang weiter zu verfolgen: „Diese Mechthild ist aber auch ein ganz eigener Mensch, im positiven Sinn ... es scheint viel Sensibilität hinter ihrer verwegenen Erscheinung zu stecken, und, und ...", sie suchte das richtige Wort, „und *Herzensbildung!*"

„Schulbildung auch", Alfons hatte sich wieder hinter seiner Zeitung versteckt, „und gute Manieren, das muß man ihr lassen." Er hatte die Gelobte noch nicht in freier Wildbahn erlebt. Und Mechthild zeigte sich im Hause Rahm ausschließlich von der Tochter-aus-gutem-Hause-Seite, aus Dankbarkeit für die reichlich dargebotene Gastfreundschaft.

„In mancher Hinsicht sogar bessere als du", Marianne brachte jetzt die Lebensmittel, Eier, Butter, Marmelade, „zum Beispiel *köpft sie ihr Frühstücksei nicht!*"

„Ja nun, die eine oder andere Marotte muß man man einem gestandenen Mannsbild ja wohl zugestehen!"

„Einem Weibsbild aber auch, mein lieber Herr Vater, ob gestanden oder gesessen!" Gisela und Mechthild erschienen in der mit Naturstein eingefaßten Tür, bewaffnet mit Tellern, Brotkorb und Olivenöl, und wünschten einen „Guten Morgen".

„Guten Mittag, könnte man fast schon sagen", lautete die gutmütig gegrummelte Antwort. Marianne dagegen, herzlich wie immer, begrüßte die beiden Frauen mit einer kurzen Umarmung. Dann wunderte sich ihre Tochter über die zwei Koffer und diversen Taschen auf dem Terrakotta-Boden der Terrasse.

„Was wird das denn, wenn es fertig ist? Haben wir euch etwa mit unserem Krach aus euerem eigenen Haus vergrault?"

„Kind, du weißt doch, daß wir Ende Mai immer für eine Woche zu Eleni nach Korfu fahren." Eleni war Mariannes älteste Freundin, eine Griechin, die sie bereits bei ihrem ersten Urlaub im Land der Hellenen kennengelernt hatte. Das war vor über vierzig Jahren gewesen, und seither hatten sie fast jeden ihrer Geburtstage gemeinsam gefeiert.

„Ach je, wie konnte ich das nur vergessen", Gisela schlug sich an die Stirn, „ich nehme an, Eleni hat immer noch kein Telefon?"

„Sie hat den Anschluß vor zwei Jahren beantragt, aber das kann bekanntlich dauern ...", Marianne zuckte mit den Schultern.

„Dann grüßt sie wenigstens von mir, wenn ich sie schon selber nicht erreichen kann", Gisela kannte die nette, inzwischen auch schon ältere Dame gut, „und schenkt ihr doch vielleicht nächstesmal ein Handy! Eine der sinnvollsten Erfindungen überhaupt. Vor allem hierzulande." Die Rahms und Mechthild setzten sich zum Frühstück und diskutierten die Nachteile des griechischen Telefonnetzes (Vorteile fielen ihnen leider keine ein, außer, daß man hier wunderbar vor obszönen Anrufern verschont bleiben konnte), dann gingen sie zu weitläufigeren Themen über. Gisela ließ sich über die Selbstverwirklichungs-Eskapaden von Carla in Köln aus, was einige Lacher auslöste und ihrer Mutter Gelegenheit gab, ihr Lieblingsgebiet, die bildende Kunst, einzubringen.

„Die befriedigenste Art, sich zu verwirklichen oder zu verewigen, die ich kenne!" resümierte sie, „aber das liegt natürlich in jedem seinen ganz persönlichen Ermessen. Haben Sie nicht Kunst studiert oder sowas, Mechthild?"

„Leistungskurs Kunst hatte ich, zum Studium kams nicht."

„Aber Ihr Interesse an der Malerei ist doch hoffentlich nicht erloschen?"

„Aber nein", das war eine Höflichkeitslüge, tatsächlich war ihr ihre Kurs-Kombination damals schlicht als die streßloseste erschienen. „Ich hab Ihre Werke schon ausgiebig bewundert. Sie sind sehr vielseitig."

Giselas Mutter, deren Bilder natürlich überall im Anwesen zwanglos verteilt waren, nickte geschmeichelt.

„Danke, das hört frau gern! Aber haben Sie auch schon mal eins von Giselas Gemälden gesehen? Ich halte sie für äußerst talentiert ..."

„Also Mutter, jetzt bitte!" der Tochter war derlei Lob immer peinlich.

„Echt? Daß du so was Kreatives drauf hast ... will ich unbedingt sehen! Gleich nach dem Frühstück!" Mechthild sah Gisela beinahe bewundernd an und meinte, was sie sagte. Doch nachdem der Tisch abgeräumt war, verbreiteten die Älteren eine dermaßen intensive Aufbruchsstimmung, daß alles andere zunächst hintenan stand. Der klapperige Familien-Peugeot wollte auf eventuellen Schmierstoffmangel überprüft und vollgetankt, das Gepäck, das immer wieder noch ein wenig der Ergänzung bedurfte, akribisch verstaut, und schließlich der Abschied von Gisela und Mechthild, die nach Kräften geholfen hatten, zelebriert werden. Schließlich ging die Fähre nach Korfu um 15 Uhr, und es war bereits halb zwei! Und der Hafen zehn Autominuten entfernt (in dieser Hinsicht war das deutsche Wesen doch zu tief verankert)! Auch die Tätowierte wurde zum Abschied gedrückt und geherzt, fast wie eine Adoptivtochter. Was ihr sichtlich gut tat, der Verfall ihres unsichtbaren Schutzwalls schritt jedenfalls zügig voran. Marianne Rahm flüsterte zuletzt ihrer Tochter noch zu: „Ist dir aufgefallen, daß sie einen *Körper* und ein *Ge-*

sicht hat? Ich an deiner Stelle würde sie porträtieren. Hier. In Öl!" Dann verschwand der alte „504" endlich, spotzend und mit quietschendem Keilriemen, in einer Staubwolke. Die Frauen winkten ihm noch eine Weile nach, dann machte Gisela: „Puh". Bei aller Liebe, dachte sie, aber Eltern können manchmal schon anstrengend sein.

„Wo bleibt der Frohsinn?" rief der Mann am Steuer, dem seine bemerkenswerten Segelohren den Spitznamen „Genscher" eingebracht hatten. In Wirklichkeit hieß er Karl-Heinz, und Hochdeutsch ging ihm eigentlich flüssiger von den Lippen, als das Bayerisch, mit dem er sich (zumindest vor Publikum) ständig dem Slang seiner fünf Mitstreiter anpaßte. Die heute ziemlich unmotiviert in dem gelben Kleinbus herumlungerten.

„Dea is auf'm Frohsinn-Treffen z' Hannover!" meuterte einer der Insassen, ein strohblonder zwei-Zentner-Mann namens Sepp, mit unzufriedener Miene. Der Wagen holperte jetzt auf den geschotterten Parkplatz des schönsten Sandstrandes weit und breit, nämlich des Kolos-Beach bei Agios Pavlos.

„Sepp, sei kein Depp", wies ihn Karl-Heinz zurecht, „wir sind an einem der nettesten Plätz der Welt, haben famoses Wetter und massig Zeit." Tatsächlich brannte die Sonne schon wieder unbarmherzig vom strahlend blauen Himmel, der griechische Frühling tarnte sich dieses Jahr aufs authentischste als Hochsommer.

„Jetz redt' dea scho wieda Hochdeitsch, Kreizkruzifünfal!" schloß sich Sepps Intimus, ein drahtiger Schnauzbartträger namens Toni, dem Aufstand an. Die beiden bildeten ein Gespann wie Pat und Patachon, denn Toni war eher kurz gewachsen, und sie hielten grundsätzlich zusammen wie Pech und Schwefel. Der Fahrer beschloß einzulenken.

„Gäh, los mi hoit! Heit'zdog muass ma *fläxibel* sei!"

„SCHOAS IM WOID!" schaltete sich der breitschultrige Blonde wieder ein, „seit üba oana Woch wart ma jetz scho, und nix passiert! Des zeat ma sche langsam an da SUBSTANZ, host mi?"

„Do meakt ma oba net vui davo, Oida!"

„Genscher, reiß de fei zamm!" kam es jetzt von Toni, schon wieder einige Grade fröhlicher. „A Bayer ohne Bauch is wia a Wiesn-Käinarin ohne Hoiz voa da Hittn, des woast ja!"

„Du muast grod ren, du Krischpal! Du host jo säiba koa Wampn!" rief einer von hinten.

„Oba i dua, wos i ko", lachte der Schnauzbärtige und nahm sich eine Dose „Amstel" aus der Kühlbox, „ma deaf die Hoffnung nia aufgem! *Mog vielleicht no oana a Bier?*"

Karl-Heinz parkte den Bus unter einem knorrigen, Schatten spendenden Olivenbaum, zog den Zündschlüssel ab und schloß sich grinsend den „SÄIBVASTÄNDLICH" und „HEA DAMIT!"-Rufen an: „So, und ich mag jetzt auch eins! Schließlich hab ich heut schon was geleistet!" Meuterer Sepp schien mit sich und der Situation wieder im reinen zu sein und warf ihm eine Dose zu. Die erhob er und rief der mittlerweile schon heftig in ihren Lederhosen transpirierenden Meute zu: „EINSPRUCH!"

„HA?" „Wos?" und „Eam schaug o!" lauteten in etwa die Repliken darauf, und auch ihm stand jetzt der Schweiß auf der Stirn. Es wurde Zeit, aus diesem Backofen von Bus rauszukommen.

„Ein Spruch, mein ich, und ich machs kurz!"

„Hoffentlich!" Sepps Teint changierte bereits ins Rötliche.

„Jetzt red scho" pflichtete Toni bei.

„Also, die Verbindung steht, heut abend sind wir schlauer. Und jetzt saufen wir erstmal einen, schließlich sind wir nicht zum Spaß da! So, wie geht unser Wahlspruch: WIRD SCHO WIEDA WERN ..."

„SOGT D' SAU ZUM BÄRN!" antwortete ihm ein rauher Chor angefeuchteter Männerkehlen. Wer das Gegröle in dem schaukelnden Fahrzeug von außen mitbekam, konnte keine Sekunde daran zweifeln, daß hier ein Rudel debiler Kegelbrüder am Werk war.

Gisela staunte über Mechthilds Kunstverstand, und natürlich war sie auch geschmeichelt. Sie hatte ihr die beiden Ölgemälde, die sie hier kreiert hatte, sowie diverse ältere Skizzen und Aquarelle gezeigt, und ihre neue Freundin war ganz sicher nicht der Mensch, der irgendwem Begeisterung vorspielte. Nein, die Sachen hatten sie wirklich beeindruckt.

„Also, bei dem Landschaftsbild dachte ich zuerst, ich hätte einen van Gogh vor mir", sagte sie jetzt und köpfte mit ihrem Feuerzeug eine Bierflasche. *„Fump"*, machte es, und das azurblaue Meer rauschte dazu.

„Naja, ehrlich gesagt, die Technik mit den vielen Strichen und so, die habe ich ja auch bei ihm abgeguckt ..." Gisela mischte ihr Bier mit Zitronenlimonade und freute sich über den Vergleich sowie über die kühle Meeresluft, die sich stoßweise immer wieder ihren Weg durch die glühend heißen Luftschichten bahnte. Die Frauen saßen nun unter der Pergola der „Kolos-Taverne" am gleichnamigen Strand, erfreulicherweise war das kleine

Gebäude allein auf weiter Flur, und hier trieben sich auch kaum Badegäste herum. Das nahe Kalamata war einfach viel bekannter.

„Inspirieren lassen, wenn schon", Mechthild spülte sich mit ihrem Bier zunächst ein wenig den trockenen Mund aus, bevor sie es schluckte, „Künstler gucken nicht ab, die interpretieren höchstens". Wenigstens ließ sie beim Rülpsen den Mund geschlossen, offensichtlich erleichtert, nicht mehr die Wohlerzogene raushängen lassen zu müssen.

„Und die blaue Periode vom alten Pablo hats dir scheinbar auch angetan."

„Du meinst das Stilleben", die Blondine kräuselte die Lippen und sah drein, als wäre sie bei irgendwas nicht allzu unmoralischem ertappt worden. Tatsächlich hatte sie besagtes Bild ganz bewußt im frühen Picasso-Stil gemalt.

„Okay, in dem Fall hab ich mich davon *inspirieren lassen*, zufrieden?"

„Sehr!" Mechthild blies einen dicken Rauchkringel über das hölzerne Geländer, das die in Hanglage gebaute Kneipe umgab und spuckte zielsicher mitten hindurch.

„Wenn du mal eine Managerin brauchst, sag Bescheid!" Gisela fing den fragenden Blick von Nikos, dem Wirt, auf, dessen Hauptbeschäftigung in der Regel darin bestand, an einem wackeligen Tisch zu sitzen und aufs Meer zu sehen. Dabei pflegte er stets mit zeitlupenartigen Bewegungen an einem kleinen Glas, das eine klare Flüssigkeit enthielt (bei der es sich höchstwahrscheinlich nicht um Wasser handelte), zu nippen. Von Zeit zu Zeit griff er auch in ein bereitstehendes Schälchen mit denselben Knabbereien, die auch seinen Gästen mit jedem Getränk serviert wurden: Rosinen, Erdnüsse und dergleichen. Ab und zu wechselte der ständig braungebrannte Mittfünfziger mit denen auch mal ein Wort, zum Beispiel „Iassu" oder „Yamas". Damit erschöpften sich seine Aktivitäten aber, denn als Bedienung fungierte sein ältester Sohn Iannis. Und momentan schien er zu überlegen, in welcher Konstellation die beiden Frauen zueinander standen. Fest stand, daß die Blondine, deren ein- und ausladende, weiche Weiblichkeit heute von einem weißen Sommerkleid umspielt wurde, und die kernige Tätowierte in Springerstiefeln, Bikinihöschen und zerfetztem „Motörhead"-T-Shirt wieder mal einen interessanten optischen Kontrast bildeten. Aber vielleicht überlegte der ausgeglichene Grieche auch nur, ob morgen wohl ein stärkerer Wellengang herrschen würde als heute. Wer konnte es wissen?

„Das werde ich, verlaß dich drauf. Aber im Moment hätte ich einen anderen Job für dich. Meine Mutter hat mich nämlich vorhin auf eine Idee gebracht", antwortete sie.

„So? Hat sie dir nahegelegt, mich zu heiraten? Oder vielleicht, als Leibwächterin zu engagieren?" In Mechthilds grünen Katzenaugen, die über den Rand ihrer Sonnenbrille lugten, blitzten Amüsement und Neugier zugleich.

„Engagieren kommt schon hin ... aber als Modell! Und gerade heute fühle ich mich unheimlich *inspiriert*, vor allem, wenn ich mir hier noch ein, zwei Bier hinter die Binde kippe! Die Malutensilien hab ich schon im Auto verstaut ... na, was meinst du?"

„Ist das dein Ernst? Du willst *mich* malen? Als Akt, womöglich?" Gisela räusperte sich etwas verlegen.

„Also, das mit dem Akt hast *du* jetzt gesagt ... aber warum eigentlich nicht? Wenn die Sonne etwas tiefer steht ... ungefähr einen Kilometer von hier kenne ich eine einsame Bucht ..." Die Schwarzhaarige zog nachdenklich an ihrer Zigarette, deren Glut schon fast am Filter angelangt war, dann zerquetschte sie die Kippe mit einer schnellen Bewegung im Aschenbecher.

„Nur als Akt", sagte sie, „alles andere wäre ein lauer Kompromiß!" worauf sie die Hände der überraschten Malerin ergriff und abwechselnd küßte.

„Ich vertraue meinen Körper deiner Kunst an!" Gisela stellte zu ihrer Beruhigung fest, daß Nikos irgend etwas Hochinteressantes am Horizont entdeckt zu haben schien. Und zu ihrer Beunruhigung, daß sie ein Kribbeln in der Magengegend verspürte, wie es die Berührung einer Frau ihr noch nie verschafft hatte. Wenn sie von irgend etwas überzeugt war, dann davon, sich sexuell nicht für ihr eigenes Geschlecht zu interessieren! Aber dieses Wesen hier ... war dessen erotische Ausstrahlung überhaupt *irgendeinem* Geschlecht eindeutig zuzuordnen? Und konnte jemand androgyn und sexy zugleich wirken? Ihr fiel David Bowie als Außerirdischer in „Der Mann, der vom Himmel fiel" ein. Damit war die Frage eindeutig mit „Ja" beantwortet ... ob Mechthild wohl auch von einem anderen Stern kam? Die schien ihre Verwirrung jetzt registriert zu haben und kippte sich, um wieder zu ihrem Begriff von „Normalität" zurückzukehren, den restlichen Inhalt ihrer Bierflasche über den Kopf. Dann strubbelte sie sich lächelnd durch die kurzen Haare und verkündete: „Agios Pavlos. vierzig Grad, leicht windig. Die Frisur sitzt!"

Plötzlich mischte sich ein sonderbarer Männerchor in das Lachen der Frauen.

„Jeda BAUERNLACKEL hot a HAAR AM SACKEL, oba unsaoana, dea hot NIX!" Sie sahen in die Richtung, aus der die schrägen Töne kamen. „JAJA, da UNSAOANE, dea hot NIX!" Offenbar litten die Verursacher der gutturalen Laute, die jetzt in bayerischen Seppelhosen und Badeschlappen durch den heißen Sand auf die „Taverna Kolos" zustapften, an einem ernstzunehmenden Sonnenstich!

„Jeda JÄGERMEISTER hot an SCHEIBENKLEISTER, oba unsaoana ..." Gisela nahm ihre Sonnenbrille ab und fixierte den näher kommenden Gesangsverein genauer.

„Ich kann mir nicht helfen, aber diese beknackten Trachtenburschen kommen mir irgendwie bekannt vor ..."

„Oba UNSAOANA, dea hot nix!" klang es jetzt schon sehr nah, so daß auch Mechthild ihre „Ray-Ban" auf die Nase rutschen ließ und genauer hinsah.

„Ich hatte mit den Herrschaften jedenfalls schon mal das Vergnügen", grinste sie dann, „die haben mich nämlich beim Trampen mitgenommen." Sie drehte sich wieder zu der Blondine und sah ihr bedeutungsschwanger in die ungeschützten Augen.

„An dem Tag, an dem wir uns abends in Kalamata begegnet sind ... als alles anfing!"

„Jeda SCHIFFSCHAUKELBREMSER hot an ..." Noch bevor Gisela sich erkundigen konnte, was denn da genau „angefangen" habe, enterten die Bayern die Taverne. Der Anführer, dessen gigantische, rechtwinklig abstehende Ohren unter seinem albernen Tirolerhut purpurrot leuchteten, winkte grüßend ins Lokal, dann kratzte er sich am Hinterkopf und stockte: „Ja, an *wos* eigentlich?" Diese *Ohren*, dachte die Kölnerin. Ihr Personengedächtnis blätterte in Windeseile die Kartei „Geistig Behinderte und Artverwandte" durch.

„An Herzschrittmacher?" schlug einer seiner Gefolgsleute, die sich noch hinter dem Stehengebliebenen auf der Treppe zum Eingang drängelten, zaghaft vor. Da schoß es ihr schlagartig durch den Kopf. *Zwoamoi Schweinsbronn!* Natürlich! Ihre Zwischenstation in Bayern! Als sie Nick kennengelernt hatte. Vielleicht hatte da ja etwas *angefangen* ...

„Ach gäh, Schmarrngockel, des reimt si doch übahaupts net!" Der Verein trudelte jetzt vollends ein und ließ sich am Nebentisch nieder. Der unerschütterliche Nikos murmelte nur ein lapidares „Iassas", dann schaltete er seinen Blick wieder auf „unendlich". Ein verträumtes Hippie-Pärchen in der Ecke glotzte, als ob es keinen Trachtenverein im entlegensten Winkel Griechenlands erwartet hätte, vermutlich hielten sie die Erscheinung für eine LSD-Halluzination. Gisela beschloß in diesem Moment, die ganze Bagage noch nie gesehen zu haben und fragte sich, welches Teufelchen ihrer übermütigen Begleiterin wohl im Nacken sitzen mochte. Denn die begrüßte die Bande wie alte Bekannte.

„Na, Jungs, ihr habt euch offenbar schon ganz gut eingelebt", griente sie, gerade, daß sie keinem freundschaftlich auf die Schulter klopfte. Also ehrlich! Die Blondine schüttelte innerlich den Kopf. Wie konnte sie mit diesen Gestalten nur freiwillig kommunizieren?

„Ah, die schöne Anhalterin!" freute sich der Ohren-Mann, auch seine Kumpane grunzten Grußworte.

„Eingesoffen, kommt wohl eher hin. Und du hast scheinbar auch gefunden, was du gesucht hast?" Aha, man duzte sich bereits. Das konnte ja heiter werden. Trotzdem wunderte sich Gisela ein wenig, zumindest dieser eine Typ schien ja doch imstande zu sein, sich halbwegs menschlich zu artikulieren ... überhaupt benahmen sich die Bayern momentan ziemlich gesittet.

„In geographischer Hinsicht, ja", sagte Mechthild, Gisela trank ihr selbstgemixtes Alsterwasser aus und beobachtete die Männer, die sich jetzt bemerkenswert leise unterhielten (wenn auch in diesem unverständlichen Dialekt), durch die dunklen Gläser ihrer Brille. Zwei davon waren von dem Rest etwas abgerückt, ein kräftiger Strohblonder und ein etwas kleinerer Sportlicher mit Schnurrbart. Die beiden diskutierten angeregt und gestikulierend eine offenbar heikle Angelegenheit, und der Bärtige vollführte soeben eine Handbewegung, die ihr irgendwie bekannt vorkam ... aber woher?

„Darf man fragen, in welcher Hinsicht nicht?" begehrte Segelohr zu wissen und erhielt als Antwort: „So ziemlich jeder, Alter, aber eigentlich geht dich das einen feuchten Furz an!" Nun jedoch kam Leben in die Truppe, denn es erschien Iannis, der Wirtssohn, mit einer weißen Schürze um seinen Waschbrettbauch, plus Notizblock in der Hand. Den hätte er sich sparen können, denn die Bayern bestellten natürlich ausschließlich Bier. Das allerdings wieder erstaunlich höflich ... komisch, als ob sie sich bevorzugt vor genügend Publikum wie die Vollidioten aufführen würden.

„Liquid bread", flüssiges Brot, erklärte einer dem Griechen lachend, ein anderer ergänzte sinnig: „Z'mindest in *Bavaria*, host mi?" und ein dritter jodelte: „Hollereidulljöh!" Na, jetzt schien die Dumpfmeierei sich doch wieder ihren Weg zu bahnen. War den Jungs etwa aufgefallen, daß sie ihrem Image untreu geworden waren?

„Wollen wir abhauen, bevor es hier richtig zünftig wird?" raunte sie ihrer Freundin zu, zum Glück bekundete die nickend Einverständnis, und so betraten sie die winzige, dunkle Wirtsstube, um zu zahlen und Iannis noch eine Flasche Rotwein abzukaufen. Offener „Krasi", abgefüllt in eine 1,5 Liter-Mineralwasserflasche.

„Zur Inspiration", meinte Mechthild augenzwinkernd.

„Hä? Ach so ... bist du denn jetzt schon in Stimmung, dich verewigen zu lassen in Öl?"

„Klar bin ich das!" und so strebten sie kurz darauf dem Schotter-Parkplatz, wo der rote Porsche ihrer harrte, zu.

„Jeda SCHWERATHLET hot a BLUMENBEET, oba unsaoana ..." hallte ihnen die wiedererweckte Musikalität des Alpenvolks noch über den heißen, weißen Sandstrand nach, quasi als Abschiedsgruß.

„Komisches Pack, diese Bazis", sinnierte Gisela. Ihr ging diese blöde Handbewegung von dem drahtigen Schnurrbart nicht aus dem Kopf. Irgendwo hatte sie die schon mal gesehen, und sie haßte es, wenn ihr etwas nicht einfiel. Sie hatten jetzt den Wagen erreicht.

„Ja, zum Schießen!" meinte die Tätowierte und ließ sich in den Beifahrersitz sinken. Das war es, natürlich! Im Kino! Linda Hamilton in Terminator 2 ... *mit diesem Handgriff lud man ein Repetiergewehr durch!* Die Blondine, die Waffen verabscheute, schauderte und startete den Porsche. Dessen kraftvolle Maschine brabbelte jetzt unternehmungslustig in ihrem Rücken.

„Sag mal, Mechthild, du hast die Brüder doch schon näher kennengelernt", sie wies auf den gelben Bus, der nur wenige Meter entfernt geparkt war.

„Naja, wenn das *kennen* ist, kenne ich eine Menge Leute, wieso?"

„Hmm ... von wegen Kegelclub ... hältst dus für möglich, daß die auch noch im Schützenverein sind?" Mechthilds Kichern ging im Gebrüll des „Roten" unter, als Gisela Gas gab.

„Du und deine Gedankensprünge!" sagte sie dann, „aber wer weiß? Bei solchen Vereinsmeiern muß man auf alles gefaßt sein."

Der Asphalt war zwar aufgrund der Hitze glatt wie Schmierseife, aber wenigstens vorhanden. Und die schmale Straße schlängelte sich so nah am Meer entlang, daß man manchmal wirklich das Gefühl hatte, ein paar Spritzer von der salzigen Gischt abzubekommen. Auf der anderen Seite spielte sich noch unverfälschtes griechisches Leben ab, mal schwatzten einige Frauen vor einem Gemischtwaren-Laden, oder es saßen alte Männer im

Schatten, die das Wort „Streß" wohl noch nie gehört hatten, und sahen der Zeit beim Vergehen zu. Gründe genug also, langsam zu fahren und das südliche Flair des Landes genüßlich auf sich einwirken zu lassen, und genau das taten die beiden Frauen. Sie waren seit etwa zwanzig Minuten unterwegs, Mechthild nahm nun einen Schluck von dem herben Rotwein, dann klemmte sie die zweckentfremdete Wasserflasche wieder zwischen ihre nackten Schenkel und stellte aufs neue fest: „Schön ist das hier."

„Kannst du laut sagen!" Gisela umkurvte gerade eine ältere, wohlbeleibte Bauersfrau mit knallrotem Kopftuch, die sich den Platz auf dem Rücken ihres Maultieres mit einem dicken Reisigbündel sowie den stoischen Gleichmut ihrer Landsleute teilte. Solche idyllischen Bilder kriegst du bei uns nicht zu sehen, dachte sie, dann zuckte sie zusammen, denn ihre gutgelaunte Beifahrerin nahm die Aufforderung wörtlich und wiederholte laut: „SCHÖN IST DAS HIER!"

„Dich sticht heute wohl der Hafer", die Blondine gab ihr einen freundschaftlichen Klaps aufs Bein, „und außerdem hast du dich geschnitten, wenn du der Meinung bist, daß ich dir die Pulle kampflos überlasse!" Sie bog in einen schmalen Schotterweg ein, trat die Kupplung und stoppte den Sportwagen. Mechthild reichte ihr reumütig den Wein.

„Was du mir schon wieder alles zutraust ..." Gisela trank und schmunzelte dann: „Ich trau dir tatsächlich einiges zu! Zum Beispiel, daß du mir jetzt gleich Modell stehst", sie zeigte auf den vor ihnen liegenden Ozean, wo der Weg enden mußte, „wir sind nämlich da. Die Bucht, die ich meinte, liegt dort unten." Der Porsche rollte jetzt im Leerlauf in die angegebene Richtung, denn es ging leicht bergab. Die Schwarzhaarige sah ein wenig nachdenklich drein.

„Das ist das erste Mal, daß mich jemand malen will ..."

„Es gibt für alles ein erstes Mal." Ihre neue Freundin fuhr rechts ran und zog die Handbremse. Mechthild legte für zwei oder drei Sekunden den strubbeligen Kopf auf ihre Schulter und erwiderte, ernst wie selten zuvor: „Da hast du verdammt noch mal sowas von recht!" Was immer sie damit gemeint haben mochte, sie führte es nicht weiter aus, sondern sprang aus dem Wagen und zerrte die zusammengelegte Staffelei vom Notsitz.

„Also los! Die Kunst ruft", lachte sie nun wieder, und kurz darauf stolperten die beiden beladen mit Wasser, Wein und Malutensilien auf eine große Sanddüne zu. Dahinter, so erinnerte sich Gisela, ragte in Ufernähe ein schroffer Felsen, meist malerisch von Wellen umspült, aus dem Wasser. Den wollte sie als eine Art Podest für ihre Muse benutzen, denn ihr schwebte eine surrealistische Interpretation der „schaumgeborenen Venus" vor. Es sollte ein richtig wüstes Werk werden, passend zum Modell. Sie spürte schon förmlich, wie die Kreativität sie durchströmte, als sie den Scheitelpunkt der Düne fast erreicht hatten. Doch dann drangen menschliche Stimmen an ihr Ohr, und Mechthild meinte noch: „Klingt, als ob es hier nicht mehr ganz so einsam wäre." Allerdings blieb sogar ihr angesichts der Szene, die sich nun vor ihren Augen abspielte, der Mund offen stehen. Und das wollte etwas heißen!

„Ich glaub es einfach nicht!" entfuhr es der Künstlerin, als sie sich dem Geschehen in der ansonsten tatsächlich unveränderten Bucht näherten. Ein passenderer Kommentar fiel ihr zu dem fettleibigen, vollbärtigen Kerl, der da auf allen Vieren über den Strand gejagt wurde, nicht ein. Er war nicht etwa nackt, nein, sein weißes, stellenweise von der Sonne krebsrot verbranntes Fleisch war durchaus zum Teil bedeckt. So steckten zum Beispiel seine behaarten Biertitten in einem rosa Spitzenbüstenhalter. Dazu passend trug er Strapse und Netzstrümpfe in derselben Farbe, kombiniert mit grünen Gummistiefeln, die einen reizvollen Komplementär-Kontrast bildeten. Um seinen feisten Hals baumelte eine, ständig impertinent bimmelnde Kuhglocke, wenigstens wurden die Geschlechtsteile von einem schwarzen Leder-Tanga kaschiert. Dagegen wirkte die korpulente Frau im asiatischen Sarong, die ihm ständig nachsetzte und dabei heftig mit einer Reitgerte auf sein rotweißes Hinterteil eindrosch, regelrecht gesellschaftsfähig.

Gisela wurde den Gedanken nicht los, die beiden irgendwo schon mal gesehen zu haben, während ihre Freundin sofort realisierte, wer hier seinem bevorzugten Hobby nachging.

„Alle Macht dem Übermenschen!" röhrte Gustl, und: „Gehst du zum Weibe, vergiß die PEITSCHE nicht!"

Die augenscheinlich nimmermüde Sabine verdoppelte daraufhin ihre Anschläge in der Minute und zeterte: „Dir werde ich deinen Nietzsche schon noch aus den GEDÄRMEN PRÜGELN! Was war er, dein perverser Philosoph? LOS, SAG ES!" Und lustig pfiff die Gerte dazu, Bim-Bam machte die Glocke.

„Ein Antisemit", winselte der Dicke.

„Und WAS NOCH?" Klatsch, klatsch, die Antwort schien ihm nicht leicht zu fallen, während seine Plauze durch den Sand schliff und seine Lebensgefährtin im Eifer des Gefechts noch nicht bemerkt hatte, daß sie ihn genau auf die beiden Frauen zutrieb.

„IMPOTENT!" da war es raus, wenn auch historisch nicht fundiert.

„Hallo zusammen!" rief Mechthild, „etwas Bewegung an frischer Luft hat noch keinem geschadet, was?" Gisela genehmigte sich erstmal einen tüchtigen Schluck aus der Weinflasche. Und gleich noch einen. Das sonderbare Pärchen war sichtlich peinlich berührt, Sabine versuchte, ihren Damenbart zu zwirbeln, Gustl erhob sich hüstelnd und bimmelnd.

Beide zeigten keinerlei Zeichen des Wiedererkennens gegenüber der Blondine (was aber auch daran liegen konnte, daß sie inzwischen um einiges schlanker und gebräunter war, als an dem verhängnisvollen Abend im Bogey's), und sie konnte diese Gestörten momentan auch nicht einordnen.

„Tja, äh, hallöchen auch", meinte der Krauskopf, „Sie werdens nicht glauben, aber wir haben gerade eine avantgardistische Performance einstudiert." Tu' ich auch nicht, dachte Gisela. Mechthild konnte sich natürlich ein breites Grinsen nicht verkneifen.

„Soso!" meinte sie nur.

„Ja, wir sind nämlich, ähem ... Aktionskünstler!"

„Genau, das sind wir", pflichtete die Bärtige flugs bei, „und wir gehen ganz auf. In unserer Kunst, meine ich." In diesem Moment kam Gisela ein Gedanke, der sie in seiner Verwegenheit selbst überraschte. Während die anderen rumstanden, wie bestellt und nicht abgeholt, ließ sie sich in den warmen Dünensand plumpsen und widmete sich nochmal dem herben „Krasi". Vor ihrem geistigen Auge war gerade *das* surrealistische Bild schlechthin erschienen, und wer wirklich gut sein wollte, kam scheinbar an einem gerüttelt Maß galoppierenden Wahnsinns nicht vorbei.

„So, Sie beide sind also leidenschaftliche Künstler", sprach schon ein wenig die Stimme des Alkohols aus ihr. Aber was sollte es.

„Äh, klar, mit Leib und Seele!" Gustl nahm die Kuhglocke vom Hals, als ob sie das einzig Peinliche an seinem Outfit wäre.

„Dann haben Sie doch bestimmt Interesse, bei der Entstehung eines einmaligen Gesamtkunstwerks mitzuwirken?" Die Augen der Malerin verengten sich zu scharfen Schlitzen, die signalisierten, daß sie keinen Widerspruch duldete. Gisela spürte, daß sie sich die Frage, ob die zwei lieber zum Gespött von ganz Kalamata werden wollten, sparen konnte. Schließlich gab es für alles eine Zeit im Leben! Und sie *wollte* jetzt malen!

NEUNTES KAPITEL

„Meine Mutter ist Griechin", antwortete Nick Henderson wahrheitsgemäß auf griechisch, während er dachte: Nice place, dieses Agios Pavlos. Manchmal kamen sich die vielen Vokabeln in seinem Kopf gegenseitig in die Quere, doch das tat seiner behaglichen Stimmung im Moment keinen Abbruch. Er saß in der Taverne am Marktplatz, auf einem der typischen Holzstühle und genoß die milde Abendluft. Jorgos, der freundliche, alte Wirt, hatte sich ob seiner fehlerfreien Aussprache in Verbindung mit dem exotischen, in den USA zugelassenen Fahrzeug (die mittlerweile reichlich eingestaubte Indian), gewundert und erkundigt, ob er denn einen Landsmann vor sich habe. Jetzt nickte er zufrieden, murmelte: „Ah, endaxi" (offenbar war in seinen Augen nichts gegen amerikanische Oldtimer und griechische Mütter einzuwenden), dann schlurfte er wieder in seinen Laden. Nick nippte an seinem griechischen Kaffee und sah dem Alten wohlwollend nach. Er mochte gut und gerne achtzig Lenze auf dem Buckel haben, und doch waren die Augen in dem gutmütigen, wettergegerbten Gesicht hellwach. Und er hielt sich auch noch kerzengerade, wie sich das für einen stolzen Griechen gehörte; allerdings überragte Jorgos im Stehen ihn selbst im Sitzen nur um wenige Zentimeter, doch auch dieser Umstand tat seiner Würde keinen Abbruch. Würde, ja, darin unterschied sich dieses Land von vielen anderen, die sich für „fortschrittlicher" hielten. Hier wurde diesem Wort noch Bedeutung beigemessen, und die meisten Menschen konnten auch in Würde altern! Nick zündete sich eine Zigarette an, dachte mit Schaudern an die aufgetakelten Schabracken (mit ihren gelifteten Visagen, lila Haaren und schwachsinnigen Statussymbolen) in New York und ließ seinen Blick über den Marktplatz wandern. Da waren die vergilbten, teils abgebröckelten und von wildem Wein überwucherten Fassaden der Häuser mit ihrem morbiden Charme, schmale Gäßchen, die an diesem Ort zusammenliefen, und sogar noch ein funktionstüchtiger Ziehbrunnen, um den einige Kinder herum Fangen spielten. Ihr Lachen schallte über den Platz, schien den alten Esel, der in einer der schattigen Gassen angebunden war, aber überhaupt nicht in seiner Ruhe zu stören, genausowenig wie die einfach gekleideten Männer im Kafenion gegenüber. Lediglich die langen Ohren des braven Arbeitstieres zuckten von Zeit zu Zeit in Richtung der fröhlichen Geräuschkulisse, ansonsten fügte es sich perfekt in die harmonische, frühe Abendstimmung. Nur wenige Meter davon entfernt hielten drei schwarz gekleidete, ehrwürdige Greisinnen einen Plausch, und jeder, der sie passierte, grüßte respektvoll. Nick alias Nikos fand, daß auch diese Frauen in perfektem Einklang mit sich und ihrer Welt zu leben schienen, lehnte sich entspannt zurück und dachte, daß dies wirklich ein lebenswertes Fleckchen seines Lieblingslandes war. Außerdem war er auch ein bißchen stolz, zumindest halber Grieche zu sein, doch dann fiel ihm zum Thema „Frauen" noch etwas anderes ein. Schließlich war er hier, um Gisela zu sehen, lange genug hatte er sich diesbezüglich gedulden müssen. Manchmal konnte eben selbst er nicht so, wie er wollte, und in Patras war genau diese Ausnahmesituation eingetreten. Doch jetzt hatte er es ja endlich hierher geschafft, und was fand er vor? Ein zwar sehr ansprechendes, aber leeres Rahm'sches Heim (den Weg hatte ihm der hilfsbereite Jorgos gewiesen), keinen roten Porsche und vor allem: keine hinreißende Blondine (von Mechthilds Anwesenheit ahnte er natürlich nichts)! Und als hinreißend empfand er die Kölnerin inzwischen, wenn auch die Tatsache, daß er sie sofort, nachdem sie sich in Patras verabschiedet hatten, zu vermissen angefangen hatte, ihr Bild ein wenig ins allzu Vorteilhafte verzerrt haben mochte. Wie auch immer, wozu hatte er schließlich ihre Handy-Nummer eingespeichert?

„Ja, wozu eigentlich?" brummte der Amerikaner etwas mißmutig in seinen vier-Tage-Bart und aktivierte heute zum weiß-der-Geier-wievielten Mal die Wahlwiederholung seines Geräts. Was nutzte einem schon das modernste Mobiltelefon, mit dem man angeblich jeden jederzeit erreichen konnte, und das fast überall, wenn die gewünschte Gesprächspartnerin einfach nicht abnahm? Während Nick auf das Freizeichen wartete, erschien der alte Wirt wieder, stellte mit bedächtigen Bewegungen ein Schälchen Erdnüsse sowie eine Untertasse mit aufgeschnittenen, gesalzenen Gurkenstückchen auf den Tisch und erkundigte sich, ob alles „endaxi", also in Ordnung, sei. Nick bedankte sich mit einem freundlichen Lächeln (wie sonst hätte er diesem netten Kerl gegenüber auch reagieren sollen?) und antwortete, ja, wenn er ihm jetzt noch ein kaltes Bier brächte, wäre alles in bester Ordnung, dann hörte er sich schicksalergeben wieder das Getüte an.

„Endaxi!" meinte Jorgos und machte sich auf den Weg. Als er mit dem Gewünschten wiederkam, hatte sein Gast gerade die frustrierenden Freizeichen-Faxen dicke und drückte mit einem Seufzer auf die Taste mit dem roten Telefonhörer. Nick setzte den Flaschenhals an die Lippen und jagte sich genüßlich eine ordentliche Ladung vom schäumenden Gerstensaft durch die Gurgel, dann fühlte er sich schon wieder etwas belebter. Offenbar hörte Gisela das Ding nicht, oder sie hatte es zu Hause gelassen, verloren, im Klo versenkt ... hm. Es konnte natürlich auch sein, daß sie einfach keine Lust hatte, ranzugehen, und diese Vorstellung gefiel ihm am wenigsten. Denn das würde ja bedeuten, daß es ihr unter anderem wurscht wäre, ob *er*, Nick, sie zu erreichen versuchte! Er zermalmte mit zwei Fingern die Schale einer unschuldigen Erdnuß und aß den Inhalt. War das etwa Eifersucht, was da in ihm hochschwappte? Oder was sollten die unerfreulichen Bilder, die auf einmal in seinem Kopf rumspukten, sonst für ein Gefühl repräsentieren? Gisela im Arm eines braungebrannten Beach-Boys. Gisela juchzend in der Meeresbrandung mit mehreren von der Sorte. Gisela beim multiplen Orgasmus mit einem ganzen Rudel dieser wollüstigen Taugenichtse, er selbst, wie er mit einem riesigen Maschinengewehr eine halbe Kompanie braungebrannter Aufreißer niedermähte, vor einem blutroten Sonnenuntergang ... jetzt reiß dich aber mal zusammen, Henderson, rief er sich schließlich selbst zur Ordnung. Am besten wäre es wohl, ihr einfach eine Nachricht an die Haustüre zu heften und dann abzuwarten. Aber vorher würde er noch einmal versuchen, sie telefonisch zu erreichen. Einmal noch, und kein einziges Mal öfter! Nick gestand sich ein, daß er diesen löblichen Vorsatz bereits drei oder vier Freizeichen-Sessions zuvor gefaßt hatte, dann betätigte er erneut die Wahlwiederholung. Scheinbar hatte die Blondine doch ganz beachtliche Emotionen in ihm freigesetzt ... da! Was war das? Das durfte ja wohl nicht wahr sein ... anstelle des nervigen Tütens war nun ein Rauschen in der Leitung zu hören, untermalt von monotonem Brummen (der Motor des Porsche?), und da war sie, heureka, Nektar und Ambrosia in seinem Ohr: Giselas Stimme!

„Hallohalloh ... wer ist denn da?"

„Gisela?" Das hatte aber ungewohnt aufgekratzt geklungen, sollte er sich zur Abwechslung verwählt haben? Doch die Antwort auf diese Frage folgte auf dem Fuße: „Jahaa! Wer wagt es, oder hat die Muße (Gekicher), zu küssen hinterrücks die Muse? Die Konfuse?"

„Äh, hi, hier ist Nick, Nick Henderson, hoffe, du erinnerst dich noch an mich ..."

„NICK! Wo zum Teufel bist du gewesen all die Jahre (Gelächter)? Das ist ja PHANTASTISCH, Mensch! Bist du in der Gegend?" Also, entweder hatte sie einen Schwips oder zuviel Sonne erwischt! Oder war sie doch von einem Braungebrannten um den Verstand gebumst worden?

„Das kommt darauf an, welche Gegend du meinst, ich sitze jedenfalls auf dem Marktplatz von Agios Pavlos!"

„ECHT? Famos, famos! Da wirst du aber gleich Augen machen ...“ Verbindung unterbrochen! Oder hatte sie ihn etwa absichtlich abgewürgt? Nick schüttelte verwundert den Kopf, hob ihn dann aber und lauschte dem bekannten Geräusch, das da in einer der nahen Gassen anschwoll. Dieses Gebrumm, das war ein Auto, aber nicht irgendeins, nein, das war ... und da bog er auch schon um die übernächste Ecke, der rote 911 Targa! Fast wäre der Amerikaner aufgesprungen und hätte wie ein aufgeregter Schuljunge gewinkt, als das Fahrzeug langsam über die *Platia* rollte, doch dann fiel ihm gerade noch ein, daß derartiges Benehmen in die Kategorie „fragwürdiger Stil“ gehörte, besonders hier. Also blieb er schön sitzen und wunderte sich ein wenig, daß nicht Gisela, sondern Mechthild am Steuer des Sportwagens saß, der jetzt neben der Taverne hielt. Aus dem geöffneten Dach ragte, auf dem Notsitz hinter den Frauen verzurrt, seltsamerweise eine hölzerne Staffelei plus offenbar bemalter Leinwand. Allerdings konnte er das vermeintliche Kunstwerk nicht erkennen, da es gegen die Fahrtrichtung befestigt war. Aber was spielte das auch für eine Rolle, wichtig war, daß die Blondine endlich vom Beifahrersitz, auf ihn zu und in seine Arme hechtete. Sie war ganz offensichtlich beschwipst, ein Glück, kein Sonnenstich und hoffentlich auch kein gebräuntes Gesockse ... apropos gebräunt!

„Du siehst ja zum Anbeißen aus“, konnte er nicht umhin festzustellen. Zwar hatte ihm die Kölnerin in Bayern und auf der Fähre *gefallen*, ganz klar, aber nun war er von ihrem Anblick regelrecht *von den Socken!* Und das war noch dezent ausgedrückt. Er hielt sie auf Armeslänge von sich, um ihren bronzefarbenen Hautton, die mittlerweile (aufgrund diverser auf der Strecke gebliebener Kilos) optimal verteilten Rundungen und vor allem den fröhlichen Ausdruck in Giselas deutlich schmäler gewordenem Gesicht besser bewundern zu können.

„Dann tus doch“, gickerte sie und warf sich wieder an seine breite Brust, aber Nick vergrub nur seine Nase in ihrem Haar und sog begierig ihren Duft ein, wie etwas, das er sehr vermißt hatte. Was anscheinend auch der Fall war.

„Alles zu seiner Zeit!“ sagte er dann leise.

„Na, wenn das nicht der alte Nick Henderson ist“, ahmte Mechthild den Tonfall des Mannes nach. Obwohl auch sie sich freute, den charmanten Kerl wiederzusehen, fiel ihre Begrüßung mittels kräftigem Händedruck und hingehauchtem Wangenküßchen doch um einiges distanzierter aus. Sie fragte sich selbst, warum sich ihre Begeisterung in so engen Grenzen hielt, als sie sich setzte und erläuterte: „Unsere gemeinsame Freundin hier hat sich heute eine Extraportion vom leckeren *Krasi* reingezogen."

„Halbe Flasche, ungelogen!" kicherte die Gemeinte, „und alles im Dienste der Kunst. Denn im Wein lag bekanntlich schon immer die Wahrheit, wie der Hase im Pfeffer, hihi, und vor allem ..." Nick sah liebevoll in ihre schönen, wenn auch derzeit leicht benebelten, blauen Augen.

„Vor allem Inspiration! Und auf die kommts an, sagt die Mechthild." Der wurde jetzt, als Gisela vertraulich den Oberschenkel des Mannes tätschelte, klar, was ihr nicht paßte. Natürlich, die beiden standen aufeinander! Sie war ganz einfach eifersüchtig, das war alles! Und Nick, der souveräne, straighte Asphaltcowboy, war zwar nett, aber ganz bestimmt nicht ihr Typ!

„Na ja, davon hast du wirklich reichlich, das hast du heute bewiesen!" wandte sie sich wieder, nun ungewohnt unsicher, an ihre neue Freundin. Ihr taten zwar vom stundenlangen Modell-Stehen die Beine etwas weh, aber im Kopf war sie völlig klar (auch, weil die Künstlerin sich ihren Inspirationswein größtenteils alleine einverleibt hatte). Und sie kapierte in diesem Moment, daß sie in diesem speziellen Fall ihre Gefühle ausnahmsweise im Zaum halten mußte. Sonst konnte sie nur verlieren ...

„Danke, danke", meinte Gisela, „aber jetzt brauche ich erstmal einen anständigen Kaffee, nein, lieber Frappé! Bestellt ihr mir den bitte, bis ich wiederkomme ..." Mit diesen Worten strebte sie der rechts neben der Taverne in einem kleinen Häuschen installierten Toilette zu. Dort angekommen, schloß sie mit zitternden Händen die wurmstichige Holztür, rammte den rostigen Riegel in den Türrahmen und drehte das kalte Wasser am Waschbecken auf. Sie konnte es noch kaum fassen, ER IST TATSÄCHLICH GEKOMMEN, dachte sie, quasi in Versalien. Wie oft hatte sie in den letzten Tagen an den attraktiven Amerikaner gedacht und sich gefragt, ob er ihrer Einladung wohl Folge leisten würde. Vor allem seit sie sich auch seelisch von Hakan verabschiedet hatte und sicher war, daß sie diesen schmierigen Lügner nie mehr wiedersehen wollte! Ah, was war da der aufrechte Motorradfahrer doch für ein anderes Kaliber ... sie hielt ihr Gesicht unter den erfrischenden Wasserstrahl, der sie ein ganz klein wenig ernüchterte. Wie kam sie eigentlich darauf, daß Nick wirklich so vertrauenswürdig war, wie er sich gab? Hatte sie die Erfahrung nicht gelehrt, daß frau Männern erstmal gar nichts glauben sollte? Gisela drehte das Wasser wieder ab, strich sich mit nassen Fingern einige Strähnen aus dem Gesicht und betrachtete ihr Spiegelbild über dem Waschbecken. Sie hätte es angebracht gefunden, dabei ein nachdenkliches Gesicht zu machen, aber ihr immer noch umwölkter

Geisteszustand ließ das derzeit nicht zu. Papperlapapp, dachte sie schließlich. Mit zuviel Mißtrauen konnte man sich auch um jede Menge Lebensqualität bringen, außerdem war es extrem unwahrscheinlich, daß ein Mensch sich derart verstellen konnte. Und was sollte er ihr gegenüber schon im Schilde führen? Die Blondine straffte sich und übte noch einmal nichtbesoffen-gucken. Daß er mit ihr ins Bett wollte? Na und? Dagegen war nicht das geringste einzuwenden! Jetzt gelang ihr ein dezidiertes Lächeln. Ja, das kam gut. Diesen Gesichtsausdruck mußte sie sich unbedingt merken!

Nein, Nick war echt, entschied sie. Und sie selbst war auch echt, nämlich echt verknallt und damit Basta! Sie zauberte nun ihren bevorzugten Lippenstift, den knallroten, aus der einzigen Tasche ihres Kleides und bemalte sich damit den Mund, bis er wie eine offene Wunde in ihrem braunen Gesicht klaffte. Dann raffte sie sich noch zu dem logischen Schluß auf, daß Nicks Erscheinen hier nur eines bedeuten konnte: Daß sie ihm auch nicht egal war! Wunderbar!

Gisela trat in das sanfte Licht der schon leicht rötlichen Sonne, deren schräg einfallende Strahlen nun noch den halben Marktplatz inklusive Jorgos' Taverne erhellten. Diese Beleuchtung kam ihr natürlich wie bestellt, denn sie ließ fast jeden gut aussehen, besonders, wenn der betreffende Mensch sich schon ein bißchen Färbchen zugelegt hatte. Mechthild und der Motorradfahrer schienen sich zwar leidlich angeregt zu unterhalten, aber es kam ihr vor, als ob beide aus dem Augenwinkel nach ihr geschielt hätten.

„Und ich hab schon gedacht, sie hätte das Ding vielleicht verloren", sagte Nick soeben, dann bedachte er die Platz nehmende Blondine mit seinem geheimnisvollen Lächeln. Sie fand, daß auch er noch einen Tick besser aussah (falls das überhaupt möglich war), als bei ihrem letzten Zusammentreffen, und das lag ganz sicher nicht nur am Licht! Nein, er wirkte mit seinen staubigen Stiefeln, Schmuddel-Jeans und obligatorischer Lederweste nun noch etwas verwegener, wozu natürlich auch die Bartstoppeln – in seinem inzwischen ebenfalls gebräunten Gesicht – ihr Scherflein beitrugen. Und das stand ihm nicht nur ausgezeichnet, es paßte auch perfekt zu seinem multikulturell geprägten Abenteurer-Image.

„Nick hat heute schon mehrmals versucht, dich zu erreichen", erklärte Mechthild.

„Oh je! Und ich Idiotin hab das Handy im Handschuhfach gelassen!" Dafür hätte ich mich aber kräftig selber in den Arsch getreten, wenn wir uns deswegen nicht gesehen hätten, dachte Gisela. Aber nun saßen sie ja zusammen, hurra! Sie machte sich grinsend *(NICHT angeschickert grinsen,* fiel ihr ein, *höchstens selbstbewußt lächeln!*) über ihren Frappé her. Jorgos hatte es offenbar gut mit dem Kaffeepulver darin gemeint, nun, um so besser! Genau das brauchte sie jetzt, dazu vielleicht noch etwas feste Nahrung.

„Jedenfalls bin ich hungrig", verkündete sie deshalb, „und die Frau vom Jorgos hier macht die leckersten Omeletts weit und breit! Habt ihr da vielleicht zufällig auch einen Gusto darauf? Mit Schafskäse und Tomaten gefüllt? Und Zwiebeln dazu, hmm ..." Bei dem bloßen Gedanken daran lief ihr schon das Wasser im Mund zusammen.

„Das klingt ziemlich vielversprechend", fand Mechthild, und ihr leerer Magen knurrte Zustimmung.

„Na, dann bestelle ich uns mal drei Stück!"

„Moment!" Gisela hielt Nick, der schon aufstehen wollte, am Arm fest. „Habt ihr denn richtig Kohldampf, so wie ich?"

„Kann man nicht anders sagen." Die ohnehin sehr schlanke Schwarzhaarige sah im Moment schon fast ausgemergelt aus.

„Dann sollten wir auf jeden Fall zwei ordern!" Die Blondine genoß die Verwirrung in den Gesichtern der anderen, offensichtlich hielten die sie jetzt für endgültig der Realität entrückt.

„Nun guckt nicht so belämmert", lachte sie schließlich, „ich garantiere euch, daß von einem einzigen Omelett hier locker drei Personen satt werden! Aber da wir ja ziemlich ausgehungert sind ..."

„Okay, dann glauben wir das einfach mal", Nick gab dem alten Wirt ein Handzeichen und bestellte: „Dio Omelettes me Feta käi Tomates", worauf Jorgos wieder sein gemütvolles „Endaxi" zum besten gab.

„Ist Griechisch eigentlich schwer zu lernen?" wollte Gisela wissen.

„Für einen Erwachsenen?" griente der Amerikaner. „Ungefähr so leicht wie Deutsch, schätze ich. Allerdings ist die Grammatik für meinen Geschmack etwas überschaubarer. Aber die Mühe lohnt sich, wenn man länger im Land bleiben will", da schien ihm plötzlich ein hochinteressanter Gedanke zu kommen, zumindest sah er die Blondine dementsprechend bedeutsam an.

„Könntest du dir das denn vorstellen?"

„Was?" gab sie sich begriffsstutzig.

„Na, längere Zeit in Griechenland zu verbringen, ein paar Monate, vielleicht sogar ein Jahr ..."

„Du wirst lachen, mit der Idee hab ich schon öfters gespielt, jetzt, wo Frank seine eigenen Wege geht ... ach, von dem weißt du ja noch gar nichts!" Sie hatte zwar in der Zwischenzeit Mechthild von ihrem Sprößling erzählt, Nick jedoch konnte ja von dessen Existenz nichts ahnen ... komisch, trotzdem schien er überhaupt nicht überrascht, als sie nun hinzufügte: „Frank ist mein 19-jähriger Sohn. Sensibler Künstler."

„Ja? Was macht er denn?" Also, eigentlich hätte er sich ja schon zu einer Bemerkung à la *Was? So alt ist dein Sohn schon?* aufraffen können! Aber derart platte Floskeln waren wohl nicht sein Ding.

„Theater. Er betreibt mit einigen Freunden ein kleines Hinterhof-Theater in der Kölner Südstadt."

„Echt? Das wußte ich auch noch nicht!" Mechthild hielt es für angebracht, sich mal wieder ins Gespräch einzubringen, denn der Turtel-Tonfall der beiden anderen ging ihr allmählich auf den Wecker.

„Nein? Ist aber so." Gisela vernichtete ihren restlichen Frappé.

„Und des weiteren ist es so, daß er die paar Mal im Jahr, die er sich bei mir blicken läßt, mich auch sonstwo, zum Beispiel hier, besuchen und dafür etwas länger bleiben könnte. Habe ich alles schon mal durchdacht, meine Eltern wohnen hier ja nun auch ..."

Nick runzelte die Stirn.

„Klingt, als ob da gleich noch ein dickes *Aber* nachkäme."

„Genau. *Aber* wovon sollte ich in Griechenland leben? Mein Job in Köln nervt zwar manchmal, dafür stimmt die Kohle, und was willst du hier schon machen? Kellnern?" Nun rückte Mechthild etwas näher an sie heran und gurrte ihr ins Ohr: „Bist du eigentlich noch nie auf die Idee gekommen, *deine* Kunst zu vermarkten?" Sie schlug dabei ihren Staubmantel, den sie nun wieder trug, von einer ihrer Waden unter dem Tisch, drückte diese gegen Giselas und ließ sie da. Nicht, daß sie sich aufdrängen wollte, aber gegen etwas freien Wettbewerb war ja wohl nichts einzuwenden! Dann beugte sie sich (mit einem leicht dreckigen Grienen, denn die Blondine hatte ihr Bein nicht zurückgezogen, warum auch immer. Ob sie gar ihre Gefühle erwiderte? Oder einfach ihre Motorik nicht mehr im Griff hatte?) zu dem arglosen Amerikaner: „Wenn ich so malen könnte wie die Gisela, würde ich versuchen, vom Verkauf meiner Bilder zu leben, das sag ich dir! Allein schon, was sie heute nachmittag auf die Leinwand geknallt hat, in nur drei Stunden", sie deutete mit dem Kinn zu der Staffelei im Porsche, „das ist einfach genial! Surrealistisch. Kann man nicht beschreiben, mußt du gesehen haben!"

„Ja? Warum zeigt ihr es mir nicht? Keine Ahnung, ob sie es dir erzählt hat, aber ich handle zufällig mit Kunstwerken ..."

„Nee, hat sie nicht. Mensch, das paßt ja wie Arsch auf Eimer! Sag bloß, du hast ʻne eigene Galerie?"

„Äh, naja, sozusagen ... aber hallo! Das sind ja die reinsten Tellerminen!" Der alte Jorgos, der in diesem Moment zwei wirklich riesige, duftende Omeletts anschleppte, enthob Nick einer detaillierteren Schilderung seiner beruflichen Tätigkeit.

„Na, habe ich zuviel versprochen?" Gisela leckte sich vorfreudig die roten Lippen.

„Nach dem Essen zeigen wir dir den Schinken, einverstanden?"

„Welchen Schinken? Ach so, ja, klar. Einverstanden!"

Das Grüppchen orderte noch diverse Getränke, dann machte es sich genüßlich über die Wagenräder her. Sie schmeckten vorzüglich.

„Sag mal, wolltest du dich nicht mit irgendwelchen Motorradkumpels treffen?" erkundigte sich Mechthild zwischen zwei Bissen. Die Frage klang ein wenig nach: „Du bleibst doch nicht etwa länger in der Gegend, oder?" doch falls Nick das bemerkt haben sollte, ignorierte er es äußerst geschickt. Wer die unterschwellige Rivalität in der Runde allerdings sehr wohl registrierte, das war die beschwipste, blauäugige Blondine (die durchschnittliche Aufmerksamkeitsspanne dieser Spezies wird oft unterschätzt) in der Mitte, genauso wie den Druck der steinharten weiblichen Wade an ihrer eigenen. Daß sie den, wiewohl durchaus noch Herrin zumindest ihrer Grobmotorik, zuließ, lag daran, daß er ihr ein eigentümliches Prickeln verschaffte. Und schließlich hatte sie dem Amerikaner gegenüber noch kein Treuegelöbnis abgelegt.

„Das habe ich schon, und zwar in Patras, kurz nachdem wir uns getrennt hatten", gab der zur Antwort, „aber ich bin dort aufgehalten worden, und die Jungs haben nur begrenzt Zeit, also sind sie schon mal ohne mich gestartet, den östlichen Peloponnes abgrasen. Wir wollen uns aber nochmal treffen, in Kalamata." Er nahm einen Schluck aus seiner Bierflasche, dann fügte er hinzu: „Müßten übermorgen hier sein, schätze ich." Gisela schluckte ihr letztes Stück Omelett und spülte mit der Cola, die ihr helfen sollte, wieder zu sich zu kommen, nach. Übermorgen. So lange blieb er also mindestens noch! Ihr Magen nahm seine Verdauungstätigkeit auf, und auch das Koffein schien allmählich zu wirken, sie fühlte sich langsam wieder zurechnungsfähig. Und ziemlich wohl, denn es war noch schön warm auf dem Marktplatz von Agios Pavlos, obwohl die Sonne bereits untergegangen war, und das einsetzende Grillengezirpe paßte auch gut zu ihrer Urlaubsstimmung. Wie einsam hatte sie sich doch gefühlt vor gar nicht allzu langer

Zeit, und jetzt saß sie an diesem reizenden Ort zwischen zwei Menschen, die sie ... äh, beide begehrten? Nun, zumindest gern hatten, da war sie sicher. Anscheinend war es an der Zeit, unnötige Verwirrung im Keim zu ersticken, also entzog sie Mechthild ihr Bein und fragte Nick: „Hast du denn schon einen Platz zum Schlafen?" Die Tatsache, daß er kein Gepäck dabei hatte, sprach leider dafür, aber versuchen konnte sie es ja ...

„Ja, in Melissa, kennst du sicher." Mist, verdammter. Klar kannte sie Melissa, ein romantisches Dörfchen, zirka zehn Autominuten entfernt, auch am Meer. Aber warum wollte er nicht bei ihr pennen? Falsch verstandener Mannesstolz? Immerhin war er halber Grieche ... wie auch immer: „Aber da macht dir doch bestimmt keiner Frühstück!" setzte sie nach. Jeder wußte, daß das in Griechenland unüblich ist, also lächelte er: „Nein, das macht mir keiner!"

„Dann bist du hiermit für morgen früh eingeladen. Bei uns, das Haus hast du ja bestimmt schon gefunden."

„Ja, mit Jorgos' Hilfe." Er steckte sich eine „Marlboro" an.

„Und ich komme gern, danke." Das glaub ich, dachte Mechthild, daß du gern kommst, und wahrscheinlich viel zu früh, wie die meisten Männer ...

„Aber Giselas Gemälde willst du schon heute noch sehen?" Sie erinnerte sich daran, daß sie sich beherrschen wollte, außerdem hatte ihr der arme Kerl ja wirklich nichts getan. Also schärfte sie sich ein: *Sieh zu, daß du fair bleibst, Alte!*

„Sicher, ich warte ja schon dauernd darauf, daß ihrs endlich feierlich enthüllt!"

„Dann schließ' doch bitte die Augen, aber nicht schummeln", Gisela stand auf, „hilfst du mir mal, Mechthild?" Die Frauen hoben mit vereinten Kräften die gesamte Staffelei aus dem Wagen, während Nick rauchte und versuchte, nicht zu blinzeln. Praktischerweise stand direkt neben ihrem Tisch eine ziemlich helle Straßenlampe, und darunter bauten sie das Ganze auf.

„NICHT gucken!" Stolz auf ihr Werk und die Sorge, daß der Motorradfahrer sie gleich für verrückt erklären würde, befanden sich hinter der wogenden Brust der Malerin im Clinch.

„Ich gucke ja gar nicht!"

„Jetzt darfst du aber!" Nick öffnete die Augen und empfand es als optimales Timing, daß Jorgos gerade drei Verdauungsschnäpse als kleine Aufmerksamkeit kredenzte. Den konnte er jetzt vertragen.

„Wow!" war sein erster Kommentar. Auch der alte Wirt starrte nun fasziniert auf den Gegenstand des allgemeinen Interesses, der von den Frauen eingerahmt wurde, als handelte es sich um den Hauptgewinn einer Quiz-Show. Gisela hielt die Luft an. Nun sag' schon was, dachte sie.

„Das ist ja ...", Nick konnte die Augen nicht von dem etwa einen Quadratmeter großen Gemälde lassen.

„Das ist ja ... *atemberaubend!*" Es stellte im wesentlichen eine Dreiergruppe im Akt dar, offensichtlich in mythologischem Zusammenhang, aber was ihm wirklich die Sprache verschlug, war die Art der Umsetzung. Der alte Wirt fragte ihn auf griechisch, wer das denn gemalt habe, worauf er wortlos auf Gisela deutete.

„Ah, orea", schön, fand Jorgos und ergänzte: „Bravo!" dann schlurfte er wieder von dannen. Nick konnte sich dieser Meinung nur anschließen, mehr noch, er war begeistert. Allein schon die Farbkomposition! In einer königsblauen Brandung saß eine dicke Frau rittlings, in giftgrünen Gummistiefeln, auf einem fetten, auf allen Vieren kriechenden Mann mit geradezu obszöner, strahlend weißer Wampe. Ein gelungener Kontrast zu seiner rosa Reizwäsche! Womit sie ihn bei dieser Gelegenheit antrieb, schien eine Art phosphoreszierende Reitgerte zu sein, und über dem Ganzen schwebte engelsgleich, in goldenes Licht getaucht, eine lediglich mit Schnürstiefeln bekleidete Feengestalt, die eine verblüffende Ähnlichkeit mit Mechthild hatte. Die Figuren waren sorgfältig naturalistisch ausgearbeitet, im Stil der alten Meister, und die beiden Dicken (an der Frau mit dem prächtigen Schnurrbart hätte Rubens seine helle Freude gehabt) schienen mit sich und ihrem Tun völlig im reinen zu sein. Allein die Schwebende (die in Wirklichkeit regungslos auf einem Felsen gestanden hatte) sah etwas mißbilligend drein. Am Himmel im Hintergrund, der in allen Regenbogenfarben schillerte und an dem diverse Tattoo-Motive wie Rosengewächse, Totenköpfe und Grabsteine irrlichterten, ging anstelle der Sonne eine rotglühende Kuhglocke unter, die da komischerweise überhaupt nicht fehl am Platze wirkte.

„Wahnsinn!" entfuhr es Nick, „seit Schiele und Kokoschka habe ich keine dermaßen gewagte Komposition mehr gesehen. Und dabei sitzt auch noch jeder Pinselstrich ..."

„Das heißt, es gefällt dir?" Gisela fiel ihm mit einem kleinen Juchzer um den Hals.

„Allerdings!"

„Und ich hatte schon befürchtet, du hältst mich jetzt für bekloppt!" Sie machte keine Anstalten, von ihrer Umklammerung abzulassen.

„Im Gegenteil, ich halte dich für äußerst begabt! Hat das Werk denn auch einen Namen?"

„Mechthild, sag dus ihm!"

Die Drahtige unter der Laterne guckte jetzt noch einige Grade kritischer als auf dem Bild, denn in ihrer Magengrube sprangen anscheinend diverse Eifersuchts-Teufelchen Trampolin. Zumal dieser Kerl jetzt auch noch zärtlich seinen Arm um die Taille der Blondine an seinem Hals legte.

„Es heißt: *Aphrodite beobachtet den Ritt der Hetäre auf dem Philosophen.*" Sie setzte sich und kippte ihren Schnaps, um die Trampolin-Abteilung zur Räson zu bringen. Die beiden anderen folgten ihrem Beispiel, nun wieder in sittsamem Abstand. Der Selbstgebrannte sickerte beruhigend in Giselas Eingeweide, so daß ihre Aufregung sich wieder auf einem akzeptablen Level einpendelte. Welch ein ereignisreicher Tag! Sie war sich noch nicht ganz klar darüber, was sie am stärksten aufgewühlt hatte. Ihre gemischten Gefühle Mechthild gegenüber, der kreative Akt in der einsamen Bucht oder das Erscheinen Nicks? Vermutlich alles zusammen, aber daß dieser außergewöhnliche, ebenso ungebändigt wie kultiviert wirkende Mann sich offenbar für sie interessierte, und sogar ihre Malerei respektierte ... das war schon was!

„Dafür kriegst du locker 5000 Dollar. Minimum!" sagte er jetzt in seiner ruhigen Art ohne den leisesten Anflug von Ironie.

„SPINNST du?" stieß Mechthild in ihrer bekannten, etwas weniger ruhigen Art aus, und auch Gisela meinte höflich: „Verarschen kann ich mich selber!"

„Ihr glaubt mir wohl nicht?" Nick funkelte die beiden Frauen amüsiert über den Hals seiner Bierflasche an.

„Unbekannte Europäer sind zur Zeit in New York unheimlich gefragt. Den Sammlern sitzt die Kohle locker, wie schon lange nicht mehr, und sie sind alle auf Schnäppchenjagd. Wertsteigerungen von über hundert Prozent in ein bis zwei Jahren waren in letzter Zeit keine Seltenheit, das hat die Leute heiß gemacht. Nicht, daß ihr denkt, denen ginge es nur um die Kunst! Nee, der Kram, den die sich an die Wand hängen, muß schon was wert sein. Und möglichst noch mehr wert werden!"

„Hartes Urteil für einen Kunsthändler", meinte die Schwarzhaarige.

„Aber so ist es nun mal. Und solange es noch richtig gute Sachen gibt, wie das da", er zeigte mit der Flasche auf das Bild im fahlen Licht der Laterne, „macht der Job trotzdem noch Spaß. Ich wette mit euch, wenn ich dieses Gemälde morgen an meinen Agenten in Amerika schicke, ist es im Laufe eines Monats verkauft. Für mindestens fünf Riesen!"

„Ist das dein Ernst?" Gisela sah ihn mit großen Augen an.

„Was?"

„Das mit der Wette."

„Klar ist das mein Ernst. Wetten ist schließlich kein Spaß!" Der Amerikaner strahlte nun wie ein großer Junge.

„Und um was?"

„Um meine Provision. Wenn es länger dauert oder weniger bringt, verzichte ich darauf. Ist das ein Wort?"

„Was meinst du, Mechthild, wollen wir uns darauf einlassen? Und Halbe-Halbe machen, wenn er Recht hat?" Der Gedanke an so viel Geld für so wenig Arbeit mißfiel der Künstlerin nicht wirklich. Da würden sich ja ganz neue Perspektiven auftun ... doch erstmal langsam mit dem Enthusiasmus, siga, siga, wie der Grieche sagt!

„Von mir aus gerne, ich habs ja nicht gemalt." Ihr Modell wirkte plötzlich ziemlich müde.

„Aber ohne dich wäre es nicht das geworden, was es ist!"

„Ohne unsere beiden Wohlgenährten aber auch nicht!"

„Apropos: Wo habt ihr die denn hergehabt?" Das schien Nick brennend zu interessieren. Und hatte er nicht vorhin bei deren Anblick ziemlich verdutzt geguckt? Ach was, dachte Gisela, die Welt mochte manchmal ein Dorf sein, aber was sollte er denn nun je mit diesem verrückten Paar zu tun gehabt haben?

„Die sind uns am Strand zugelaufen, und irgendwo, meine ich, hab ich die auch schon mal gesehen ... egal, jedenfalls hatten sie die Mechthild schon mal beim Trampen mitgenommen." Sie warf einen Seitenblick auf ihre Freundin.

„Du scheinst auf die Art ja die sonderbarsten Leute kennenzulernen!"

„Kann man wohl sagen", lachte die und sah Nick wieder etwas freundlicher an. „Um nochmal auf die Wette zurück zu kommen: Deine Provision steht dir ja im Erfolgsfall sowieso zu! Was, bitteschön, willst du denn als Gegenleistung, falls deine Vorhersage eintrifft? Du machst das ja wohl nicht nur aus reiner Nächstenliebe! Hm?" Gisela legte den Kopf in den Nacken und sah in den Nachthimmel. Er war dicht mit Sternen gesprenkelt. Aber vielleicht aus beginnender Liebe zu mir, dachte sie sentimental – und in diesem Moment sah sie eine Sternschnuppe. Es war nur eine kleine gewesen, und sie war auch ganz schnell verglüht, aber es war eine gewesen,

Zweifel ausgeschlossen! Sie durfte sich also etwas wünschen, jetzt aber hurtig, sonst galt es womöglich nicht mehr ...

„Eine Liebesnacht mit euch beiden gleichzeitig", sagte Nick, und

„WAS?" schrien darauf die Frauen unisono. Lieber Gott, laß ihn das nicht ernst gemeint haben, verbrauchte Gisela ihren Wunsch blitzartig, doch da hob der Amerikaner schon abwehrend die Hände und lachte schallend. Sein ungezogener-großer-Junge-Lachen.

„Scherz!" rief er und: „Gnade! Das traut ihr mir doch hoffentlich nicht wirklich zu!" Die Blondine überlegte, ob der liebe Gott überhaupt für derartige Wünsche zuständig war, und ob einer gleichzeitig so unschuldig lachen und ein verkappter Wüstling sein konnte.

„Was?" fragte Mechthild, „daß du zwei Frauen auf einmal schaffst?" Anscheinend konnte sie sich das mit dem Lustmolch auch nicht vorstellen, nein, dieser Kerl war einfach zu ... ja, zu was eigentlich?

„Nein, daß ich mir sowas auf die Art zu ergaunern versuche!" Zu *gentlemanlike,* genau. Wenn diese Bezeichnung auf irgendwen zutraf, dann auf ihn!

„Jetzt mal im Ernst, ich habe eigentlich eher an so etwas wie ein gemeinsames Abendessen gedacht", bestätigte Nicks nächster Satz diese Einschätzung. Daraufhin entspannte sich die Runde wieder, die drei genossen plaudernd noch ein wenig die laue Nachtluft und kamen überein, daß die Wette galt.

„Ich bin hundemüde", gab Mechthild schließlich bekannt und trank ihr Bier aus, „außerdem gehen mir die Moskitos auf den Sack!" Das Licht der Kerze auf dem Tisch schien die lästigen Stechmücken wirklich magisch anzuziehen. Gisela stellte fest, daß beides auch auf sie zutraf, und daß es auch schon spät geworden war. Klar, sie hätte noch stundenlang mit Nick hier sitzen (und sich von den Moskitos zerstechen lassen) können, aber das brauchte sie ihm ja jetzt noch nicht unbedingt zu zeigen. Männer verloren bekanntlich schnell das Interesse, wenn frau es ihnen zu einfach machte.

„Danke gleichfalls", schloß sie sich deshalb an, „laß uns schlafen gehen. Nick, wir sehen uns ja morgen zum Frühstück wieder ..."

„Mhm."

„Tja, dann sag ich mal bescheid ... was heißt eigentlich *zahlen* auf Griechisch?" wandte sie sich noch einmal an den Amerikaner. Der sah aus, als hätte er auch schon die nötige Bettschwere und zertrat faul seine letzte Kippe im Straßenstaub.

„*Na plirosso*", meinte er träge, „aber die Mühe kannst du dir sparen, wenns Recht ist. Ich will nämlich auch in die Falle, deswegen hab ich das schon geregelt." Also darum hatte er vorhin so lange gebraucht, um sich noch ein Bier aus der Taverne zu holen.

„Trainierst du zufällig für eine Karriere als Weihnachtsmann?" Mechthild stand gähnend auf.

„Sowas in der Richtung. Habt ihr vielleicht eine Decke für das Bild im Auto?" Gisela wühlte ein Strandtuch hervor und half ihm, das Gemälde einzupacken und mit zwei Spanngurten auf dem verchromten Gepäckträger seines Motorrads zu befestigen.

„Okay, Einladung akzeptiert, danke", meinte sie dann, „aber morgen früh wirst du zur Abwechslung mal verköstigt, und das nicht zu knapp!"

„Einverstanden!" Nick rutschte noch einmal sein jungenhaftes Lächeln ins Gesicht, als er der Tätowierten zum Abschied zuwinkte und die Blondine auf die Wange küßte.

„Sobald ich das Bild auf die Post gebracht habe. Gute Nacht!" Er trat kräftig in den Kickstarter seiner Indian, und die schwere Maschine sprang mit Getöse an.

„TSCHÖH und DANKE!" und „KALINICHTA!" riefen Mechthild und Jorgos in den anschwellenden Motorenlärm, als der Amerikaner Gas gab, dann verschwand das Scheinwerferlicht seines Motorrads in einem der kleinen Gäßchen, das zur Hauptstraße führte.

„Oh wie so herrlich zu schauen ...", mischte sich plötzlich ein schräger Gesang, untermalt von grausigem Quietschen und Klappern, in den verklingenden Donner. Die Frauen, die sich gerade zum Aufbruch rüsteten, sahen in die Dunkelheit, aus der die merkwürdigen Töne kamen.

„Sind all die lieblichen Frauen, doch willst du einer vertrauen ..." Im Lichtkegel der Straßenlampe tauchte nun, auf einem rostigen Klapprad, ein alter Bekannter auf. Er radelte in gefährlichem Zickzack und schien bester Laune.

„Dann, Freundchen, auf Sand wirst du bauen!" Offenbar war er auch hier wohlbekannt, denn der alte Wirt begrüßte ihn mit einem gelassenen „Jassu, Spockie", und stellte ihm ungefragt eine geöffnete Bierflasche hin, bevor er sich verabschiedete und die Schotten seiner Kneipe dichtmachte. Der Althippie dezimierte zunächst den Inhalt der Flasche beträchtlich, dann machte er den beiden Kölnerinnen, die soeben die Staffelei in den winzigen Kofferraum des Porsche gewürgt hatten, seine Aufwartung. Gisela fiel sofort auf, daß er ihr goldenes Herz nicht mehr um den Hals hängen hatte.

„God shave the Queen", lallte er, „weil die alte Elisabeth sich garantiert nich selber rasiert, genau!"

„Hi", „Hallo, Spockie", begrüßten ihn die Frauen und stiegen in den Wagen. Heute keine Diskussionen mehr mit außerirdischen Samensparern!

„Aaber die Königin der Nacht braucht keine Enthaarung", fuhr er unverdrossen fort, „die findet immer wen zur Paarung, hehehe..." Der Hippie stand wankend neben der Fahrertür und beäugte Gisela (die sich nun wieder fahrtüchtig fühlte) hingerissen.

„Wenn du dich da mal nicht irrst", entgegnete die trocken und ließ den Motor an.

„Hast du dein Versprechen eigentlich gehalten?" wollte sie dann doch noch wissen und zeigte auf Spockies schmucklosen Hals.

„Hä? Ach sooo, genau ... das Herz!" Zumindest schien Spockie einen Teil seines Gedächtnisses noch nicht eliminiert zu haben.

„Ei freilich, GANZ genau! Das hab ich am Flughafen verhökert ... an zwei schwule Ska..., Skkandinavivi ..., äh, Finnen. Hab ihnen einen von wegen Bergdorfbewohner und Handarbeit an die Kante gelabert. Sind gerade abgereist, klasse Souvenir, meintense. 10000 Drachmen, hab ich direkt in Ouzo investiert. Gut so?" Er wischte sich etwas Bier von seinem langen Bart und grinste stolz. Ein Mann, ein Wort!

„Sehr gut!" nickte Gisela wohlwollend, legte den ersten Gang ein und ließ vorsichtig die Kupplung kommen.

„Bis die Tage!" Der Sportwagen rollte in die laue, zirpende, duftende Nacht. Der winkende Althippie verschwand im Rückspiegel wie ein Symbol der Vergangenheit. Ja, es ist gut, dachte sie. Mechthild kuschelte sich neben ihr in den Sitz, nur noch ein paar hundert Meter bis zum Haus. Vielleicht würde diesmal ja wirklich alles gut. Zum ersten Mal in ihrem Leben.

Nick Henderson fuhr leidenschaftlich gerne Motorrad. Er genoß den kühlen Fahrtwind in seinem Gesicht, die sanften Vibrationen, die von den Enden des breiten, geschwungenen Lenkers auf seine Hände und Unterarme übertragen wurden, und den satten Schlag des 1200 Kubikzentimeter-Motors. Die Firma Indian war in Puncto Fahrwerkskomfort den Konkurrenten ihrer Zeit weit voraus gewesen, so war Nicks 1942er Modell bereits vorne *und* hinten gefedert, was er auf den meist holprigen Pisten Griechenlands sehr zu schätzen wußte. Aber die gut ausgebaute Hauptstraße nach Melissa, deren schwarzes Band gleichsam unter den dicken Reifen durchlief, forderte diesen Luxus ohnehin kaum. Der Amerikaner sog die würzige Nachtluft, die nach Salz schmeckte und nach Kräutern roch, tief in seine Lungen. Natürlich ignorierte er das hiesige Helmgesetz genauso wie die Einheimischen, allein seine Augen schützte eine altmodische Fliegerbrille. Fahrten wie diese empfand er oft als eine Art meditatives Erlebnis, als würden die unter ihm stampfende Maschine mit all ihren bewegten, sinnvoll ineinander greifenden Einzelteilen, die Welt, durch die sie ihn transportierte, und er selbst zu einem homogenen Ganzen verschmelzen. Gerne würde er dieses Gefühl einmal mit Gisela teilen, er stellte sich ihren weichen Körper hinter ihm auf dem großen Ledersattel vor, und ihren warmen Atem in seinem Nacken. Vielleicht sollte er ihr morgen einmal einen kleinen Ausflug vorschlagen, warum eigentlich nicht? Und bei der Gelegenheit kannst du ihr dann gleich reinen Wein einschenken, Henderson, dachte er. Es wurde verdammt noch mal allmählich Zeit dazu, wenn aus dieser Bekanntschaft mehr werden sollte, was er definitiv wollte, das stand jetzt fest. Er war verliebt, daran gab es nichts mehr zu rütteln. Oder wie sollte man es sonst interpretieren, daß er dieses unbefangene Lachen nicht mehr missen, so oft wie möglich in diese blauen Augen sehen und überhaupt den ganzen Menschen Gisela Rahm auf Händen tragen und vor aller Unbill dieser Erde, ach was, des ganzen Universums, beschützen wollte? Mal ganz davon abgesehen, daß er scharf auf sie war, scharf wie eine sibirische Wildsau ... aber wie sollte sie ihm denn auf Dauer vertrauen können, wenn er nicht von Anfang an absolut aufrichtig ihr gegenüber war? Wie? Um diesen letzten Gedanken zu unterstreichen, krachte die Indian jetzt doch in ein Schlagloch, das ihre antiquierte vordere Blattfederung entschieden überforderte, und geriet leicht ins Schlingern. Aber Nick packte nur den Lenker fester, gab etwas Gas und stabilisierte die dumpf brüllende Fuhre dadurch wieder, so schnell versagten seine alten Reflexe nicht. Vielleicht war das ja eben ein Zeichen, dachte er, eine Art Metapher ... wie schnell kannst du auf der Schnauze liegen, Alter, wenn du nicht im richtigen Moment das richtige tust! Das solltest du dir für die nähere Zukunft merken. Da erschien das Ortsschild von Melissa im Lichtkegel seines Scheinwerfers, und er war am Ziel. Für heute.

„Du stehst auf ihn, nicht?" Gisela war müde, und ihr mißfiel der Gesichtsausdruck, den ihre Freundin bei dieser Frage zur Schau trug. Sie betraten gerade das Rahm'sche Haus über die Terrasse im Erdgeschoß, das elektrische Licht war bereits angeknipst, und Mechthild sah drein wie ein aufmüpfiges, kleines Mädchen.

„Auf Nick, meinst du?" stellte sie sich deshalb in gedehntem Tonfall blöd.

„Nee, auf Spockie!" Die Schwarzhaarige klang jetzt richtig sauer. „Oder vielleicht Jorgos, sag mal, spielen wir jetzt fröhliches Frauen-gegenüber-nur-noch-Scheiße-verzapfen, oder was? Natürlich auf deinen Nick, den strahlenden Helden mit dem funkelnden Schlachtroß! Wenn du nicht darüber sprechen willst, okay, kein Problem! Reden wir eben übers Wetter! Aber verschon mich bitte mit irgendwelchen albernen AUSWEICH-MANÖVERN!" Ihre grünen Augen schienen jeden Moment Funken sprühen zu wollen.

„Warum sollte ich ein Geheimnis daraus machen?" reagierte Gisela jetzt eine Spur gereizter, „klar finde ich ihn gut, das merkt ja wohl ein Blinder, und ich hoffe, er mich auch! Spricht irgendwas dagegen, deiner Meinung nach? Hm?" Die Frauen standen einander nun gegenüber, als wollten sie sich gleich gegenseitig an die Gurgel springen. Doch dann sackte Mechthild sichtlich in sich zusammen, zuckte mit den Schultern und ging zur Treppe.

„Nein, natürlich nicht. Ist schließlich das Normalste auf der Welt, wenn eine Frau und ein Mann sich ineinander vergucken." Sie ließ den Kopf hängen und sah in dem hellen, künstlichen Licht ausnahmsweise richtig verletzlich aus. „Entschuldige, ich wollte dir nicht zu nahe treten. Ist wohl besser, ich hau mich hin. Gute Nacht!" Damit stieg sie treppauf. Gisela beschloß in diesem Augenblick, im unteren Schlafzimmer, dem ihrer Eltern, zu nächtigen. Die hysterische Hippe sollte sich doch gefälligst erstmal abregen, bevor sie wieder mit ihr sprechen würde, bekam wohl ihre Tage ... und dennoch, irgendwas an Mechthilds Verhalten irritierte sie gewaltig, die benahm sich ja wie ein ... wie ein ... ja, was? Sie ging ins Badezimmer, um sich abzuschminken und öffnete dabei die obersten Knöpfe ihres ohnehin luftigen Kleides, auf einmal hatte sie so etwas wie Hitzewallungen, wer hatte die denn bestellt? Ihr Spiegelbild präsentierte auch ein paar Apfelbäckchen wie in ihren schlimmsten Liebeskummer-Alkoholexzess-Zeiten ... natürlich! Das war es, nein, keine Hormonfaxen, die Tätowierte hatte sich benommen wie ein enttäuschter Lover! Wenn jemand dieses Gefühl nachvollziehen konnte, dann ja wohl sie selbst! Gisela pfefferte das Wattebällchen, mit dem sie eben noch ihrem Make-up ans Eingemachte gewollt hatte, ins Waschbecken, trat aus dem Bad und rief nach oben: „WIE MEINST DU DAS?" Stille. Keine Antwort. Was sollte das denn nun wieder, wurde jetzt etwa ein wenig Böckchen geschoben? Also gut, neuer Versuch: „HE, MECHTHILD! ICH HAB DICH WAS GEFRAGT!"

Immer noch keine Reaktion. Mensch, was trieb die Alte da oben? Gisela lief die Treppe hoch, im ersten Stock war alles dunkel, das Weib war wahrscheinlich wirklich im früheren Leben eine Katze gewesen, wie konnte sie sich sonst in dieser Düsternis zurechtfinden? Auch im Schlafzimmer brannte kein Licht. Sie tastete schon nach dem Schalter, als ihr die kleine Kerzenflamme auf dem Balkon auffiel. Die gläserne Tür war zu, okay, hatte sie also nichts gehört, aber wenn sie nun schon mal hier war ... die Blondine griff sich die Wasserflasche vom Nachttisch und ging hinaus. Mechthild saß auf dem Plastikgeflecht der Sonnenliege, sah in den Sternenhimmel und rauchte offenbar einen Joint, jedenfalls roch es genauso wie damals in Bayern, als sie mit Nick dem bekifften Großohrigen begegnet war.

Gisela setzte sich neben sie und hielt ihr die Wasserflasche hin.

„Schluck Wasser?"

„Warum nicht?" Die drahtige Gestalt trank, dann bot sie ihr den Joint an.

„Willst du auch einen Zug?" Sie zögerte ein wenig, hatte aber keine Lust zuzugeben, daß sie noch nie Hasch probiert hatte. Schließlich meinte auch sie: „Warum nicht?" nahm das Ding und sog vorsichtig den süßlichen Rauch in ihre Lungen. Es fühlte sich an, als ob man an einer sehr starken Zigarette, die schon ein wenig heiß geraucht war, zog. Und schmeckte etwas nach Harz. Sonst nichts. Sie wartete ein paar Sekunden, dann nahm sie noch einen Zug.

„Du mußt es länger drin lassen!" sagte Mechthild sanft.

Also gut, diesmal ließ sie etwas mehr Zeit verstreichen, bis sie wieder ausatmete, aber trotzdem spürte sie nichts. Null. Gar nix! Scheinbar war sie immun gegen das Zeug. Gisela gab den Joint zurück.

„Scheint nicht meine Droge zu sein", meinte sie und lehnte sich gegen die immer noch warme Hauswand in ihrem Rücken. Mechthild legte wieder den Kopf auf ihre Schulter, wie sie es bereits am Nachmittag getan hatte, und flüsterte: „Warts ab ... das ist dein erstes Mal, stimmts?"

„Wofür?" Jetzt tat sich doch etwas in ihrem Körper, die Gliedmaßen fühlten sich auf einmal so leicht an ...

„Daß du was rauchst, natürlich."

„Stimmt! Laß mich nochmal!" Gisela nahm noch zwei tiefe Züge, dann fragte sie: „Was war denn vorhin mit dir los? Du kamst mir so, so schlecht drauf vor ..."

„Erinnerst du dich noch, wie du heute gesagt hast, es gibt für alles ein erstes Mal?"

„Mhm, klar, du hast mir recht gegeben und deinen Kopf auf meine Schulter gelegt, so wie jetzt."

„Ist dir das unangenehm, wenn ich dir so nah bin?"

„Hm ... nein. Mir ist nur heiß, wars mir vorhin schon, als du so komisch warst", die Sterne am Firmament leuchteten auf einmal doppelt so hell, als hätte jemand an einem versteckten Dimmer gedreht. „Warum eigentlich, ich mein, warum warst du denn so?" Die schlanke, rechte Hand ihrer Freundin erschien ihr im flackernden Kerzenlicht nun wunderschön, wie sie so die restlichen Knöpfe ihres Kleides öffnete. Das war eine gute Idee, schließlich war ihr ja heiß!

„Ich war eifersüchtig!" Mechthild erhob sich nun etwas und zog ihren Staubmantel mit der größten Selbstverständlichkeit aus. Darunter trug sie nichts als ihre Piercings und Tattoos. Dann schmiegte sie ihren drahtigen Körper an Gisela und hielt ihr den Joint noch einmal an die Lippen.

„Was diese erstes-Mal-Geschichte anbelangt", fuhr sie fort, „ich hab schon öfters mit Frauen Sex gehabt."

„Ah ja?" Diese Eröffnung machte der Blondine überhaupt nichts aus, sie wußte ja von Petra 3 und in Köln war sowas doch eigentlich normal. Aber ihr war immer noch zu warm, und sie fühlte sich so herrlich schwerelos, und Mechthild war ja auch nackt ... kurz und gut: Ihr Kleid, luftig oder nicht, störte sie. Engte sie ein. Also bugsierte sie dessen Träger von ihren sonnengebräunten Schultern, hey, was sahen die appetitlich aus, dann nahm sie ihre neue Freundin wieder in den Arm. Haut an Haut, kleine an großer Brust. Komisch, kühler wurde ihr durch diese Aktion eher nicht, egal, die Berührung ging ihr jedenfalls durch und durch. „Ich nicht, also nichts Erotisches, nein. In den Arm nehmen, ja. Knuddeln, auch schon mal. Sex, nein." Hatte sie das jetzt gesagt oder gedacht? Saß sie oder schwebte sie? Dieses Hasch-Zeug schien ja doch etwas zu bewirken ...

„Aber ich hatte mich noch niemals in eine Frau verliebt, das ist der Punkt." Mechthild drückte den Joint aus, etwas Verzücktes lag in ihrem Blick.

„Noch niemals", wiederholte sie, „... bis auf dieses Mal." Nun berührten sich die Nasenspitzen der beiden Frauen zart wie bei einem Eskimo-Kuß.

„In dich!"

Gisela spürte förmlich, wie ihr Herz pochte, so, als wollte es ihren Brustkorb sprengen. Das schien heute der große Premierentag zu sein, jedenfalls hatte ihr noch nie ein – wenn auch etwas androgynes – weibliches Wesen eine Liebeserklärung gemacht. Ihr war reichlich blümerant zumute, leicht schwindelig, aber vor allem wurde ihr immer heißer, die Zunge fühlte sich an wie Löschpapier, und selbst ihre Haarwurzeln glühten offenbar, genauso wie Mechthilds Hand auf ihrer Brust. Sie fragte sich, ob es wohl dem einsetzenden Klimakterium, der Wirkung des Rauschgifts oder der Tatsache, daß sie kurz davor war, ihrem eigenen Geschlecht sexuell zu begegnen, zuzuschreiben war, daß ihre Körpertemperatur kontinuierlich stieg (sie mußte jetzt mindestens 45 Grad betragen!). Wahrscheinlich an allem zusammen, zu allem Überfluß schien sich auch noch der Sternenhimmel in ein Meer von 100.000-Watt-Scheinwerfern verwandelt zu haben.

„Diese Hitze hier bringt mich um", erklärte sie der Androgynen, die soeben zärtlich ihren Hals küßte. Sie hatte wirklich Sorge, jeden Moment in Flammen aufzugehen, deshalb sprang sie nun auf, entkleidete sich vollständig und hastete zum Bad.

„Entschuldige!" stieß sie noch hervor.

„Was denn für 'ne Hitze?" fragte Mechthild perplex, doch da hatte Gisela bereits das obere Badezimmer erreicht. Dieses war bewußt rustikal gehalten, aus grob verputzten Wänden ragte ein bronzener Wasserspeier, der als Dusche fungierte, wie der vielstrapazierte rettende Strohhalm. Die vollbusige Blondine hechtete darunter, drehte den Kaltwasserhahn auf und stöhnte vor Erleichterung, als ihr überhitzter Körper sich endlich abkühlte. Ah, welch eine Wohltat! Sie bildete sich ein, es förmlich zischen zu hören, sperrte den Mund weit auf und trank das kühle Naß in großen Schlucken. Auf einmal spürte sie zwei zarte Hände, die ihr den Rücken einseiften.

„Wenn du dich schon reinigst, dann aber richtig", meinte ihre durchtrainierte Freundin. „Gehts denn besser mit deinem Hitzestau?"

„Ja, danke, im Moment wird es mir fast schon ein bißchen zu kühl."

„Das Problem läßt sich leicht beheben!" Mechthild stellte den Strahl lauwarm ein, steckte ihre Zunge in Giselas Ohr und legte mit der Seife richtig los. Es schäumte und flutschte, daß ein einziges Stück Olivenölseife soviel Schaum produzieren konnte ... und diese Hände, wieviele Hände hatte diese Frau? Gisela fixierte die trübe Glühbirne an der Decke, um das Gleichgewicht zu behalten, massierende Hände an ihrem Nacken, streichelnde auf ihrem Bauch, fordernde, kräftig zupackende Hände schließlich an ihrem Po ... wollüstige Schauer liefen ihr über den Rücken, warmes Wasser übers Gesicht, sie spürte, wie ihr die Knie weich wurden. Wie schliefen Frauen eigentlich miteinander, fragte sie sich, erschrak im selben

Moment über ihre eigene Verwegenheit, und plötzlich sah sie überdeutlich in zwei große, grüne Augen. Etwas war nicht in Ordnung, dämmerte ihr, war ganz und gar nicht in Ordnung, Mechthilds silbern geschmückte Brust drückte gegen ihre, die allgegenwärtigen, glitschigen Hände näherten sich intimsten Gefilden, und da war auch wieder die flinke, rosa Zunge, jetzt liebkoste sie ihr Gesicht, umspielte ihre nassen Lippen (*etwas war nicht in Ordnung*), Gisela konnte nicht mehr anders, vor Erregung keuchend öffnete sie den Mund. Aber es war ein ängstliches, kein glückliches Gefühl, das sie dabei durchströmte, und das war nicht nur die Angst vor dem Unbekannten *... eine verdammte Lüge stand zwischen ihnen!* Mechthild war in sie verliebt, sie durfte ihr keine Sekunde länger etwas vormachen, dieser Gedanke überwältigte sie mit aller Macht. Sie glaubte, jede Sekunde zusammensacken zu müssen, jedenfalls spürte sie ihre Beine überhaupt nicht mehr, als ihre Freundin sie nun küßte. Ernsthaft küßte (sie war es ihr schuldig, durfte ihre Gefühle nicht ausnutzen, *nun sag es ihr schon endlich, los!*), zärtlich und neugierig zugleich. Es war ungewohnt und schön, dieses Geküßtwerden, und es *war so nicht richtig!* Fast hatten die geschickten Finger der anderen ihr Ziel erreicht, als Gisela sich ihr entzog und schluchzend auf die Knie sank.

„Gisela, was ist mit dir? Was hast du?" fragte Mechthild erschrocken. Das warme Wasser strömte immer noch über die beiden Frauen.

„Was ich habe?" Die Stimme der Blonden war nur noch ein gutturales Glucksen, sie kniete vor ihrer Freundin und umklammerte deren knochige Hüften. „Ich werde dir sagen, was ich habe, ich habe ES MIT DEINEM MANN GETRIEBEN! ZWEI JAHRE LANG!" Die letzten Worte hatte sie buchstäblich gebrüllt, dabei ihre langen Fingernägel in Mechthilds Beinfleisch geschlagen und war, eine blutige Kratzspur hinterlassend, zu Boden gesunken. Jetzt lag sie wimmernd auf den nassen Fliesen und umklammerte die Füße der regelrecht zur Salzsäule erstarrten Frau.

Gisela schloß die Augen und harrte der Dinge, die da kommen sollten. Ob Mechthild sie direkt umbringen würde? Ihre vom Haschisch verzerrte Phantasie produzierte die originellsten Varianten zu diesem Thema, von im-Klo-ersäuft bis vom-Balkon-geschmissen werden, in letzterem Fall hätte sie ja noch eine gewisse Überlebenschance, vielleicht als Krüppel ... das Wasser wurde abgedreht. Was kam jetzt? Zunächst nichts, ob wohl die Drahtige sich erst noch für eine adäquate Foltermethode entschied?

„Ist das wirklich wahr?" fragte die jedoch nur leise und begann, Gisela mit dem großen Badetuch, das neben der Dusche gehangen hatte, abzutrocknen. Ihre Bewegungen waren dabei immer noch sanft, aber nicht mehr erotisch motiviert. Es war eher, als widmete sie sich einem Kind, das in den Bach gefallen war.

„Er hat mich angelogen", schluchzte die Blondine, „hat gesagt, er wäre unglücklich mit einer Türkin verheiratet, würde nur mich lieben, ich hab ihn zum Teufel geschickt, als ich von dir erfahren habe, auf der Stelle, es tut mir so leid ... ich kannte dich doch nicht!"

„Meinst du, Türkinnen darf man eher betrügen? Meinst du, die haben keine Gefühle, oder was?" Mechthild hatte sich zu Gisela auf den Boden gekniet und sie abfrottiert, nun trocknete sie sich selbst ab. Ihr Ton war vorwurfsvoll, aber nicht sehr scharf ... anscheinend war sie echt erschüttert.

„Natürlich nicht, nein ... ich habe einen Fehler gemacht, einen riesigen Fehler ... bitte verzeih mir!"

„Dir verzeihen? Kannst du das denn selber?" Gisela weinte nun leise vor sich hin, sie spürte, wie die andere Frau sie am Arm nahm und zu Bett brachte. Offenbar würde sie diese Affäre doch überleben. Schließlich lagen die beiden unter einem gemeinsamen Leintuch, Rücken an Rücken und immerhin frisch geduscht. Der gute, alte Mond ließ sein beruhigendes Licht ins Zimmer fallen. Er scheint gerecht auf alle, dachte die Blondine, auf gut und böse, groß und klein, Betrügerinnen und Betrogene ...

„Ich weiß es nicht", flüsterte sie. Mechthild erwiderte nichts.

„Türke, mach das Scheißgedudel aus, oder ich blas dir das Hirn raus!" Massimo Neapolitano, der genau hinter Hakan in dessen Mercedes saß, verlieh dieser Aufforderung etwas Nachdruck, indem er den Hinterkopf des Türken am Steuer mit der Mündung seiner 9mm-Luger anstupste. Diese Waffe war sparsam im Unterhalt, ein Schuß konnte ohne weiteres zwei bis drei menschliche Körper durchschlagen, und Hakan wußte das. Also dachte er nur *wir sprechen uns noch*, stellte die türkische Volksmusik ab und hielt den Mund. Was ihn massiv störte, war, daß er einiges nicht wußte. Zum Beispiel, wann er selbst wieder zu einer Knarre kommen würde (seine ehemaligen „Kollegen" vertrauten ihm natürlich keine mehr an), und warum sein geliebter Wagen bei der Abreise in Venedig auf einmal kreuzbrav, korrekt geparkt und abgeschlossen, vor dem Hafengebäude gestanden hatte (und nicht mehr da, wo er sich bei seiner Festnahme befunden hatte, vor der Fähre. Ein Service der Hafenpolizei? Wohl kaum!). Sonderbar, aber Hauptsache, der Mercedes war überhaupt noch da! Außer dem vierschrötigen Ausputzer befanden sich noch Frank Rahm, der unter dessen Obhut stand, und Pater Vincenzo an Bord. Letzterer räkelte sich bräsig auf dem Beifahrersitz, auf dem Hakan auch lieber eine wohlgeformte Weibsperson als einen schwulen Mönch durch Griechenland kutschiert hätte. Zu allem Überfluß ließ er nun auch noch seinen nasalen Fisteltenor erklingen: „Dieses Patras ist ja schon ein ganz schöner Moloch, was?" Es war früh am Morgen, und sie hatten die weitläufige Hafenstadt gerade hinter sich gelassen, die Ankunft in Griechenland war ohne Komplikationen verlaufen. Der Don und sein Sohn folgten ihnen in einem riesigen Cadillac „Eldorado", einer Leihgabe Don Colosimos. Frank hatte sich innerlich ziemlich über den Tobsuchtsanfall des Mafiabosses amüsiert, als der in Italien den Fährenpreis für dieses Ungetüm erfahren hatte. Ansonsten hatte er mehr Grund zur Langeweile als zur Heiterkeit, und da weder Türke noch Gorilla dem Pater antworteten (tatsächlich hatten beide keine Ahnung, was ein *Moloch* sein sollte. Hakan tippte auf eine Art Frosch), tat er es eben: „Ist ja auch die drittgrößte Stadt von Griechenland, Merkwürden!"

„Nicht frech werden, Kleiner!" grunzte Massimo, doch der Pater schien eher amüsiert als verärgert.

„Mit deinem Wissen solltest du dich bei einem Fernsehquiz bewerben, junger Freund!"

„Ich werde darüber nachdenken", Frank waren die Emotionen seiner Mitreisenden, so sie überhaupt welche hatten, mehr als schnurz. Was er brauchte, waren Informationen, je mehr desto besser. Der anatolische, nicht mehr ganz so attraktive (offensichtlich hatten in letzter Zeit diverse Leute das Bedürfnis gehabt, sein Gesicht zu deformieren, was der junge Mann gut nachvollziehen konnte) Wagenlenker hier hatte seiner Mutter etwas geschenkt, das er selbst dieser Bande geklaut hatte. Das hatte Frank sich aus verschiedenen Gesprächsfetzen bereits zusammengereimt. Aber warum?

„... und deshalb würde ich gern noch etwas wissen!"

„Wer nicht fragt, bleibt dumm!" gab der Pater sich jovial, außerdem war dieser blonde, zierliche Bursche genau seine Kragenweite.

„Höhöhö", machte Massimo, gerade er, der zeitlebens entschieden zuwenig Fragen gestellt hatte.

„Und zwar von dem Mann am Steuer." Es war das erste Mal seit seinem unglückseligen Anpump-Versuch, daß er den Türken wieder ansprach.

„Da die Verwandtschaftsverhältnisse mittlerweile geklärt sind, kannst du dir vielleicht vorstellen, daß es mich interessiert, was du mit meiner Mutter zu schaffen hattest!"

„Nun?" Die listigen Schweinsäuglein des Geistlichen blitzten schadenfroh. „Willst du unserem jungen Freund nicht antworten?"

„Kann isch vorstelle." Hakan war zunächst damit ausgelastet gewesen, Franks komplizierten Satzbau zu verdauen. Die herrliche griechische Frühlingslandschaft, die hinter Autoglas an ihnen vorbeirauschte – dunkelgrüne Zypressen, die in einen hellblauen Himmel stachen, Olivenbäume in vollem Saft, Blütenpracht überall – konnte seine Laune auch nicht heben. Ihn kotzte so ziemlich alles und jeder an. Seine eigenen Zukunftsaussichten, Kidnapping und dessen strafrechtliche Konsequenzen im allgemeinen, seine Ex-Komplizen, die davor nicht zurückschreckten, im besonderen, auch dieser kleine, blonde Klugscheißer ging ihm erheblich auf den Wecker. Er wurde das Gefühl nicht los, mit dem Burschen schon einmal eine unerfreuliche Begegnung gehabt zu haben.

„Aber geht dich an eine Scheisendreck, verstehstu?" gab er deshalb rüde zur Antwort.

„Das finde ich nicht!" Frank beugte sich zum Ohr des Türken und zauberte den inquisitorischsten Tonfall, den er derzeit zustande brachte, aus seinem Repertoire hervor.

„Was würdest du wohl an meiner Stelle alles wissen wollen, hm? Als Türke ehrst du ja wohl auch deine Mutter! Also, sag schon ... *hattest du was mit meiner?*"

Hakan schluckte, denn der Kleine hatte genau seinen wunden Punkt erwischt. Wenn irgendein Mann es wagen würde, über die sexuellen Aktivitäten, die er mit Gisela praktiziert hatte, im Zusammenhang mit *seiner* Mutter auch nur nachzudenken, würde er ihn auf der Stelle erdolchen. Ehrensache! Aber diesem mickrigen Bürschchen war so etwas ja wohl nicht zuzutrauen ... oder doch?

„Isch ... ähm ..., ach laß misch gefällig in Friede!" krächzte er schließlich. Frank, dessen Neigung zur Gewaltanwendung tatsächlich in etwa so stark ausgeprägt war wie die des Türken zur Schauspielerei, ließ sich wieder in den weichen Rücksitz fallen. Er war etwas blaß geworden.

„Du warst das also!" Wie hatte seine Ma sich ausgedrückt? *Er war leider nicht anständig ...* zweifellos war er das nicht! Der junge Mann schauderte. Natürlich, der Gangster hatte an dem bewußten Abend bei ihr geklingelt! Wie konnte sie nur mit so einem geistigen Dünnbrettbohrer ... beherrsch dich, riet er sich dann selbst. Erwachsene haben das Recht, ihre Entscheidungen selbst zu treffen. Das galt auch für Mütter, er mußte letztenendes seiner Ma schon auch einräumen, worauf er selbst ständig pochte ...

„Nimms nicht so tragisch!" Der schwule Pater ließ seine Rückenlehne elektrisch niedersinken, bis sie fast Franks Beine berührte, dann spielte er scheinheilig den Tröster.

„Sowas kommt schließlich in den besten Familien vor, hehe, manche treibens angeblich sogar mit minderjährigen Ministranten, hehehe ..." Die feiste, schweißnasse Patschhand des „dicken Vini" täschelte nun, verdächtig nahe am Schritt, den rechten Oberschenkel des jungen Mannes. Sie fühlte sich an wie ein schleimiges Reptil. Frank beschloß, daß es höchste Zeit für den nächsten narkoleptischen Anfall wurde, denn damit hatte er derartige Zudringlichkeiten bis dato immer erfolgreich abgeblockt.

„Wenn ihr alle das tätet, was ihr mich könnt", röchelte er also mit erstickender Stimme, „... käme ich überhaupt nicht mehr zum Sitzen!" Bei den letzten Worten ließ er überzeugend unappetitlich größere Mengen Speichel aus dem Mundwinkel sabbern und verdrehte dabei die Augen, bis man nur noch das Weiße sah. Als Zugabe brachte er noch einige heftige spastische Zuckungen, wobei sein rechter Handrücken klatschend auf Mund und Nase des Mönchs landete.

„AUA!" quiekte der und fuhr genervt seine Lehne wieder hoch.

„Würde ich sofort machen", der dicke Pater fingerte ein Papiertaschentuch hervor und hielt es unter seine blutende Nase, „aber nicht unter diesen Umständen!" Er betrachtete den nun scheinbar tief schlafenden Blondschopf begierig, sein Gesichtsausdruck hatte etwas von einem lüsternen Satyr.

„Was für ein hübscher Bengel!" fistelte Pater Vincenzo.

Was für ein Rudel Arschlöcher, dachte Frank Rahm.

ZEHNTES KAPITEL

Zur selben Zeit, aber etliche Kilometer weiter südlich, stand Mechthild am Straßenrand der entgegengesetzten Richtung und masturbierte. Da sie sich kannte, hielt sie es für besser, auf diese Art ihr geschlechtliches Überdruckventil zu öffnen. Ansonsten, das war ihr klar, konnte alles mögliche passieren, von der Vergewaltigung des nächstbesten Bauern bis hin zu jeglicher Art von Landfriedensbruch. Emotional aufgeheizt und unbefriedigt, wie sie war. Also tat ihre linke Hand im Schutze des obligatorischen schwarzen Staubmantels, dessen entsprechender Ärmel leer herunterhing, was getan werden mußte, während der Daumen der rechten in die Straße ragte und signalisierte, daß hier jemand mitgenommen werden wollte. Tatsächlich fühlte die junge Frau sich heute morgen bereits ziemlich mitgenommen. Sie blickte durch die getönten Gläser ihrer Sonnenbrille in den wolkenlosen Himmel und dachte an Gisela unter der Dusche. Was für ein liebenswerter und erotischer Mensch, wie gerne hätte sie diese Freundschaft vertieft ... ein Wonneschauer durchlief sie bei dieser Vorstellung. Nein, sie konnte die sanfte Blondine nicht hassen, aber nun auch nicht mehr anfassen, genaugenommen konnte sie die Ex-Geliebte ihres zukünftigen Ex-Gatten nicht einmal mehr sehen. Aus diesem Grund hatte sie auch ihre Siebensachen zusammengepackt und sich aus dem Hause Rahm gestohlen, als die andere noch geschlafen hatte. Komischerweise empfand sie es eher so, daß der genitalgesteuerte Hakan die unschuldige Reinheit Giselas besudelt hatte, nicht etwa umgekehrt ... ein sicheres Zeichen, daß es richtig sein würde, in Köln sofort die Scheidung einzureichen!

„Hakan, du Schwein!" seufzte sie mit gedehntem „ei", denn ihr fiel gerade dessen Gemächt ein, und natürlich konnte sie nicht ahnen, daß sie soeben die Besudelte zitiert hatte. Mechthild sah immer noch nach oben, hier am Ortsausgang von Agios Pavlos fuhren um diese Uhrzeit sowieso kaum Autos, und nun kreiste ein großer Vogel mit majestätischem Flügelschlag am strahlend blauen Firmament. Was für ein Federvieh das auch sein mochte, Condor oder Lämmergeier, egal, es mußte sich ziemlich losgelöst fühlen da oben, und das wollte sie auch, frei sein wie ein Vogel in der Luft ... in Köln würde sie das sofort anleiern! Ah, in Köln, da wartete Petra auf sie, hoffentlich. Sie legte mit links noch einen Zahn zu. Das schwarz gekleidete Wesen am Straßenrand mit dem grünen Sack zu Füßen schwankte jetzt ein wenig. Petra, dachte Mechthild, und die Sonne brannte ihr heiß auf die

Stirn, Petra mit den weichen Hüften, Petra, die immer so schnell unter den Achseln schwitzte, und die immer so süß stöhnte, wenn sie ... wenn sie ... „UUAAAARGH!" Mechthild stürzte sich bebend auf ihren Seesack, Gänsehaut am ganzen Körper, und biß mit kehligem Urlaut hinein.

„Aaargl...", setzte sie noch hinzu, dann blieb sie mit erschlaffenden Gliedern auf dem Ding liegen. Vor ihrem geistigen Auge strahlte sie die zärtliche Petra an. Vielleicht sollte ich Männer in Zukunft meiden, dachte die Drahtige im Straßenstaub, ihre Fingernägel in den sandigen Boden gekrallt.

„Aber, aber, schönes Fräulein, so früh schon so schlapp?" Gerade hatte mit quietschenden Reifen ein Fahrzeug neben ihr gehalten, und die Stimme zu der beknackten Frage gehörte – natürlich – einem Mann.

„Hatten Sie einen Schwächeanfall oder ruhen Sie sich einfach ein bißchen aus?" Eine Autotür öffnete sich, und Mechthild sah sicherheitshalber hoch, wer sie da rechts von der Seite anquatschte. Dann atmete sie auf, denn es war nur der bärtige Masochisten-Gustl, der freundlich vom Beifahrersitz eines roten Mietkleinwagens auf sie herab griente. Gut. Brauchte sie heute noch keinem Schwanzträger die Fresse zu polieren. Seine dicke Domina am Steuer winkte verlegen mit drei Fingern. Seit ihrer künstlerisch wertvollen Zusammenkunft am Meer wirkte sie nicht mehr ganz so herrschsüchtig.

„Von den Anstrengungen der Nacht etwa, hahaha ... ha", ergänzte Sabine vorsichtig.

„Weder noch!" Die Schwarzhaarige knöpfte ihren Mantel auf, so daß ihr linker Arm, ein knappes, schwarzes T-Shirt sowie ihr hochgerutschter Ledermini zum Vorschein kamen. „WER FICKEN WILL, MUSS FREUNDLICH SEIN", war auf dem Oberteil zu lesen.

„Nein, vielmehr hab ich mich eben selbstbefriedigt, und danach krieg ich schon mal Pudding in den Knien. Ihr kennt das ja sicher!" Sie setzte sich auf ihr Gepäckstück und ein schiefes Grinsen auf. Dann steckte sie sich eine Zigarette an und fragte: „Fahrt ihr zwei vielleicht Richtung Patras? Dann könntet ihr mich nämlich ein Stück mitnehmen."

„Tut mir leid, wir wollten bloß bis Melissa", Gustl schüttelte das krause Haupt, „aber darf ich fragen, wieso es unbedingt Patras sein muß?"

„Gar nichts darfst du!" keifte Sabine dazwischen, im Moment wieder ganz die alte.

„Andere Leute aushorchen, was?" Sie schlug ihm mit einer, wahrscheinlich extra für Fälle gelinden Ungehorsams bereitliegenden Fliegenklatsche

auf den Hinterkopf. „Mit dem D-Zug durch die Kinderstube gerast, was?"
Pitsch, machte die Klatsche und gleich noch einmal: Patsch!

„Autsch! Mensch, Herrin, laß doch einmal Gnade vor Recht ergehen!"
Gustl schien auf irgend etwas hinauszuwollen.

„Ja, lassen Sie ihr Pendant am Leben! Ich hau ab, ganz einfach. Braucht
man kein Geheimnis daraus zu machen!" Mechthild blies einen dicken
Rauchkringel, diesmal aber ohne Durchspuck-Einlage. „Keinen Bock mehr!
Scheiß schönes Wetter andauernd. Ich will endlich mal wieder meinen Köl-
ner Nieselregen auf die Erbse pladdern kriegen! Außerdem hab ich einen
Inselkoller!"

„Der Peloponnes ist aber doch nur eine Halbinsel!" beliebte die Domina
zu scherzen.

„Dann eben Halbinselkoller!"

„Aber Sie sind doch gut mit Gisela Rahm befreundet, oder?" Gustl ließ
nicht locker.

„Geht so. Na und?"

„Würden Sie ihr beistehen, wenn sie in Schwierigkeiten käme? In *ernst-
hafte* Schwierigkeiten?" Die durchtrainierte Frau im sexy Outfit überlegte.
Aber nur kurz.

„In dem Fall, ja!" Das Sado-Maso-Pärchen tauschte daraufhin einen be-
deutsamen Blick.

„Sie weiß es nicht", sagte sie dann.

„Wie denn auch?" meinte er.

„Ich wäre euch dankbar, wenn ihr mal reden könntet!" Auf Mechthilds
Nasenwurzel hatte sich eine tiefe Sorgenfalte eingegraben. „Oder scheißt
wenigstens Buchstaben!"

„Gehen wir drei einen Kaffee trinken?" schlug statt dessen der Dicke
vor. „Nach Kalamata? Die Angelegenheit ist ziemlich ... äh, komplex."

„Einverstanden!" Mechthild hievte ihre Klamotten ins Auto und stieg
ein. Gerade als Sabine wenden wollte, schien jedoch plötzlich so etwas wie
eine Lawine auf sie zu gerollt zu kommen, zumindest klang es so. Doch es
waren nur einige schwere Motorräder, die kurz darauf den putzigen Daihat-
su passierten, wie sich bei näherer Betrachtung herausstellte. Dennoch
schienen es die wüsten Gesellen, die da mit gemäßigter Geschwindigkeit
auf die Touristenstadt zusteuerten, jederzeit mit jeder Naturgewalt aufnehmen zu können. Sie fuhren mit ihren brachialen, in sämtlichen Schwarztö-
nen lackierten Monstren (die meisten hatten so hohe Lenker montiert, daß
sie wohl keinen Gedanken mehr an Deodorant verschwenden mußten) in

leicht versetzter Zweier-Formation, mit versteinerten Mienen und dunklen Sonnenbrillen, alles um sie herum zur Zweitrangigkeit degradiert. Ihre Mähnen und langen Bärte wehten im Fahrtwind, und es gab eine Menge dicker Arme und ebensolcher Bäuche zu sehen. Der Motorenlärm verschlug den drei Autoinsassen schier die Sprache. Sabine fand sie als erste wieder, nachdem die Erscheinung hinter der nächsten Kurve verschwunden war.

„Rocker!" zischte sie verächtlich.

Griechen, dachte Mechthild, die auf die Nummernschilder und Rückenabzeichen der wilden Horde geachtet hatte. Auf den Jeanswesten hatte in großen, roten Lettern geprangt: BLUE REBELS 1 % MC *PATRAS.*

Und dann ging ihr ein Licht auf.

Ein Gedicht

Die saubere Seele
sehnt sich nach Venus
Doch Venus, die Holde,
salbt sich
Mit Vaseline. Entzaubert
von einer Milliarde
Von Arschlöchern,
vielleicht aber
Auch nicht.
wer kann das
Schon wissen; Leb wohl,
sanfte Schönheit,
Leb wohl,
anus mundi,
Leb wohl.

Gisela rieb sich den Schlaf aus den Augen und las den zerknitterten Zettel, den sie auf dem leeren Kopfkissen neben sich gefunden hatte, noch einmal. Weiches Morgenlicht fiel durch die geöffnete Balkontür, Vögel zwitscherten, und irgendwo krähte ein Hahn. Mechthild war weg, dito ihr Seesack und der kleine Wäschehaufen auf der linken Bettseite. Der Hahn ließ sich erneut vernehmen, was nun scheinbar diverse Hunde veranlaßte, ihn mit Gekläff darauf aufmerksam zu machen, daß die Sonne längst aufgegangen war. Der sonst so gemütliche Esel von nebenan pflichtete ihnen mit vernehmlichem Iii-aa bei. Fehlt nur noch, daß eine Katze in das Konzert mit einstimmt, dachte die Blondine schlaftrunken, dann sind die Bremer Stadt-musikanten komplett. Allmählich dämmerte ihr, daß sie die Abschiedslyrik der Tätowierten in den Händen hielt. Das Stück Papier war auch auf der Rückseite beschrieben:

Noch 'n Gedicht

Frau Wirtin hatte mal einen im Bett,
der war zwar saudumm,
aber sonst ganz nett.
Doch leider konnt' er vor Geilheit
kaum laufen;
Drum bumste er alles, was bei drei nicht auf dem Baum war,
über den Haufen.

P.S. Ich verzeihe Dir, aber IHM nicht.
So long,
                    M.

Gisela las den letzten Satz wieder und wieder. Dann küßte sie lächelnd die Signatur und legte den Zettel sorgfältig auf ihr Nachttischchen. Zwar gab es ihr einen leichten Stich, daß Mechthild gegangen war, aber sie würde sie bestimmt zum gegebenen Zeitpunkt wiedersehen. Außerdem hielt sich da-durch das Gefühlschaos in überschaubaren Grenzen, denn jetzt, ausgenüch-tert und bei Tageslicht, war der Blondine überhaupt nicht mehr bisexuell zumute. Bei aller Zuneigung. Aber ihr war, als plumpste irgend etwas sehr Schweres, zum Beispiel der märchenhafte Mühlstein, von ihrer Seele. Wenn jemand ihr berechtigt Absolution zu erteilen vermochte, dann doch wohl die Betrogene selbst. Okay, eventuell noch der liebe Gott als oberste Instanz, aber auch hier war sie nicht überzeugt davon, daß dergleichen überhaupt in seinen Zuständigkeitsbereich fiel. Gott sei Dank, dachte Gisela, weil sie ge-rade bei dem Thema war, und gleich noch einmal mit Bedacht: Gott sei Dank! Denn unter diesen Umständen würde sie sich durchaus früher oder später selbst verzeihen können. Dann stürmte sie im Morgenmantel auf den Balkon und begrüßte mit ausgebreiteten Armen den jungen Tag.

„Ein Bild für die Götter!" rief eine wohlvertraute Männerstimme von unten. „Da kann die Tussi aus der Kaffeereklame nicht mithalten!" Da der Kölnerin an diesem Morgen bereits reichlich lyrisch zumute war, hätte sie auf Befragen ihren aktuellen Gemütszustand dergestalt geschildert, daß ihr ohnehin schon erleichtertes Herz nun noch einen zusätzlichen Satz machte. „Nick!" rief sie strahlend wie weiland Julia vom Balkon, „ich hab deine Maschine gar nicht gehört!" Der Amerikaner winkte zu ihr hinauf. Er wirkte gut ausgeschlafen und trug heute sogar eine saubere Jeans zu seiner abgewetzten Lederjacke. Außerdem hatte er sich zur Abwechslung glatt rasiert, was ihm auch ausgezeichnet stand. Aber wieso hatte sie den 40er-Jahre-Dinosaurier, auf dem Nick lässig wie immer (eines seiner langen, wohlgeformten Beine ruhte abgewinkelt auf dem in der Morgensonne glänzenden Tank) thronte, nicht kommen gehört? Man mußte ja wohl stocktaub sein ...

„Kein Wunder, ich hab die Mühle ausrollen lassen", er deutete mit dem Daumen auf das Gefälle in seinem Rücken, „wollte mich nicht gleich bei euren Nachbarn unbeliebt machen!" Das war natürlich eine Erklärung.

„Komm rein, die Tür ist offen!" rief Gisela freudig, dann eilte sie wieder ins Schlafgemach, um ihr sicher noch verpenntes Gesicht im Spiegel zu inspizieren. Doch der Anblick erwies sich als akzeptabel, außerdem, meldete sich ihr wieder erwachtes Selbstbewußtsein, mußte der Mann ihrer Träume sie gefälligst auch unpräpariert gut finden. Also stürzte sie schnurstracks die Treppe hinunter und auf die Terrasse in Nicks muskulöse Arme. Bei dieser Gelegenheit ging leider der Laib Weißbrot, den er zum Frühstück mitgebracht hatte, zu Boden.

„Hallo, schöner Mann!" strahlte sie ihn an.

„Ha ... mhm", natürlich hatte das charmante Rauhbein beabsichtigt, ihr Kompliment zu erwidern. Doch dazu ließ ihm Gisela keine Zeit, sie küßte ihn nämlich ohne Umschweife auf den Mund.

„Freut mich, daß du da bist!"

„Danke gleichfalls!" Sie küßten sich noch einmal, und diesmal erwies sich der Motorradfahrer als Herr der Lage. Sanft öffneten seine Lippen die der duftenden, sinnlichen Frau in seinen Armen, und Gisela schoß, als sich endlich ihre Zungen begegneten, ein weiteres Stück Lyrik durch den Kopf: *Bist so schön, Augenblick! Bleib' doch noch ein Stück!* Goethe oder Schiller? Ach, egal, dachte sie, ich werde die beiden sowieso nie auseinanderhalten können ... und an so einem verheißungsvollen Morgen wie dem heutigen wurde so etwas wie Schulbildung ganz schnell Nebensache. Nicks Mund war immer noch mit ihrem verschmolzen, und dazu kitzelten sie die ersten vorwitzigen Sonnenstrahlen durch das Efeu der Pergola im Gesicht. Das nahe Meer rauschte die Melodie der Unendlichkeit dazu. Alles war gut und richtig. Im Augenblick.

„Wow!" Er gönnte ihnen jetzt eine Verschnaufpause.

„Laß es uns langsam angehen ...", sagte sie mit forschendem Blick in seine gutmütigen, braunen Augen. Wenn nur ein Fünkchen Wahrheit in der Behauptung, daß diese der Spiegel der Seele seien, lag, war dieser Mann über jeden Zweifel erhaben. Denn sie konnte so gar nichts Falsches darin entdecken.

„Einverstanden." Nick strich ihr liebevoll eine blonde Strähne aus dem Gesicht. Dann ließ er sie los und hob das Brot auf. „Wollten wir nicht gemeinsam frühstücken?"

„Das wollten wir, und das werden wir jetzt auch. Komm rein!" Gisela betrat die Wohnküche im Erdgeschoß, ihren Morgenmantel zusammenraffend, und lud die vertrauenerweckende, deutsche Kaffeemaschine.

„Ein schönes Zuhause habt ihr hier!" Nick zog seine Jacke aus und sah sich anerkennend um. Das Haus war im griechischen Stil eingerichtet, mit viel Holz und Stein, was ihm sehr zu gefallen schien.

„Ja, meine Eltern habens gern landestypisch ... da muß der Grieche in dir ja angetan sein." Sie klapperte mit Geschirr und Besteck herum.

„Ist er auch!"

„Aber jetzt mal was anderes ..."

„Hm?"

„Hast du eine Ahnung, was wohl *anus mundi* heißen könnte? Das ist doch Latein, oder? Ich bin nämlich Neusprachlerin ..." Sie deckten jetzt den Tisch auf dem Freisitz miteinander. Der Amerikaner plazierte Butter und Marmelade, dann kam er hoffnungsvoll grinsend wieder zur Tür herein.

„Das heißt, du kennst dich gut mit Französisch aus?"

„Schwein!" Sie warf ihm lachend das feuchte Geschirrtuch ins Gesicht und fand, daß sie sich wie verliebte Teenager benahmen. Und sie fühlte sich auch so. Ein schrecklicher Zustand. Schrecklich schön!

„Nun sag schon! Hast du eine Ahnung?"

„Tja, *mundi* ist wohl Genitiv, also ... Anus der Welt. Sinngemäß übersetzt: Arsch der Welt. Wieso?"

„Ach so", Gisela schenkte nachdenklich zwei Kaffeetassen voll, „ja, weil, das kam in Mechthilds Abschiedsbrief vor."

„Abschiedsbrief?" Nick schnitt das Weißbrot mit dem großen, scharfen Küchenmesser in gleichmäßige Scheiben. Wellenschliff. Er verkniff sich die naheliegende Frage, ob die Burschikose sich vielleicht umgebracht habe, jedoch in letzter Sekunde.

„Ja, sie ist heute morgen abgehauen."

„So mir nichts, dir nichts? Gabs dafür einen triftigen Grund?"

„Allerdings. Willst du die lange oder lieber die kurze Version hören?"

„Die lange wäre mir lieber!" Er nippte vorsichtig an seiner dampfenden Tasse. Ah, stark und heiß, das tat gut. Was für ein prächtiges Weib! Sogar einen anständigen Kaffee kochte sie! Im Moment schlug sie gerade einige Eier in eine große, eiserne Bratpfanne, aus der es bereits vielversprechend nach Olivenöl, Zwiebeln und Knoblauch duftete. Als schließlich auch diese in Form von Spiegeleiern auf dem rustikalen Holztisch gelandet waren, und die beiden sich gesetzt hatten, fing Gisela an: „Also, damit du gar nicht erst auf die Idee kommst, mich zu idealisieren, fang ich am besten bei Adam und Eva an. Genauer gesagt, bei Hakan und Gigi."

Ihr aufmerksamer Zuhörer zog die Augenbrauen hoch, dann stippte er ein Stück Brot in den Dotter auf seinem Teller.

„Hakan und Gigi?"

„Ganz recht. Ich hatte in Köln zwei Jahre lang ein Verhältnis mit einem verheirateten Mann. Hakan. Türke. Er nannte mich Gigi."

„Soso." *Gigi. Nicht lachen, Henderson!*

„Jawohl. Und ich wußte auch, daß er verheiratet war, allerdings nicht, mit wem. Was natürlich nichts entschuldigt."

„Hmhm."

„Er hatte mir den klassischen Fremdgänger-Text ans Knie geschraubt, von wegen unglückliche Ehe und bla. Und ich blöde Kuh war dämlich genug gewesen, ihm zu glauben ... bis mir eine gute Freundin erzählte, daß sie ihn in der Stadt gesehen hatte. Knutschenderweise. Mit seiner Frau!"

„Starkes Stück!"

„Ich bitte um mildernde Umstände, Euer Ehren! Ich hab mich oft verdammt einsam gefühlt ..."

„Gewährt!" Er ergriff zärtlich ihre freie Hand (mit der anderen nahm sie soeben einen Schluck Kaffee), jetzt wieder ganz ernst.

„Ja, und wenn wir uns getroffen haben, gabs in erster Linie Sex, jede Menge, und die Schwermut war für eine Weile weggeblasen. Besser gesagt, weggebumst, um am nächsten Morgen nur noch mehr zu schmerzen. Als hätte man Entzugserscheinungen, das Ganze, also die ganze Beziehung, wenn man das überhaupt so nennen kann, hatte was von einer Sucht an sich! Es fiel mir wirklich nicht leicht, das zu beenden, glaub mir! Und trotzdem hab ich es getan, nachdem ich das mit seiner Frau erfahren hatte, daß ers mit der nämlich offensichtlich auch noch trieb. Und daß sie gar keine Türkin war, die er irgendwann mal heiraten gemußt hatte ..."

„Sondern?"

„Kannst du es dir nicht schon langsam denken?"

„Erzähl lieber weiter, bevor ich hier rumrate!"

„O.k., meine Freundin hatte mir Hakans Ehegespons genau beschrieben, eine Deutsche, tätowiert, durchtrainiert ..." Nicks Gesichtsausdruck verriet, daß ihm Schreckliches schwante, und Gisela fuhr fort: „und kurz darauf war Weiberabend bei einer Kollegin, die stellt uns ihre beste Freundin vor, und ich denk, mich trifft der Schlag!" Der Amerikaner hatte nun endgültig kapiert.

„Mechthild!"

„Ganz genau, Mechthild!"

„Und die ganze Zeit, wo ihr jetzt hier miteinander unterwegs wart ..."

„... war ihr nicht klar, mit wem sie es zu tun hatte, so ist es! Das heißt, bis gestern Abend, da hab ich es ihr endlich gesagt. Aber das Schlimmste kommt ja noch!"

„Ich bin gespannt!" Das war er wirklich, sein Frühstück hatte er mehr oder weniger nebenbei weggeputzt.

„Letzte Nacht hätten wir fast miteinander geschlafen!"

„Wow!" Gisela betrachtete ihr verblüfftes Gegenüber zufrieden, dann griff sie nach seiner Zigarettenschachtel.

„Darf ich?"

„Nicht fragen. Einfach nehmen." Nick schien echt baff zu sein. Er sah sie mit großen Augen an.

„Tja", sie inhalierte einen tiefen Zug, „das war natürlich, bevor ich ihr alles gestanden habe. Aber, falls dich das beruhigt, es wäre mein erstes Mal mit einer Frau gewesen. Und ich bedaure es nicht, daß mir die Erfahrung entgangen ist. Ich glaube, ich bin nicht bi, nicht besonders zumindest ... aber so genau kann man das wohl nie wissen, nicht wahr?"

„Äh, wahrscheinlich nicht. Aber auf dem Gebiet bin ich absoluter Laie, ehrlich ... ja, und wie hat sie dann reagiert?"

„Nun, sie hat mich ins Bett gebracht, zugedeckt und mir den Rücken zugedreht. Und heute morgen war sie fort. Aber in ihrem Brief stand, daß sie eher auf Hakan einen Rochus hat als auf mich ... deshalb fühle ich mich im Moment ziemlich erleichtert." Gisela ersäufte ihre Zigarette im Aschenbecher, dessen Boden mit Wasser bedeckt war, dann sah sie Nick tief in die Augen.

„Und? Bin ich jetzt in deinem Ansehen gesunken?" Frau und Mann hielten sich nun fest an beiden Händen.

„Ganz im Gegenteil", er verstärkte den Druck ein wenig, doch die Berührung blieb angenehm. Beruhigend und ermutigend zugleich. Wie in Bayern, als sie das Gefühl gehabt hatte, von seiner Energie durchströmt zu werden, „ich freue mich, daß du mir vertraust. Und ich will genauso ehrlich zu dir sein. Aber vorher wollte ich dich zu einer kleinen Motorrad-Tour einladen. Hast du Lust?" Gisela stutzte ein wenig. *Vorher?* Was sollte das denn heißen? Nun, sie würde es auf sich zukommen lassen. Ein Ausflug mit Nick? Klar hatte sie dazu Lust. Also hauchte sie lediglich: „Ja!" Aus irgendeinem Grund mußte sie dabei an *Standesamt* denken.

Etwa eine halbe Stunde später stülpte sie sich also den mattschwarzen, vorne offenen Sturzhelm ihres Gastes aufs blonde Haupt, während dieser mit schwerem Lederstiefel den Kickstarter der alten Indian betätigte. Doch der fuhr gleich wieder mit einem sonderbaren Rattern, als hätte man es mit einer mittelalterlichen Zugbrücke zu tun, hoch. Sonst passierte nichts Besonderes, außer daß der großvolumige Motor ein müdes „Wuff" und kleine Wölkchen aus dem Vergaser ausstieß. Diese Prozedur wiederholte sich einige Male, bis er sich endlich mit tiefem Ballern zur Tätigkeit aufraffte.

„Mit Oldtimern muß man eben manchmal Geduld haben!" meinte Nick lapidar, kleine Schweißperlen hatten sich auf seiner Stirn gebildet. Er schien die Zeremonie völlig normal zu finden und half Gisela nun, den breiten, für zwei Personen gedachten, Ledersattel zu erklimmen. Auch diese Aktion gestaltete sich nicht ganz unkompliziert, denn die Motorradenthusiasten der Vierziger schienen sehr schlank gewesen zu sein. Doch als sie dann endlich saß, eng an den Rücken des Fahrers geschmiegt, unter sich die laute, vibrierende Maschine, konnte sie deren Empfindungen schon besser nachvollziehen. Der Amerikaner legte nun mit dem Schalthebel rechts am Tank den ersten Gang ein und gab mit der linken Hand Gas, was ein mittleres Erdbeben auszulösen schien. Es hatte schon etwas, sich auf solch einem Ungetüm fortzubewegen, doch. Etwas Atavistisches. Sie holperten den ungeteerten Weg zur Straße hinauf und nahmen diese mit Getöse unter die Räder.

„Ich hab mir hier vor ein paar Jahren mal ein Mofa ausgeliehen", rief Nicks Sozia in sein Ohr, „das hat sich aber anders angefühlt!" Die 42er Chief vollführte unter ihrem Hintern eine Art Veitstanz.

„Kann ich mir vorstellen!" Der Fahrer werkelte ständig mit Händen und Füßen, so ein altes Vehikel schien eine arbeitsintensive Angelegenheit zu sein.

„Bei dem Mofa mußte man rechts Gas geben!" wunderte sie sich.

„Das hat Indian erst in den Fünfzigern eingeführt", rief Nick zurück, „kurz bevor sie pleite gegangen sind!"

„Das nenne ich stur!" Gisela beschloß, die verbale Kommunikation vorerst ruhen zu lassen, denn jetzt, bei zirka achtzig km/h, hätte sie nicht nur das Donnerwetter aus dem Auspuff übertönen, sondern auch noch gegen den Fahrtwind anschreien müssen. Da war es doch naheliegender, sich von selbigem kühl umschmeicheln und die ursprüngliche Landschaft genüßlich an sich vorbeiziehen zu lassen. Beeren-, Binsen- und Myrtensträucher säumten hier die Fahrbahn, sie fuhren ins Landesinnere. Je mehr sie sich von der Küste entfernten, desto mehr weitete sich die Ebene, durchzogen von Feigen-und Olivenbäumen, schlanken Zypressen und Weinstöcken. Und es wurde immer heißer, es handelte sich um die Sorte drückend schwüler Hitze, auf die in heimischen Gefilden garantiert ein Gewitter folgte. Hier konnte man sich das natürlich nur schwerlich vorstellen, dieses Land schien schließlich das schöne Wetter geradezu gepachtet zu haben. Dennoch, über den niedrigen Bergen, auf die sie jetzt zufuhren, brauten sich einige dunkle Wolken zusammen. Wenn schon, Nicks freier rechter Unterarm umfing sanft ihr Bein, wobei er voller Hingabe ihren Unterschenkel streichelte, und sie fühlte sich begehrt und geborgen zugleich in seinem Windschatten. Selbst das schwere Motorrad, auf dem sie saßen, gebärdete sich auf dem derzeit erfreulich ebenmäßigen Asphalt einigermaßen manierlich und schnurrte wie ein Kätzchen (ein sehr großes natürlich, etwa Format Königstiger). Auf der linken Straßenseite erstreckte sich Weideland, und zwei Prachtexemplare von Deutschen Schäferhunden bewachten eine fröhlich blökende Schafherde, wobei sie mit schlenkernden, rosa Zungen dem Forscherdrang einiger Jungtiere Einhalt geboten. Der dazugehörige Schäfer war ein kräftiger, untersetzter Mann mit imposantem grauen Bart und weißblauem Kopftuch. Er stützte sich entspannt auf seinen Stock, sicher stolz auf seine Tiere, und fügte sich perfekt in seine Umgebung. Aus seiner ganzen Haltung sprach die Jahrtausende alte Tradition eines naturverbundenen Volkes, das einige der größten Denker und Künstler aller Zeiten hervorgebracht hatte. Was für ein Erbe, und ...

„Was für ein Land!" entfuhr es der Kölnerin.

„Hast du was gesagt?" rief ihr Chauffeur nach hinten.

„Nur laut gedacht. Ich bin gerade glücklich, glaub ich!"

„Das freut mich!" Er führte ihre Hand an seine Lippen, ohne sich umzusehen, denn ein Abbiegemanöver in eine kleine Seitenstraße nahm einen erheblichen Teil seiner Aufmerksamkeit in Anspruch.

„Was hast du denn gerade gedacht?" fragte er dann, als sie langsam durch die Pampa zockelten.

„Daß ich hier vor lauter Motiven gar nicht weiß, was ich zuerst malen soll ... unter anderem!"

„Na, wenn du als Künstlerin das sagst ... apropos, dein Bild ist schon unterwegs nach New York."

„Echt? Das ist ja toll!" Sie küßte Nick von hinten auf die Wange.

„Hab ich doch versprochen", meinte er nur. *Ja, das hast du,* dachte Gisela. *Aber Männer, die ihre Versprechen prompt halten, sind dünn gesät!*

Das Sträßchen verwandelte sich bald in einen Feldweg, dann in einen bergauf führenden Eselspfad, den die alte Indian in Schrittgeschwindigkeit hinaufpflügte wie ein Traktor und natürlich jede Unebenheit theatralisch erklimmend. Doch Nick fand es offenbar völlig normal, sein Museumsstück diesen Pfad, der auf einen der nicht besonders hohen, umwölkten Berge führte, entlangzusteuern.

„Du warst hier wohl schon mal?" fragte seine Sozia.

„Schon oft, ja. Ich möchte dir gern einen meiner Lieblingsplätze zeigen." Sie holperten weiter aufwärts. Gisela hatte sich zwar inzwischen an ihren immerhin gut gefederten Sitzplatz gewöhnt, doch die immer dichter und dunkler werdenden Wolken mißfielen ihr ein wenig. Andererseits wußte ihr Halbgrieche sicher, was er tat, und noch schien die Sonne. Nun durchquerten sie ein ausgetrocknetes Flußbett, es war einsam hier, nichts als Natur, trockene Erde, blühende Weiden, und sie tauchte alles in dieses typisch griechische, milde und doch klare Licht.

„Die Sonne scheint hier irgendwie anders als bei uns", meinte Gisela, „ich hab mich schon oft gefragt, woran das liegt. Vielleicht am Breitengrad?"

„Schon möglich, aber vielleicht gibt es auch gar keine logische Erklärung." Nick manövrierte die schwere Maschine spielerisch an den größten Steinen und Schlaglöchern vorbei.

„Kennst du Nikos Kazantzakis?"

„Klar, Alexis Sorbas und so ..."

„Genau, und der hat jedenfalls mal geschrieben, das Licht in Griechenland wär voller Geist ..."

„Da ist was dran!" Ein Olivenhain tauchte auf, irgendwo im Gehölz zwitscherte ein Vogel als Solist, und der Auspuff der Indian ballerte den gleichmäßigen Rhythmus dazu, badamm, badamm ...

„Ja, und es würde den Menschen helfen, klar zu sehen, Ordnung in das Chaos zu bringen", badamm, badamm, „so kann man es halt als Dichter formulieren."

„Gefällt mir!" *Ordnung in das Chaos zu bringen*, nämlich in ihr persönliches, das versuchte sie, seit sie ihren Türken abserviert hatte. Vielleicht, so dachte die Frau, habe ich hier wirklich die besten Voraussetzungen dafür. Der Duft nach Salbei, Bergminze und Thymian hing schwer in der Luft, es war immer noch warm, fast drückend schwül, und der Olivenhain wich einem schattigen Platanen-Wäldchen. Plötzlich ging es nicht mehr bergauf, denn sie hatten jetzt eine kleine Hochebene mit großartigem Blick ins Land erreicht. Badamm, ba – und Stille. Fast erschien es, als hätte Nick eine primitive musikalische Untermalung abgestellt, als er die Zündung seines Oldtimers ausschaltete. Oder, und der Vergleich gefiel Gisela noch besser, als hätte ein Sinfonieorchester auf „Pianissimo" umgeschwenkt, denn nun dominierte die Musik der leisen Töne – das Rauschen der Blätter im Wind, noch mehr Vogelstimmen, fernes Ziegengemecker ... sie sah sich begeistert um. Unter ihnen erstreckte sich der südliche Peloponnes, am Horizont war das Meer, dessen Blau fast nahtlos in das des Himmels überging, zu sehen. Über ihnen allerdings ballte es sich dunkelgrau zusammen.

„Also, gegen deinen Landschaftsgeschmack ist nichts zu sagen", fand die Blondine, sich nach dem Absteigen reckend und streckend.

„Ich bilde mir eigentlich eher auf meinen Menschengeschmack etwas ein", entgegnete ihr Begleiter und küßte sie zärtlich. Als der Kuß immer leidenschaftlicher wurde, klinkte sich Gisela jedoch aus und stützte sich auf das abgestellte Motorrad.

„Denk daran, wir wollten es langsam angehen lassen ... sonst meutert mein alter Gleichgewichtssinn!" Sie strich sanft über Nicks Gesicht. Der biß sie daraufhin vorsichtig in den Handballen, der Liebesbiß des wilden Waldkaters, dachte sie.

„Hey, was ist das denn?" Als der Amerikaner sich kurz darauf, nicht etwa als Übersprungshandlung, seinen Satteltaschen widmete, fiel ihr etwas auf, das man trotz seiner Größe leicht übersehen konnte. Da, wo die Laubbäume an die schroffen, grauen Felsen des Berges grenzten, waren Menschenhände am Werk gewesen. Wenn auch, offensichtlich, vor sehr langer Zeit.

„Der Tempel der Aphrodite." Nick drückte ihr schmunzelnd eine ziemlich schwere Jutetasche in die Hand, dann hängte er sich selbst noch eine weitere plus seinen dicken US-Army-Schlafsack um.

„Diesmal ohne Hetären und Philosophen. Mindestens 3000 Jahre alt." Das historische Gemäuer schmiegte sich tatsächlich so perfekt an den Berg, als wäre es aus ihm heraus gearbeitet worden – was auf einige der mächtigen, dorisch anmutenden Steinsäulen auch tatsächlich zutraf. Selbst der gewiefteste Gartenarchitekt hätte den Tempel nicht so in die Natur einbinden können, wie es diese selbst besorgt hatte. Sträucher wucherten in Spalten, Efeu aus Ritzen, und die steinernen Stufen davor waren mit Moos bedeckt.

„Wahnsinn!" Gisela staunte. „Das meintest du also mit einem deiner Lieblingsplätze ..."

„Das Ganze hier, ja. Aber wir sollten vielleicht besser reingehen, es sieht verdammt nach Gewitter aus!" Also doch. Beide sahen nach oben, die dicken Wolken machten jetzt Ernst. Eine verdunkelte sogar die Sonne, und da waren auch schon die ersten Regentropfen. Ein dicker landete genau auf der Stirn der Frau.

„Ich hab das schon die ganze Zeit befürchtet!" sagte sie, während sie sich beeilten, ins Tempelinnere zu gelangen. Es war auf einmal sehr dunkel geworden, wie bei einer Sonnenfinsternis, und die düsteren Gewitterwolken verdichteten sich immer noch.

„Ehrlich gesagt, ich auch", gab Nick zu, „aber jetzt sind wir gleich im Trockenen!" Er hielt sie am Arm, damit ihr bereits strapazierter Gleichgewichtssinn nicht den bemoosten Stufen zum Opfer fiel, dann umfing die beiden die kühle Ruhe des Foyers. Draußen setzte ein Wolkenbruch ein, minütlich nach den ersten Tropfen, und da rollte auch schon der erste Donner heran, echter Donner diesmal, gewaltig und bedrohlich, und kein von Menschen produziertes Geräusch war damit zu vergleichen. Der dazugehörige Blitz ließ nicht lange auf sich warten, nur wenige Sekunden, und gleißendes, kaltes Licht fiel auf die vereinzelten, nun vom ebenso plötzlich aufgekommenen Sturm gepeitschten Pinien vor dem Eingang.

„Sag mal", Gisela drückte sich schaudernd an ihren Begleiter, mit Blick zur antiken Decke, „ist ja ganz beruhigend, daß dieses Gebäude die letzten Jahrtausende nicht zusammengekracht ist, aber ..."

„Aber?" Nick entzündete mit seinem Sturmfeuerzeug zwei kleine Fackeln, die er aus einer der Jutetasche hervorgezaubert hatte, und gab ihr eine.

„Aber wer sagt, daß sich das nicht gerade heute ändert?"

„Nun, die Statiker, die hier alles im Auftrag der Regierung vermessen haben vor einigen Jahren, zum Beispiel."

„Haben sie?" Das wärmende Feuer illuminierte lustig flackernd die uralten Steine, von denen ihre immer noch etwas besorgte Stimme widerhallte. „Mhm, die wollten hier eine Riesen-Touristenattraktion aufziehen. Hatten sogar einen alten Schafhirten als Tempelwächter engagiert, aber die Rechnung ging nicht auf." Er nahm sie in den Arm, ganz Beschützer, und Gisela genoß das Gefühl der Geborgenheit.

„Und warum?"

„Keine Ahnung, wahrscheinlich wars zu schwierig, da draußen einen Busparkplatz anzulegen. Jedenfalls saufen sich die Touris bis heute lieber in Kalamata die Birne zu, der Hirte hatte auch bald keinen Bock mehr und verzog sich mitsamt seinen Schafen, und es gilt als erwiesen, daß die Einsturzgefahr hier im Vorraum minimal ist."

„Minimal." So völlig zufrieden war sie mit dieser Information nicht, vor allem, weil im Freien allmählich die Hölle losbrach. Blitz und Donner blendeten und krachten jetzt fast zeitgleich, es schüttete wie aus Feuerwehrschläuchen, und der Sturm fetzte Blätter, Zweige und sogar kleine Äste durch die Gegend. Allein die alte Indian stand leidlich unberührt in dem Inferno und kam lediglich in den Genuß einer gründlichen Dusche, denn Nick hatte sie vorsorglich im Windschutz zweier großer Felsen abgestellt. Wahrscheinlich klang er auch deshalb ziemlich sorglos, als er nun hinzufügte: „Hier im *Vorraum*, ja. Aber im Altarraum besteht überhaupt keine, weil der in den Berg selber gehauen wurde, praktisch als eine große Höhle. Komm, ich zeigs dir!" Er führte sie einige Schritte in die Dunkelheit, an die ihre Augen sich langsam gewöhnten, und tatsächlich befanden sie sich bald inmitten unregelmäßig behauenen Gesteins, etwa zehn Meter von Eingang und Unwetter entfernt. Nick ließ seinen Schlafsack vor einem quaderförmigen Steinklotz zu Boden gleiten und steckte die Fackeln in offenbar extra dafür vorgesehene Löcher in den Wänden.

„Macht einen massiven Eindruck!" Gisela betastete die Wände und sah sich um, während der Amerikaner noch zwei Fackeln und eine Weinflasche zum Vorschein brachte. Der nun warm und unregelmäßig erleuchtete Raum mochte etwa 15 oder 16 Quadratmeter messen, und es war hier völlig trocken. „Das ist wohl der Altar!" sie zeigte auf den tischhohen Steinquader.

„Zumindest behaupten die Gelehrten, daß es mal einer war!" Nick schlug mit einer einladenden Handbewegung das olivgrüne Daunenteil davor auf.

„Und das hier ist die bequemste Sitzgelegenheit weit und breit."

„Schon seltsam, wie sich die Dinge manchmal entwickeln", meinte die Frau, als sie schließlich an den alten Altar gelehnt auf dem Schlafsack saßen und den mitgebrachten, harzigen Retsina tranken.

„Hm?"

„Na ja, ich meine, wenn mir noch vor einigen Wochen jemand prophezeit hätte, daß ich so schnell aus meinem Alltagstrott rauskommen würde, Hakan los und mit seiner Frau dafür fast im Bett gelandet wäre ..."

„Bist du ja auch!"

„Witzbold, du weißt genau, was ich meine! Jedenfalls, ich hätte es nicht geglaubt. Noch weniger, daß ich mich so schnell wieder ..." Sie stockte.

„Ja?" Der Mann nahm ihre Hand und sah ihr aufmerksam in die Augen.

„Daß ich mich so schnell wieder verlieben würde!" sagte Gisela, und dann fiel sie über ihn her. Mit all ihrer aufgestauten Leidenschaft und Begierde. Erst bedeckte sie sein zunächst Überraschung, sehr bald jedoch willige Bereitschaft ausdrückendes Gesicht mit heißen Küssen, dann zog sie ihn am Jackenkragen hoch und erweiterte ihren Aktionsradius auf seinen kompletten, flugs entkleideten Körper. Anschließend drückte sie den nackten Nick rücklings auf die Platte des antiken Quaders, die, wie sie freudig erregt feststellte, hier nicht das einzig Steinharte war.

„Aphroditen-Altar!" zischte die Blondine, während sie sich selbst die Klamotten vom Leib riß und ihren entblößten Unterleib auf den Bauch des Amerikaners schwang. „Was haben die hier wohl getrieben, damals? Jungfrauen geschändet?" Sie packte im flackernden Fackelschein seine Handgelenke.

„Sowas in der Richtung, schätze ich ...", auch Nicks Atem ging stoßweise, als er zu antworten versuchte, doch bald erklang, unter beachtlichen Brüsten begraben, nur noch gedämpftes Stöhnen. Das Gewitter war nun genau über ihnen, der Himmel hatte seine Schleusen weit geöffnet und verströmte sich über die aufgeheizte Erde.

„Dann mach dich auf was gefaßt, Mann, denn ... nun ... bist du ... dran!" Blitz und Donner unterstrichen gleichzeitig Giselas letzte Worte, dann, als bereits der ganze Berg um sie herum zu beben schien, umfing sie Nick mit ihrer gesamten Weiblichkeit.

Hätte man die beiden später nach Details zu ihrem „Ersten Mal" befragt, hätten sie, selbst wenn sie gewollt hätten, nichts Brauchbares zu Protokoll geben können. Denn während ihrer Vereinigung im langen, harten Ritt waren ihre Gehirne völlig abgeschaltet, bestanden sie nur noch aus sinnlicher Wahrnehmung und saftig beseelter Körperlichkeit. Schmatzender, saugender, beißender, spuckender, bohrender, zuckender, ausfüllender, erfüllter und allumfassender Körperlichkeit – bis zu dem Moment, da ihrer beider Nervensysteme, inklusive sämtlicher Ganglien und Synapsen, sowie die Außenwelt um ihren Liebestempel herum mit ohrenbetäubendem Knall zu explodieren schienen. Doch es hatte lediglich der Blitz in eine der Pinien vor dem Eingang eingeschlagen. Und auch, wenn die Liebenden auf dem gemeinsamen Höhepunkt ihrer Lust den Eindruck hatten, als ginge die Welt unter, nur um sofort wieder – in Rekordzeit – neu erschaffen zu werden, so verzog sich doch nur das Gewitter. So plötzlich, wie er begonnen hatte, hörte auch der Regen auf, und bald präsentierte sich die dampfende (was die Pinie, die Pech gehabt hatte, betraf, dezent kokelnde) Natur wieder im warmen Sonnenlicht. Gisela küßte den schwitzenden, ausgepumpten Mann unter ihr noch einmal hingebungsvoll, dann sah sie verklärten Blickes nach draußen und keuchte: „Sag, was du willst, aber ich schwöre dir, es gibt einen Gott!"

„Darauf kannst du wetten", japste Nick, „... und er meint es gut mit uns!"

Etwa vier Stunden später befanden sich Liebespaar und frisch gewaschenes Motorrad wieder auf der Hauptstraße nach Melissa. Die inzwischen schon ziemlich tiefstehende Sonne hatte sich längst wieder am Himmel etabliert, der 1200-ccm-Motor schmetterte lauthals das Hohelied der Landstraße, und Gisela auf dem Sozius war eigentlich auch nach Singen zumute (aber sie kannte ihre Grenzen), so heiter und gelöst fühlte sie sich. Daß Sex so schön sein kann, dachte sie und schmiegte sich noch etwas enger an den Rücken des Fahrers. Der hatte sie, nachdem sie in seinem Schlafsack noch exakt dreimal übereinander hergefallen waren, zu sich zum Abendessen eingeladen. Hunger und körperliche Erschöpfung forderten eben auch von frisch Verliebten ihren Tribut.

„Hast du denn überhaupt was zu Essen auf deinem Zimmer?" rief sie in Nicks Ohr.

„Wer hat was von Zimmer gesagt?"

„Du wirst doch nicht etwa auf dem Campingplatz hausen?"

„In Melissa gibts überhaupt keinen!"

„Ja, aber ..."

„Warts ab!" Er streichelte wieder ihr rechtes Bein, und da es ausgesprochen mühselig war, sich auf dieser Krawallmaschine zu unterhalten, beschloß Gisela, seiner Aufforderung zu folgen. Sie bogen jetzt in eine miserabel asphaltierte Seitenstraße und passierten ein vergilbtes, von Schrotkugeln durchsiebtes Ortsschild. Fast wie im wilden Westen, dachte sie. Es ging an verwitterten Fassaden und halb verfallenen Ruinen vorbei, den Ortskern Melissas rechts liegen lassend. Das Dorf mochte in etwa dieselbe Flächenausdehnung wie Agios Pavlos haben, aber es war noch spärlicher bebaut und touristisch praktisch gar nicht erschlossen. Man konnte die nahe See hören und riechen und schließlich, auf der nächsten Anhöhe, auch sehen. Das Sträßlein führte zu einem freistehenden Haus, inmitten Schatten spendender Bäume kaum zu erkennen, und nur einen Steinwurf vom Meer entfernt. Nick steuerte direkt darauf zu, dies mußte der äußerste Ortsrand sein.

„Das ist ja wildromantisch hier!" fand seine Sozia, „sag bloß, du wohnst in dem Haus da!"

„Mhm."

„Was?"

„JA!" Sie hatten das Anwesen jetzt erreicht und durchquerten einen aus Naturstein gemauerten Torbogen, anschließend eine kurze Pinienallee, und dann blieb ihr erstmal die Spucke weg. Das ganze Gebäude war aus Natursteinen erbaut, auch in Hanglage, und es fügte sich so bescheiden in seine Umgebung, eine Art verwilderter englischer Garten, daß man seine riesigen Abmessungen erst aus nächster Nähe realisierte. Kletterrosen und Efeu rankten sich um einen großen Teil des Erdgeschosses, das in seiner U-förmigen Bauweise den Besucher sozusagen mit offenen Armen empfing. Davor befand sich eine mit Marmorplatten ausgelegte Terrasse (oder war das ein Parkplatz?), nach drei Seiten windgeschützt, auf die zwanglos verschiedene Stilgartenmöbel und bepflanzte Terrakotta-Töpfe verteilt waren. Hier stoppte die Indian unter einer weinüberwucherten Pergola, wie sie auch ihre Eltern hatten. Nur, daß dieser Palast hier mindestens viermal größer war als deren Haus.

„Gefällts dir?" fragte Nick.

„*Gefallen* ist vielleicht nicht das richtige Wort ...", Gisela staunte immer noch, auch das erste Stockwerk war auf keinen Fall so alt, wie man aufgrund der Natursteine glauben konnte, dazu war es mit seinem Erker auf der Ostseite, den großen Fenstern nach Westen, sowie all den Winkeln, Vorsprüngen und kupfernen Regenrohren architektonisch viel zu ausgeklügelt. Ein mächtiger Olivenbaum umarmte einen Teil davon mit knorrigen Ästen, und es lag auf der Hand, wer hier wem angepaßt worden war. Über solche Bauherren konnte die Natur nicht meckern.

„Ich würde es mal so formulieren ... wenn ich jemals versucht hätte, mir mein absolutes Traumhaus detailliert auszumalen, dann wäre wohl ziemlich exakt sowas dabei rausgekommen!"

„Echt? Das freut mich aber!"

„Und was sollte deine Geheimniskrämerei vorhin?" Sie biß ihn liebevoll ins Ohr. „Wenn du hier kein Zimmer genommen hast, was denn dann? Vermieten die ganze Studios?"

„Äh, nee ..." Nick rangierte seine scheinheilig im Standgas vor sich hin wummernde 42er Chief Richtung rechter Terrassenrand. Hier verlief eine zirka anderthalb Meter breite Schneise durch Schilf und hüfthohes Gras.

„Du wirst mir doch nicht erzählen wollen, daß du den ganzen Kasten gemietet hast!"

„Um Gottes Willen, nein!" Er drehte sich um und sah ihr verschmitzt in die Augen. „Ich hab den ganzen Kasten *gebaut*, vor, hm, sieben Jahren etwa. Halt dich mal bitte fest!" Mit vertrautem Stakkato donnerte die Indian jetzt durch den Spalt im Garten, der, wie sich alsbald herausstellte, zu einer sich steil den rechten Giebel, um den Erker hochwindenden Betonrampe führte. Alles ging so schnell, daß die Frau gar nicht dazu kam, sich vor Schreck zu verkrampfen, es hatte ein bißchen etwas von einer Fahrt mit der Achterbahn, und plötzlich standen sie auf dem Dach des Hauses. Der Motorenlärm erstarb und wurde vom beruhigenden Rauschen des Meeres abgelöst, auf das man von hier oben einen wunderbaren Ausblick hatte.

„Mein Parkplatz!" griente der Amerikaner. „Hier oben steht die Kiste am sichersten."

„Du bist ja wohl bekloppt!" Gisela knuffte ihn in die Seite, aber nicht zu fest. „Ich hab mich in einen Verrückten verliebt."

„Und ich hab mich in die bezauberndste Frau aller Zeiten verliebt!" Er gab ihr ein zartes Küßchen auf die Nase.

„Schmeichler! Ich fasse es nicht. *Du* hast dieses Haus gebaut?"

„Na ja, das meiste hab ich natürlich von qualifizierten Handwerkern machen lassen, aber wo es nur ging, hab ich selber mit angepackt ... ich arbeite gern mit den Händen."

„Es gehört also wirklich dir!" Allmählich sickerte diese Erkenntnis in ihr Bewußtsein. Deshalb war er also nicht auf die Idee gekommen, bei ihr zu nächtigen!

„Äh, wenn mich in der Zwischenzeit keiner heimlich enteignet hat ..."

„Idiot!" lachte Gisela. „Hoffentlich hast du wenigstens 'n Bier da."

„Na klar!" Nick führte sie über eine außen angebaute Steintreppe eine Etage tiefer, auf einen riesigen Balkon, der den Zugang zum ersten Stock ermöglichte. Es gab da bequeme, hölzerne Deckchairs zum Reinlümmeln und natürlich auch jede Menge Meer zum Angucken, und bald hielt jeder eine eiskalte Flasche „Augustiner Edelstoff" in der Hand.

„Bayerisches Bier in Melissa", freute sich die Kölnerin, „das nenne ich Lebensart." Sie prosteten einander zu, und der nach wie vor etwas geheimnisumwitterte Hausherr erzählte ihr, daß er, wenn es irgendwie ging, den größten Teil des Jahres hier verbrachte, sozusagen als Basislager für ausgedehnte Motorradtouren durch ganz Griechenland (deshalb kannte er auch das nahe Agios Pavlos kaum und die Rahms überhaupt nicht). New York und sein „Laden" da sähen ihn nur, wenn es unbedingt sein müßte.

„Das kann ich allmählich nachvollziehen", versicherte ihm Gisela. Sie hätte schon wieder mit dem attraktiven Kerl ins Bett gekonnt, aber wahrscheinlich war es wirklich klüger, zunächst etwas zu essen, nicht daß hier noch einer kollabierte. Vor lauter Bumsfallera, also nahmen die beiden ein reichhaltiges Abendbrot, bestehend aus Weißbrot, griechischem Salat, Eiern (Eiweiß! Dringend angesagt, dachte sie) und diversen Meeresfrüchten zu sich. Danach unternahmen sie einen kleinen Besichtigungs- und Verdauungsspaziergang durchs Haus, das sich von innen genauso ansprechend wie von außen präsentierte. Viele griechische, kombiniert mit wenigen Stilmöbeln, hauptsächlich Empire und Jugendstil, dazu edle Stoffe in schlichten Farben.

„Geschmackvoll, aber nicht protzig", lautete ihr abschließendes Urteil, als sie wieder im Freien saßen, Händchen haltend und Bier trinkend.

„Die Sonne geht übrigens allmählich unter", stellte sie dann fest, „Zeit, das Schlafzimmer nochmal genauer zu inspizieren! Oder, was meinst du?"

„Ehrlich?" wunderte sich Nick. „Du bist ja unersättlich!"

„Du sagst es, Süßer!" saugte sie sich wollüstig an seiner Unterlippe fest. Doch dann machte sich etwas, woran sie schon seit einiger Zeit nicht mehr gedacht hatte, wieder bemerkbar. Nämlich das Handy in ihrem Rucksack, düdeldüü, lange nicht mehr gehört! Aus reiner Neugier wühlte Gisela es hervor.

„Ja, hallo, wer ist denn da? MUTTER! Mensch, das ist aber schön, daß du dich mal meldest! Wie gehts euch denn? Seid ihr gut angekommen?" Sie hörte eine Weile zu und räkelte sich dabei, denn Nick kraulte ihren Nacken, während er sich seinem Bier widmete und die langsam sinkende, sich bereits rötlich färbende Sonne beobachtete.

„So, dann bin ich ja beruhigt", meinte sie jetzt, „wenn sonst alles o.k. ist ... ja, ja, sag Vater, dem alten Dickschädel, ganz liebe Grüße, und er soll gefälligst die Mittagshitze meiden, wenn er sonst die Kreislauffaxen kriegt, wir brauchen ihn noch! Ja, haha, typisch ... ach ja? Habt ihr schön gefeiert? Na prima, danke, grüß Eleni auch schön!" Zuhörpause.

„Ich? Nee, Mechthild ist schon abgereist, aber ich war heute mit einem ganz tollen Mann unterwegs ... das denke ich mir, daß du das wissen willst!" Sie kniff den „tollen Mann" in den Schenkel und wisperte: „*Wie alt bist du?*"

„Neununddreißig. Grüß schön, unbekannterweise!" griente der.

„Dreiundsiebzig! ... Haha, beruhig dich, war nur Spaß! Neununddreißig, zirka 1,85 groß, kurzes, dunkles Haar. Noch Fragen? Also, du willst es heute aber ganz genau wissen ... was? Ach so, Kartentelefon, schon klar ... ja, Nick heißt er, Nick Henderson, und ich soll euch auch schön ... hä? Wie meinst du das, *der* Nick Henderson? Ja, schon, er hat was mit Kunst zu tun, aber ... das gibts doch nicht!" Sie sah ihn verwundert, fast schon entsetzt an.

„Mutter? HALLOO ... hallo! Schei ... nbar die Verbindung unterbrochen." Gisela guckte, als säße sie einem Gespenst gegenüber.

„Telefonkarte alle?" fragte der Amerikaner mit Unschuldsmiene, dann nahm er noch einen ordentlichen Schluck Bier.

„Sag mal, kann das sein, daß du irgendwie stinkereich bist?" Sie sah ihn immer noch an, als hätte sie schlagartig eine stockdunkle Seite an ihm entdeckt. „Meine Mutter hat eben was von einer *der bedeutendsten Galerien New Yorks* erzählt ..."

„Och, reich ist relativ." Nick stand auf, stützte sich auf die Brüstung des Balkons und zündete sich eine Zigarette an. „Gegen Bill Gates bin ich auf jeden Fall ein armer Schlucker!" Er ließ seinen Blick liebevoll über die griechische Landschaft schweifen. „Aber ich kann es mir leisten, so zu leben, wie ich will. Und darauf kommt es mir an." Gisela war zu ihm hingegangen, und er umarmte sie zärtlich.

„Gibts ein Problem? Damit?"

„Ach, nein", sie schmiegte sich an ihn, seine Wärme tat ihr gut, „aber du hättest mir ruhig mal was sagen können!"

„Hab ich doch, daß ich mit Kunst handle. Gleich am ersten Abend. Was spielt das schon für eine Rolle, wieviel Kohle dabei rumkommt?" Er drückte sie ein bißchen fester an sich.

„Naja, stimmt schon! Und du wärst mir auch nicht unbedingt sympathischer geworden, wenn du mir gleich mit deinem letzten Kontoauszug vor der Nase rumgewedelt hättest." Sie zog die Nase kraus und wollte gerade ihren unterbrochenen Verführungsversuch fortsetzen, als ihr Nicks plötzlich sehr ernster Gesichtsausdruck auffiel.

„Hey, Nick, Reichtum ist keine Schande, ich werde mich schon daran gewöhnen, daß du ..."

„Das ist es nicht, hör zu, es gibt etwas anderes, das ich dir schon lange hätte sagen müssen", der im rotorangen Abendlicht besonders gutaussehende Mann wirkte auf einmal besorgt, äußerst besorgt sogar, „aber ich dachte, ich könnte damit warten, bis alles vorbei ist. Ich wollte dich einfach nicht beunruhigen, verstehst du?" Er sah sie eindringlich an.

„Doch jetzt muß ich es einfach loswerden, du sollst nicht denken, daß ich Geheimnisse vor dir habe!"

„Na, du steckst ja voller Überraschungen!" In diesem Moment düdelte das Mobiltelefon erneut los. „Aber warte mal bitte einen Moment, das ist bestimmt nochmal meine Mutter ..." Es handelte sich offenbar um eine unabdingbare Eigenschaft dieser Geräte, daß sie einen bevorzugt nach tagelanger Sendepause mit Anrufen bombardierten.

„Ja, hallo? WER? Was? Du? Sag mal, verstehst du neuerdings überhaupt kein Deutsch mehr?" Es war wohl nicht die erwartete Anruferin.

„Du hast ja Nerven, mich noch zu belästigen, du verlogenes ... WAS? WILLST DU MICH ... oh mein Gott! Oh nein!" Gisela ließ sich wie paralysiert auf einen Stuhl fallen. Die anfängliche Zornesröte in ihrem Gesicht war sehr schnell wieder verschwunden, und sie war jetzt leichenblaß. Nick legte ihr beruhigend die Hand auf die Schulter.

„Ja, ja ... ich hör ja zu! Ja, unbedingt wiederhaben ... morgen ja, ich versteh dich schon! JA, verdammt!" sie stammelte jetzt fast, „um zwölf Uhr. Mittags ... in Kalamata. Armawas?

Armageddon, zwölf Uhr mittags ... was soll das heißen, du kannst nichts dafür? Wer denn SONST? Dann hättest du dir eben andere Geschäftspartner suchen müssen, du ... DU BLÖDE SAU!" Die letzten Worte hatte sie geschrien, dann schaltete Gisela ihr Handy aus und warf sich von einem Weinkrampf geschüttelt in die Arme ihres Kunsthändlers.

„Gisela, was ist denn? Sag schon!" forderte der sie auf.

„WAS IST? Die ... die haben meinen Jungen entführt!" schluchzte die Frau. „Meinen Sohn, Frank ... den lieben Jungen!" Sie war völlig aufgelöst.

„Ich hätte nicht gedacht, daß sie so weit gehen würden!" Nicks Kiefer mahlten. „Diese feigen Arschlöcher!"

„Moment mal!" Gisela unterbrach ihr Schluchzen und sah ihn mit ebenso verheulten wie erstaunten Augen an. „Weißt du etwa irgend etwas von dieser Sache?" Und dann kamen die Rocker. Was da in die Stille des dämmernden Abends hereinbrach, klang, als wäre in unmittelbarer Nähe ein Vulkan ausgebrochen, dessen Lavastrom nun durch die Pinien auf das Haus zuwalzte. Doch es war tatsächlich nur ein halbes Dutzend Motorräder. Nick nahm die Blondine bei der Hand und lief mit ihr durch den Wohnbereich nach unten.

„Das ist es ja, was ich dir gerade sagen wollte!" meinte er unterwegs, und ergänzte dann, als sie auf den Marmorplatten der ebenerdigen Terrasse eintrafen: „Hab keine Angst, wir holen deinen Jungen unversehrt aus dieser Nummer raus!" Er mußte mittlerweile fast schreien, um sich noch verständlich machen zu können, und Gisela mußte ihre Meinung bezüglich der Geräuschentwicklung gewisser Verbrennungsaggregate revidieren. Die Indian, auf der sie heute gesessen hatte, war nicht laut gewesen, sie verfügte lediglich über einen vernehmlichen Ton. *Diese* Maschinen waren laut! Die schwarzen Ungetüme rollten jetzt vor ihren Füßen aus, Stichflammen schossen aus abgesägten Krümmern, Fehlzündungen erschütterten die milde Abendluft – und plötzlich war es wieder still. Nur noch Grillengezirpe und Meeresrauschen waren zu hören, denn auf einen Wink des vordersten Monstertreibers waren alle Motoren schlagartig verstummt.

„Und meine Freunde werden uns dabei helfen", konnte Nick mit ernstem Lächeln noch hervorbringen, dann fiel ihm der bärtige, langmähnige Koloß von Anführer um den Hals. „Stelios, President", stand auf seiner Kutte.

„Iassu, Niko!" rief er mit dröhnendem Organ, grinste dabei vor Wiedersehensfreude, wie man Hardcore-Rocker selten grinsen sieht und machte Anstalten, seinen alten Kumpel an der Bärenbrust zu zerquetschen.

„Iassu, Stelio!" schaffte der jedoch zu röcheln, und nun folgte ein großes Hallo mit der restlichen Delegation des „Blue Rebels Motorcycle Club", „IASSU!" „Ti kanis?" „Kala!" Schulterklopfen und Bikergruß, Daumen hoch, Handflächen ineinander geklatscht. Gisela stand zunächst verdattert daneben, wurde dann, nachdem ihr neuer Lover sie auf griechisch als „die Frau, die ich liebe" vorgestellt hatte, jedoch auch von allen freundlich begrüßt. Diese Sorte Haudegen wußte offenbar gerne, mit wem sie es zu tun hatte, aber die Frau fühlte sich ohnehin dem Geschehen entrückt. Ihr war, als stünde sie neben sich und beobachtete alles, ohne selbst daran teilzuhaben. Denn die Sorge um Frank überlagerte momentan sämtliche anderen

Emotionen, und in ihrem Kopf ging es seit dem letzten Telefonat nur noch drunter und drüber. Sie lehnte sich kraftlos an Nicks Schulter und flüsterte: „Wir müssen reden!"

„Und das dringend!" gab er ihr recht.

Etwa eine Stunde später hatten sie Gelegenheit dazu. In der Mitte der windgeschützten Terrasse knisterte jetzt (in einem eigens dafür vorgesehenen Steinkreis) ein gemütliches Lagerfeuer, um das sich alle scharten und Bier tranken. Die Rocker hatten bereits ihre Schlafsäcke ausgerollt und unterhielten sich, leiser und zivilisierter als jede Ansammlung sogenannter „braver Bürger", auf griechisch. Das frischgebackene Pärchen zwischen ihnen hatte sich hingegen einiges auf deutsch zu sagen. Nick machte den Anfang.

„Das war dieser Hakan, der vorhin angerufen hat, nicht wahr?" Gisela rauchte eine Zigarette und sah nachdenklich ins Feuer.

„Mhm."

„Und die Typen, für die er arbeitet, wollen unbedingt das Medaillon wiederhaben, das er ihnen geklaut – und dann dir geschenkt – hat!"

„Woher weißt du das?" Heute konnte sie sich nicht einmal mehr großartig wundern, so niedergeschlagen war ihr zumute. „Na ja, ist ja auch egal. Morgen mittag soll ich das Mistding gegen Frank eintauschen, in einer Kneipe in Kalamata, Armageddon heißt die wohl."

„Kenn ich!"

„Wie schön! Das Problem ist nur, ich hab es gar nicht mehr, weil ich es nämlich einem stadtbekannten Penner geschenkt habe, und der hat es dann verhökert. Nach Finnland, ausgerechnet!"

„Doch nicht etwa Spockíe?"

„Ach, den kennst du auch ..."

„Den kennt so ziemlich jeder in Kalamata."

„Spielt ja auch keine Rolle mehr, ich kann denen das Drecksherz nun mal nicht mehr wiedergeben. Und da sagst du, meinem Jungen wird schon nichts passieren!" Sie warf ihre Kippe ins Lagerfeuer und ließ den Kopf hängen, doch Nick hob ihn am Kinn wieder hoch und sagte: „Ich habe das Medaillon mit dem Mikrofilm! Was du verschenkt hast, war ein anderes aus dieser Serie, es gibt davon nämlich 300 Stück. Und 175 hatte sich die Mafia unter den Nagel gerissen!"

„Was? Mikrofilm? Ich weiß überhaupt nicht, wovon du redest!"

„Das dachte ich mir schon. Und ich wollte dich aus dieser Angelegenheit ja auch raushalten! Deshalb habe ich auf der Fähre dein heißes Herz gegen ein harmloses vertauscht", er sprach jetzt ziemlich hastig, als wüßte er nicht, wo er anfangen sollte, „und dann wollte ich in Patras die Übergabe vornehmen, mit Unterstützung meiner Freunde hier, und dich aus der Schußlinie holen. Falls es Ärger gibt, und den Rest hätte dann das LKA übernommen ... *aber die Arschlöcher kamen ja ewig nicht*, also die Gangster, nicht die Bullen, die sind schon lange da" Irgendwie beschlich ihn das Gefühl, sich jetzt vor Aufregung vollends verhaspelt zu haben. Gisela sah den Mann auch zunächst verstört an, dann jedoch packte sie ihn am Kragen (Womit sie sich einige skeptische Blicke von Seiten seiner Rockerkumpels einhandelte, aber das war ihr jetzt egal) und fragte schlicht: „Wer bist du, verdammt?"

„Dein Schutzengel! Also, das war mein ursprünglicher Job, aber jetzt will ich noch viel mehr für dich sein!" Er küßte sie zart auf die Stirn.

„Wenn du bereit bist, mir zuzuhören, würde ich dir gerne alles erklären."

„Okay!" Sie trank ihr Bier aus, dann ließ sie sich im Schein des prasselnden Feuers in den Arm nehmen und Nick seine Version der jüngsten Ereignisse erzählen. Er fing damit an, daß er sie niemals belogen, sondern ihr nur einiges verschwiegen hätte. Und je länger er erzählte, desto mehr spürte sie, daß jedes Wort wahr war, und endlich verschwand das Flair des Geheimnisvollen um den Mann, in den sie sich so sehr verliebt hatte. Nikos alias Nick Henderson war wirklich Kunsthändler, aber er hatte früher in den USA auch eine Agentur für private Ermittlungen und Personenschutz geführt. Um *sein Leben etwas spannender zu gestalten*, wie er sich ausdrückte. Dieses Geschäft lief so gut, daß er und seine Mitarbeiter bald international tätig waren, und immer öfter engagierten ihn auch FBI und CIA als Beschützer für irgendwelche hochgestellten Persönlichkeiten. So kam er auch mit dem deutschen Bundes- und diversen Landeskriminalämtern in Berührung. Und die waren jetzt, wo er den Laden schon lange wieder dichtgemacht hatte (*weil der Job regelrecht in Arbeit ausgeartet war)*, noch einmal mit einer flehentlichen Bitte an ihn herangetreten. Sie waren nämlich ganz nahe daran, eine der größten weltweit operierenden Mafia-Organisationen auffliegen zu lassen. Und es gab da einen nichtsahnenden, weiblichen Lockvogel, der völlig unbedarft hochbrisantes Belastungsmaterial mit sich herumschleppte und dem möglichst nichts zustoßen sollte ...

„Ich habe den Auftrag angenommen." sagte Nick.

„Und mein Medaillon auf der Fähre vertauscht!" fügte Gisela hinzu. Das erklärte natürlich das fehlende Foto!

„Stimmt. Aber scheinbar hingst du ja sowieso nicht so wahnsinnig dran. Und ich wollte die Giovanni-Familie von dir ab- und zu mir hinlenken ..."

„Wen?"

„Die Giovannis. Für die arbeitet, oder arbeitete, dein Ex. Alter Mafia-Adel. Auf die haben es meine Auftraggeber abgesehen, und ich hab mir gedacht, warum nicht mal den Bösen auf die Finger klopfen? Außerdem hat mir deine Reiseroute perfekt in den Kram gepaßt, da ich sowieso gerade von Bayern nach Griechenland wollte ... übrigens, dieser Hakan ist ein bißchen dumm, oder?"

„Strohdumm. Warum?"

„Weil sein Auto wegen seiner ewigen Falschparkerei Stammgast auf sämtlichen Polizeirevieren Kölns war. Und bei der Gelegenheit natürlich bis unters Dach verwanzt werden konnte!"

„Verwas?"

„Verwanzt, kleine Mikrofone eingebaut, präventiver Lauschangriff heißt das. Darf die Polizei seit ein paar Jahren. Jedenfalls war die türkische Hämorrhoidenschaukel unsere Hauptinformationsquelle, bis sie in Venedig mal wieder in einer Aufbewahrungshalle landete ... aber zum Glück haben die Kollegen da schnell reagiert." Auch Nicks Bier war inzwischen zur Neige gegangen, und er holte zwei neue aus dem Kühlschrank. Gisela kuschelte sich in seinen Arm, als er wieder kam und „Yamas" in die Runde seiner Freunde rief.

„Yamas", antwortete der Chor der Rocker, und Flaschen wurden gehoben. Man trank.

„Gut", sagte sie dann, „du hast also das richtige Herz. Und was passiert morgen nun?"

„Ganz einfach. Ich fahre nach Kalamata und komme mit deinem Sohn wieder. Morgen ist *Showtime!*"

„Ohne mich, meinst du?"

„Genau das meinte ich. Ohne dich!"

„Vergiß es! Ich hätte viel zuviel Angst um Frank ... und auch um dich!" Es tat beiden gut, die Nähe des anderen zu spüren. Aneinander geschmiegt tranken sie ihr Bier und sahen ins wärmende Feuer. In der Dunkelheit um sie herum tanzten einige Glühwürmchen.

Am Vormittag des darauffolgenden Tages, pünktlich um zehn Uhr, drückte eine leichtgeschürzte Bardame auf zwei unscheinbare Knöpfe. Das bewirkte, daß gleichzeitig die bunten, an der Hausmauer montierten Markisen elektrisch ausgefahren wurden, sowie daß die schon etwas schmuddeligen Rolläden vor der Bar sich quietschend nach oben in Bewegung setzten. Es war jetzt schon warm, bestimmt über zwanzig Grad, und der strahlend blaue Himmel versprach einen weiteren heißen Tag. Um diese Jahreszeit spielte sich das Leben in Griechenland, besonders das touristische, in erster Linie im Freien ab, deshalb waren die Markisen als Überdachung völlig ausreichend. Darunter befanden sich immer um die zwanzig Tische plus Bestuhlung, aber die oft männlichen, alleinstehenden Gäste (und da wankten auch schon zwei Prachtexemplare dieser Gattung auf die Touristenfalle zu, es handelte sich um dickbäuchige Mitteleuropäer mit Sonnenbrand) zogen ohnehin meist den Tresen vor. Die dunkelhäutige Bedienung wußte, wie wichtig gute Zugänglichkeit für den Umsatz war, im menschlichen wie im architektonischen Sinn. Sie zupfte mit professionellem Lächeln ihren Minirock zurecht, und die Touristen mußten keine Balustrade oder Umzäunung umgehen, um die zur Promenier-Meile nach allen Seiten offene Kneipe zu entern. Ein neuer Arbeitstag im „Armageddon" hatte begonnen. Die beiden ersten Gäste trugen T-Shirts mit pseudo-witzigen Beschriftungen wie „I fear no beer" oder „Two beer or not two beer – Shakesbeer" sowie, wie um die Lächerlichkeit ihrer Erscheinung auf die Spitze zu treiben, bayerische Lederhosen und Filzhüte.

„Good morning", wünschte das Mädchen hinter der Theke den offensichtlichen Vollidioten auf den Barhockern vor ihr.

„Kali ...", setzte der eine zur griechischen Grußerwiderung an, schien sich dann aber unschlüssig zu sein, wie es um diese Tageszeit weiterging.

„... morning!" sprang deshalb sein Zechkumpan in die Bresche. Dann bestellten sie überraschenderweise Kaffee.

Eine Stunde später war das Lokal bereits ziemlich gut besucht, braungebrannte Urlauber brunchten an den Tischen, und die hartgesottenen Schluckspechte bevölkerten jetzt schon die Bar. Auf der gegenüberliegenden Straßenseite gammelten einige Rocker auf ihren schweren, schmutzigen Maschinen herum, rauchten und palaverten. Da die wüsten Gestalten sich aber friedlich verhielten, nahm niemand an ihrer Anwesenheit Anstoß. Auch Doktor Halmackenreither – kurz Dr. Halm genannt – nicht, der durch die Jalousien seines Büros spähte. Kein Mensch wußte genau, wie der einäugige Rollstuhlfahrer auf diesen sonderbaren Decknamen verfallen war (man munkelte, auf einer Deutschlandreise), aber den Doktortitel hatte ihm seine Begeisterung für vertikale Luftröhrenschnitte ohne Narkose eingebracht. Damit hatte er früher gerne unliebsame Konkurrenten behandelt, bis diese ihm im Gegenzug die Kniescheiben amputierten. Seither waren die Fronten unter Kalamatas Kneipiers weitestgehend geklärt. Besonders unter denen albanischer Abstammung, und ein solcher war Dr. Halm. Außerdem war er ein alter Geschäftspartner der Giovannis, und deshalb hatte der Don sein „Armageddon" ausgewählt, um diese leidige Herzensangelegenheit zu beenden.

„Alles friedlich draußen", verkündete Dr. Halm, „ihr könnt euren Tisch jetzt einnehmen, wenn ihr wollt." Nun lugte auch Luigi durch die Lamellen, besagter Tisch befand sich genau in der Mitte der gastlichen Stätte und war mit einem gut lesbaren Schild geschmückt: „Reserviert für die Freunde der Freunde!" das war ein längst antiquierter Code für „Angehörige der Mafia".

„Du bist ein unverbesserlicher Nostalgiker, *Dottore!"* grinste er, und der „Alte" brummte: „Was nicht immer das Schlechteste sein muß. Aber mich würde doch einmal interessieren, was dieser komische Name bedeuten soll, Armageddon ..."

„Für einen überzeugten Katholiken könntest du dich ruhig öfter mal mit der Bibel befassen!" fistelte der dicke, schwule Pater Vincenzo.

„Stimmt!" Dr. Halm stopfte mit dem Stumpf seines linken Daumens eine Pfeife. Insgesamt fehlten ihm drei Finger. Nein, es war nicht leicht gewesen, sich in einer Touristen-Hochburg wie Kalamata als Gastronom, Drogenhändler und Zuhälter durchzusetzen.

„Armageddon!" krächzte er, „das finale Massaker! Die Schlacht aller Schlachten, die endgültig die Spreu vom Weizen trennt! Und sie ist noch nicht geschlagen ..."

Die Reiter der Apokalypse sind auch schon da, dachte Frank Rahm, blaß, abgezehrt und unausgeschlafen war er ans Fenster geschlurft und hatte die Rocker gesehen. Irgendwie gefielen ihm die verwegenen Windgesichter, vor allem, weil sie etwas repräsentierten, dessen man ihn beraubt hatte: Freiheit!

„Amen!" lachte Massimo Neapolitano dumm, und Hakan unterstrich im Geiste seinen Namen zweimal auf der schwarzen Liste.

Um halb zwölf strebte eine junge Frau im schwarzen, hochgeschlossenen Staubmantel an der trügerisch ruhigen, Kaffee trinkenden Gangsterrunde (und dem Rücken des Türken) vorbei, ins Kneipeninnere. Das relativ kleine Gebäude beherbergte außer Dr. Halms Büro lediglich Küche und Toilette, und Mechthild mußte vor Aufregung dringend pinkeln. Sie trug ihre dunkle Sonnenbrille und vermied es geflissentlich, irgendwen (besonders Luigi, dem sie schon einmal das vernarbte Gesicht noch mehr verunstaltet hatte) anzusehen. Keine Ahnung, wie ich der Gisela hier helfen soll, dachte sie, vielleicht verschanz ich mich am besten erstmal auf dem Scheißhaus! Der Kleine sieht auch nicht aus, als wäre er so ganz auf dem Posten, übrigens ein hübscher Bengel! Sie erhaschte im Vorbeigehen einen Blick auf Frank, sowie einen gezierten Satzfetzen des komischen Heiligen neben ihm: „Ich muß mal Pipi!" Na, da hatte sie ja ein warmes Lüftchen angeweht, aber das half ihr im Moment auch nicht weiter. Die Durchtrainierte verrichtete nachdenklich ihr Geschäft und hatte sich soeben die Hände gewaschen, als sie im Männerklo nebenan Rumoren und aufgebrachte Stimmen vernahm. Sie preßte ihr rechtes Ohr gegen die marode Wand, um besser zu hören.

„Natürlich bin ich beleidigt, wenn du mich immer zum Lückenbüßer degradierst!" quengelte jemand, eindeutig der warme Bruder von eben. „Ich darf nur herhalten, wenn du nichts Knackigeres vor deine blöde FLINTE KRIEGST!" Der schwule Sopran schraubte sich in erstaunliche Tonlagen.

„Na und? Was beklagst du dich denn, alte Tucke? Sei lieber froh, daß sich überhaupt noch einer erbarmt, von Zeit zu Zeit ..." Mechthild nahm ihr Ohr von der Wand und kratzte sich am Kinn. Auch diese Stimme kannte sie, kalt und monoton, als zerhacke jemand Eisklötze in einer Gruft. Natürlich! Hakans Kollege, dessen Blick sie gerade ausgewichen war. Der Handschellen-Mann mit der Killer-Visage. Irgendwie stellte dieser Rattenschädel alles in Personalunion dar, was sie an Männern verabscheute. Arroganz, Zynismus, Gefühlskälte, und wenn sie den Dialog nebenan richtig verstanden hatte, auch noch rücksichtslose Schwanzlastigkeit. Bei diesem Typen sollte sie vielleicht anfangen. So einer konnte doch gar nicht genug auf die Schnauze kriegen. Die Frau schlich auf Zehenspitzen zum Nebenraum und spitzte behutsam durch den Türspalt hinein. Die Herrentoilette entpuppte sich noch um einige Grade versiffter als das, was man hier den Damen zumutete. Es gab ein Pissoir sowie eine Kabine, in der Pater Vincenzo soeben niederkniete, aber ganz sicher nicht zum Gebet. Er hatte nämlich seine Soutane abgelegt und war jetzt nur noch mit einem komplizierten Gewirr aus Lederriemen und Ketten bekleidet. Wohl seine Unterwäsche.

„Außerdem vernachlässigst du dich in hygienischer Hinsicht zusehends!" beschwerte er sich gerade weinerlich. „Und wir haben da draußen gleich einen Termin!"

Luigi, der sich mit heruntergelassenen Beinkleidern vor ihm aufgebaut hatte, sah genervt auf die Uhr.

„Wir haben noch locker zwanzig Minuten Zeit", knurrte er, „also hör endlich auf, hier das Blümchen-rühr-mich-nicht-an ..."

„Hände hoch, und keine falsche Bewegung! Oder, noch besser, tu mir doch den Gefallen, Papagallo! Dann verteil isch deine Eingeweide zwanglos auf de Plaat. Von dem da! Von drinne noh drusse, haha!" Der kleine Lacher sowie der Rückfall in „kölsche Tön" waren auf Mechthilds Nervosität zurückzuführen, aber die Mafiosi entnahmen ihrer wütenden Altstimme nur gnadenlose Entschlossenheit. Die schwarzgekleidete Gestalt war so schnell und lautlos von hinten herangehuscht, daß ihnen überhaupt keine Chance zu irgendeiner Reaktion geblieben war. Die Frau im Staubmantel (der niemand die Verwegenheit, dem Mafiososohn anstelle eines Pistolenlaufs den Stiel einer Klobürste ins Kreuz zu drücken, zugetraut hätte) tastete jetzt den Sohn des Don erfolgreich ab. Zum Vorschein kamen die Walther PPK plus ein Paar seiner obligatorischen Handschellen.

„Wer immer du bist, aber das wirst du noch bereuen!" fauchte Luigi, jetzt mit dem kalten Metall seiner eigenen Waffe an der Schläfe.

„Glaub ich zwar weniger, aber falls doch, haben wir ja einen Beichtvater da!" Die Schwarzgekleidete ließ nun ein echtes, dreckiges Lachen ertönen. „Obwohl, Hochwürden sind offenbar den Dingen derzeit abhold!" Der glatzköpfige Geistliche in Ketten und Leder kauerte auf dem uringelben Estrich, die Augen fest geschlossen, und wünschte sich ganz weit weg.

„Los, steck deine dürre Nudel da durch, Spaghetti! Aber hoppi!" Mechthild stieß den immer noch mit dem Rücken zu ihr stehenden Junior-Chef gegen die modrige Kabinentür. In deren Mitte befand sich ein Loch, wie zum Beispiel Spanner sie schon mal in Klotüren bohren, bescheiden im Durchmesser, doch das galt auch für das kümmerliche Geschlechtsteil des Italieners.

„Das meinst du nicht im Ernst!" wisperte der, doch der Lauf der Walther blieb unerbittlich. Also befolgte er schwitzend die Anweisung, die Passgenauigkeit erwies sich als erstaunlich.

„Und da ihr beiden sicher sehr aneinander hängt ...", die Frau warf dem Pater Schellen und Schlüssel zu, „kettest du, Tunte, jetzt dein Hand- an dem sein Fußgelenk! Anschließend frißt du die Schlüssel und tust das, was dein Stecher hier vorhin von dir wollte!"

„Das meinst du nicht im Ernst!" entfuhr es nun dem dicken Vini.

„Ist das euer Standardtext?" Mechthild zündete sich mit ihrer freien Hand eine Filterlose an und blies Luigi eine ordentliche Ladung Rauch ins

Gesicht. „Ich garantiere euch Ganoven, daß das mein Ernst ist! *Genauso, wie es euer Ernst war, den Sohn meiner Freundin zu entführen!*"

Um zehn vor zwölf wurde Don Giovanni langsam ungeduldig. Diese asozialen Motorradfreaks auf der anderen Straßenseite (sie waren komischerweise genau in dem Augenblick, als die Gangster ihren Tisch okkupiert hatten, munter geworden. Jetzt erzählten sie sich scheinbar schmutzige Witze, lachten kehlig und ließen die ersten Bierdosen zischen) erregten schon seit einiger Zeit seinen Unmut. Und wo, zum Teufel, blieben sein Sohn und der Pfaffe so lange? Da er weder aufstehen noch seinen getreuen Gorilla Massimo entbehren wollte, instruierte er Hakan: „Hey, Türke! Du hievst jetzt mal deinen Hintern hoch!"

„Was tu isch?" Der Angesprochene bedauerte schon lange, die ganze Bande je kennengelernt zu haben.

„Da reingehen und nachsehen, wo Luigi und Vincenzo bleiben, das tust du! Kapito?"

„Natürlisch versteh isch disch", brummelte der Türke im Gehen, „denkstu, isch bin blöd, oder was?" Das erste, das er nicht erwartet hatte, war das Papierhandtuch, auf das mit Lippenstift gemalt war: „OUT OF ORDER! USE LADIES' ROOM!" an der Tür zum Herrenklo. Offenbar tat es seine Wirkung, denn aus dem Nebenraum torkelte ihm gerade ein maskuliner Tourist entgegen, ein trotteliger Bayerntyp in Seppelhosen. Hakan wurde das Gefühl nicht los, daß diese Witzfiguren sich *überall* herumtrieben, schon in Köln waren ihm schließlich ständig welche über den Weg gelaufen, sogar der Dauerschnarcher neben ihm im Krankenhaus war ein Bayer gewesen ... aber egal. Schließlich war es seine erklärte Spezialität, Ver- und Gebote aller Art zu ignorieren, also öffnete er die Tür – und hatte nun Grund zum Staunen. Denn das nächste, womit er auf gar keinen Fall gerechnet hatte, war, an seiner gerade verheilten Nase gepackt zu werden und dabei in die Mündung einer Pistole zu gucken. Die auch noch von der rabiatesten aller Frauen gehalten wurde. Seiner eigenen.

„AUA! Mecht! Was machstu denn hier?" näselte er verblüfft.

„Schnauze, Tür zu und runter auf den Boden!" kommandierte seine Angetraute. „Ja, knie dich nur zu deinen Artgenossen und sieh dir an, was passiert, wenn man seine Größe nicht kennt!"

„Er steckt fest!" fistelte der dicke Vini in Bezug auf den fragenden Blick des Türken. Luigi fluchte, in bizarrer Vereinigung mit der Kabinentür, leise auf italienisch vor sich hin. Der Blutstau, den ihm der Pater auf Befehl verpaßt hatte, war seiner Bewegungsfreiheit extrem abträglich. Und machte keine Anstalten, abzuklingen.

„Oder, in eurem Jargon, *in der falschen Liga spielt!*" ergänzte Mechthild und ließ wie John Wayne die Pistole um ihren Zeigefinger kreisen. „Bevor du dir den Wolf grübelst, mein lieber Ex-Ehemann ..."

„Was? Was sagstu da?"

„Daß zwischen uns Schluß ist! Wolltest du doch unbedingt! Also, ich machs dir leicht, erste Frage: Hattest du *irgend etwas* mit der Entführung von Giselas Sohn zu tun?"

„Nein, Mecht! Schwör isch dir! Is nisch meine Stil ..."

„Okay, das glaube ich dir sogar. Zweitens: Versprichst du mir, daß ich dich nie wiedersehe, wenn ich dir aus dieser Nummer hier raushelfe?"

„Hab isch eine Wahl?"

„Nein! Also, hör zu ..." Sie nahm ihn beiseite und begann zu flüstern. Der Ledermönch hing am Fußgelenk seines Vorgesetzten und glotzte blöde auf das, was da rötlich im modrigen Pressspan pulsierte.

„Sieht aus wie ‘ne eingeklemmte Eichel, was?" Mechthild hatte ihr Flüstern kurz für diese Ermunterung unterbrochen. „Nur viel kleiner!"

Zwölf Uhr mittags. High noon, dachte Gisela, aber ihr war überhaupt nicht nach Scherzen zumute. Hoffentlich war Frank wohlauf! Alles würde sie hergeben, wenn nur ihrem Jungen nichts zustieß. Das goldene Herz mit dem verhängnisvollen Mikrofilm hing nun wieder um ihren Hals, während ihr reales bis zum selbigen schlug. Nick hatte nach ausgiebigen Diskussionen eingesehen, daß sie vor Sorge den Verstand verlieren würde, wenn sie nicht bei der Übergabe dabei wäre. Also saßen sie jetzt gemeinsam auf seiner alten Indian Chief, die durch die flirrende Hitze von Kalamatas Hauptstraße stampfte. Um Glockenschlag zwölf Uhr passierten sie gruß- und achtlos die Rocker vor dem „Armageddon", wendeten und blieben mit elegantem Schwung vor der Touristenkneipe stehen.

„Showtime!" murmelte Nick und erfaßte mit einem schnellen Rundum-Blick die Situation. Der blonde Bursche am Tisch der Mafiosi mußte Giselas Sohn sein, und was, bitte, sollten die vielen leeren Sitzgelegenheiten darstellen? Einen Wink mit dem Telegrafenmast, daß es hier vor getarnten Killern nur so wimmelte? Oder einen billigen Bluff? Die beiden dunkel gekleideten Gestalten auf dem Dach des gegenüberliegenden Gebäudes (natürlich auch eine Kneipe, und sie versteckten sich hinter deren riesigem Namensschild: „Ramba Zamba") gehörten jedenfalls nicht zu den Giovannis, das war sicher.

„Da ist Frank!" wisperte dessen Mutter. Sie sah einfach hinreißend aus in ihrem weißen, dünnen Kleid plus farblich passender Jeansjacke, aber ihr stand eindeutig der Angstschweiß auf der Stirn. Nick ergriff ihre ebenfalls schweißnasse Hand.

„Schon gesehen. Hab keine Angst!" sagte er leise. Gisela schluckte. Sie hatte das Gefühl, daß ihr Magen zu implodieren versuchte, und ihre Beine wollten einmal mehr den Dienst versagen. Ihr Junge sah so blaß aus! Wenn ihm diese Verbrecher nur nichts getan hatten! Doch wieder einmal flößte ihr die Berührung des Mannes an ihrer Seite Kraft und Zuversicht ein, also flüsterte sie tapfer: „Ich werde es versuchen!" Dann traten sie an den Tisch der Gangster, und sie verlor die Beherrschung.

„Frank!"

„Ma! Mach dir keine Sorgen!" Sie war auf ihren Sohn zugestürzt, um ihn an die wogende Mutterbrust zu drücken, doch einer der beiden Männer in dunklen Anzügen gebot ihrer Absicht mit herrischer Handbewegung Einhalt.

„Aber liebe Frau Rahm!" Er war ziemlich korpulent, mit grauer Künstlertolle und eiskaltem Tonfall. „Sie wollen doch ihre Wiedersehensfeier noch in *diesem* Leben abhalten. Oder?" Gisela zuckte zusammen. *Du Schwein*, dachte sie, dann schoß ihr sonderbarerweise durch den Kopf, daß sie diese unschuldigen Tiere ja nicht mehr beleidigen wollte.

„Setzen Sie sich doch!" Der Grauhaarige wies mit generöser Geste erst auf die Waffe, die der dümmliche Kleiderschrank neben Frank unter dem Tisch in der Hand hielt, eine bösartig schimmernde Pistole. Dann auf zwei der zahlreichen freien Stühle.

„Sie erwarten noch Gäste?" erkundigte sich Nick höflich, als sie seiner Aufforderung Folge leisteten. Man saß sich nun vis-à-vis gegenüber.

„Also, Sie hab ich zum Beispiel nicht erwartet. Aber als zivilisierte Europäer sollten wir uns vielleicht zunächst einmal vorstellen."

„Wir wissen ganz genau, mit wem wir es zu tun haben, Don Giovanni!" Der Amerikaner legte offenbar keinen Wert auf langes Palaver. „Mein Name ist Henderson, Nick Henderson."

„Der Privatschnüffler? Sie haben sich in unseren Kreisen nicht eben beliebt gemacht!" Don Giovanni legte die Stirn in Falten und informierte seinen Gorilla: „Massimo, das ist der Typ, der deinen Vetter in den Knast gebracht hat. Arbeitet gerne für die Bullen!"

„Echt?" grunzte Massimo. „Dann muß ich dir wohl bei Gelegenheit die Leviten lesen!" Nick mußte lachen.

„Wenn du lesen kannst, freß ich einen Besen!" Er wurde aber schlagartig wieder ernst. „O.k., Giovanni! Genug gelacht! Machen wirs kurz, hier ist Ihr Medaillon ..." Gisela nahm es vom Hals, mit unsicheren Händen, aber dann umklammerte sie das Herz mit aller Kraft und sagte: „Erst soll er Frank gehen lassen. Vorher gebe ich das Mistding nicht her!" Und dann bekam sie riesengroße Augen. Denn die Frau, die jetzt aus dem Haus kam und sich mit der größten Selbstverständlichkeit an den Nebentisch pflanzte, hatte erst vor kurzem mit ihr geduscht! Mechthild legte blitzschnell den Zeigefinger an die Lippen, die Gangster hatten nichts bemerkt.

„Leider gibt es da ein kleines Problem", verkündete der Don bräsig und steckte sich umständlich eine dicke Zigarre an, „mir ist nämlich *mein* Sohn abhanden gekommen, vor einer halben Stunde. Sie sehen, Gnädigste, Sie haben mein vollstes Mitgefühl!"

„Wie meinen Sie das?" Sie wäre diesem unverschämten Fettsack am liebsten an die Gurgel gesprungen.

„Ich meine, daß hier gar nichts passiert, solange der nicht wieder da ist."

„Hätte mich auch gewundert, wenn das hier ohne Probleme abgegangen wäre!" Nick nahm, emotional scheinbar völlig unbeteiligt, seine Sonnenbrille ab und steckte sie mit ausladendem Schlenker in die Außentasche seiner Lederweste. Stelios, der Anführer seiner Rocker-Freunde auf der anderen Straßenseite, betätigte daraufhin den Kickstarter seiner mattschwarzen Harley-Davidson, denn auf dieses Zeichen hatte er nur gewartet. Desgleichen taten die restlichen „Blue Rebels", brachialer Lärm brach los, und kurz darauf fuhren die Biker unter Gelächter und Gejohle mitten in das Touristenlokal, zwischen Tischen und Stühlen hindurch, verteilten Bierdosen und luden die anwesenden Gäste (weibliche bevorzugt) auf englisch zum Mitfahren ein. Zwei übermütige Girlies in nabelfreien Tops stiegen wirklich auf! Einer, ein über und über tätowierter Grizzly-Typ, ließ gar unter infernalischem Getöse den Hinterreifen seiner Harley im Stand durchdrehen, bis es vor dem Tresen eklatant nach verbranntem Gummi stank. Kurzum, sie führten sich auf wie ein Rudel fröhlicher Irrer.

„Wanna take a ride?" „Come on, baby, let's go!" es dröhnte und roch nach Abgasen, und die anfangs reichlich irritierten Touristen fingen an, auf den Spaß einzugehen. Die meisten hielten das Ganze wohl für einen ausgeklügelten Promotion-Gag, nach dem Motto: Im Armageddon ist der Teufel los!

„Was zieht ihr hier für eine Scheiße ab, Henderson?" Don Giovanni griff mit zorngerötetem Gesicht nach dem Schulterhalfter unter seinem Sakko.

„*Wir* ziehen gar nichts ab, großer Mafioso!" Nick deutete gelassen mit dem Daumen über seine Schulter, während Gisela ihm, wie für diesen Fall verabredet, unter dem Tisch das Medaillon in die Jeans schob. Ihre Hände bebten jetzt regelrecht. „Aber die zwei Scharfschützen auf dem Kneipendach da drüben sind schnell am Abzug!" Tatsächlich legten die Männer auf dem „Ramba Zamba" jetzt auf die Gangster an. Sturmhauben, die nur die Augen freiließen, verdeckten ihre Gesichter, und ihre langläufigen Repetiergewehre hatten Zielfernrohre. Der knallrote Schädel des Don schien vor Wut gleich zu zerspringen, doch er legte seine Hände brav auf den Tisch. „Du auch, Gorilla!" Der Gesichtsausdruck des Amerikaners war unmißverständlich, also ließ auch Massimo seine Pistole fallen und gehorchte. Er sah dabei noch ein wenig unintelligenter drein als sonst.

„Wo steckt Hakan?" flüsterte Gisela, „und dem da sein Sohn?"

„Ich hab keine Ahnung, aber du und Frank, ihr haut jetzt ab!" Nick winkte Stelios heran, ein anderer Rocker forderte Mechthild am Nebentisch gerade auf, mitzukommen. Doch die schüttelte energisch den Kopf. *Warum bringt sie sich nicht in Sicherheit,* dachte Gisela, inzwischen ziemlich konfus. Und was umklammerte die burschikose Frau da in der Tasche ihres bis oben zugeknöpften Mantels? Ihr Blick fiel auf Frank, den wiederum Massimos Waffe auf dem Boden zu reizen schien.

„Tu das nicht!" zischte sie ihm zu, und ihr geliebter Sohn sah drein, wie er als kleiner Junge immer beim Bonbon-Stiebitzen geguckt hatte. Und jetzt konnte er jeden Moment sterben! Dieser Gedanke trieb ihr Tränen in die Augen, Stelios' feuerspeiendes Motorradmonster kam näher, gleich würde er den Tisch erreichen, und sie wußte gar nicht mehr, um wen sie alles Angst hatte.

„Es wird Zeit!" stieß Nick zwischen den Zähnen hervor, und: „Ella, Stellio!" Frank stieg bereits auf den Sozius des Rockers und streckte ihr die Hand hin. Die Gangster kauerten in dem Inferno wie zwei sprungbereite Raubtiere, Mordlust flackerte in ihren haßerfüllten Augen.

„Steig auf, Ma!" sagte der junge Mann, „sonst bleibe ich auch hier!" Das gab den Ausschlag.

„Gut so", feuerte Nick sie noch an, dem ihr flehender Blick aufgefallen war.

„Komm mit, Nick! BITTE!" übertönte Gisela das Gebrüll der Harleys, als sie sich hinter ihren Jungen quetschte und beschützend die Arme um ihn schlang.

„Ich muß hier noch klar Schiff machen, nun haut schon endlich ab! NA PATE, STELLIO! PATE!" Geht, hieß das, wie sie später erfahren sollte. Oft würde sie sich fragen, ob sie in diesem Moment wirklich die einzig richtige Entscheidung getroffen hatte ... und nie würde sie vergessen, wie schön Nick und Mechthild an jenem Tag ausgesehen hatten, mitten in diesem Chaos, kurz bevor alles so schnell gegangen war. Doch als sie noch auf der röhrenden Maschine saß, kamen ihr die sich überschlagenden Ereignisse fast vor, als liefen sie in Zeitlupe ab. Nick, wie ein stolzer Feldherr inmitten der abfahrenden Rocker, und Mechthild, die zur auffliegenden Kneipentür hinwirbelte, lebendig und wild wie immer. Sie zog Luigis Walther PPK aus ihrer Manteltasche und legte geistesgegenwärtig auf den einäugigen Rollstuhlfahrer mit dem ratternden Maschinengewehr an.

„Ihr habt die Rechnung ohne den Wirt gemacht!" krächzte Doktor Halmackenreither, sein elektrisch betriebener Rollstuhl schoß in voller Fahrt durchs Lokal und er selbst wild um sich, besonders aber hatten es ihm die dunkelgrauen Schützen auf dem Dach des „Ramba-Zamba" angetan. Denen ballerte er mindestens ein halbes Magazin um die Ohren, so daß sie notgedrungen hinter dem Kneipenschild in Deckung gehen mußten.

„ICH HAB SCHON GANZ ANDERE ZUR HÖLLE GESCHICKT!" Der keifende Doktor zielte jetzt aus blanker Wut auf Gisela (vielleicht hatte er ja auch mit Blondinen schlechte Erfahrungen gemacht), Mechthild sah das, sprang mit gezückter Waffe dazwischen, und hatte natürlich Skrupel, abzudrücken. Er aber nicht, und Gisela ging ihr fassungsloser Gesichtsausdruck durch und durch, als der Frau, mit der sie fast Liebe gemacht hätte, in die Brust geschossen wurde. Sie bekam eine ganze Salve ab, und die Wucht der Geschosse fegte sie an die Hauswand, wo sie mit zerfetztem Staubmantel liegenblieb. Regungslos. Nick stand das blanke Entsetzen im Gesicht geschrieben, doch da hatte er schon Massimos Pistole an der Schläfe, der das Durcheinander sinnvoll genutzt hatte.

„NEEIN!" Gisela gellte ihr eigener Schrei wie der einer Fremden am Ohr, als Stelios Gas gab und sie mit durchdrehendem Hinterreifen aus dem Brennpunkt des Geschehens beförderte. Ihr wurde schwarz vor Augen, als die Rocker ratlos einige Meter weiter hielten, und Frank fing seine ohnmächtig vom Feuerstuhl kippende Mutter auf. Die bekam nun leider folgendes nicht mehr mit: Dr. Halm hatte sein ganzes Magazin verballert und

wundersamerweise außer Mechthilds Mantel nur diverse Einrichtungsge-
genstände durchsiebt. Nun bretterte er mit seinem Rollstuhl auf der Hauptstraße stadtauswärts, um sich in Sicherheit zu bringen. Massimo und der
Don bedrohten Nick mit ihren Pistolen und zwangen so die Scharfschützen
gegenüber, ihre Waffen wegzuwerfen und bedröppelt vom Dach zu steigen.
Die beiden Bayern am Tresen ließen darob auch die Schießeisen, die sie aus
ihren Lederhosen gezerrt hatten, fallen und hatten das Gefühl, irgendwie ihren Einsatz verpaßt zu haben. Die Frage, wo Luigi wohl steckte, beantwor-
tete sich automatisch, als er mit Pater Vincenzo (immer noch im Sklaven-
dress) als Klotz am Bein, die ausgehängte Tür der Klokabine vor sich her-
schleppend, von einem strahlenden Hakan mit Fußtritten ins Lokal bugsiert
wurde. „Hallo, Polizei! Isch hab zwei Banditen überwältigt!" jauchzte der
Türke, bis er registrierte, daß mit dem Plan seiner Mecht etwas schiefgelau-
fen sein mußte. Don Giovanni stellte lauthals seine Vaterschaft in Frage
(unter anderem beteuerte er, daß er weder Mönchs- noch Türenficker zeuge
und Luigis Mutter sich bei passender Gelegenheit auf etwas gefaßt machen
könne), dann wünschte er alle Anwesenden zum Teufel und fischte endlich
das begehrte Herz aus Nicks Hosentasche. Anschließend erklärte er dem
Amerikaner: „Da du dir so schrecklich schlau vorkommst, Klugscheißer,
darfst du mich jetzt begleiten. Sozusagen als Lebensversicherung! *Die ich
aber bald kündigen werde!* Sag deinen Asozialen, daß ich dich beim ersten
Motorrad im Rückspiegel umlege!" Nick rief den Rockern einige Worte auf
griechisch zu und bemühte sich, ängstlich dabei zu klingen. Doch tatsächlich sagte er: „Verfolgt uns erst, wenn wir fünf Minuten weg sind! Und paßt
auf die blonde Frau und ihren Sohn auf!"
„Bravo!" knurrte der Don, und: „Türke, du fährst! Du weißt mir ein bißchen zuviel." Sie erklommen Don Colosimos offenen Cadillac, wobei Massimo und der „Alte" sich auf den Rücksitz begaben und die Männer auf den
Vordersitzen daran erinnerten, wer hier bewaffnet war und wer nicht. Hakan
hatte daraufhin den lichtesten Moment seines Lebens, diese Kerle würden
ihn nicht länger herumschubsen! Er legte seinen Sicherheitsgurt an und forderte Nick mit vielsagendem Blick auf, dasselbe zu tun. Dann trat er das
Gaspedal durch.
„Ma! Komm doch zu dir, um Himmels Willen!" Der hochtourige
Schiffsdiesel-Sound und die quietschenden Reifen des davonschießenden
„Eldorado"-Cabrios, waren, neben Franks Stimme, das erste, das Gisela
hörte, als sie die Augen wieder aufschlug. Und natürlich das Dröhnen der
im Standgas laufenden Rocker-Harleys.

„Frank, mein Junge!" Der Kopf der Frau ruhte im Schoß ihres Sohnes, der ihn fürsorglich streichelte. Sie betastete sein geliebtes Gesicht, als wäre sie plötzlich erblindet, doch tatsächlich blendete sie nur die sengende Sonne am wolkenlosen Firmament.

„Bist du in Ordnung? Haben die dir auch nichts getan?"

„Nein, alles o.k., aber was ist mit dir? Kannst du aufstehen?"

„Ich denke schon ..." Sie richtete sich vorsichtig auf, und ihr Gedächtnis konfrontierte sie schlagartig mit den tragischen Vorfällen der letzten Minuten. *Oh mein Gott!* Mechthild fiel ihr ein! Die Maschinengewehr-Garbe! Sie war getroffen worden! Gisela sprang auf die Beine, etwas zu hastig, so daß sie taumelte und Frank ihren Arm über seine schmalen Schultern legte.

„Gehts, Ma?"

„Es muß, Frank", ächzte sie, „ich muß nach Mechthild sehen, schnell ..."

„Die im schwarzen Mantel?" Frank ahnte Böses, als sie auf das „Armageddon" zu hasteten. Die arme Frau mußte völlig durchlöchert sein! Aber wenn sie nicht gewesen wäre ...

„Sie ist eine Freundin!" Giselas verflixte Tränendrüsen wurden schon wieder aktiv, sie sah die bewaffneten Bayern, denen sie sich jetzt näherte, nur verschwommen. Es waren vier, die beiden Lederhosen-Typen vom Tresen legten gerade Luigi und dem Pater noch mehr Handschellen an. Einer hielt dem fluchenden Giovanni Junior eine Dienstmarke unter die Nase.

„Ihr seids verhaftet, es Mafia-Gschwerl!"

„Ihr habt doch hier überhaupt nichts zu melden, ihr Wichser!" Luigi lag auf dem Rücken, sabbernd vor Wut, Tür auf dem Bauch und Mönch am Bein.

„Liaba a Wixa ois wia a Peaveasa, host mi, Kamerad Scheißhaustia?" Der zweite Trachtenbursche packte den Mafioso am Kragen. „Aussadem is des do Europa, un mia san vom LKA, du Depp!" Das Lokal war seit der Schießerei natürlich leer, einzig die unerschrockene, kaffeebraune Bedienung hinter der Bar hielt die Stellung und hängte sich auf den Schreck an die nächstbeste Schnapsflasche. Gisela stürzte auf Mechthild zu, die jetzt leise röchelte und deren Oberkörper soeben von einem der Scharfschützen in den dunklen Kampfanzügen gelüpft wurde, während der andere vorsichtig ihren durchlöcherten Staubmantel aufknöpfte. Die Männer hatten jetzt ihre Sturmhauben abgenommen und sich als Toni und Sepp (natürlich wußte die Kölnerin ihre Namen nicht, erkannte aber den blonden Brocken und den drahtigen Schnäuzer sofort wieder), die unzertrennlichen Kumpels vom Kegelclub, entpuppt.

„Mechthild!" schluchzte Gisela, „sag doch irgendwas!"

„Irgendwas!" stöhnte die Schwarzhaarige und öffnete die Augen. Der blonde Sepp hatte nun ihren Mantel geöffnet.

„Die hot Eana 's Leb'n g'rett!"

„Das weiß ich doch!" stammelte die Blondine, aber sie war gar nicht gemeint.

„Jedenfalls wäre ich euch dankbar, wenn ihr euch etwas beeilen könntet, sonst passiert gleich das Gegenteil! Das Ding drückt mir die Luft ab!" Mechthilds Stimme klang etwas gepreßt, denn in der kugelsicheren Weste, die sie unter ihrem lädierten Lieblingskleidungsstück trug, steckten genau sieben Projektile.

„Hats mir doch fast den Atem verschlagen!" stieß sie lachend hervor, als die Bayern die seitlichen Verschlüsse geöffnet hatten, dann umarmte sie ihre Freundin, die immer noch heulte wie ein Schloßhund. Aber jetzt Freudentränen.

„Du hast dein Leben für uns riskiert, du Wahnsinnige!" Gisela lachte und weinte gleichzeitig.

„Und dafür möchte ich mich auch sehr herzlich bedanken", Frank gab der Drahtigen artig die Hand und machte sogar einen kleinen Diener, „aber jetzt muß ich los. Ma, bitte warte hier! Ich schulde deinem neuen Freund was!"

„Wie?"

„Der Mafiaboß hat ihn als Geisel genommen, und ich nehme an, daß die da", er zeigte auf die Rocker, an deren Spitze Stelios seine brüllende Maschine mit Gasstößen bei Laune und in einer Hand eine altmodische Taschenuhr hielt, auf die er konzentriert sah, „gleich was unternehmen werden."

„Woher weißt du von Nick und mir ...", Gisela wirkte etwas verdattert.

„Das sieht man doch!" rief ihr Sohn, als er zu den Bikern lief. Er schaffte es gerade noch, auf Stelios' Rücksitz zu springen, da rief dieser schon: „ENDAXI! PAME!" und die Rocker nahmen die Verfolgung auf.

„Irgendwie versteh ich bloß noch Bahnhof!" Die Blondine hatte Mühe, den Motorenlärm zu übertönen und übersah völlig den unscheinbaren Mietwagen neben der Kneipe, aus dem gerade zwei Leute sprangen. „Die haben jetzt Nick? Und wo kommst du eigentlich her, und diese Weste ..."

„Die hab ich von dem da!" Trotz der immer noch ernsten Lage konnte Mechthild sich eines schiefen Grinsens nicht enthalten, als nun der bärtige Gustl, seine unvermeidliche „Herrin" im Gefolge, angedackelt kam.

„Du bist doch wirklich der größte Nichtsnutz unter der Sonne!" keifte Sabine ihren Lebenspartner wieder einmal an. „Du kommst noch mal zu deiner eigenen Beerdigung zu spät! Und alles nur, weil du den Arsch nicht genug voll kriegen ..."

„Bitte mäßige dich!" brummte der Dicke. Er trug geblümte Boxershorts und dazu ein passendes, offenes Waikiki-Hemd. An seiner linken Brustwarze baumelte eine blaßrosa Plastikwäscheklammer. „Ich bin jetzt schließlich im Dienst!"

Nick war ziemlich mulmig zumute. Die Sache mit Mechthild lag ihm schwer im Magen, der Hakans Fahrstil ohnehin nicht mehr lange gewachsen sein würde.

„Türke, du fährst wie eine gesengte Sau!" motzte Massimo.

„Leck misch!" Der Fahrer jubelte den mächtigen Achtzylinder in ungeahnte Drehzahlbereiche, „hastu nisch gesehen, daß wir werde verfolgt, verdammt!" Tatsächlich hatte sich an Kalamatas Ortsausgang ein gelber Kleinbus an ihre Fersen geheftet, der nun aber deutlich zurückfiel. Dafür tauchte jetzt ein rasender (denn auf diesem Streckenabschnitt herrschte ein Gefälle von zehn Prozent) Rollstuhlfahrer auf ihrer Fahrbahnseite auf.

„Das ist der Doktor!" japste Don Giovanni auf dem Rücksitz mit grünem Gesicht. Ihm war bereits schlecht, denn der „Eldorado" schaukelte wie ein Wüstenschiff. „Paß doch auf!" Vor lauter Übelkeit war dem „Alten" sogar die Lust vergangen, mit seinem Revolver herumzufuchteln. Und Massimo mußte sich genau in dem Moment übergeben, als Hakan noch mehr Gas gab und fauchte: „Fährstu zu Hölle, Halmackenscheißer!" Dr. Halm fluchte seinerseits wie ein Müllkutscher, als die Schiebegriffe seines Fortbewegungsmittels sich im Kühlergrill des Cadillacs verfingen.

„Hast du eigentlich vor, uns alle umzubringen?" wollte Nick sachlich wissen. Er lehnte sich in seinem Sitz zurück und ließ sein bewegtes Leben Revue passieren, denn die fünf Minuten waren verstrichen, und er hatte eigentlich gehofft, in dieser Zeit irgendwie improvisieren zu können. Doch diesen Part hatte nun der Türke übernommen. „Hey, Mann, ich rede mit dir!"

„Misch nisch und disch nisch! Angeschnallt bistu?"

Hakan kurbelte mit der Gelassenheit eines Mannes, der nur noch sehr wenig zu verlieren hat, am Lenkrad des schweren, schlingernden Wagens. Der Don im Heck hatte eingesehen, daß es seine Situation kaum verbessern würde, wenn er auf dieser abschüssigen, kurvigen Strecke den Fahrzeuglenker abknallte. Also hing jetzt auch er über der Karosserie und entledigte sich seines Mageninhalts. Quasi mit Massimo um die Wette, während die albanische Galeonsfigur im aufgespießten Rollstuhl ein äußerst lästerliches Gezeter vom Stapel ließ.

„Bin ich, danke der Nachfrage." Sonderbar, die Vorstellung, als frisch verliebter Mann zu sterben, beruhigte den Amerikaner irgendwie. Immer noch besser, wie als verbittertes Sackgesicht! „Wenn ich an deine Frau denke, verstehe ich dich sogar!"

„Machstu dir keine Sorge um Mecht, die is o.k.!" Hakan wußte das, weil sie ihn auf der Toilette in ihr textiles Geheimnis eingeweiht und ihm am Boden zugezwinkert hatte.

„Echt?" freute sich Nick.

„Sag isch dir, glaubstu mir!" Die Mimik von Giselas Ex-Lover machte jetzt dem fanatischen Enthusiasmus eines Kamikaze Konkurrenz. Er hatte sich diese Strecke gut eingeprägt. „Frage an disch: Kannstu Itaker eigentlisch leiden?" Die Würgegeräusche von hinten erleichterten die Objektivität nicht unbedingt.

„Äh, geht so, manche mehr, manche weniger ..."

„Also, isch nisch!" Der Felsbrocken am rechten Fahrbahnrand reichte dem offenen Wagen zwar nur bis zur Stoßstange, war aber sehr massiv.

„Zum Verrecken nisch!" Da Hakan auf den letzten Metern doch noch bremste, betrug die Aufprallgeschwindigkeit lediglich sechzig km/h. Aber das reichte völlig.

„Dann sind Sie also gar kein Pädagoge!" Gisela saß, Arm in Arm mit Mechthild, auf dem engen Rücksitz des Miet-Daihatsus und guckte durch ein Paar dunkel behoster Männerbeine. Die ragten durch das geöffnete Schiebedach und gehörten zum Scharfschützen Sepp, der eine Etage höher, Gewehr im Anschlag, die Lage peilte. Der deutlich schlankere Toni war neben ihr eingepfercht, zum Glück fuhren die zwei Krachledernen nicht auch noch mit (sie waren mit ihrer Beute im „Armageddon" geblieben, wo sie auf das Eintreffen der örtlichen Exekutive warteten).

„Noch nicht mal ein Päderast!" übertönte Sabines gifttriefender Zynismus die gequält quietschenden Stoßdämpfer des Kleinwagens.

„War ich aber mal", stellte der strubbelige Masochist am Steuer klar und meinte natürlich ersteres, während seine „Herrin" endlich die rosa Wäscheklammer entdeckte und flink pflückte, „aber dann hab ich mir gedacht,

Hauptsache Beamter, und bin zum Landeskriminalamt München. Nach dem Motto: Lieber Bulle als arbeitslos, haha ..."

„Ha!" Mechthild zog eine indignierte Schnute, während ihre blonde Freundin sich nach vorne beugte. Ihr war inzwischen der bewegte Abend im „Bogey's" wieder eingefallen, und sie wollte jetzt endlich diverse Informatonslücken füllen.

„Aber Sie sind doch pervers?" flüsterte Gisela.

„Nur in meiner Freizeit!" flüsterte Gustl zurück, worauf die Blondine wieder zur Zimmerlautstärke überging: „Also in Köln waren Sie beruflich unterwegs!"

„So ist es. Ich und noch einige Kollegen aus Bayern, die sich als Trachtentouristen getarnt hatten. Unauffällig auffällig, haha, das hat so gut geklappt, daß sie es bis nach Griechenland durchgezogen haben! In dem Outfit hält einen jenseits des Weißwurst-Äquators doch jeder für unterbelichtet!"

Und das mit Recht, dachte Mechthild, während ihre Freundin seufzte: „Die Saubären! Das erklärt natürlich einiges!"

„Höhö", machte Toni, „sengs, jetz ham's an richtigen Sinnzammahang heag'stellt!"

„Apropos Sinn: Der Zweck des Ganzen war, bitte, was?"

„Natürlich die Giovanni-Familie aus dem Verkehr zu ziehen! War nicht ganz einfach, dafür europaweit grünes Licht zu kriegen, aber das hat uns schließlich unser Ministerpräsident persönlich verschafft". Gustls Tonfall wurde bitter, „die wollten ihren Drogen- und Schutzgeldgeschäften nämlich neuerdings auch in Bayern nachgehen! Da hatten die sich aber das falsche Bundesland ausgesucht! Stimmts, Toni?"

„Des konnst laut song!" Der Schnurrbärtige lud mit geübtem Griff das Repetiergewehr zwischen seinen Beinen durch. „Net mit uns!" Gisela wandte sich nun an ihn: „Und was sollte die Prügelei mit den bayerischen Stammtischbrüdern? Ist das bei euch Volkssport, oder was?"

„Normalerweis' ja. Oba in dem Foi woa oana vo dene auf unsara Fahndungslistn, weil a sein Schwoga mi'm Maßkruag daschlong hot. Und den woit' ma uns kaffa, ohne daß Sie unsa Tarnung duachschaung!"

„Das ganze Theater war also nur wegen mir?"

„Genau a so is!"

„Ich fühle mich geehrt!"

„Koa Uasach."

„Und der Typ mit den abstehenden Ohren ist wohl euer Häuptling?" fragte jetzt Mechthild. Das Sado-Maso-Paar hatte ihr an jenem Vormittag, als sie in Kalamata plauderten, zwar neben der kugelsicheren Weste auch einige Informationen anvertraut, aber erst jetzt komplettierte sich auch für sie das Puzzle, in das sie unversehens geraten war.

„Hauptkommissar Kleinhinz, stimmt. Dea und da Kommissar Meier", er zeigte auf Gustl, „des san unsare Einsatzleiter."

„Klingt irgendwie nach Eileiter!" Die Schwarzhaarige war Staatsdienern noch nie besonders wohlgesonnen gewesen. Sie überlegte kurz, dann klärte sie ihre Freundin noch auf: „Und das hier ist Sabine Steinbeiß, sie heißt wirklich so. Die Dauerverlobte vom Gustl. Stimmts?" Die Frau mit dem Damenbart lächelte säuerlich.

„Stimmt. Wir verreisen nie ohne einander."

„Das glaube ich unbesehen!" Gisela lehnte sich wieder zurück. Das war ja alles gut und schön, doch was war mit Nick und Frank? Die Gangster mußten einen beachtlichen Vorsprung haben, und wie würden sie wohl reagieren, wenn die Rocker sie tatsächlich einholten? Sie machte sich große Sorgen. *Das ist wohl der Preis dafür, daß man Liebe überhaupt erleben darf,* kam ihr in den Sinn. Man wurde so verwundbar. Mechthild schien ihre Gedanken zu erraten, nahm ihre Hand und hielt sie fest.

„Es wird alles gut, du wirst sehen!" Die Besorgte erwiderte den Druck.

„Freundinnen?"

„Freundinnen. Nicht mehr und nicht weniger." Der überbelegte asiatische Kleinwagen pfiff inzwischen aus dem letzten Loch. Denn es ging jetzt bergauf.

Hauptkommissar Kleinhinz und einer seiner Mitarbeiter, ein rotgesichtiger Drei-Zentner-Mann namens Schmidt (die bewußt am Ortsausgang Kalamatas auf etwaige Flüchtige gelauert hatten), trafen als erste am Unfallort ein. Und staunten nicht schlecht ob des grotesken Anblicks, der sich ihnen da bot. Die Schnauze des Cadillac-Cabrios hatte sich, knapp neben dem im Kühlergrill hängenden Rollstuhl, tief in einen Felsbrocken gebohrt, was den rechten Kotflügel regelrecht abgesprengt hatte. Vor dem Felsbrocken stand ein großer, altehrwürdiger Olivenbaum, der es bezüglich ehrfurchtgebietender Unerschütterlichkeit mit jeder deutschen Eiche aufnehmen konnte. In dessen knorrigen Ästen hing ein schmächtiger, sinnlos zappelnder und ebenso ungestüm wie unverständlich fluchender Albaner, sowie, etwas höher, zwei kräftige, bewußtlose Italiener. Auf dem Kofferraum des amerikanischen PKW-Ungetüms, das in dieser ursprünglichen Landschaft ungefähr so exotisch wirkte wie die Dienstlederhosen der LKA-

Leute, saß Nick Henderson. Er hatte eine kleine Platzwunde an der Stirn und schlenkerte ein goldenes Kettchen in einer Hand. Mit der anderen rauchte er eine Zigarette. An dem Kettchen hing ein goldenes, herzförmiges Medaillon. Ziemlich kitschig.

„Hi, Genscher!" griente Nick. „Erntezeit!"

„Meine Güte, Henderson! Was war hier denn los?" Die Ohren des Hauptkommissars leuchteten vor freudiger Erregung.

„Sieht man das nicht? Der Felsen war stabiler als der Caddy, und unsere Spießgesellen hier in der Botanik waren nicht angegurtet. Wobei die Italiener noch Glück hatten, daß sie über und nicht durch die Scheibe gesegelt sind."

„Und wo ist der Türke?"

„Welcher Türke?"

„Komm schon, Henderson, versuch nicht, mich zu verarschen!"

„Du hast mich als Blondinenbeschützer engagiert, nicht als Auskunftsbüro!" Nick trat seine Kippe aus, ging auf Karl-Heinz zu und hängte ihm mit feierlicher Gebärde das goldene Herz um den Hals. LKA-Mann Schmidt gluckste darob amüsiert. „Hiermit überreiche ich dir hundert Jahre Knast, mindestens. Daß es als Dreingabe noch drei Mafiosi gibt, verdanken wir Damirkan. Das hier war seine Idee, und du weißt genau, daß er nur ein winziger Fisch war. Ein Fall fürs Zeugenschutzprogramm. Da hab ich mir gedacht, kann er doch genausogut auf eigene Faust verschwinden. Hab ihm sogar noch viel Glück gewünscht! Was dagegen?" Kleinhinz dachte kurz nach, dann meinte er: „Also, wenn ich dich richtig verstanden habe, bist du bei dem Aufprall ohnmächtig geworden. Und als du wieder bei dir warst, war der Türke weg. Richtig?" Nick packte den Hauptkommissar an seinen hervorragenden Ohren und küßte ihn auf die fliehende Stirn.

„Goldrichtig, mein Alter! Goldrichtig!" Dann erbebten Luft und Erde, und die „Blue Rebels" erschienen. Nach einigen Sekunden des Staunens brach Stelios an der Spitze in schallendes Gelächter aus. Er zeigte auf die Mafiosi im Olivenbaum und prustete: „Opios echi mia ellia, echi käi mia siguria, alla käi poli dulia!" Auch Nick stimmte in den darauf folgenden Heiterkeitsausbruch der restlichen Rocker ein, bis plötzlich eine höfliche Stimme sein Lachen unterbrach: „Was heißt das denn?" Neben ihm stand Frank.

„Hrrrch.." Der Amerikaner mußte sich erst einmal beruhigen. „Das ist eine alte Bauernweisheit. Es heißt: *Wer einen Olivenbaum hat, der hat auch Sicherheit, aber auch viel Arbeit!"*

„Ach so!" Nun schmunzelte auch der junge Mann und streckte ihm die Hand hin.

„Frank Rahm. Freut mich, daß Ihnen nichts passiert ist!"

„Nick Henderson. Tu mir einen Gefallen, und siez mich nicht."

„Okay!" Sie schüttelten sich die Hände, und dann tauchte endlich auch der asthmatisch ächzende Mietwagen von Kommissar Meier am Ort des Geschehens auf.

„Do kimmt da g'wamperte Guschtl!" verkündete Herr Schmidt.

„Xylokefali" stand auf dem Ortsschild, und Hakan hätte es umarmen können. Denn in diesem kleinen, unbekannten Bergdorf hatte er seinen geliebten Mercedes versteckt, und er war nach zweistündiger Kletterpartie verschwitzt und durstig. Es war früher Nachmittag, als der Türke zu dem Brunnen in der Mitte des ehemaligen Marktplatzes humpelte (er hatte den Aufprall genauso glücklich überstanden wie Nick und sich lediglich das Knie ein wenig geprellt). Weit und breit war kein Mensch zu sehen, da die wenigen noch verbliebenen Einwohner – ihr Durchschnittsalter betrug etwa siebzig Jahre – um diese Uhrzeit ihren Mittagsschlaf hielten. Und die Sonne brannte heute heißer denn je.

„Hör ma, Allah", Hakan hielt ein kurzes Dankgebet in seiner gegenwärtigen Situation für angebracht, „isch weiß nisch, ob du disch noch an misch erinners, aber in Türkei laß isch dir sofort eine Messe lesen!" Er stutzte und sah in den azurblauen Himmel, an dem ein Wanderfalke seine Kreise zog. Ließ man in Moscheen überhaupt Messen lesen? Nun, seine Eltern würden es wissen. Ihr Heimatdorf in Anatolien war zwar genauso ein gottverlassenes Nest wie dieses hier, aber er konnte sich momentan keinen sichereren Ort vorstellen. Außerdem war es von hier aus nicht allzu weit, vielleicht zwei, drei Tagesreisen. Ja, er hatte verdammtes Glück im Unglück gehabt! Der gemeinsame Ex von Gisela und Mechthild steckte seinen Kopf ins Wasser und trank. Daß ein im Schatten des Brunnens angeleinter Ziegenbock zur selben Zeit die gleiche Idee hatte, irritierte ihn nicht. Wohl aber, daß das Tier ihn ansprach, während er immer noch seinen Durst stillte!

„Der durstige Mann! Wie auf der Tuborg-Dose, hehehe!" Natürlich stammte das meckernde Gelächter, obwohl in absolut authentischer Tonlage vorgebracht, nicht vom Bock. Sondern von Althippie Spockie, der soeben auf seinem klapperigen Fahrrad herangerollt war. „Hastu ein Problem, oder was?" Hakan stierte ihn mit angekratzten Nerven an. Doch der alte Zausel hatte sich im Laufe eines langen Schnorrer-Daseins genug Menschenkenntnis angeeignet, um sofort zu realisieren, daß er keinen wirklich gefährlichen Mann vor sich hatte. Höchstens einen, der gerne diese Rolle spielte.

„Nee, du! Ich hab schon lange keine Probleme mehr! Ich leb nämlich in Harmonie mit dem *Kosmos!*" Auch Spockie erfrischte sich jetzt mit dem Brunnenwasser.

„Was tustu?"

„Meinen Samen sparen, das tu ich!"

„Samensparen?" Der Türke entschied, daß es Zeit zum Aufbruch wurde, und machte sich auf den Weg zu seiner Nobelkarosse.

„Genau! Glaub dem alten Spockie, und spar deinen Samen! Ist besser für dich und alle Beteiligten! Meistens! Genau!" Damit radelte die buntgekleidete Gestalt fröhlich winkend wieder von dannen. Das Schutzblech des abgenudelten Drahtesels klapperte erbärmlich.

Einige Tage später räkelte sich Gisela auf dem Balkon von Nicks Haus, dem mit dem Meeresblick, und betrachtete wohlwollend ihren eigenen, inzwischen fast dunkelbraunen Körper. Da sie mit ihrem neuen Partner ständig Liebe machte, so oft es seine Kondition eben zuließ, hatte sie noch etwas abgenommen. Die beiden waren wirklich verrückt nacheinander, und Nick (der momentan im Erdgeschoß telefonierte) beteuerte ihr ständig, daß ihre Figur perfekt und sie für ihn die begehrenswerteste Frau der Welt sei. Da er ihr letzteres auch andauernd bewies, hatte sich auch ihre Ausstrahlung zu ihrem Vorteil verändert, zumindest behauptete das ihre esoterisch versierte Mutter. Sie hätte jetzt geradezu eine *Aura!* Kann schon sein, dachte die Blondine. Die einer glücklichen Frau. Und es war ihrem Glück auch nicht eben abträglich, daß ihre inzwischen zurückgekehrten Eltern den Amerikaner sehr nett fanden. Von Frank ganz zu schweigen, der war regelrecht begeistert. *Der Mann tut dir gut, das ist ein echter Individualist*, hatte er gesagt. Der kleine Klugscheißer. Aber recht hatte er ja. Lieber kleiner Klugscheißer! Die Sonne legte sich heute wieder mächtig ins Zeug, es war kurz nach Mittag und brütend heiß. Gisela stellte das Vorderteil ihrer Sonnenliege etwas höher, nahm einen Schluck eiskalter Whisky-Cola und erinnerte sich daran, welche Ängste sie vor einigen Tagen um diese Uhrzeit ausgestanden hatte. Erst um Frank. Dann um Mechthild. Und schließlich um Nick. Der Preis der Liebe, hatte sie gedacht. Nun, sie war bereit, ihn zu akzeptieren, aber was hatte ihr der ramponierte Cadillac am Straßenrand für einen Schrecken eingejagt! Sie war daraufhin aus dem Vehikel dieses struppigen Maso-Kommissars gestürzt und hatte komischerweise als erstes die

Blue-Rebel-Rocker (nette Kerle übrigens, wenn man sie näher kannte. Aber was mochte wohl dieses sonderbare *1 %* in ihren Abzeichen bedeuten? Na ja, jedenfalls waren die auch schon wieder weitergezogen ...) wahrgenommen. Vermutlich, weil sie gerade begonnen hatten, die leichtverletzten Mafiosi aus dem Olivenbaum zu zerren, und Don Giovanni bei dieser Übung wieder zu sich kam. Meine Herren! Der kannte vielleicht Schimpfwörter! In der Kölner Zeitung, die ihr Vater sich immer nachschicken ließ, hatte dann ja auch etwas von „Mikrofilm löst Verhaftungswelle aus" und „Größter Schlag gegen das organisierte Verbrechen seit zwanzig Jahren" gestanden. Genau wie es der andere Oberbulle, der mit den Segelohren, prophezeit hatte. Am Schluß hatte sie sich doch die Frage, was er denn da vor dem Gasthof „Jennerwein" geraucht habe, und ob er eigentlich regelmäßig Rauschgift konsumiere, nicht verkneifen können. Die Antwort war ihr irgendwie bekannt vorgekommen: „Nur in meiner Freizeit".

„Woran denkst du, schöne Frau?" Nick kniete sich neben sie und küßte ihr Ohrläppchen.

„Wie froh ich war, daß dir in dem verbeulten Ami-Schlitten nichts Größeres passiert ist!" Die Frau sah auf seine harmlose Platzwunde, sie war schon gut verheilt. „Und daß ich dich und Frank am liebsten nie mehr losgelassen hätte, als ich euch endlich wiederhatte!" Tatsächlich hatte sie die beiden nach dem ersten Schreck wieder und wieder abgeknutscht, was ihrem Sohn nicht ganz so genehm gewesen war.

Der Amerikaner winkte über die Balkonbrüstung, wo Mechthild und der junge Mann im nahen Meer planschten. Die zwei hatten sich auch schnell angefreundet, und sie tollten wie ausgelassene Kinder miteinander herum.

„Und morgen wollen die beiden gemeinsam nach Köln fliegen?" fragte Nick.

„So ist es. Und ich weiß auch, daß man sein Kind irgendwann loslassen muß. Nicht daß du mich falsch verstehst."

„Glaub ich dir. Vor allem, wenn es bald zwanzig ist." Er sah Gisela liebevoll in die Augen, dann drückte er seine Lippen auf ihre. Fast wie beim ersten Mal, aber eigentlich noch schöner, fand sie.

„Aber mich brauchst du nicht loszulassen. Hast du dir meinen Vorschlag eigentlich noch mal überlegt?"

„Tu ich ständig! Nick, ich fände es herrlich, hier mit dir zu leben, aber ..."

„Aber nicht auf meine Kosten, ich weiß! Was ich zwar nicht verstehe, aber akzeptiere."

„Dann ists ja gut! Dann verstehst du sicher, daß ich ständig überlege, wie ich hier zu was kommen soll. Am alten KJP, diesem Saftladen, hänge ich garantiert nicht!" Der Mann steckte sich jetzt eine „Marlboro" an und guckte drein wie Humphrey Bogart. Der schwule Rick aus Köln wäre begeistert gewesen.

„Hab ich dir eigentlich schon erzählt, daß ich von *Newcomern* überhaupt keine Provision nehme? Du und Mechthild, ihr schuldet mir übrigens ein Abendessen." Gisela war perplex.

„Willst du mich verarschen, sag mal?" Jetzt lachte sie verwirrt.

„Niemals. Ich hab gerade mit New York telefoniert. Dein Bild ist verkauft, für 5400 Dollar." Und jetzt fiel sie ihrer neuen Liebe mit einem kleinen Juchzer um den Hals. „Dollar? Bist du sicher? Nicht Drachmen?" Nick küßte sie sorgfältig.

„Nicht Drachmen, noch nicht mal D-Mark. Mein Agent sagte, die Leute wären begeistert gewesen und würden gern mehr von deinen Sachen sehen ... meintest du nicht letztens, du wüßtest manchmal gar nicht, was du hier zuerst malen solltest?"

„Doch, ups ...", Gisela verschüttete vor Freude ihren Drink. Ihr Blick fiel auf den zwölf Jahre alten Scotch, den sie mit koffeinhaltigem Erfrischungsgetränk gefrevelt hatte, „... das meinte ich wirklich!" Die Whiskyflasche war immer noch halbvoll.